LISA JEWELL

Der Fremde am Strand

Autorin

Lisa Jewell eine von Großbritanniens großen Bestsellerautorinnen. Sie wurde 1968 in London geboren und arbeitete viele Jahre in der Modebranche, bevor sie sich dem Schreiben zuwandte. Die Autorin lebt mit ihrem Mann und ihren beiden Töchtern in London.

Von Lisa Jewell bereits erschienen
Weil niemand sie sah · Was damals geschah

Besuchen Sie uns auch auf www.blanvalet.de

LISA JEWELL

DER FREMDE AM STRAND

Roman

Deutsch von Carola Fischer

blanvalet

Die Originalausgabe erschien 2016 unter dem Titel
»I Found You« bei Century, London.

Penguin Random House Verlagsgruppe FSC® N001967

3. Auflage

Redaktion: Susann Rehlein
Umschlaggestaltung: www.buerosued.de nach einer Originalvorlage
Umschlagdesign: Laywan Kwan
Umschlagmotive: Giulia Fiori Photography/Moment Open/
Getty Images; © Shutterstock.com/margo_black
AF · Herstellung: wag
Satz: Uhl + Massopust, Aalen
Druck und Bindung: GGP Media GmbH, Pößneck
Printed in Germany
ISBN 978-3-7341-0837-2

www.blanvalet.de

Dieses Buch ist Jascha gewidmet.
(Du siehst, ich liebe dich mehr als den Hund.)

ERSTER TEIL

1

Alice Lake lebt in einem Haus am Meer. Das Haus ist winzig, ein Cottage der Küstenwache, das vor über dreihundert Jahren für Menschen erbaut wurde, die sehr viel kleiner waren als sie selbst. Die Decken sind schief und wölben sich, ihr vierzehnjähriger Sohn muss den Kopf einziehen, wenn er durch die Haustür geht. Ihre Kinder waren alle noch klein, als Alice vor sechs Jahren aus London hierhergezogen ist. Jasmine war zehn, Kai acht Jahre, und Romaine war ein vier Monate altes Baby. Alice hatte sich nicht träumen lassen, dass aus Kai eines Tages ein schlaksiger Teenager von einem Meter achtzig würde. Sie hatte nicht geahnt, dass ihre Kinder irgendwann zu groß für dieses Haus sein könnten.

Alice sitzt in ihrem winzigen Zimmer im obersten Stock. Von hier aus betreibt sie ihr kleines Gewerbe. Sie macht Kunst aus alten Landkarten. Die Bilder verkauft sie im Internet. Aber auch wenn das, was sie bekommt, schwachsinnig viel Geld für ein Kunstwerk aus alten Landkarten ist, für eine alleinerziehende Mutter von drei Kindern ist es das nicht. Alice verkauft mehrere Kunstwerke pro Woche. Und das Geld reicht eben gerade so.

Vor ihrem Fenster schwingt eine Reihe ausgeblichener Wimpel im stürmischen Aprilwind zwischen viktorianischen Straßenlampen hin und her. Linker Hand ist eine Helling. Farbenfrohe kleine Fischerboote liegen dort zu beiden Seiten eines Anlegers aus Beton, und der scheußliche Schaum der Nordsee prallt gegen das felsige Ufer. Dahinter liegt das Meer. Schwarz und unendlich. Alice hat immer noch große Ehrfurcht vor der Nordsee. In Brixton, wo sie früher wohnte, blickte sie nur auf Häuserwände, auf benachbarte Gärten, ein paar Hochhäuser in der Ferne unter dunstigem Himmel. Und jetzt ist da dieses riesige Meer vor ihren Augen. Wenn sie sich auf ihr Sofa setzt, sieht sie nur Meer, als ob das Wasser ein Teil des Raums wäre, als ob es jederzeit durch die Fensterrahmen dringen und sie alle ertränken könnte.

Sie schaut wieder auf ihr iPad. Auf dem Bildschirm ist ein kleiner quadratischer Raum zu sehen. Eine Katze sitzt auf einem grünen Sofa und leckt sich das Fell, auf dem Couchtisch steht eine Teekanne. Alice kann hören, wie ihre Mutter mit der Pflegekraft spricht und ihr Vater mit ihrer Mutter. Sie versteht nicht genau, was sie sagen, denn das Mikrofon der Webcam, die sie bei ihrem letzten Besuch im Wohnzimmer installiert hat, überträgt den Ton aus den anderen Räumen nicht. Aber Alice ist beruhigt, denn sie weiß, dass die Pflegekraft da ist. Ihre Eltern werden Essen bekommen und ihre Medikamente einnehmen, sie werden gewaschen und angezogen, und in den nächsten ein oder zwei Stunden muss Alice sich keine Sorgen um sie machen.

Als sie vor sechs Jahren nach Nordengland zog, hätte sie nie gedacht, dass ihre munteren, gescheiten, gerade mal siebzig Jahre alten Eltern beide innerhalb weniger Wochen an Alzheimer erkranken und Pflegefälle werden würden.

Auf Alices Laptop ist eine Bestellung eingegangen von einem Mann namens Max Fitzgibbon. Er wünscht sich aus den Karten von Cumbria, Chelsea und Saint-Tropez eine Rose, die er seiner Frau zum fünfzigsten Geburtstag schenken will. Alice hat sofort ein Bild von dem Mann vor Augen: Er sieht gut aus für sein Alter, hat silbergraues Haar und trägt einen lila Pullover mit Reißverschluss. Auch nach fünfundzwanzig Jahren Ehe ist er immer noch unsterblich in seine Frau verliebt. Das alles kann sie an seinem Namen, seiner Adresse, an der Wahl seines Geschenks ablesen. »Große, volle Englische Rosen waren schon immer ihre Lieblingsblumen« steht in dem Kommentarfeld des Bestellformulars.

Alice schaut von ihrem Laptop auf und blickt aus dem Fenster. Er ist immer noch da. Der Mann am Strand.

Seit sie heute Morgen um sieben die Vorhänge aufgezogen hat, sitzt er dort, die Arme um die Knie geschlungen, im feuchten Sand und starrt unentwegt aufs Meer hinaus. Sie hat ihn den ganzen Tag im Auge behalten, aus Angst, er könne sich umbringen wollen. Das ist schon einmal passiert. Ein junger Mann, dessen Gesicht im fahlen Mondlicht leichenblass aussah, hatte seinen Mantel am Strand liegen gelassen und war einfach verschwunden. Das ist schon drei Jahre her, doch die Erinnerung quält Alice immer noch.

Aber dieser Mann bewegt sich nicht. Er sitzt einfach nur da und starrt vor sich hin. Die Luft ist heute kalt, und es bläst ein heftiger Seewind, der einen eisigen Gischtschleier mit an Land bringt. Dennoch hat der Mann nur ein Hemd und eine Jeans an. Er hat weder eine Jacke noch eine Tasche dabei und trägt keine Mütze und auch keinen Schal. Irgendetwas an ihm ist beunruhigend: Er ist nicht verwahrlost wie ein Obdachloser und wirkt nicht so seltsam wie die Patienten der psychiatrischen Tagesklinik im Ort.

Er ist auch kein Junkie, dafür sieht er zu gesund aus, und er hat keinen Alkohol dabei. Er sieht einfach nur … Alice sucht nach dem passenden Wort, und dann fällt es ihr ein. Er sieht verloren aus.

Eine Stunde später regnet es. Alice späht durch die nasse Fensterscheibe zum Strand hinunter. Er ist immer noch da. Die braunen Haare kleben ihm am Kopf, seine Schultern und Ärmel sind von der Nässe tiefdunkel. In einer halben Stunde muss sie Romaine von der Schule abholen. Im Bruchteil einer Sekunde hat sie sich entschieden.

»Hero!«, ruft sie den scheckigen Bullterrier. »Sadie!« Das ist der alte Pudel. »Griff!« Das ist der Windhund. »Gassi gehen!«

Alice hat drei Hunde, aber nur Griff, den Windhund, hat sie sich selbst ausgesucht. Der Pudel gehört ihren Eltern. Sadie ist achtzehn Jahre alt und sollte eigentlich längst tot sein. Die Hälfte ihres Fells hat sie schon verloren, ihre Beine sind kahl und sehen aus wie Vogelbeinchen, aber sie besteht darauf, mit den anderen Hunden hinauszugehen. Und Hero, der Bullterrier, gehörte ihrem früheren Untermieter. Barry verschwand eines Tages und ließ ihr alles da, auch seine gestörte Hündin. Auf der Straße muss Hero einen Maulkorb tragen, denn sonst fällt sie Kinderwagen und Rollerfahrer an.

Während die Hunde sich um sie scharen und Alice die Leinen an ihren Halsbändern befestigt, fällt ihr Blick auf etwas am Kleiderhaken, das Barry in seiner Nacht-und-Nebel-Aktion ebenfalls vergessen hat: eine abgetragene alte Jacke. Unwillkürlich rümpft sie die Nase. In einem Moment geistiger Umnachtung – und größter Einsamkeit – hat sie einmal mit Barry geschlafen. Das bereute sie bereits, als er auf ihr lag und sie den Käsegeruch bemerkte, der aus jeder Pore seines leicht schwabbeligen Körpers strömte. Sie hielt den Atem an und machte weiter, aber seitdem brachte sie ihn immer mit diesem Geruch in Verbindung.

Vorsichtig zieht sie die Jacke vom Haken und legt sie sich über den Arm. Dann nimmt sie die Hundeleinen und einen Regenschirm und geht in Richtung Strand.

»Hier«, sagt sie und reicht dem Mann die Jacke. »Sie müffelt ein bisschen, aber sie ist regendicht. Und sie hat eine Kapuze, schauen Sie mal.«

Der Mann dreht sich langsam zu Alice um und sieht sie an.

Anscheinend hat er sie noch nicht verstanden, also redet sie einfach weiter. »Die Jacke hat Barry gehört. Mein ehemaliger Untermieter. Er war ungefähr so groß wie Sie. Aber Sie riechen besser. Natürlich weiß ich das nicht genau. Aber Sie sehen so aus, als würden Sie gut riechen.«

Der Mann schaut zu Alice und dann auf die Jacke.

»Also«, sagt sie. »Wollen Sie sie?«

Immer noch keine Antwort.

»Okay. Ich werde die Jacke hier bei Ihnen liegen lassen. Ich brauche sie nicht, und ich will sie auch nicht. Sie können sie also genauso gut behalten. Auch wenn Sie sich nur draufsetzen. Sie können sie auch in den Müll werfen, wenn Sie wollen.«

Sie legt die Jacke neben ihm ab und richtet sich auf. Sein Blick folgt ihr.

»Danke.«

»Sie können also doch sprechen?«

Er scheint überrascht. »Natürlich kann ich sprechen.«

Dem Akzent nach zu schließen, kommt er aus dem Süden. Seine Augen haben die gleiche rötlich braune Farbe wie seine Haare und die Stoppeln an seinem Kinn. Er sieht gut aus. Wenn man dunkle Typen mag.

»Schön«, sagt sie und steckt die eine Hand in ihre Jackentasche, während die andere den Knauf des Regenschirms umklammert. »Das freut mich.«

Er lächelt und greift mit einer Hand nach der feuchten Jacke. »Sind Sie sicher?«

»Wegen der Jacke? Sie würden mir einen Gefallen tun. Ganz im Ernst.«

Der Mann zieht sich die Jacke über die nassen Klamotten und fingert eine Weile am Reißverschluss herum, bevor er ihn zubekommt. »Danke«, sagt er noch einmal. »Vielen Dank.«

Alice dreht sich um und schaut, wo die Hunde abgeblieben sind. Sadie sitzt durchnässt und noch dünner als gewöhnlich neben ihr; die anderen beiden tollen am Ufer herum. Dann wendet sie sich wieder dem Mann zu. »Warum gehen Sie nicht rein bei dem Regen?«, fragt sie. »Laut Wettervorhersage wird es bis morgen früh so weiterregnen. Sie werden noch krank.«

»Wer sind Sie noch mal?«, fragt er und kneift die Augen zusammen, als ob sie ihm schon ihren Namen genannt und er ihn nur kurz vergessen hätte.

»Ich bin Alice Lake. Sie kennen mich nicht.«

»Nein«, sagt er. »Ich kenne Sie nicht.« Diese Tatsache scheint ihn zu beruhigen.

»Ich geh jetzt besser«, sagt Alice.

»Natürlich.«

Alice zieht die Leine straff, und Sadie steht mit wackligen Beinen auf, als wäre sie eine frisch geborene Giraffe.

Alice ruft nach den anderen beiden Hunden, aber die beachten sie gar nicht. Sie seufzt genervt und ruft noch einmal. »Blöde Viecher«, murmelt sie bei sich. »Kommt schon!«, brüllt sie laut und läuft auf die Hunde zu. »Kommt sofort her!«

Beide Hunde rennen ins Wasser und wieder heraus; Hero ist mit einer grünlichen Schlickschicht bedeckt. Sie werden stinken. Und sie muss gleich Romaine abholen. Sie darf nicht wieder zu spät kommen. Sie war bereits gestern zu spät dran, denn sie war so vertieft in eines ihrer Landkartenbilder, dass sie die Zeit vergaß. Als sie Romaine um zehn vor vier im Schulsekretariat abholte, sah die Sekretärin sie über ihren Bildschirm hinweg an, als wäre sie ein Schmutzfleck an der Wand.

»Kommt schon, ihr Scheißer!« Mit ein paar großen Schritten ist sie bei ihnen und greift hastig nach Griff. Griff glaubt, das sei ein Spiel, und schießt freudig davon. Alice verfolgt jetzt Hero, die auch vor ihr wegrennt. Die ganze Zeit zieht sie Sadie, die kaum noch aufrecht stehen kann, an ihrem knochigen Hals mit sich. Es regnet in Strömen. Alices Jeans ist klatschnass, ihre Hände eiskalt, die Zeit rennt ihr davon. Sie macht ihrem Frust lauthals Luft und versucht es mit einem Trick, den sie bei ihren Kindern angewendet hat, als sie noch klein waren.

»Schön«, sagt sie. »Sehr schön. Dann bleibt eben hier. Seht zu, wie ihr ohne mich zurechtkommt. Bettelt beim Fleischer um ein paar Knochen. Ein schönes Leben noch!«

Die Hunde bleiben stehen und sehen Alice an. Alice dreht sich um und geht weg.

»Wollen Sie ein paar Hunde haben?«, ruft sie dem Mann zu, der immer noch im Regen am Strand sitzt. »Wollen Sie sie haben? Sie können sie meinetwegen behalten.«

Der Mann schreckt zusammen und sieht sie aus dunklen Augen an. »Ich … ich …«

Alice verdreht die Augen. »Das war nicht ernst gemeint.«

»Nein«, sagt er. »Nein, das weiß ich.«

Sie geht in Richtung Anleger, dort wo sich die Treppe in der Kaimauer befindet. Es ist jetzt halb vier. Die Hunde bleiben am Ufer stehen, blicken erst der eine zum anderen, dann beide zu Alice. Plötzlich rasen sie auf sie zu und stoppen nur Sekunden später, dreckverkrustet und stinkend, bei ihren Füßen.

Alice geht die Stufen hinauf. Als der Mann nach ihr ruft, dreht sie sich um.

»Entschuldigen Sie bitte!«, sagt er. »Entschuldigung, aber wo bin ich?«

»Was?«

»Wo bin ich? Wie heißt dieser Ort hier?«

Alice lacht. »Im Ernst?«

»Ja«, sagt er. »Im Ernst.«

»Das hier ist Ridinghouse Bay.«

Er nickt. »Richtig«, sagt er. »Vielen Dank.«

»Gehen Sie rein, ja?«, sagt Alice leise zu dem Mann. »Bitte bleiben Sie nicht länger in diesem Regen.«

Der Mann lächelt entschuldigend, und Alice winkt zum Abschied. Dann geht sie in Richtung der Schule und hofft, dass er fort sein wird, wenn sie wieder hier vorbeikommt.

Alice weiß, dass man sie in Ridinghouse Bay für einen schrägen Vogel hält. Obwohl man gerechterweise sagen muss, dass es im Ort schon ziemlich viele schräge Vögel gab, bevor sie hierherkam. Aber auch in diesem seltsamen Ort sticht Alice mit ihrem Brixton-Akzent, ihrer schroffen

Art und ihrer kunterbunten Familie heraus. Mal abgesehen von den Hunden. Überall, wo sie mit ihnen auftaucht, ziehen sie ihre Show ab. Sie laufen nicht bei Fuß, sie bellen und schnappen, und sie jaulen zum Gotterbarmen, wenn sie mal kurz vor einem Laden warten müssen. Manchmal wechseln Leute die Straßenseite, wenn Alice und ihre Hunde ihnen entgegenkommen, und machen, insbesondere um die breitschultrige Hero mit ihrem Maulkorb, einen großen Bogen.

Seit sie in Ridinghouse Bay wohnt, mimt Alice die geheimnisvolle, Furcht einflößende Einzelgängerin, obwohl sie das in Wirklichkeit gar nicht ist. In London hatte sie fünf Freunde an jedem Finger, mehr als sie brauchen konnte. Sie war ein Partygirl, jemand, der anderen half, bei einer Flasche Wodka die Welt wieder in Ordnung zu bringen. Sie war die Mutter, die morgens am Schultor fragte, wer noch mit Kaffee trinken kommt. Sie war immer obenauf, sie lachte am lautesten, und sie redete am meisten. Bis sie alles vermasselte.

Aber inzwischen hat sie auch hier eine Freundin gefunden, einen Menschen, der sie versteht. Alice und Derry Dynes haben sich vor achtzehn Monaten an Romaines erstem Schultag kennengelernt. Ihre Blicke trafen sich, und sie waren sich auf Anhieb sympathisch, ein Moment geteilter Freude. »Lust auf einen Kaffee?«, fragte Derry Dynes. Sie hatte Alices feuchte Augen bemerkt, die zusah, wie ihre kleine Tochter im Klassenzimmer verschwand. »Oder lieber etwas Stärkeres?«

Derry ist vielleicht fünf Jahre älter als Alice und mindestens einen Kopf kleiner. Sie hat einen Sohn im Alter von Romaine und eine erwachsene Tochter, die in Edinburgh lebt. Sie liebt Hunde und lässt sich sogar von ihnen auf den Mund küssen, und sie liebt Alice. Sie hat schnell begriffen, dass Alice öfter mal verheerende Entscheidungen trifft und die Kontrolle über ihr Leben verliert, und deshalb ist sie jetzt ihr Coach. Stundenlang sitzt Derry mit Alice zusammen und berät sie in der Auseinandersetzung mit der Schule über Romaines Lernschwierigkeiten, aber sie hält sie zum Beispiel davon ab, in die Schule zu laufen und die unfähige Sekretärin anzuschreien. Derry trinkt mit Alice zwei Flaschen Wein an einem Abend unter der Woche, aber sie bringt sie dazu, den Korken in der dritten Flasche stecken zu lassen. Sie sagt Alice, zu welchem Friseur sie gehen soll und was sie dort sagen soll: »Stufenschnitt, nicht ausgefranst, und Strähnchen.« Früher war Derry Friseurin, heute ist sie Reiki-Therapeutin. Und sie hat mehr Ahnung von Alices Finanzen als diese selbst.

Jetzt steht Derry mit ihrem Sohn Danny und Romaine eng beieinander unter einem riesigen roten Regenschirm vor der Schule.

»Danke dir. Die Hunde sind am Strand durchgedreht, ich konnte sie nicht wieder einfangen.«

Alice beugt sich vor, küsst Romaine auf die Haare und nimmt ihr die Lunchbox ab.

»Was in aller Welt hast du bei diesem Wetter am Strand gemacht?«

Alice verdreht die Augen und seufzt. »Das willst du nicht wissen.«

»Doch«, erwidert Derry, »will ich.«

»Habt ihr heute noch was vor, oder wollen wir zusammen Tee trinken?«

Derry schaut zu ihrem Sohn hinunter und sagt: »Ich sollte mit Danny in die Stadt gehen, um ihm neue Schuhe zu kaufen …«

»Na dann, kommt doch vorher bei mir vorbei. Ich will dir was zeigen.«

»Sieh mal«, sagt Alice, als sie an der Kaimauer stehen und durch den wasserfallartigen Regen schauen, der sich von ihren Regenschirmen ergießt. »Er ist immer noch da.«

»Er?«, fragt Derry.

»Ja, er dort. Ich habe ihm die Jacke gegeben. Die ist von Barry.«

Derry schaudert unwillkürlich. Auch sie erinnert sich an Barry. Alice hat ihr die Ereignisse damals sehr genau und anschaulich beschrieben. »Hatte er denn vorher keine Jacke an?«

»Nein. Er saß nur im Hemd da. Total durchnässt. Er hat mich gefragt, wo er ist.«

Die beiden Kinder ziehen sich an der Mauer hoch und blicken über den Rand.

»Er wusste nicht, wo er ist?«

»Nein. Er schien ein bisschen durcheinander zu sein.«

»Lass dich da nicht in was reinziehen«, sagt Derry.

»Wer hat denn gesagt, dass ich mich da reinziehen lasse?«

»Du hast ihm eine Jacke gegeben. Du steckst schon mittendrin.«

»Das war nur ein Akt der Menschenliebe.«

»Ja«, sagt Derry. »Genau das meine ich.«

Alice sieht ihre Freundin stirnrunzelnd an und geht von der Kaimauer weg. »Willst du wirklich einkaufen gehen?«, fragt sie. »Bei dem Wetter?«

Derry hebt den Kopf und blickt in den düsteren Himmel. »Nein, vielleicht doch nicht.«

»Ach bitte«, sagt Alice. »Kommt mit zu mir. Ich mache uns den Kamin an.«

Derry und Danny bleiben einige Stunden zu Besuch. Die Kleinen spielen im Wohnzimmer, während Derry und Alice in der Küche Tee trinken. Kurz nach vier kommt Jasmine bis auf die Haut durchnässt, mit einem triefenden Rucksack voller Lern- und Arbeitsunterlagen. Sie hatte keine Jacke und auch keinen Schirm dabei. Eine halbe Stunde später kommt Kai mit zwei Freunden aus der Schule. Alice kocht Spaghetti, und Derry kann sie gerade noch davon abhalten, eine Weinflasche zu öffnen, denn sie muss nach Hause. Um sechs gehen sie und Danny. Es regnet immer noch. Matschig braunes Regenwasser fließt in Rinnsalen die Slipanlage hinunter zum Strand und strömt sturzbachartig von den Hausdächern. Inzwischen ist auch noch ein heulender Wind aufgekommen und treibt den Regen waagerecht vor sich her, sodass er überall durch die Ritzen dringt.

Vom oberen Stockwerk ihres Hauses aus kann Alice sehen, dass der Mann immer noch da ist. Er sitzt nicht mehr mitten auf dem Strand, er hat sich nahe der Kaimauer auf einem Haufen Seile niedergelassen. Er hat den Kopf zum Himmel gewandt und die Augen geschlossen. Etwas in Alice zieht sich zusammen, wenn sie den Mann ansieht. Natürlich könnte er verrückt sein. Er könnte gefährlich sein. Aber dann fallen ihr wieder seine traurigen dunklen Bernsteinaugen ein und seine sanfte Stimme, als er sie fragte, wo er sei. Und sie ist hier in ihrem Zuhause, mit anderen Menschen. Im Kamin brennen dicke Holzscheite, hier ist es warm und trocken und sicher. Sie kann nicht hierbleiben, wenn sie weiß, dass er da draußen ist.

Sie kocht Tee und gießt ihn in eine Thermoskanne. Dann bittet sie die Großen, ein Auge auf Romaine zu haben, und geht zu ihm an den Strand.

»Hier, bitte«, sagt sie und reicht ihm die Thermoskanne.

Er nimmt sie entgegen und lächelt.

»Ich dachte, ich hätte Ihnen gesagt, Sie sollen reingehen.«

»Ja, daran erinnere ich mich«, sagt er.

»Gut«, erwidert sie. »Aber wie ich sehe, haben Sie nicht auf mich gehört.«

»Ich kann nicht nach drinnen gehen.«

»Sind Sie obdachlos?«

Er nickt. Dann schüttelt er den Kopf. »Ich glaube, ja. Ich weiß es nicht genau.«

»Sie wissen es nicht?« Alice lacht leise auf. »Wie lange sitzen Sie denn schon hier?«

»Ich bin seit gestern Abend hier.«

»Und wo sind Sie hergekommen?«

Er dreht sich um und sieht sie an. Seine Augen sind weit aufgerissen und angsterfüllt. »Ich habe keine Ahnung.«

Alice tritt unwillkürlich einen Schritt zurück. Jetzt bereut sie, dass sie an den Strand gekommen ist. Dass sie sich da reinziehen lässt, wie Derry es ausdrückt. »Im Ernst?«, fragt sie.

Er streicht sich die feuchten Haare aus der Stirn und seufzt. »Im Ernst.« Dann gießt er sich Tee ein und hält den Becher in die Höhe. »Danke«, sagt er. »Das ist sehr freundlich von Ihnen.«

Alice blickt aufs Meer hinaus. Sie weiß nicht genau, was sie sagen soll. Einerseits möchte sie einfach wieder ins warme Haus zurückgehen, andererseits spürt sie, dass sie ein bisschen bei ihm bleiben sollte. Sie stellt dem Mann noch eine Frage: »Wie heißen Sie?«

»Ich glaube«, sagt er, während er auf seinen Tee starrt. »Ich glaube, ich habe das Gedächtnis verloren. Ich meine …« Er dreht sich abrupt zu ihr. »Das wäre doch logisch, oder? Das ist die einzige logische Erklärung. Denn ich weiß nicht, wie ich heiße. Und ich muss einen Namen haben. Jeder hat doch einen Namen. Richtig?«

Alice nickt.

»Ich weiß weder, warum ich hier bin, noch, wie ich hierhergekommen bin. Je länger ich darüber nachdenke, desto sicherer bin ich mir: Ich muss das Gedächtnis verloren haben.«

»Aha«, sagt Alice. »Ja, das ist logisch. Haben Sie sich … Sind Sie verletzt?« Sie zeigt auf seinen Kopf.

Er fährt sich mit der Hand über den Kopf, dann sieht er sie an. »Nein«, antwortet er. »Sieht nicht danach aus.«

»Ist Ihnen das schon mal früher passiert? Dass Sie das Gedächtnis verloren haben, meine ich?«

»Ich kann mich nicht erinnern«, sagt er treuherzig, und sie müssen beide lachen.

»Wissen Sie, dass Sie in Nordengland sind?«, fragt Alice jetzt.

»Nein«, erwidert er. »Das wusste ich nicht.«

»Und Sie haben einen südlichen Akzent. Sind Sie von dort?«

Er zuckt die Achseln. »Ich vermute mal, ja.«

»Mensch«, sagt Alice. »Das ist ja wirklich verrückt. Sie haben sicher schon in Ihren Taschen nachgesehen, oder?«

»Ja, habe ich«, sagt er. »Ich habe auch etwas gefunden, konnte mir aber keinen Reim darauf machen.«

»Haben Sie das, was Sie gefunden haben, noch?«

»Hier.« Er lehnt sich zur Seite. »Hier ist es.« Er zieht eine Handvoll feuchtes Papier aus seiner Gesäßtasche. »Oh.«

Alice starrt erst auf den nassen Klumpen und dann in den dunkler werdenden Himmel. Kurz streicht sie sich übers Gesicht und atmet tief aus. »Okay«, sagt sie. »Ich muss verrückt sein. Nein, ich bin wirklich verrückt. Also, ich habe ein kleines Studio in meinem Garten. Normalerweise vermiete ich den Raum, aber im Augenblick steht er gerade leer. Sie können dort über Nacht bleiben. Wir trocknen diese nassen Zettel, und morgen versuchen wir, Sie wieder zusammenzupuzzeln. Sind Sie einverstanden?«

Er starrt ungläubig zu ihr hoch. »Ja«, sagt er. »Ja, bitte.«

»Ich muss Sie warnen«, sagt sie im Aufstehen. »Bei mir herrscht Chaos. Ich habe drei sehr laute, freche Kinder und drei ungehorsame Hunde. Mein Haus ist ein Saustall. Erwarten Sie also bloß keine Wunder.«

Er nickt. »Ehrlich gesagt, das ist mir ganz gleich. Und es macht mir wirklich nichts aus. Ich bin Ihnen so dankbar. Ich kann gar nicht glauben, wie freundlich Sie zu mir sind.«

Alice führt den durchnässten fremden Mann die Steinstufen zu ihrem Cottage hinauf. »Nein«, sagt sie. »Das kann ich auch nicht glauben.«

2

Lilys Magen fühlt sich hart wie Stein an. Ihr Herz schlägt schon seit Längerem so schnell, dass sie meint, jeden Moment ohnmächtig zu werden. Sie steht auf und geht zum Fenster, so wie sie es in den vergangenen dreiundzwanzigeinhalb Stunden im Abstand von wenigen Minuten immer wieder gemacht hat. In dreißig Minuten wird sie wieder bei der Polizei anrufen. So lange, haben sie gesagt, müsse Lily warten, bevor sie Carl offiziell als vermisst melden könne. Dabei wusste sie schon, dass er vermisst war, als er am Vorabend eine Stunde nach Arbeitsschluss noch nicht zu Hause war. Ein eiskalter Schauer war ihr über den Rücken gelaufen. Sie sind doch gerade erst aus den Flitterwochen zurückgekehrt. Jeden Abend ist er von der Arbeit nach Hause gerast. Manchmal ist er etwas früher gekommen, aber nie mehr als eine Minute zu spät. Er hat ihr Geschenke mitgebracht, Glückwunschkarten zu zwei Wochen Verheiratetsein oder Blumen. Er stürmte durch die Wohnungstür und rief: »Himmel, Kleines, ich hab dich so vermisst.« Dann schloss er sie verzweifelt in die Arme.

Aber nicht gestern Abend. Um sechs war er nicht da. Auch nicht um halb sieben. Oder um sieben. Jede Minute fühlte sich wie eine Stunde an. Zuerst hörte sie das Rufzeichen, bis die Voicemail ansprang, aber nach einer Stunde ertönte plötzlich nur noch ein schriller Ton. Lily fühlte sich vollkommen hilflos, und Furcht stieg in ihr auf.

Die Polizei … Na ja, bis gestern Abend hatte Lily keine Meinung über die britischen Ordnungshüter. So wie man keine Meinung über den Waschsalon um die Ecke hat, weil man noch nie da war. Aber jetzt hat Lily eine sehr entschiedene Meinung.

In zwanzig Minuten kann sie wieder bei der Polizei anrufen. Auch wenn das nichts nützen wird. Sie weiß genau, was die bei der Polizei über sie denken: dummes Mädchen, ausländischer Akzent, wahrscheinlich eine Katalogbraut. (Sie ist keine Katalogbraut. Sie hat ihren Ehemann im realen Leben persönlich kennengelernt.) Die Polizistin, mit der Lily gesprochen hat, glaubt, ihr Ehemann hätte eine Affäre und würde sie betrügen. Irgend so was. Das hört Lily an dem lustlosen Ton. »Kann es sein, dass jemand ihn nach der Arbeit abgepasst hat?«, hatte sie gefragt. »Vielleicht ist er im Pub?« Sie wusste, dass die Polizistin während des Telefonats noch etwas anderes tat, entweder blätterte sie eine Zeitschrift durch, oder sie feilte sich die Nägel.

»Nein!«, hatte sie erwidert. »Niemals! Er geht nicht in den Pub. Er kommt direkt nach Hause. Zu mir.«

Später erkannte Lily, dass es ein Fehler gewesen war, das zu sagen. Sie konnte die Frau vor sich sehen, wie sie süffisant die Augenbrauen hochzog.

Lily hat keine Ahnung, wen sie sonst anrufen könnte. Sie weiß, dass Carl eine Mutter hat, denn an ihrem Hochzeitstag hat sie mit ihr telefoniert, aber sie hat sie noch nicht persönlich kennengelernt. Sie heißt Maria oder Mary oder Marie oder so ähnlich, und sie wohnt in … also, großer Gott, Lily weiß nicht, wo Carls Mutter wohnt. Im Westen des Landes? Oder vielleicht doch im Osten? Carl hat es einmal erwähnt, aber sie kann sich nicht mehr erinnern.

Er hat alle Telefonnummern in seinem Handy gespeichert. Also, was kann sie tun?

Carl hat auch noch eine Schwester. Sie heißt Suzanne. Susan? Sie ist viel älter als er und lebt in der Nähe der Mutter in einem Ort, der mit S beginnt. Die Geschwister haben sich zerstritten. Warum, hat Carl ihr nicht erzählt. Er hat noch einen Freund mit Namen Russ, der ruft regelmäßig an, um mit ihm über Fußball und das Wetter zu reden. Russ sagt immer wieder, dass er mit Carl etwas trinken gehen will, das aber im Augenblick wegen des kleinen Babys nicht schafft.

Lily ist sicher, dass Carl noch mehr Menschen kennt, aber da sie ihn erst vor ein paar Monaten getroffen hat, erst seit drei Wochen mit ihm verheiratet ist und erst seit zehn Tagen hier wohnt, kennt sie Carls Welt noch nicht gut. Sie ist auch neu in England. Sie kennt niemanden hier, und niemand kennt sie. Glücklicherweise spricht Lily fließend Englisch und hat daher keine Verständigungsprobleme. Aber trotzdem ist alles so anders hier. Und es fühlt sich seltsam an, so vollkommen allein zu sein.

Endlich ist es eine Minute nach sechs. Lily nimmt ihr Telefon in die Hand und ruft die Polizei an.

»Guten Abend«, sagt sie zu der männlichen Stimme, die den Anruf entgegennimmt. »Mein Name ist Lily Monrose. Ich möchte eine Vermisstenanzeige aufgeben.«

3

»Entschuldigung«, sagt die Frau, Alice heißt sie, und lehnt sich über den kleinen Tisch, um die dunkelblauen Vorhänge aufzuziehen. »Es riecht ein bisschen muffig. Ist schon ein paar Wochen her, dass hier zuletzt jemand gewohnt hat.«

Er schaut sich um. Er steht in einem kleinen Zimmer mit einem Velux-Fenster und einer Glastür, die in Alices Garten hinausführt. Das Zimmer ist spartanisch eingerichtet. Auf einer Seite steht ein Feldbett, dann gibt es ein Spülbecken, einen Kühlschrank, einen Miniherd, ein Elektroheizgerät, einen Tisch, zwei Plastikstühle. Auf dem Boden liegt eine schmutzige Binsenmatte. Aber die Holzwände sind in einem schönen Grünton gestrichen, und es hängen dort sehr ansprechende Kunstwerke: Blumen, Gesichter und Häuser, die anscheinend aus alten Landkarten gefertigt wurden. Und neben dem Feldbett steht eine perlenverzierte Lampe. Der Gesamteindruck ist angenehm. Aber Alice hat recht, es müffelt. Eine unheilvolle Mischung von Moder und Feuchtigkeit liegt in der Luft.

»Nebenan ist eine Außentoilette. Die benutzt sonst niemand. Und tagsüber können Sie sich in unserem Badezimmer waschen. Das ist im Erdgeschoss, gleich bei der Terrasse. Kommen Sie, ich zeig es Ihnen.« Ihr Ton ist knapp und ein wenig einschüchternd.

Während er ihr auf dem Kiesweg zum Haus folgt, betrachtet er sie genau. Sie ist groß und schlank, etwas rundlich um die Hüften. Sie trägt eine enge schwarze Jeans und einen weiten Pullover. Vermutlich versucht sie, den Hüftspeck darunter zu verstecken und ihre langen Beine zu betonen. Dazu schwarze Stiefel, die ein bisschen an Doc Martens erinnern. Ihre Haare sind eine wehende honig- und schlammfarbene Mähne. Schlecht gemachte Strähnchen, fährt es ihm durch den Kopf. Dann fragt er sich, wieso er dazu überhaupt eine Meinung hat. Ist er etwa Friseur?

Die winzige Hintertür klemmt, als sie sie öffnen will, und sie tritt einmal gekonnt gegen den Sockel. Drei Stufen führen in eine schmale Küche. Links davon befindet sich ein schlichtes Badezimmer.

»Wir benutzen alle das Bad im ersten Stock, dieses hier haben Sie praktisch für sich allein. Soll ich Ihnen eine Wanne einlaufen lassen? Dann wird Ihnen wieder warm.«

Bevor er antworten kann, dreht sie schon quietschende Wasserhähne auf. Schnell schiebt sie ihre Pulloverärmel zurück, um die Temperatur zu prüfen. Sein Blick fällt auf ihre Ellbogen, und er bemerkt die faltige, schlaffe Haut. Sie muss vierzig oder fünfundvierzig Jahre alt sein, denkt er bei sich. Sie dreht sich um und lächelt. »Okay«, sagt sie. »Während das Bad einläuft, machen wir Ihnen etwas zu essen. Und legen das hier auf die Heizung.« Er gibt ihr die feuchten Brocken und Teile, die in seinen Taschen steckten, und folgt ihr wieder in die Küche: Die Wände sind magentarot angemalt, die Töpfe hängen von hoch angebrachten Stangen, die Eichenschränke sind handgefertigt, im Spülbecken stapelt sich Geschirr, und eine Pinnwand ist voller Kinderzeichnungen. An dem kleinen Tisch in der Ecke sitzt ein Mädchen im Teenageralter. Sie wirft ihm einen kurzen Blick zu und schaut dann die Frau fragend an.

»Das ist Jasmine, meine älteste Tochter. Und das hier« – sie deutet auf ihn – »ist ein fremder Mann, den ich am Strand aufgegabelt habe. Er schläft heute Nacht im Studio.«

Das Mädchen mit dem Namen Jasmine zieht eine gepiercte Augenbraue hoch und wirft ihm noch einen vernichtenden Blick zu. »Abgefahren.«

Sie hat überhaupt keine Ähnlichkeit mit ihrer Mutter. Ihr dunkles Haar ist zu einem scheußlichen Bob gestutzt – wahrscheinlich ist das Absicht. Der Pony ist viel zu kurz, aber irgendwie rahmt dieser Schnitt ihr kantiges Gesicht, ihre vollen roten Lippen und die schweren Augen perfekt ein. Das Mädchen sieht exotisch aus, wie diese mexikanische Schauspielerin, an deren Namen er sich ums Verrecken nicht erinnern kann.

Alice reißt einen roten Kühlschrank auf und sagt zu ihm: »Ein Schinkensandwich? Brot und Pastete? Ich könnte auch überbackenen Blumenkohl aufwärmen. Da ist auch noch ein Curry von letztem Samstag. Welchen Tag haben wir heute? Mittwoch? Ich bin sicher, das kann man noch essen. Currygerichte sind ja schließlich dafür da, Fleisch haltbar zu machen, nicht wahr?«

Er hat Mühe, die vielen Informationen zu verarbeiten. Eine Entscheidung zu treffen. Wahrscheinlich hat er deshalb mehr als zwölf Stunden lang am Strand gesessen. Ihm war klar, dass es verschiedene Möglichkeiten gab, aber er war nicht in der Lage, Prioritäten zu setzen. Stattdessen hatte er wie gelähmt dagesessen, bis diese entschlossene Frau gekommen war und eine Entscheidung für ihn getroffen hatte.

»Ich bin mit allem einverstanden, wirklich«, sagt er. »Egal was es ist.«

»Scheiß drauf«, sagt sie und lässt die Kühlschranktür zufallen. »Ich bestelle Pizza.«

Zunächst ist er erleichtert, weil sie ihm noch eine Entscheidung abgenommen hat. Aber dann fällt ihm ein, dass er, von ein paar losen Münzen abgesehen, kein Geld hat, und er fühlt sich unbehaglich.

»Es tut mir leid, aber ich habe kein Geld.«

»Ja, das weiß ich«, erwidert Alice. »Wir haben Ihre Taschen durchsucht. Erinnern Sie sich? Aber das ist in Ordnung, das geht auf mich. Und Jasmine ...« Sie deutet mit dem Kopf in Richtung ihrer Tochter. »Sie lebt nur von Luft. Meistens muss ich ihr Essen wegwerfen. Ich bestelle einfach so viel Pizza wie immer. Als wenn Sie gar nicht da wären.«

Das Mädchen verdreht die schwarz geschminkten Augen. Er folgt Alice in ein winziges Wohnzimmer. In der Tür muss er den Kopf einziehen, um sich nicht an dem niedrigen Balken zu stoßen. Ein kleines Mädchen mit hellblonden Locken kuschelt sich an einen schlaksigen Teenagerjungen mit afrokaribischem Aussehen und schaut fern. Dann drehen sich die beiden um und mustern ihn beunruhigt.

Alice wühlt in einer Schreibtischschublade. »Diesen Mann habe ich am Strand gefunden«, sagt sie, ohne sich umzublicken. Sie holt einen Flyer hervor, gibt ihn dem Jungen und schließt die Schublade. »Wir bestellen Pizza«, sagte sie. »Such etwas aus.«

Das Gesicht des Jungen hellt sich auf. Er setzt sich aufrecht hin und löst den Arm des kleinen Mädchens von seiner Taille.

»Romaine.« Alice deutet auf das kleine Mädchen. »Und Kai.« Ihre Hand zeigt auf den hoch aufgeschossenen Teenager. »Und ja, das sind alles meine Kinder. Ich bin keine Pflegemutter. Um Himmels willen, setzen Sie sich doch endlich.«

Vorsichtig lässt er sich auf einem kleinen geblümten Sofa nieder. Ein Feuer brennt im Kamin, die gemütlichen Möbel sind mehr shabby als chic, aber geschmackvoll, dunkle Holzbalken an der Decke, grau gestrichene Wände und Wandleuchten aus Uranglas. Vor dem Fenster befindet sich eine Straßenlampe, und dahinter liegt der silbrige Schatten des Meeres. Sehr stimmungsvoll. Aber ganz offensichtlich ist Alice keine gute Hausfrau. Alles ist mit dickem Staub bedeckt, Spinnweben hängen von der Decke, in den Ecken häuft sich Krimskrams, und der Teppich wurde wahrscheinlich noch nie gesaugt.

Alice legt alles, was sie in seinen Taschen gefunden haben, auf die Heizung. »Bahnfahrkarten«, murmelt sie und löst sie vorsichtig voneinander. »Von gestern.« Sie sieht genau hin. »Die Uhrzeit kann ich nicht erkennen. Kai?« Sie reicht ihrem Sohn die feuchte Fahrkarte. »Kannst du das lesen?«

Der Junge nimmt die Fahrkarte, schaut sie sich an und gibt sie seiner Mutter zurück. »Neunzehn Uhr achtundfünfzig.«

»Der letzte Zug«, sagt Alice. »Wahrscheinlich sind Sie in Doncaster umgestiegen. Und spät hier angekommen.« Sie geht weiter die Papierfetzen durch. »Das hier ist irgendeine Quittung. Aber keine Ahnung, wofür.« Sie legt das Papier auf die Heizung.

Sie ist hübsch, findet er. Ausgeprägte Gesichtszüge, ein schöner Mund. Man sieht noch die Überreste des verschmierten Eyeliners, den sie heute Morgen benutzt hat, aber sonst ist sie ungeschminkt. Sie ist beinahe schön. Aber sie strahlt eine Härte aus, ihr Kiefer wirkt verkrampft, und wo Licht sein sollte, ist nur Schatten.

»Noch mehr Quittungen. Ein Taschentuch?« Sie hält es ihm hin. Er schüttelt den Kopf und wirft es ins Kaminfeuer. »So, das wär dann wohl alles. Kein Personalausweis. Sie sind ein vollkommenes Rätsel.«

»Wie heißt er?«, fragt Romaine.

»Ich kenne seinen Namen nicht. Und er weiß auch nicht, wie er heißt. Er hat sein Gedächtnis verloren.« Alice sagt das, als wäre es das Normalste von der ganzen Welt, aber das kleine Mädchen runzelt die Stirn.

»Wo hat er es verloren?«

Alice lacht. »Du bist doch sehr gut im Namenerfinden, Romaine. Er kann sich nicht erinnern, wie er heißt, also müssen wir ihm einen Namen geben. Wie soll er heißen?«

Das kleine Mädchen starrt ihn eine Weile lang an. Er glaubt, dass sie gleich einen kindischen, unsinnigen Namen vorschlagen wird. Sie kneift die Augen zusammen, schürzt die Lippen und spricht mit Bedacht den Namen Frank aus.

»Frank«, sagt Alice nachdenklich. »Ja. Frank. Das ist perfekt. Kluges Mädchen.« Sie streicht Romaine über die lockigen Haare. »Also, Frank.« Sie lächelt ihn an. »Ich schätze, die Wanne ist jetzt voll. Auf dem Bett liegt ein Handtuch, Seife ist auch da. Bis du im Bad fertig bist, ist die Pizza bestimmt schon da.«

Er kann sich nicht erinnern, eine Pizza ausgewählt zu haben; er ist nicht sicher, ob Frank sein richtiger Name ist. Diese Frau mit ihrer Bestimmtheit verwirrt ihn. Aber er ist sicher, dass seine Socken, seine Unterwäsche und seine

Haut feucht sind, dass es ihn von innen friert und dass er sofort ein heißes Bad braucht, mehr als alles andere auf der Welt.

»Oh.« Jetzt fällt ihm etwas ein. »Trockene Kleidung. Natürlich ziehe ich auch diese Sachen gern wieder an. Oder könnte ich ...«

»Kai kann dir eine Jogginghose leihen. Und ein T-Shirt. Ich lege dir Sachen neben die Hintertür.«

»Danke«, sagt er. »Vielen Dank.«

Als er aufsteht, um ins Bad zu gehen, bemerkt er, wie sie mit ihrem Sohn einen Blick austauscht, wie ihr die Maske der betonten Unbekümmertheit für einen Augenblick entgleitet. Der Junge sieht besorgt und genervt aus; er schüttelt leicht den Kopf. Sie antwortet mit einem bestimmten Nicken. Aber er kann auch Angst in ihren Augen sehen. Als ob sie ihre Entscheidung anzweifeln würde. Als ob sie sich fragt, warum er hier in ihrem Haus ist.

Schließlich könnte er irgendwer sein.

4

»Erzählen Sie mir etwas von Ihrem Ehemann«, sagt Beverly, die Polizistin. »Wie alt ist er?«

Lily schiebt den Saum ihres Oberteils nach unten und glättet den Stoff auf ihrer Haut. »Er ist vierzig«, antwortet sie.

Sie kann sehen, wie sich ganz leicht eine Augenbraue der Polizeibeamtin hebt. »Und wie alt sind Sie?«

»Ich bin einundzwanzig«, sagt sie. Am liebsten würde sie schreien: Kein Grund, mich zu verurteilen. Neunzehn Jahre Altersunterschied. Wo man heute gut und gerne neunzig werden kann. Also, wo liegt das Problem?

»Und sein vollständiger Name lautet?«

»Carl John Robert Monrose.«

»Danke. Und er wohnt hier, in dieser Wohnung?«

Lily deutet auf das kleine Wohnzimmer des modernen Apartments, wo sie und Carl seit ihrer Rückkehr aus den Flitterwochen auf Bali gewohnt haben.

»Ja«, sagt sie. »Natürlich!« Sie weiß, dass ihre Worte unhöflich sind. Ihr ist bewusst, dass ihre schroffe Art nicht unbedingt dem britischen Geschmack entspricht.

»Erzählen Sie mir vom gestrigen Tag. Wann haben Sie Ihren Ehemann zuletzt gesehen?«

»Er ist um sieben Uhr gegangen. Er geht jeden Morgen um diese Zeit.«

»Und wo arbeitet er?«

»In London. Für einen Finanzdienstleister.«

»Und haben Sie schon mit der Firma gesprochen?«

»Ja! Das habe ich als Allererstes getan!« Die Frau muss sie für eine komplette Idiotin halten.

»Und was hat man in der Firma gesagt?«

»Dass er zur gleichen Zeit gegangen ist wie immer. Genau das hatte ich erwartet. Carl kommt jeden Abend mit dem gleichen Zug nach Hause. Er kann nicht länger im Büro bleiben, sonst würde er den Zug verpassen.«

»In Ordnung. Und haben Sie irgendwann mit ihm gesprochen? Nachdem er das Büro verlassen hat?«

»Nein«, sagt sie. »Aber er hat mir eine SMS geschickt. Sehen Sie.« Sie schaltet ihr Telefon ein und reicht es der Polizistin. Die SMS erscheint sofort.

Weißt du, was verrückt ist? Das ist verrückt: Ich liebe dich jetzt noch mehr als heute Morgen! In einer Stunde sehe ich dich wieder! Wenn ich den Zug beschleunigen könnte, ich würde es tun! XXXXX

»Und sehen Sie hier«, sagt Lily, während sie ihre Nachrichten durchscrollt. »Diese SMS ist von vorgestern.«

Kann es wirklich wahr sein, dass ich eine Frau wie dich habe? Habe ich so viel Glück verdient?! Ich kann es kaum erwarten, dich wieder in den Armen zu halten. Noch achtundfünfzig Minuten!

»Sehen Sie«, sagt sie. »Dieser Mann will jeden Abend zu seiner Frau nach Hause gehen, das ist sein größter Wunsch. Verstehen Sie jetzt, warum ihm etwas Schlimmes passiert sein muss?«

Die Polizeibeamtin gibt Lily das Telefon zurück und seufzt. »Es hat ihn wohl voll erwischt«, sagt sie.

»Das ist nicht witzig«, sagt Lily.

»Nein.« Beverly hört augenblicklich auf zu lächeln. »So habe ich das nicht gemeint.«

Lily holt tief Luft. Ich sollte mir mehr Mühe geben, ermahnt sie sich, ich muss freundlicher sein. »Entschuldigen Sie«, sagt sie. »Ich bin gestresst. Das war das erste Mal, dass wir eine Nacht getrennt voneinander verbracht haben. Ich habe nicht geschlafen. Nicht eine einzige Minute.« Sie fuchtelt verzweifelt mit den Händen in der Luft, dann legt sie sie wieder in den Schoß.

Die Tränen in Lilys Augen erweichen die Polizistin, und sie drückt leicht Lilys Hand. »Also. Sie haben diese SMS gestern um siebzehn Uhr erhalten. Danach …?«

»Nichts. Gar nichts. Das erste Mal habe ich ihn kurz nach sechs angerufen, dann habe ich es immer wieder probiert. Irgendwann war sein Akku leer.«

Die Polizistin hält einen Moment inne. Zum ersten Mal hat Lily das Gefühl, dass die Frau mit Namen Beverly begreift, dass er tatsächlich verschwunden sein könnte und nicht einfach nur im Bett einer anderen Frau liegt.

»Wo steigt er in den Zug?«

»Victoria Station.«

»Und er nimmt immer den gleichen Zug?«

»Ja, den um 17 Uhr 06 nach East Grinstead.«

»Und wann kommt er in Oxted an?«

»Um 17 Uhr 44. Dann muss er noch fünfzehn Minuten bis zu unserer Wohnung laufen. Genau eine Minute vor sechs ist er zu Hause. Jeden Abend.«

»Und arbeiten Sie, Mrs. Monrose?«

»Nein, ich studiere.«

»Wo?«

»Hier. Es ist ein Fernstudium. Rechnungswesen. Das habe ich auch in meiner Heimat, der Ukraine, studiert. Ich habe das Studium dort abgebrochen, um mit Carl zusammen zu sein. Und jetzt mache ich es hier fertig.« Sie zuckt die Achseln.

»Und wie lange sind Sie schon hier in Großbritannien?«

»Eine Woche und drei Tage.«

»Oh«, sagt die Polizistin. »Das ist noch nicht lange.«

»Nein, nicht sehr lange.«

»Ihr Englisch ist ausgezeichnet.«

»Danke. Meine Mutter ist Übersetzerin. Sie hat dafür gesorgt, dass ich die Sprache so gut beherrsche wie sie selbst.«

Die Polizistin steckt die Kappe auf ihren Stift und sieht Lily nachdenklich an. »Wie haben Sie sich kennengelernt?«, fragt sie. »Sie und ihr Mann?«

»Über meine Mutter. Sie hat bei einer Konferenz von Finanzdienstleistungsunternehmen in Kiew gedolmetscht. Dort wurden noch Leute gesucht, die sich um die Teilnehmer kümmern. Sie wissen schon: Sightseeing, Taxis rufen, solche Sachen. Ich brauchte Geld. Meine Aufgabe war es, Carl und einige seiner Kollegen zu betreuen. Ich wusste vom ersten Augenblick an, dass ich ihn heiraten würde. Das war sofort klar.«

Die Polizistin starrt Lily gebannt an. »Toll«, sagt sie. »Toll.«

»Ja«, sagt Lily. »Das war echt toll.«

»Okay.« Beverly lässt den Stift in ihre Tasche gleiten und klappt ihr Notizbuch zu. »Ich werde sehen, was ich tun kann. Ich bin nicht sicher, ob wir schon genügend Hinweise haben, um einen Vermisstenfall daraus zu machen.

Aber rufen Sie mich noch mal an, wenn er heute Abend nicht nach Hause kommt.«

Lilys Hoffnungen sind zerschlagen, und ihr wird schwer ums Herz. »Wie bitte?«

»Ich bin sicher, dass sich alles aufklären wird«, sagt Beverly. »Ehrlich. In neun von zehn Fällen ist der Grund vollkommen harmlos. Bestimmt kommt er bald nach Hause.«

»Wirklich?«, sagt sie. »Das glauben Sie doch selbst nicht. Ich weiß, dass Sie mir glauben. Kommen Sie schon, helfen Sie mir.«

Die Polizeibeamtin seufzt. »Ihr Ehemann ist erwachsen. Er ist nicht hilflos. Ich kann keinen Fall eröffnen. Aber ich mache Ihnen einen Vorschlag: Ich werde in unserer Datenbank nachsehen, ob irgendwo jemand mitgenommen wurde, auf den seine Beschreibung passt.«

Lily hält sich die Hand ans Herz. »Mitgenommen?«

»Ja. Sie wissen schon. Auf die Wache mitgenommen. Für ein Verhör. Und ich werde seine Daten auch mit den Krankenhäusern der Umgebung abgleichen. Um zu sehen, ob er irgendwo behandelt wurde.«

»Oh Gott.« Genau das hat Lily sich die ganze letzte Nacht vorgestellt. Carl, wie er vom Bus überfahren wird, niedergestochen in einer Unterführung im Sterben liegt oder leblos im dunklen Wasser der Themse treibt.

»Das ist alles, was ich für Sie tun kann.«

Lily erkennt, dass die Polizistin ihr einen Gefallen tut, und zwingt sich zu einem Lächeln. »Danke«, sagt sie. »Ich weiß das sehr zu schätzen.«

»Ich bräuchte allerdings ein Foto. Haben Sie ein aktuelles Bild von ihm?«

»Ja, natürlich.« Lily wühlt in ihrer Handtasche, öffnet ihre Geldbörse und holt einen Schnappschuss aus dem

Fotoautomaten heraus. Carl ist gut getroffen, sein Blick ist ernst. Sie gibt das Foto der Polizistin und rechnet mit einer Bemerkung, wie unglaublich gut ihr Ehemann aussieht. Vielleicht sagt sie sogar etwas über seine Ähnlichkeit mit Ben Affleck. Aber die Polizistin steckt das Foto nur in ihr Notizbuch und sagt: »Das bekommen Sie zurück, versprochen. Bitte sprechen Sie mit seinen Freunden, seiner Familie. Mit Kollegen. Vielleicht kann jemand Licht in die Sache bringen.«

Nachdem die Polizistin gegangen ist, steht Lily minutenlang am Fenster und starrt hinaus. Unten vor dem Haus ist ein kleiner Parkplatz. Carls schwarzer Audi A5 steht noch da, wo er ihn nach dem gemeinsamen Wochenendeinkauf geparkt hat. Bei dem Gedanken an Carl will sie sich am liebsten ganz klein machen und vor Schmerz heulen.

Dann dreht sie sich um und betrachtet Carls und ihr Zuhause. Carl hat es ausgesucht, eine brandneue Wohnung in einem brandneuen Wohngebiet. Niemand hat vor ihnen in der Küche gekocht oder je die Toilette benutzt. Eine brandneue Wohnung, wo sie ihr brandneues Leben beginnen konnten. Schweren Herzens beginnt Lily, Schubladen aufzuziehen und Unterlagen durchzusehen, auf der Suche nach diesem kleinen Detail, das sie nicht von ihrem Ehemann wusste. Das kleine Detail, das das Rätsel lösen könnte, wo Carl abgeblieben ist.

5

Gegen fünf hört es endlich auf zu regnen. Die aufgehende Sonne taucht den Himmel in ein silbriges Grau. Das impertinente Vogelgezwitscher und der Lärm von Booten, die die Slipanlage hinuntergelassen werden, reißen Alice aus dem Schlaf. Eine unangenehme Art aufzuwachen. Schließlich ist sie erst vor einer Stunde eingeschlafen. In der Nacht hat sie fünf Stunden in höchster Alarmbereitschaft verbracht und jede Veränderung der Hintergrundgeräusche, jede knarzende Diele des alten Hauses, jeden Schimmer Mondlicht, der sich auf der Meeresoberfläche vor ihrem Fenster spiegelte, genau registriert.

Es ist nicht das erste Mal, dass ein unbekannter Mann im Studio übernachtet. Im Laufe der Jahre hat sie den Raum schon oft an Fremde vermietet. Aber zumindest wusste sie, wie diese Menschen hießen, woher sie kamen und was sie hier vorhatten. Sie waren nicht so aus dem Zusammenhang gerissen wie dieser Mann. »Frank« hat die Bühne von rechts betreten, lautlos, ohne Textbuch. Er mag reizend sein, zweifellos, aber dass sie nichts von ihm weiß, nervt. Die nassen Papierklumpen in seinen Taschen lassen nur darauf schließen, dass er am Dienstagabend mit dem Zug von King's Cross nach Ridinghouse Bay gefahren ist. Dann hat er vor Kurzem noch dreiundzwanzig Pfund bei Robert Dyas ausgegeben und sich bei Sainsbury einen Bagel und eine Dose Cola gekauft.

Als er nach seinem Bad in Kais Klamotten in die Küche kam, wirkte er rosig und zutiefst beschämt. Sein dickes Haar war feucht und wellig, und er war barfuß. Hübsche Füße, fiel Alice auf. Sie beobachtete, wie er beim Essen den Impuls unterdrückte, die Pizza gierig hinunterzuschlingen. Sie bot ihm ein Bier an, und er blickte sie verwirrt an. Wahrscheinlich überlegte er, ob er Bier mochte oder nicht. »Probier mal«, meinte sie. »Dann wissen wir wenigstens, ob du Biertrinker bist.« Er nahm die Flasche. Die Situation war etwas unangenehm. Alice, ihre Kinder und ein großer, verstörter Mann im Kapuzenshirt eines Vierzehnjährigen aßen zusammen Pizza. Keiner wusste, was er sagen sollte.

Als er ins Bett gegangen war, bedachten ihre Kinder sie mit kühlen, missbilligenden Blicken.

»Was soll das, Mum?«, brachte Jasmine schließlich hervor.

»Hast du denn gar kein Mitleid?«, sagte sie. »Der arme Mann. Keine Jacke. Kein Geld.« Sie deutete zum Küchenfenster, auf den stürmischen Regen, der gegen die Scheibe trommelte. »Bei diesem Wetter.«

»Er hätte auch woanders hingehen können«, fügte Kai hinzu.

»Klar«, sagte sie. »Wohin zum Beispiel?«

»Keine Ahnung. Ein Bed & Breakfast?«

»Aber er hat kein Geld, Kai. Das ist doch der springende Punkt.«

»Ja, also, ich verstehe nicht, was wir damit zu tun haben.«

»Herrgott noch mal«, stöhnte Alice, obwohl sie wusste, dass ihre Kinder recht hatten. »Leute, habt ihr gar keinen Anstand? Was lernt ihr eigentlich heutzutage in der Schule?«

»Na ja, wir lernen etwas über Pädophile und Betrüger, Spanner und Vergewaltiger und …«

»Das ist nicht wahr«, warf sie ein. »Diese Dinge erfahrt ihr aus den Medien. Ich habe euch schon tausendmal gesagt: Die Menschen sind prinzipiell gut. Dieser Mann hier ist eine verlorene Seele. Ich bin der barmherzige Samariter. Morgen um diese Zeit ist er fort.«

»Schließ die Hintertür ab«, sagte Kai. »Dreh den Schlüssel zweimal um.«

In dem Moment winkte sie ab, aber nachdem sie von der Hintertür aus laut »Gute Nacht« in die Dunkelheit gerufen hatte, verriegelte sie die Tür. Dann schlief sie kaum. Immer wieder malte sie sich aus, wie eine große Männerhand fest das Kinn ihrer kleinen Romaine umklammerte, die ihre grünen Augen vor Entsetzen weit aufgerissen hatte. Oder sie meinte, die tappenden Schritte eines fremden Mannes in ihrem Wohnzimmer zu hören, der so leise wie möglich Schubladen aufzog, auf der Suche nach Gold und iPads. Oder ihre große Tochter wurde dabei beobachtet, wie sie sich geistesabwesend vor dem Fenster auszog. Obwohl ihr Fenster zur anderen Seite hinausging … und Jasmine sich nie vor dem Fenster ausziehen würde, denn sie glaubte allen Ernstes, sie sei fett. Aber dennoch.

Alice gibt den Gedanken an Schlaf auf und beschließt, jetzt gleich ihren Tag zu beginnen. Sie durchquert das Zimmer und löst das iPad vom Ladekabel, öffnet die Webcam-App und schaut sich eine Weile lang das leere Wohnzimmer ihrer Eltern an. Seit sie beide … na ja, *krank* sind, wie sie es nennt, um nicht dement sagen zu müssen, übergeschnappt oder total verrückt, stehen sie immer später auf. Die morgendliche Pflegekraft kommt um zehn und muss die beiden aus dem Bett schmeißen wie schlafsüchtige Teenager.

Alice schaltet das iPad aus und zieht die Vorhänge auf. Das Meer ist ruhig und glatt nach dem Regen. Als die Sonne aufgeht, schimmert die Wasserfläche rosa und gelb – so einladend wie in der Karibik. Der Jahrmarkt ist noch erleuchtet, und auch die Straßenlampen sind noch an. Die Straßen glänzen blauschwarz. Der Anblick könnte nicht schöner sein.

Alice duscht, dabei ist sie so leise wie möglich, sie möchte die Kinder nicht früher aufwecken als nötig. In ihrem Zimmer betrachtet sie sich ausgiebig im Spiegel. Normalerweise hat sie nie Zeit, sich um sich selbst Gedanken zu machen. Sie steht gerade so rechtzeitig auf, dass sie nicht nackt aus dem Haus laufen muss. Ihr fällt auf, dass ihre Haare langsam seltsam aussehen. Ihre letzten Strähnchen waren ziemlich gewagt oder, wie Jasmine es ausdrückte, gestreift. Jetzt ist auch schon wieder der Ansatz zu sehen. Und der ganze Regen am Vortag war auch nicht gerade hilfreich.

Sie wischt die übrig gebliebenen Schatten des gestrigen Eyeliners fort und sucht in der obersten Schublade der Kommode nach ihrer Schminktasche, die sie sonst nur zu besonderen Anlässen hervorholt. Das hier hat gar nichts mit dem gutaussehenden Mann in ihrem Studio zu tun. Sie bindet ihre verrückte Dachsmähne in einem Knoten zusammen, findet eine saubere Jeans, ein karierte Bluse, die locker am Bauch sitzt, aber ihre Brüste leicht betont, und ein Paar Lieblingsohrringe mit grünlich-blauen Steinen, die zu ihrer Augenfarbe passen.

Männer bezeichnen Alice häufig als sexy. Sie hat ihr gutes Aussehen nie ausgenutzt. Sie hat nie versucht, in einem engen Kleid und hohen Schuhen Eindruck zu schinden (obwohl es ihr anscheinend nicht schadet, wenn sie sich mal um ihr Aussehen bemüht). Normalerweise schert sie der Blick in den Spiegel wenig. Aber aus irgendeinem Grund ist das an diesem Morgen anders.

Romaine steht in der Tür, verwuschelte blonde Locken, die Schlafanzughose hängt im Schritt. Arm in Arm schleichen sie beide auf Zehenspitzen die enge offene Treppe in den Flur hinunter. Die Hunde begrüßen sie begeistert und schlagen mit den Schwänzen auf die Fliesen. Als sie in die Küche kommt, hält Alice unwillkürlich die Luft an. Ihre Gedanken sind bei dem Mann im Studio. Die Ungewissheit, was dieser Tag noch bringen wird, macht sie nervös. Sie füllt Fleisch in die Hundenäpfe und toastet für Romaine einen Bagel, auf den sie Erdnussbutter schmiert. Dann bereitet sie sich selbst eine große Tasse Tee zu und gibt Müsli in eine Schale. Die ganze Zeit über schielt sie zur Hintertür. Sie ist unentschlossen, fragt sich immer wieder, was nun passiert.

Um halb neun sitzen Kai und Jasmine im Schulbus, und Alice verlässt das Haus mit Romaine und den Hunden. Kein Zeichen von dem Mann. Im Studio ist es ruhig und friedlich, als ob überhaupt niemand da wäre.

Am Schultor, das gerade erst vom Hausmeister geöffnet wird, steht Derry und schaut ihnen neugierig entgegen. »Ihr seid früh dran«, sagt sie. »Und ...« Sie sieht genauer hin. »... du bist geschminkt.«

»Unwichtig«, sagt Alice.

»Was ist los?«

»Der Mann ist zu uns reingekommen«, sagt Romaine. »Der nasse Mann vom Strand.«

Alice verdreht die Augen. »Er ist nicht reingekommen«, verbessert sie ihre Tochter. »Ich habe ihn hereingebeten. Damit seine Sachen trocknen, er ein Bad nimmt und etwas isst. Ich bin ziemlich sicher, dass er jetzt schon weg ist.«

Aber als sie vierzig Minuten später nach Hause kommt, sind die Vorhänge des Studios aufgezogen, und sie kann sehen, dass jemand drinnen ist. Mit einem alten Handtuch säubert sie das Fell der Hunde, überprüft kurz ihr Aussehen und setzt dann Teewasser auf.

Seine Träume in der letzten Nacht waren bemerkenswert. Nach so vielen Stunden absoluter Leere hat es ihm sehr gutgetan, in dieser Traumwelt voller Menschen, Erfahrungen und Orte zu versinken. Er klammert sich an die verblassenden Bilder, als er aufwacht, und begreift, dass er etwas geträumt hat, das helfen könnte, seine Identität zu klären. Aber die Bilder verschwimmen unaufhaltsam.

Er setzt sich im Bett auf und reibt sich mehrmals über das Gesicht. Die Vorhänge sind nur hauchdünn. Er steht auf und blickt hinaus. Das Licht draußen hat dieses besondere Schwefelblau, das typisch ist für den Morgen nach dem Regen. Er hört Geräusche an der Tür und blickt direkt in die schwarzen Augen eines Hundes. Der Hund sieht aus, als würde er gleich lächeln, aber dann fletscht er die Zähne und knurrt. Zumindest kann er sich daran erinnern, wo er hier ist. Er kann sich an Tee in einer Thermoskanne und Pizza in einem Haus erinnern, an eine große Frau mit dicken blonden Haaren und ein heißes Bad in einem verschimmelten, hellhörigen Badezimmer. Und dann fällt ihm auch wieder der Name ein, den ihm das kleine blondgelockte Mädchen gestern Abend gegeben hat: *Frank.*

Er muss zur Toilette, er möchte sich die Zähne putzen, aber draußen vor der Tür dreht der Hund durch, und er weiß nicht, ob er nur zum Spaß bellt. Der Hund ist ein … Er durchforscht sein Gedächtnis nach der Rasse, aber die ist ihm entfallen. Falls er die überhaupt je gekannt hat. Rowdys haben solche Hunde. Muskulöse, breitschultrige Tiere mit einer großen Schnauze.

Er schiebt die Vorhänge ganz beiseite und starrt den Hund an, um ihn so vielleicht zum Weggehen zu bewegen. Der Hund bellt noch lauter. Dann erscheint Alice in der winzigen Hintertür des Hauses. Sie wirkt ärgerlich, ruft den Hund und packt ihn schließlich am Halsband; dann sieht sie sein Gesicht hinter der Scheibe und kommt zu ihm.

»Ist dir schon wieder eingefallen, wer du bist?«, fragt sie und reicht ihm mit einer Hand eine Tasse Tee, während sie mit der anderen den Hund festhält.

Er nimmt die Tasse. »Nein, ich hab immer noch keine Ahnung. Ich habe sehr verrückte Sachen geträumt letzte Nacht, aber leider kann ich mich an nichts davon erinnern.« Er zuckt die Achseln und stellt den Teebecher auf dem Tisch neben der Tür ab.

»Dann komm ins Haus, wenn du fertig bist«, sagt sie. »Ich lass die Tür offen. Ich mache dir Frühstück.«

Im Cottage ist es ruhig, als er wenig später den Kopf einzieht und durch die Hintertür eintritt. Die Kinder sind nicht da. Alice schaut auf ein iPad und seufzt in einem fort.

»Wo sind die Kinder?«, fragt er.

Sie sieht ihn an, als ob er zurückgeblieben wäre. »In der Schule.«

»Ach ja. Natürlich.«

Alice schaltet das iPad aus und klappt die Schutzhülle über den Bildschirm. »Glaubst du, dass du Kinder hast?«

»Gütiger Himmel.« Der Gedanke ist ihm noch gar nicht gekommen. »Ich weiß nicht. Vielleicht. Vielleicht habe ich viele Kinder. Ich weiß nicht einmal, wie alt ich bin. Wie alt schätzt du mich?«

Ihre grünblauen Augen wandern über sein Gesicht. »Du bist zwischen fünfunddreißig und fünfundvierzig Jahre alt, würde ich sagen.«

Er nickt. »Wie alt bist du?«

»So etwas darf man eine Dame nicht fragen.«

»Tut mir leid.«

»Ist schon in Ordnung. Ich bin ja keine Dame. Ich bin einundvierzig.«

»Und deine Kinder?«, fragt er. »Ihr Vater?«

»Väter«, sagt sie. »Ich habe total abgelost und nie eine traditionelle Familie für meine Kinder gegründet. Jasmines Vater war eine Urlaubsliebe in Brasilien. Dass ich schwanger war, habe ich erst gemerkt, als ich schon wieder zwei Wochen zu Hause war. Da hatte ich keine Möglichkeit mehr, ihn ausfindig zu machen. Kais Vater war mein Nachbar in Brixton. Wir waren – entschuldige den Ausdruck – Fickfreunde. Eines Tages, Kai war ungefähr fünf, ist er verschwunden. Eine neue Familie zog in seine Wohnung. Das war's dann. Romaines Vater war meine große Liebe, aber …« Sie hält inne. »Er ist durchgedreht und hat was Schlimmes getan. Jetzt lebt er in Australien. So sieht's aus.« Sie seufzt.

Er zögert, er möchte ihr etwas sagen, das nicht beleidigend klingt. »Hast du dann jemals geheiratet?«

Ihr Lachen klingt spröde. »Nein. Ich habe es nie geschafft, einen Mann dazu zu bringen, bei mir zu bleiben.«

Er schaut auf seine Hände. »Ich trage auch keinen Ehering.«

»Nein, das stimmt. Aber das heißt nicht, dass du nicht verheiratet bist. Du könntest einer von den Dreckskerlen sein, die sich weigern, einen Ring zu tragen.«

»Ja«, erwidert er vage. »Das ist möglich.«

Sie seufzt und schiebt die Ärmel ihrer karierten Bluse zurück. Zwischen dem Speichenknochen und dem Unterarmfleisch zieht sich eine rillenartige Vertiefung entlang, die ihn an jemanden erinnert.

Plötzlich ist die Erinnerung zum Greifen nah. Es ist überwältigend. Seine Mutter. Seine Mutter hat die gleiche Vertiefung. Und sie hat auch diese faltige Hauttasche am Ellbogen, die ihm gestern an Alice aufgefallen ist. Er hat eine Mutter. Eine Mutter mit Armen! Er lächelt und sagt: »Ich habe mich gerade an etwas erinnert! Ich habe mich an die Arme meiner Mutter erinnert.«

»Oh.« Ihr Gesicht hellt sich auf. »Das ist gut. Denk nach. Kommt da noch mehr?«

Er schüttelt traurig den Kopf.

»Hör mal«, sagt sie. »Ich habe deine Symptome gestern Abend bei Google eingegeben. Also, wenn das hier kein Scherz ist, befindest du dich in einem sogenannten Fugue-Zustand.«

»Okay …«

»Sagt dir das irgendetwas?«

»Nein.«

»Okay.« Sie fährt sich mit der Hand über die Stirn. »Das ist eine Form der Amnesie. Der Gedächtnisverlust wird nicht von einer Kopfverletzung, Alkohol oder Drogen ausgelöst, sondern in der Regel von einem emotionalen Trauma. Oder auch durch einen Schock des Nervensystems. Wenn ein Mensch zum Beispiel etwas aus seiner Vergangenheit sieht oder erinnert, das er zuvor verdrängt hatte, kann das einen Fugue-Zustand hervorrufen. Das Gehirn macht sozusagen dicht, reiner Selbstschutz. Die Menschen tauchen an den seltsamsten Orten auf und können sich nicht mehr daran erinnern, wer sie sind oder wo sie herkommen oder was zum Teufel sie dort wollen. Eigentlich ist das ziemlich faszinierend.«

»Was passiert mit den Menschen? Ich meine, werde ich mich wieder erinnern können?«

»Also, was das angeht, habe ich ausgezeichnete Neuigkeiten. Na ja, mehr oder weniger ausgezeichnet. Alle Menschen erholen sich. Manchmal innerhalb weniger Stunden, normalerweise nach einigen Tagen, gelegentlich dauert es ein paar Wochen. Aber es geht vorüber. Du wirst dein Gedächtnis wiedererlangen.«

»Wow«, sagt er und nickt bedächtig. Er fühlt sich benommen. Er weiß, dass er sich jetzt freuen sollte. Aber es ist schwer, sich vorzustellen, dass man sich an seine Identität erinnern wird, wenn man im Grunde gar nicht weiß, dass man eine hat.

»Und sieh mal«, spricht sie weiter. »Du hast dich gerade an die Arme deiner Mutter erinnert. Ich meine, das ist jetzt noch keine Offenbarung. Aber es beweist, dass die Erinnerungen noch da sind und nur darauf warten, wachgerufen zu werden. Also, die entscheidende Frage ist doch: Was jetzt?«

»Wie meinst du das?« Was jetzt? Dieser Satz hat für ihn gar keine Bedeutung.

»Ich meine, wir sollten dich zur Polizei bringen, oder was meinst du?«

Als er diesen Vorschlag hört, spannt sich sein ganzer

Körper an, er dreht die Fäuste nach innen, sein Atem geht schneller, sein Puls rast. So starke Gefühle hat er nicht mehr gehabt, seit Alice ihn vor zwei Tagen am Strand gefunden hat.

»Nein«, erwidert er so ruhig wie möglich, aber an der Tiefe seiner Stimme kann er den … was ist es?, Zorn?, die Angst? … hören. Er hat das Gefühl, jemanden zu stoßen, hart gegen eine Wand zu drängen. Er fühlt heißen Atem an seiner Wange. »Nein«, wiederholt er. Diesmal spricht er noch ruhiger. »Ich glaube nicht, dass ich zur Polizei gehen will. Ich glaube … Kann ich noch eine Nacht bei euch bleiben? Vielleicht kommt meine Erinnerung zurück. Wir können später immer noch zur Polizei gehen. Wenn …«

Alice nickt, aber er spürt, dass sie nicht richtig überzeugt ist. »Einverstanden«, sagt sie nach einer kurzen Pause. »Noch eine Nacht. Aber wenn du dann immer noch nicht weißt, wer du bist, musst du gehen. Denn normalerweise vermiete ich das Studio, das ist mein Nebenverdienst, daher …«

»Das verstehe ich. Nur eine Nacht.«

Sie lächelt unsicher. »Gut. Dann sieh zu, dass du so viele Erinnerungen wie möglich wiederfindest.« Sie steht auf und nimmt den Eierkarton vom Regal. »Spiegeleier?«, fragt sie. »Rühreier?«

»Ich habe keine Ahnung«, antwortet er. »Sag du.«

6

Lily sitzt im Wartezimmer der Polizeiwache. Ihre Hände umklammern eine Tragetasche mit einem kleinen Album Hochzeitsfotos und Carls Reisepass. Sonst hat sie nichts weiter gefunden, als sie seine Schubladen und alle Aktenordner durchsucht hat. Da war nichts, nicht einmal ein Kinderfoto. Keine Geburtsurkunde, nichts, was Aufschluss über seine Identität geben könnte. Eine Schublade war abgeschlossen, aber als sie mit der Hand von der oberen Schublade dort hineintastete, schien auch sie leer zu sein. Lily fand das alles seltsam, nahm aber an, dass sich noch einige von Carls Sachen im Haus seiner Mutter befinden müssten. Carl ist ein ordentlicher Mensch und mag es minimalistisch. Es leuchtet ihr ein, dass er seine schöne neue Wohnung nicht mit unnötigen Dingen vollstopft.

In der anderen Hand hält sie einen Pappbecher mit Kaffee. Sie hätte den Kaffee nicht kaufen sollen, denn sie hat nur noch achtunddreißig Pfund in bar in ihrem Portemonnaie und kein Bankkonto. Carl hat alles bezahlt. Er wollte ihr ein eigenes Konto einrichten und ihr jeden Monat Geld überweisen, bis sie ihr Studium abgeschlossen hat. Jetzt wird sie ihre Mutter bitten müssen, ihr Geld zu schicken. Aber Lily weiß, dass das einige Tage dauern kann. Und sie hat nur achtunddreißig Pfund. Sie hätte diesen großen Kaffee nicht kaufen dürfen. Aber sie braucht ihn dringend. Sie hat die ganze Nacht kein Auge zugetan.

Die dicke Polizistin Beverly kommt mit einem schwachen Lächeln auf den Lippen in den Raum. »Guten Morgen, Mrs. Monrose. Kommen Sie doch bitte hier entlang. Ich suche uns einen Platz, wo wir uns in Ruhe unterhalten können.«

Lily folgt ihr über den Flur in einen kleinen Raum, wo es vergammelt riecht.

»Also«, sagt die Polizeibeamtin, als sie sich beide hinsetzen. »Ich nehme an, es gibt immer noch kein Zeichen von Mr. Monrose?«

»Nein, natürlich nicht. Sonst wäre ich nicht gekommen.«

»Das ist nur eine Redensart, Mrs. Monrose.«

»Ja«, sagt Lily. »Das habe ich verstanden.«

Beverly setzt ein sonderbares Lächeln auf. »Dann möchten Sie also eine offizielle Vermisstenanzeige aufgeben.« Sie drückt die Mine eines Kugelschreibers heraus und blättert eine Seite in ihrem Notizbuch um.

»Ja, bitte.«

»Ich habe den Namen Ihres Mannes gestern in unsere Datenbank eingegeben, Mrs. Monrose. Aber ich konnte nichts über ihn finden. Er ist weder in einem der Krankenhäuser der Stadt noch auf irgendeinem Revier.«

Lily weiß nicht, was das Wort Revier bedeutet, nickt aber dennoch, weil sie glaubt, Beverly hält sie für eine Idiotin. »Und was ist mit den Polizeiwachen?«, fragt sie. »Haben Sie die auch überprüft?«

Beverly sieht sie verwundert an. »Ja, klar«, antwortet sie. »Wie ich schon sagte: nichts.«

Lily nickt noch einmal. »Wie auch immer. Ich habe die ganze Wohnung durchsucht. Sie wissen ja, dass die Wohnung noch sehr neu ist. Wir sind gerade erst eingezogen.

Ich glaube, Carl hat seine persönlichen Unterlagen bei seiner Mutter gelassen.«

»Haben Sie seine Mutter kontaktiert?«

»Nein, ich weiß nicht, wo sie wohnt. Ihre Telefonnummer ist in Carls Handy gespeichert, er hat sie nirgendwo sonst aufgeschrieben.«

»Wie heißt sie?«

»Maria. Oder so ähnlich.«

»Maria Monrose also?« Sie schaut Lily fragend an. Als diese leicht nickt, schreibt die Polizistin den Namen auf.

»Und wo wohnt Mrs. Maria Monrose?«

»Ich weiß es nicht. Irgendwo im Westen. Ein Ort, der mit S beginnt.«

Beverly verzieht das Gesicht. »Slough?«, fragt sie. »Oder Swindon?«

»Ich weiß es wirklich nicht«, erwidert Lily achselzuckend. »Vielleicht.«

»Okay. Und was ist mit anderen Familienangehörigen? Hat Carl Geschwister?«

»Er hat eine Schwester, sie heißt Suzanne. Oder so ähnlich. Sie lebt in dem gleichen Ort wie die Mutter.«

»Ist sie verheiratet?«

»Das kann ich nicht sagen. Aber ich glaube, ja. Ich glaube, Carl hat einen Neffen erwähnt.«

»Also, vielleicht heißt sie Suzanne Monrose, vielleicht aber auch nicht.« Sie schreibt alles auf.

Lily legt die Tragetasche auf ihren Schoß und sucht nach dem Reisepass. »Das hier habe ich in der Wohnung gefunden.« Sie legt den Pass vor Beverly auf den Tisch.

Beverly überfliegt die Seiten. »Der ist noch gültig. Das ist gut. So können wir sicher sein, dass er nicht ins Ausland gegangen ist.«

Lily schnaubt wütend. »Natürlich ist er nicht ins Ausland gegangen.«

Beverly verdreht die Augen und sagt: »Den muss ich hierbehalten, damit ich die Daten mit unseren Informationen abgleichen kann.«

»Sicher. Ich habe noch das hier für Sie.« Lily schiebt das Fotoalbum über den Tisch zu Beverly. »Auf diesen Fotos ist er besser getroffen. Da lächelt er, und Sie können einen Eindruck gewinnen, was für ein Mann er ist. Und Sie können sehen, dass er glücklich war und nicht daran dachte wegzulaufen.«

Sie beobachtet, wie Beverly sich die Fotos ansieht. »Das hier war in …«

»Kiew, richtig. Er wollte, dass die Hochzeit in meiner Heimat stattfand, damit meine Familie und meine Freunde dabei sein konnten. Er wollte, dass ich an diesem Tag glücklich und entspannt bin und nicht gestresst von einer fremden Umgebung und fremden Menschen. Er ist der beste Mann auf der ganzen Welt. Er ist mein Freund, mein Vater, mein Liebhaber, mein Ehemann. Alles zusammen.« Sie stellt fest, dass sie die Hand auf ihr Herz presst und ihre Augen voller Tränen sind. »Es tut mir leid«, sagt sie.

»Das muss es nicht«, erwidert Beverly. »Ich verstehe gut, dass Sie so fühlen. Gibt es jemanden, den Sie anrufen können? Haben Sie Verwandte hier? Gibt es jemanden, der bei Ihnen bleiben und sich um Sie kümmern kann?«

»Nein.« Sie legt die Hände übereinander in den Schoß. »Nein. Niemand hier in England.«

»Oh«, sagt Beverly. »Könnten Sie vielleicht jemanden von zu Hause bitten, eine Weile herzukommen?«

»Ja, das geht vielleicht.«

Als sie später im Treppenhaus ihres Hauses steht, überkommt Lily eine Mischung aus Aufregung und Furcht. Ist er vielleicht dort, hinter der Wohnungstür? Sitzt er mit zerknittertem Hemd und gelockerter Krawatte auf dem Sofa und wartet nur darauf, ihr zu erzählen, was ihm widerfahren ist? Aber mit jedem ihrer Schritte wächst die Gewissheit, dass er nicht da sein wird. Sie macht die Tür auf und ist umgeben von vollkommener Einsamkeit. Diese Stille ist fürchterlich. Sie ist noch nie zuvor allein gewesen. Einen Moment lang steht sie einfach nur da, wiegt sich sanft hin und her. Sie hört, wie ein einzelner Wassertropfen auf den Boden der Küchenspüle fällt, das Brummen des Kühlschranks und auch wie die Eingangstür unten im Erdgeschoss ins Schloss fällt. Als das Telefon klingelt, schreckt sie auf.

Sie läuft zum Telefon und nimmt ab. »Ja.«

»Hallo, hier ist Constable Traviss«, sagt eine Frau. »Spreche ich mit Mrs. Monrose?«

»Ja, ich bin dran.«

»Ich rufe an, weil ... Also, das ist recht merkwürdig. Wir haben den Pass Ihres Ehemannes überprüft, und ... um es klipp und klar zu sagen, Mrs. Monrose, genau genommen existiert Ihr Mann gar nicht.«

»Wie bitte?«

»Sein Reisepass ist gefälscht, Mrs. Monrose. Es gibt keinen Carl John Robert Monrose.«

ZWEITER TEIL

7

1993

Sie mieteten es jedes Jahr wieder. Ein putziges Haus der Küstenwache in dem Ort Ridinghouse Bay in East Yorkshire. Es war lange nicht so schön wie ihr Zuhause in Croydon, ein modernes, sauberes Gebäude mit glänzend weißen Badezimmern, cremefarbenem Teppich und Doppelfenstern.

Rabbit Cottage war feucht und spartanisch eingerichtet. Die Küche war klein, und die Wände hatten vom Nikotin einen gelbbeigen Ton angenommen. Hinter der Küche befand sich ein kleines Schlafzimmer, und dann gab es noch zwei Schlafzimmer im ersten Stock, die geradezu winzig waren; die Matratzen hatten Dellen, und das gesamte Bettzeug war verschlissen und hatte Löcher. Überall regnete es rein, und im ganzen Haus hing ein merkwürdiger Geruch: salzig und nach Makrele, feucht und rauchig. Aber aus irgendeinem Grund waren die Eltern von Gray und Kirsty vollkommen begeistert von diesem Haus. Sie mochten die Atmosphäre, betonten sie oft, und die Menschen im Ort. Ganz abgesehen von der Aussicht, der Luft, den Spaziergängen und dem frischen Fisch. Als Kinder waren Gray und Kirsty gern hier gewesen, sie waren in Gummistiefeln am Strand entlanggelaufen, hatten Krabben gefangen, waren über den Rummel gebummelt und hatten Pommes gegessen. Aber jetzt war Kirsty fünfzehn und Gray siebzehn, und Rabbit Cottage war wirklich der letzte Ort, an dem die beiden den Sommer verbringen wollten. Diesmal kamen sie an einem schwülen Nachmittag im Juli in Ridinghouse Bay an. Die Stimmung war gedrückt. Die Fahrt auf der M1 in den Norden war ihnen vorgekommen wie eine Ewigkeit, und außerdem hatte Tony, ihr Vater, sich auch noch geweigert, ihre Musik anzumachen. Stattdessen hatte er lokale Sender gesucht, das tat er immer auf solchen Fahrten, außerdem hatte er am Radio rumgedreht, um die neuesten Verkehrsnachrichten zu empfangen.

Die Parkmöglichkeiten waren deutlich weniger geworden, seit sie zum ersten Mal hier Urlaub gemacht hatten. Früher konnte man direkt vor dem Haus halten. Inzwischen musste man das Auto auf einem Parkplatz am Ortsrand abstellen und zu Fuß ins Zentrum laufen. Nachdem sie Pappkartons mit Müsli, Cornflakes und haltbarer Milch, Toilettenpapierrollen und Dosensuppen ausgeladen hatten, stapften sie zu viert mit Koffern, zusammengerollten Handtüchern und Federbetten den Hügel in den Ort hinauf. Ein leichter Sommerregen fiel, und als sie endlich das gesamte Gepäck ausgeladen und die Haustür von Rabbit Cottage hinter sich geschlossen hatten, dampften sie wie die Straßen von New York und waren alle ziemlich schlecht gelaunt.

»Wahnsinn!« Gray stellte einen Karton auf dem Resopaltisch in der Küche ab und sah sich um. »Kann es wirklich sein, dass Rabbit Cottage gestrichen wurde?« Tatsächlich hatten die Wände ihre gelbliche Farbe verloren, und es gab jetzt auch mehrere »Bitte nicht rauchen«-Schilder im Haus. Er hievte seinen Rucksack die enge Treppe hinauf und ließ ihn auf das schmale Bett fallen. Von seinem Zimmer aus sah man das Meer. Seine Eltern bevorzugten das Zimmer nach hinten raus, denn das war ruhiger. Im Sommer konnte es auf der Straße vor seinem Fenster manchmal ganz schön laut werden: Allein in dieser Straße gab es drei Pubs, ganz zu schweigen von der Steam Fair, wo jedes Jahr mit Getöse und Musik dampfbetriebene Fahrzeuge ausgestellt wurden.

Gray störte der Lärm nicht. Er empfand ihn als willkommene Abwechslung zu der ruhigen Wohnstraße ihres Zuhauses in Croydon, wo man zu dieser Jahreszeit höchstens mal einen Rasenmäher oder das Summen der Honigbienen hörte. Er mochte es, wenn Betrunkene nachts auf der Straße grölten und ihre Schritte auf dem Kopfsteinpflaster widerhallten.

Seine Eltern hatten Rabbit Cottage für zwei Wochen gemietet. Gray hatte eine Woche früher nach Hause fahren wollen, denn es gab eine Party, zu der auch ein Mädchen kam, das er mochte. Außerdem war für Südengland vergleichsweise herrliches Wetter angesagt. Aber er hatte seine Eltern nicht überzeugen können. »Nächstes Jahr, wenn du achtzehn bist«, hatten sie abgewiegelt. Außerdem hatte Kirsty ihm einen flehentlichen Blick zugeworfen, der besagte: *Bitte lass mich nicht allein hier.*

Gray und Kirsty standen sich ziemlich nah, so nah wie das bei Bruder und Schwester möglich war. Als kleines Mädchen hatte sie es recht geschickt angestellt: Sie war zu ihm gelaufen, wenn sie sich das Knie aufgeschlagen hatte oder ihre Schnürbänder offen waren, aber sie ließ ihn in Ruhe, wenn er sie darum bat. Sie gaben aufeinander acht, aber aus der Ferne, so wie wohlmeinende, aber zurückhaltende Nachbarn. Letztlich hatte Gray eingewilligt, die ganzen zwei Wochen mit der Familie zu verbringen, und hoffte einfach darauf, dass das Mädchen nach seiner Rückkehr nicht mit einem anderen Jungen zusammen sein würde.

Im Erdgeschoss machte Grays Vater gerade Feuer im Kamin, und seine Mutter räumte Lebensmittel in Küchenschränke mit rissigen Resopaltüren. Kirsty saß mit einer ausgeblichenen Decke über den schlaksigen Beinen auf dem Sofa und las in einer Zeitschrift. Draußen trommelte immer noch der Regen gegen die Fensterscheiben, aber am Horizont tat sich zwischen den Wolken ein hoffnungsvoller heller Himmelsstreifen auf.

»Ich gehe raus«, sagte Gray.

»Wohin willst du?«, fragte sein Vater.

»Ich mache nur einen Spaziergang auf der Promenade.«

»Bei dem Wetter?« Sein Vater deutete auf die regennassen Fenster.

»Ich habe ja die Regenjacke. Außerdem klart es gerade auf.«

Kirsty sah von ihrer Zeitschrift auf. »Kann ich mit?«

»Ja, natürlich.«

Sie rannte zur Haustür, zog sich die Sportschuhe an und schnappte sich eine Windjacke vom Kleiderhaken.

»Bleibt nicht zu lange«, rief ihre Mutter aus der Küche. »Ich mache gerade Tee, und es gibt auch Kuchen.«

Sobald er die klaustrophobische Enge des Rabbit Cottage hinter sich gelassen hatte, spürte Gray, wie sich seine Laune besserte, sein Kiefer lockerte sich und der kühle Regen erfrischte ihn. Seine Schwester war fast so groß wie er selbst, lange Haare, lange Beine, noch nicht ganz ausgewachsen. Die Ähnlichkeit zwischen ihnen war so auffällig, dass niemand das schlaksige, lotterige Mädchen in der nassen Windjacke, dem gemusterten Nylonpullover und der ausgeblichenen Baggy Jeans an seiner Seite für seine Freundin halten würde. Sie war noch recht kindlich. Bis vor Kurzem hatte sie die langen Haare als Zopf getragen, und sie schminkte sich immer noch nicht. Aber er sah, dass sie plötzlich anziehend war, unberührt und neu wie eine halb erblühte Blume. Tatsächlich war sie irritierend schön. Eine schreckliche Angst stieg in ihm auf, eine sonderbare Mischung aus Widerwillen und Zärtlichkeit. Er verabscheute sich für seine Männlichkeit, für seine schlechten Gedanken über Mädchen, die niederen Instinkte, den rohen Trieb, die sexuellen Bedürfnisse, die schmutzige Fantasie. Der Gedanke daran, dass jetzt Männer seine Schwester ansehen und so denken und fühlen würden wie er, ekelte ihn. Aber er empfand auch Zärtlichkeit, weil sie das alles nicht wusste.

Eine Zeit lang liefen sie schweigend nebeneinander her. Gray war tief in Gedanken versunken, der Regen ließ nach, und endlich ließ die Sonne sich blicken.

»Hast du Geld dabei?«, fragte Kirsty.

Er suchte in seinen Taschen und holte ein Pfund und noch ein paar kleinere Münzen hervor. »Ein bisschen. Wieso?«

»Süßigkeiten?«

Er verdrehte die Augen, drückte ihr aber die Münzen in die hingehaltene Hand. Seit ein paar Wochen trug sie keine feste Klammer mehr und feierte diesen Umstand, indem sie so viele harte, klebrige Süßigkeiten aß, wie sie nur konnte. Er sah zu, wie sie in einem Souvenirladen verschwand, wo Zuckerwatte in kegelförmigen Tüten neben der Eingangstür hing und draußen mehrere Postkartenständer und Behälter mit Sandspielzeug standen. Er drehte sich um und beobachtete, wie die Sonne durch das Wolkenband über dem Meer drang und es anfing zu glitzern. In der Ferne sah er die Steam Fair. Der Platz war verwaist; niemand besuchte die Ausstellung im Regen, wenn alle Sitzplätze nass waren.

Kirsty kam aus dem Laden und hielt ihm eine Tüte mit Cola Cubes hin. Dann gab sie ihm das Restgeld. Er nahm einen der süßen roten Würfel. Kirsty hielt sich die Hand an die Stirn, um ihre Augen vor der blendenden Sonne zu schützen. »Zwei Wochen«, sagte sie und seufzte.

»Du sagst es.«

»Sollen wir schauen, ob im Kino etwas halbwegs Annehmbares läuft?«

Gray nickte und folgte seiner Schwester weg von der Strandpromenade zur Hauptstraße hin. Das Kino war in einer Nebenstraße in einem feuchten, einstöckigen Betonblock untergebracht. Es zeigte immer nur einen Film und hatte hundert Sitzplätze.

»*Cliffhanger – Nur die Starken überleben.*« Gray las laut vor, was auf dem Poster stand. »Verdammt, den habe ich schon gesehen.«

Kirsty zuckte die Achseln. »Ich noch nicht.«

»Jedenfalls will ich den Film nicht noch mal sehen, denn das Spannendste ist die Auflösung.«

Gray ging näher ran, um zu sehen, ob das Programm sich in den nächsten zwei Wochen änderte. Hinter ihm stand seine Schwester. Eine Hand in der Jackentasche, lutschte sie selbstvergessen einen Cola Cube und bemerkte nicht den jungen Mann, der auf der anderen Straßenseite stehen geblieben war, sobald sein Blick auf ihre langen Beine gefallen war, ihre nassen braunen Haare, die das Gesicht mit den hohen Wangenknochen und den schmalen braunen Augen einrahmten, den hübschen Mund und den unbeteiligten, sanften Blick.

Er starrte Kirsty weiter an, während sie Gray in Richtung Hauptstraße folgte. Als sie um die Ecke bogen, hatte er jedes Detail an ihr registriert. Die großen, nach innen gedrehten Füße. Der Busen, der größer war als erwartet und den sie unter einem unförmigen Pulli versteckte. Das Gesicht, ungeschminkt und natürlich, so anders als die meisten Mädchen seines Alters. Keine Ohrringe. Eine Papiertüte mit Süßigkeiten. Die Unbeholfenheit, mit der sie hinter dem Jungen herlief, der wahrscheinlich ihr Bruder war.

Kirsty und Gray setzten ihren Weg fort. Der junge Mann dachte daran, ihnen zu folgen, aber da das Städtchen so klein war, würden sich ihre Wege wieder kreuzen. Während er weiterging, hoben sich seine Mundwinkel zu einem leichten Lächeln.

8

Alice fühlt sich seltsam in ihrem Zimmer im oberen Stock des Hauses. Gestern hat sie sich den ganzen Tag lang seltsam gefühlt, weil dieser Mann im Regen am Strand saß. Jetzt fühlt sie sich seltsam, weil genau dieser Mann in ihrem Studio ist. Seine Anwesenheit ist harmlos, aber irgendwie entnervend. Er scheint nur aus Lücken und Leerstellen zu bestehen. Aber noch anstrengender als diese Leere findet sie, dass er so ein maskuliner Typ ist. Seine fehlende Identität hat seine pure Männlichkeit herausdestilliert. Sein Geschlecht ist eine unumstößliche Tatsache, und … Alice hat schon sehr, sehr lange keinen Sex mehr gehabt, und Alice ist eine Frau, die Sex mag. Ihr sexuelles Verlangen hat ihr ganzes Leben geprägt, zerstört, könnte man auch sagen.

Sie setzt ihre Lesebrille auf und rückt den Stadtplan von Saint-Tropez ins Licht der Gelenkleuchte. Die Rosenblätter hat sie schon auf der Karte eingezeichnet, jetzt schneidet sie die Teile behutsam und geschickt mit einem Skalpell aus. Der Gedanke an Saint-Tropez, an Liegestühle und gekühlten Champagner am Pool, weiß gekleidete Kellner und braun gebrannte Männer in Badehosen regt ihre Fantasie an. Fast kann sie das Hintergrundrauschen einer Unterhaltung hören und die Hände eines unbekannten Liebhabers spüren, die ihre Schultern eincremen. Bald schon werden diese anonymen Hände zu den Händen des Mannes im Garten, und Alice denkt daran, wie diese Hände ganz mühelos mit dem Messer durch das dicke Bauernbrotsandwich schnitten, das sie ihm vorhin gemacht hat. Gute Hände. Gute Handgelenke. Dann stellt sie sich seinen ganzen Körper vor, denn trocken und sauber, in Kais Kapuzenpullover, macht er eine ziemlich gute Figur. Er ist nicht zu groß, wahrscheinlich nur ein paar Zentimeter größer als sie, aber kräftig gebaut. Sein Körper hat keine Schwachstellen. Und dann noch diese braunen Augen, der sanfte Blick voller Not und Verwirrung. Nur in diesem einen Moment, als sie vorgeschlagen hatte, mit ihm zur Polizei zu gehen, hatte sie etwas vollkommen anderes in seinen Augen aufblitzen sehen. Ein Anflug von Angst und Wut, der so schnell verschwunden war, dass sie sich schon fragte, ob sie sich das nur eingebildet hatte.

Alice verdrängt den Mann aus ihren Gedanken. Männer stehen nicht mehr auf der Tagesordnung. Die Kinder sind jetzt ihre Priorität. Die Kinder und ihr Job. Sie löst die blütenblattförmigen Stadtplanteile aus dem Papier und legt sie nebeneinander. Avenue des Canebiers. Chemin de l'Estagnet. Rue Cavaillon. Namen, bei denen man an Palmen und Cabrios denkt, an Hotels mit gestreiften Markisen und Parkservice. Trotzdem sollte sie nicht neidisch sein. Sie hat so viel Schönes hier. Auf der anderen Seite der Bucht stehen sogar Palmen. Zwei Stück.

Die Türglocke über ihrem Eingang läutet, und sie fährt erschrocken zusammen. Hundepfoten klackern auf der Holztreppe, gefolgt von lautem, freudigem Gebell. Alice späht über ihren Schreibtisch nach unten, wo sie den charakteristischen hennaroten Haarknoten von Derry Dynes ausmacht.

»Ich komme«, ruft sie. Vor der Haustür muss sie die

Hunde mit Gewalt voneinander trennen, um die Klinke zu fassen zu kriegen. Dann muss sie die Hunde davon abhalten, Derry umzuwerfen.

»Hallo, liebe Freundin«, sagt sie. »Was verschafft mir die Ehre?«

Derry wirft einen Blick über Alices Schulter und sieht dabei nicht besonders freundlich aus. »Ich habe Jasmine vorhin getroffen«, sagt sie. »Sie hat mir erzählt, dass der Mann bei euch im Haus ist.«

Alice seufzt und streicht sich eine Haarsträhne hinter die Ohren. Sie ärgert sich über sich selbst, weil sie den Kindern nicht eingeschärft hat, nichts über Frank zu erzählen. Sie weiß, wie streng Derry ist.

»Er ist nicht im Haus«, sagt sie kurz angebunden. »Er ist im Studio.«

Sie hält die Tür auf, und die Hunde machen den Weg für Derry frei.

»Du bist verrückt«, sagt Derry und schaut sich auf dem Weg ins Wohnzimmer aufmerksam um. »Jasmine sagt, er hat sein Gedächtnis verloren.«

Sie dreht sich um, sichtlich zufrieden, dass »der Mann« nicht im Wohnzimmer ist, und geht Richtung Küche.

Alice seufzt noch einmal und folgt ihr. »Das klingt alles viel schlimmer, als es ist.«

»Ich habe dir doch gesagt, du sollst dich da nicht reinziehen lassen«, sagt Derry. Sie schaut durch die Hintertür hinaus zum Studio. »Herrgott noch mal, Alice, stell dir bloß vor, die Schule erfährt davon? Was, wenn …?« Sie bricht ab und seufzt. »Wirklich, Alice. Nach dem, was im letzten Jahr vorgefallen ist, kannst du nicht einfach fremde Männer ins Haus holen.«

Alice weiß genau, worauf Derry anspielt, aber sie hat

keine Lust, sich das jetzt anzuhören. »Ich habe es dir gerade gesagt. Er ist nicht im Haus. Er ist im Studio im Garten. Und die Hintertür haben wir gestern Abend abgeschlossen.«

»Darum geht es nicht. Das ist doch ein windiger Typ. Diese ganze Sache mit dem verlorenen Gedächtnis hört sich nach einem einzigen Schwindel an.«

Alice ist empört. »Um Himmels willen. Sei doch nicht so misstrauisch. Du bist wirklich eine Verschwörungstheoretikerin vor dem Herrn.«

»Ist er jetzt da drüben?«, fragte sie, während sie zwei Becher vom Haken in der Wand nimmt und den Wasserkocher anschaltet.

»Soweit ich weiß, ja«, antwortet Alice. »Ich habe ihn nicht weggehen gehört.«

»Hol ihn her.« Derry hängt einen Teebeutel mit grünem Tee in ihren Becher und einen mit Earl Grey in den von Alice.

Einen Moment lang ist Alice wie erstarrt.

»Nun mach schon«, sagt Derry. »Sag ihm, es gibt Tee.«

»Dir ist schon klar, dass ich arbeiten sollte, oder nicht?«

»Du kannst später arbeiten. Das hier dauert nicht lange.«

Alice sagt nichts dagegen. Ihre Freundschaft mit Derry basiert darauf, dass Derry immer recht hat. Kurz fährt sie sich über die Haare, dann hält sie sich die hohle Hand vor den Mund und atmet hinein. Die Vorhänge des Studios sind aufgezogen, und sie klopft zaghaft an die Tür. »Frank«, sagt sie. »Ich bin's, Alice. Ich mache gerade Pause. Hast du Lust, auf eine Tasse Tee ins Haus zu kommen?«

Es kommt keine Antwort, also klopft sie noch einmal. »Frank?« Sie macht die Tür auf und späht durch den offenen Spalt. Das Bett ist gemacht, Kais Kapuzenpullover und die Jogginghose liegen ordentlich zusammengelegt auf dem Fußende. Der Raum ist leer.

»Also, wie es aussieht«, sagt sie einen Moment später zu Derry, »kannst du jetzt aufhören auszuflippen. Er ist weg.«

»Richtig weg?«

»Das weiß ich nicht.« Alice blickt sich in der Küche um. Auf dem Abtropfbrett steht umgedreht der Becher, den sie vorhin für seinen Tee benutzt hat. Sie sucht nach einer Nachricht von ihm, aber da ist nichts. Traurigkeit rauscht durch ihren Körper, und ihre Glieder werden vor Enttäuschung ganz schwer. Dann spürt sie Besorgnis. Sie denkt an seine braunen Augen, seine weichen, lockeren Haare, seine große Verletzlichkeit. Sie kann sich nicht vorstellen, dass er da draußen ist, ganz allein. Das schafft sie einfach nicht.

»Hoffen wir's«, sagt Derry. »Der Typ hat dir wirklich gerade noch gefehlt.«

»Ja«, sagt Alice. »Wahrscheinlich stimmt das.«

Er hat das Gefühl, auf einem Förderband zu stehen und von fremden Kräften fortgetragen zu werden. Er fühlt sich wie ein Müllsack, der die Straße hinuntergeschleift wird. Ein Stück weiter vorn sieht er eine Bank und steuert darauf zu. Beinahe wird er von einer Frau auf dem Fahrrad mit einem Korb voller Früchte umgeworfen. Sie sieht ihn merkwürdig an, und er fragt sich, ob er so verrückt aussieht, wie er sich fühlt.

Als er heute Morgen nach dem Frühstück in Alices kleinem Studio auf dem Bett gelegen hatte, waren keine Erinnerungen wach geworden, aber sehr starke Gefühle. So hatte er empfunden, als Alice vorgeschlagen hatte, mit ihm zur Polizei zu gehen. Schreckliche, dunkle Ahnungen von Verderben. Das Wissen, dass irgendetwas irgendwo furchtbar zerbrochen war und dass er nichts tun konnte, um es wieder heil zu machen. Aber er sah auch hellweiße Blitze, wie Sonnenstrahlen, die sich in einem vorbeifahrenden Auto spiegelten, den Betrachter für einen Moment blendeten und aus dem Gleichgewicht brachten. Hinter den weißen Blitzen, das weiß er, verbergen sich Bilder, Puzzleteile, und er wünscht sich, er könnte sie sehen.

Er muss weiterlaufen. Er muss herausfinden, was ihn in dieses Küstenstädtchen im Norden geführt hat. Aber als er aufsteht, blendet noch ein weißer Blitz seine Augen, und er sinkt wieder auf die Bank. Heftig reibt er seine geschlossenen Augen und versucht verzweifelt, die Ränder des Bildes auszumachen. Dann sieht er es: Eine gewundene Haltestange, ein pastellfarbenes Pferd, ein braunhaariges Mädchen; sie bewegt sich auf und ab, sie lächelt und winkt, und dann ist sie fort.

Die Macht dieses Bildes, nach all den Stunden der Leere, bringt ihn zum Lachen. »Verdammt!«, sagt er. »Verdammt, ja!«

Er springt von der Bank auf, die Seepromenade auf der anderen Seite der Straße zieht ihn magisch an. Er blickt auf den sichelförmigen Strand. An diesem frischen Apriltag ist der Strand verwaist, und er versucht, etwas aus diesem Anblick herauszufiltern, das Wesentliche jenes Moments, an den er sich gerade erinnert hat. Aber ihm fällt nichts ein. Dann geht er die Stufen der Kaimauer hinunter. Seine Hand fährt das Geländer entlang, und unter seinem Griff splittert etwas von der Farbe ab. Vorsichtig setzt er die Füße auf die schmalen Stufen und atmet den Geruch nach Fischabfällen und Salzwasser ein. Ist er schon einmal hier gewesen? Ist das möglich? Und wenn ja, warum war er hier? Und wann? Und wer ist das Mädchen auf dem Karussell, das lächelnde, schöne Mädchen mit den kastanienbraunen Haaren, das so selbstvergessen nicht bemerkt, dass es angeschaut wird?

Bei dem Gedanken an das Mädchen erfasst ihn wieder diese Untergangsstimmung. Sein Körper gehorcht ihm nicht mehr, und er erbricht den Toast und die Eier, die Alice ihm heute Morgen zubereitet hat. Er nimmt wieder genau dieselbe Position ein wie während seiner ersten Stunden in Ridinghouse Bay. Er sitzt in der Hocke am Strand und starrt hinaus, als wartete er darauf, dass ihm das Meer etwas bringen wird.

9

1993

Auf den Regen zu Beginn ihrer Ferien folgten drei sonnige, warme Tage. Und Sonne bedeutete ganz klar: Strandtag. Unterhalb von Rabbit Cottage war ein schmaler Kiesstrand voller glitzernder Felstümpel und Fischerboote. Als Kinder waren sie oft den ganzen Tag hier gewesen und waren in Gummistiefeln und Südwester über die glitschigen Felsen geklettert. Inzwischen waren sie älter und zogen es vor, mit Handtüchern, Sonnencreme, Windschutz und Klappstühlen ein Stück durch den Ort zu einem breiten Sandstrand unterhalb der High Street zu gehen. In einer Art Höhle in der Klippenwand konnte man Fastfood, Eis und Bier in Plastikbechern kaufen. Es gab sogar eine Dusche, eine Strandwache und Karussells für kleine Kinder. Das war nichts im Vergleich mit Blackpool Pleasure Beach, aber für einen kleinen Ort wie Ridinghouse Bay war es in Ordnung. Am Dienstagmorgen war es noch nicht warm genug für Badeklamotten. Tony trug sein kurzärmliges Hemd offen über einer Jeansshorts, und Pam hatte eine Radlerhose und ein weites T-Shirt mit einem Comic-Hund vorne drauf an. Gray trug eine Surfershorts mit Hawaiimuster und Kirsty einen schwarzen Triangelbikini und einen Jeansrock. Gray bemerkte diesen Typen am Strand. Er sah aus wie achtzehn. Am Sonntag war er schon da gewesen und gestern auch: Er lag allein in schwarzer Badehose, mit schwarzer Sonnenbrille, Taschenbuch und Walkman auf einem weißen Handtuch. Hin und wieder setzte er sich auf, schlang die Arme um die Beine und starrte trübsinnig aufs Meer hinaus. Gray saß nah genug an ihm dran, um alles mitzukriegen: Er konnte den Abdruck des Handtuchs auf seinem Rücken sehen, bei jeder Brise sein Aftershave riechen und den blechernen Klang von Cypress Hill aus den Kopfhörern hören. Es übertrat die Grenze zu ihrem persönlichen Raum nur um ein paar wenige Zentimeter, aber Gray spürte es mit jeder Faser seines Körpers.

Der Typ stand jetzt mit dem Rücken zu ihnen auf, streckte sich demonstrativ und ließ seine Muskeln spielen. Dann rieb er sich vollkommen unbekümmert das Kinn, als ob nur er genügend Testosteron besäße, um solche Gesichtshaare zu produzieren. Betont langsam ging er an ihnen vorbei in Richtung Strandcafé. Dort kaufte er sich ein kleines Bier, das er im Stehen trank, den Ellbogen auf den Tresen gestützt, die Beine leicht gekreuzt, den Blick vollkommen unverfroren auf Kirsty gerichtet.

»Ich sehe, dein Verehrer ist wieder da«, sagte Tony über den Rand des *Daily Express* hinweg.

Kirsty zuckte die Achseln und blickte in den Sand. »Er ist nicht mein Verehrer«, sagte sie.

Tony grinste nur und widmete sich wieder seiner Zeitung.

»Er sieht sehr gut aus, Kirsty«, sagte Pam, und Kirsty befahl ihr wütend, still zu sein. »Er kann das nicht hören«, sagte Pam. »Er steht da hinten an der Bar.«

»Ich finde, er sieht wie ein Widerling aus«, sagte Gray.

Pam sah ihn strafend an. »Kein Grund, alles so ernst zu nehmen, Graham.«

»Ich nehme nicht *alles so ernst*, ich äußere nur eine Meinung. Ich denke einfach, er sieht wie ein Widerling aus. Das ist alles.«

Gray sah aus dem Augenwinkel, wie der Typ seinen leeren Plastikbecher in einer Hand zerdrückte, als wollte er damit seine Männlichkeit auf ein Neues unter Beweis stellen. Er sah gut aus, das gestand Gray ihm zu. Gut aussehend und fit. Nur etwa ein Jahr älter als Gray, aber körperlich sehr viel weiter entwickelt. Doch warum Kirsty? Mädchen waren über den ganzen Strand verstreut, Mädchen in richtigen Bikinis, mit Strähnchen im Haar, großen Ohrringen und rosa Lippenstift. Mädchen, die nicht mit ihrer Mutter, ihrem Vater und ihrem großen Bruder zusammensaßen und mit einem Zahnstocher Muscheln aus einem Plastikbehälter aßen.

Der Mann kehrte langsam zu seinem weißen Handtuch zurück, dabei ging er so nah an Kirsty vorbei, dass Gray den Wunsch unterdrücken musste, seinen Fuß auszustrecken und ihm ein Bein zu stellen. Der Gedanke bereitete ihm kurz richtige Freude. Immer wieder spulte er die Szene vor seinem geistigen Auge ab, bis er ein leises Kichern nicht mehr unterdrücken konnte.

»Was ist los?«, fragt Kirsty.

»Ach, nichts.«

Gray war nicht eifersüchtig. Worauf sollte er denn eifersüchtig sein? Er war groß, sah ziemlich gut aus und war normal schlank. Die Mädchen sagten ihm, dass sie ihn süß fänden. Tatsächlich erzählten ihm Mädchen alles Mögliche. Meistens ging es dabei um andere Jungs, aber das war nicht das Entscheidende. Er genoss ihr Vertrauen, das war wichtig. Mädchen mochten Gray, und er mochte Mädchen. Einige Mädchen gefielen ihm auf eine andere

Art, ohne dass sie das wussten. Seine Gedanken waren geheim, beschäftigten ihn, wenn er nachts allein im Bett lag. Trotzdem meinte Gray, dass dieser Typ nicht wusste, wie man mit Mädchen sprechen musste.

Genau in diesem Augenblick drehte der Mann sich um, sah erst Gray, dann Kirsty und schließlich ihre Eltern an und sagte mit einer James-Bond-Stimme: »Schön, wenn die Sonne rauskommt, nicht wahr?«

Die ganze Familie reagierte auf diese Gesprächseröffnung wie aufgeschreckte Hühner. Grays Mutter legte sich die Hand auf die Brust und sagte mit einer Stimme, die er noch nie zuvor bei ihr gehört hatte: »Aber ja, das stimmt.«

Kirsty warf ihrer Mutter einen bösen Blick zu, dann schaute sie starr in den Sand. Ihr Gesicht war hochrot.

»Machen Sie hier Urlaub?«, fragte er überflüssigerweise.

Tony nickte. »Wir sind aus Surrey.« Das sagte er anstatt Croydon, wenn er vornehm wirken wollte. »Was ist mit dir?«

»Ich bin aus Harrogate. Ich leiste meiner Tante Gesellschaft. Ihr Mann ist gerade gestorben, und sie wollte nicht allein herkommen.«

»Oh«, sagte Pam, wieder die Hand auf der Brust. »Deine arme Tante. Das hast du gut gemacht. Nicht viele Jungen würden ihre Sommerferien für die Verwandtschaft opfern.«

»Na ja, sie ist ein guter Mensch, und sie war sehr oft für mich da. Und ihr Haus ist wirklich toll.« Er lächelte und deutete auf die andere Seite der Bucht, wo die Häuser größer und imposanter wurden, bis sein Finger auf einen Herrensitz zeigte. Helle Mauern und hohe Fenster, umgeben von Pappeln und Eiben.

»Oh!«, rief Pam aus. »Wir haben uns immer gefragt, wer da wohl wohnt. Stimmt's, Tony?«

Tony nickte. »Wir dachten, es gehört dem Königshaus.«

»Das stimmt nicht ganz. Mein Onkel hat mit seiner Schweinezucht ein Vermögen gemacht. Hauptsächlich mit Frühstücksspeck.« Er lächelte wieder. »Das ist nur ihr Sommerhaus. Sie sollten mal das Anwesen auf dem Land sehen.«

Grays Eltern nickten ehrfürchtig.

»Ach ja«, sagte der junge Mann und kam mit ausgestreckter Hand auf sie zu. »Ich heiße übrigens Mark. Mark Tate.«

»Freut mich, dich kennenzulernen, Mark.« Tony keuchte leicht, als er sich in seinem Liegestuhl vorlehnte, um Mark die Hand zu geben. »Ich bin Anthony Ross – Tony. Das hier sind meine Frau Pam, mein Sohn Graham und meine Tochter Kirsty.«

»Gray«, murmelte Gray. »Nicht Graham, nur Gray.«

Aber Mark hörte gar nicht hin. Sein Blick ruhte auf Kirsty, und auf seinen Lippen zeichnete sich ein triumphierendes Lächeln ab, wie Gray argwöhnisch bemerkte. Als ob dieses »ungezwungene« Gespräch mit seiner Familie nicht nur eine kurze, freundliche Begegnung wäre, sondern der erste brillante Zug in einem groß angelegten Masterplan.

Gray beobachtete, wie seine Eltern sich lebhaft mit dem jungen Mann unterhielten, als handelte es sich um einen offiziellen Besuch von Prinz Charles und nicht nur um einen Fremden mit sonorer Stimme, der nicht den geringsten Grund hatte, sie anzusprechen. Dann sah er zu Kirsty. Seine Schwester – Gray fand kein anderes Wort dafür – blühte sichtbar auf. Vor seinen Augen. Ihr Blick war unschuldig und verträumt. Dieser Mann schenkte ihr Aufmerksamkeit, und sie strahlte auf eine noch nie dagewesene Art und Weise.

»Sie sollten uns mal da oben besuchen und sich das Haus ansehen. Meine Tante backt uns einen Kuchen.«

»Oh nein, wir können uns nicht so aufdrängen, nicht wenn sie in Trauer ist«, sagte Pam.

»Ach was, sie wird sich freuen. Ganz ehrlich. Sie ist ein sehr geselliger Mensch, und sie fühlt sich einsam da oben. Warum besuchen Sie uns nicht gleich heute? Kommen Sie doch um vier vorbei.«

Was soll das werden?, dachte Gray.

Seine Eltern lächelten und sagten: »Also, wenn deine Tante wirklich nichts dagegen hat.« und »Können wir etwas mitbringen?«

Und plötzlich gab es einen Plan.

Gray konnte es nicht glauben.

Mark zog sich ein sauberes T-Shirt und eine Chino-Shorts an. Dann rollte er sein Handtuch mit militärischer Präzision zusammen und verstaute es in einer Stofftasche. Bevor er den Strand verließ, verneigte er sich leicht vor ihnen und sagte: »Also um vier, ja?« Grays Familie antwortete heftig nickend: »Ja, ja, danke.«

Dann ging er fort.

»Also«, sagte Pam. »Mit dieser Einladung hätte ich wirklich nicht gerechnet.«

»Ich auch nicht«, sagte Tony. »Aber jetzt bekommen wir alle kostenlosen Tee.«

Gray saß mit zusammengepresstem Kiefer da und dachte, dass es keinen kostenlosen Tee gab. Irgendeinen Preis würde diese Einladung zum Tee haben, aber dafür war seine Familie zu begriffsstutzig.

10

Lilys Mutter überweist ihr einhundert Pfund. Mit dem Geld fährt sie am Freitagnachmittag mit dem Zug nach London. Dort will sie zu Carls Büro gehen und jeden seiner Schritte nachverfolgen. Es ist das erste Mal, dass sie allein unterwegs ist.

»Bitte«, sagt sie zu dem Schalterbeamten, als sie endlich drankommt. »Ich muss nach London. Können Sie mir helfen?«

Der Mann verzieht keine Miene. »Rückfahrt?«

»Ja«, antwortet sie. »Will ich auch. Später.«

Jetzt lächelt der Mann, und sie weiß, dass sie etwas Dummes gesagt hat.

Er nimmt ihre Zwanzigpfundnote entgegen, druckt ihr zwei Fahrkarten aus und reicht sie ihr zusammen mit dem Restgeld: »Bahnsteig drei. In sieben Minuten.«

Sie schnappt sich die Fahrkarten und das Geld. »Okay«, sagt sie.

Im Zug sieht sie ihre neue Welt wie hastig angefertigte Skizzen an sich vorbeiziehen: blank gescheuertes Grün und beißendes Gelb, die Rückseite von Industrieanlagen, viele Reihen roter Backsteinhäuser mit dem immer gleichen Kinderspielzeug auf dem immer gleichen Stückchen Rasen. Sie kennt diese Welt nicht. Sie kennt nur Carl. Sie steckt sich zwei Fingerknöchel in den Mund, um den heftigen Schmerz zu unterdrücken. Sie kann jetzt nicht weinen. Nicht hier im Zug unter lauter fremden Menschen. Sie schaut aus dem Fenster.

Lily ist schon einmal in Carls Büro gewesen, an einem Wochenende, das sie beide in London verbrachten, vor ihrer Hochzeit. Sie wohnten im West End Hotel und aßen in einem Restaurant hoch oben in einem Wolkenkratzer mit Blick auf die funkelnde Stadt zu Abend. Er hatte sie gefragt: »Hast du Lust zu sehen, wo ich arbeite?« Sie hatte die Achseln gezuckt und »Warum nicht« geantwortet.

Das Büro befindet sich in einem niedrigen, symmetrischen Gebäude mit einer Front aus dunklem Glas und gebürstetem Stahl. In der Mitte ist eine große elektrische Drehtür, dahinter liegt das Foyer, ganz in Schwarz und Chrom mit einem Wasserspiel aus Edelstahl an der Wand. Sie schaut auf ihre Uhr. Es ist sechzehn Uhr vierzig. Zwanzig Minuten noch bis zu dem Augenblick, in dem Carl sein Büro verlassen hätte. Sie beschließt, hier zu warten und solange Candy Crush auf ihrem Telefon zu spielen.

Um fünf Minuten vor fünf stellt sie sich vor, wie Carl den Computer ausschaltet, seine Jacke vom Stuhl nimmt, die Metallverschlüsse seiner Aktentasche zuschnappen lässt, einigen Kollegen »Tschüss, bis morgen« zuruft. (Würde er das tun? Würde Carl sich verabschieden? Vielleicht eher nicht. Carl ist nicht der Typ, der laut Auf Wiedersehen sagt. Vielleicht hebt er eine Hand zum Abschied. Oder er sagt kurz angebunden: »Bis dann.«) Sie stellt sich vor, wie er auf den Fahrstuhl wartet, er blickt auf sein Telefon und fährt sich mit der Hand durch die Haare. Im Kopf zählt sie bis zwanzig, dann sieht sie ihn den Fahrstuhl betreten und hört das leise Dingdong der darunterliegenden Stockwerke. Im Foyer steigt er aus und geht durch die Drehtür.

In diesem Moment beginnt sie zur Victoria Station zu laufen. Es ist nicht weit, nur zwei Minuten zu Fuß. Sie sucht die Anzeigentafeln nach Carls Zug ab, den um 17 Uhr 06 nach Grinstead, und geht zu Bahnsteig vier. Sie schaut in die Gesichter der Menschen, die in dieselbe Richtung unterwegs sind. Kennen sie Carl? Würden sie ihn wiedererkennen? Jeden Tag der gleiche Zug zur gleichen Zeit?

Lily steigt in den Zug und sucht sich einen Platz. Ihr gegenüber sitzt ein Mann. Sie holt tief Luft und tastet in ihrer Handtasche nach dem Foto von Carl. »Entschuldigen Sie bitte.« Ihre Stimme klingt schroffer als beabsichtigt. »Könnten Sie mir bitte helfen?«

Der Mann schaut sie mit unverhohlenem Misstrauen an, und sie weiß sofort, dass er denkt, sie wolle ihn nach Geld fragen. »Das ist mein Mann«, sagt sie und schiebt das Foto über den Tisch zwischen ihnen. »Er fährt jeden Tag mit diesem Zug, und jetzt ist er verschwunden.«

Der Mann weicht ein wenig zurück. Er denkt immer noch, dass sie ihn um Geld bitten wird. Sie unterdrückt den Drang, ihm zu sagen, er sei ein Arsch. »Er ist als vermisst gemeldet«, fährt sie fort. »Offiziell. Die Polizei ist auf dem Laufenden.«

Er hebt eine Augenbraue und sagt: »O-okay.«

»Erkennen Sie ihn wieder?«, fragt sie grimmig.

Er blickt auf das Foto und schüttelt den Kopf. »Ich habe ihn noch nie gesehen.«

»Vielen Dank.« Sie schnappt sich das Foto und stopft es wieder in die Handtasche. Ihr Gesicht ist feuerrot, und sie spürt, dass ihr Hals vor Wut ganz fleckig wird. Sie geht zu dem nächsten freien Platz, wo sie dann neben drei befreundeten Frauen sitzt, die nach Wein und Zigaretten riechen. Die kann sie unmöglich nach Carl fragen, sie reden so laut und schnell, und außerdem sind sie keine Pendlerinnen. Rechts von ihr sitzt ein Mann im Anzug. Sie holt das Foto hervor und atmet tief durch. »Entschuldigen Sie bitte.« Sie spricht schnell, damit er keine Zeit hat, irgendwelche voreiligen Schlüsse zu ziehen. »Mein Mann wird vermisst. Er ist jeden Abend mit diesem Zug gefahren. Kennen Sie ihn vielleicht?«

Der Mann zieht eine Lesebrille aus seiner Jackentasche, nimmt das Foto in die Hand, betrachtet es prüfend und gibt es ihr dann zurück. »Tut mir leid, aber ich kenne den Mann nicht.« Seine Stimme ist tief und freundlich. Lily spürt, dass sie sich entspannt. Sie schenkt ihm ein warmes Lächeln, bedankt sich und geht dann von Waggon zu Waggon, von einem Fahrgast zum anderen. Jedes Gespräch stärkt ihr Vertrauen. Die Menschen sind grundsätzlich freundlich, findet sie, und ein Lächeln wirkt bei den Engländern Wunder. Es ist nicht ihre Art, grundlos zu lächeln. Sie lächelt ihre Freunde an oder Babys oder ihre Familie, aber nicht fremde Menschen im Zug. Doch jetzt lächelt sie unentwegt, und als der Zug in Oxted einfährt, hat sie bestimmt dreißig Fahrgäste gefragt und immer die gleiche Antwort bekommen: »Nein, tut mir wirklich leid.« Einige der Befragten haben nachgehakt: »Wie heißt Ihr Mann?« – »Seit wann wird er vermisst?« – »Ich wünsche Ihnen viel Glück bei Suche.«

An der Fahrkartenschranke schaut sie sich nach der letzten Person um, die gesehen haben könnte, wie Carl den Bahnhof verlässt: den Fahrkartenkontrolleur. Aber da steht niemand, da ist nur die Schranke. Sie seufzt. Sie hat all ihre Hoffnung darauf gesetzt, einen Menschen fragen zu können. Dann macht sie sich auf den langen Heimweg. Sie kommt an ein paar Geschäften vorbei, und ermutigt durch die freundlichen Reaktionen im Zug, geht sie hinein, lächelt, zeigt das Foto und stellt ihre Frage. Der Mann im Getränkeladen erkennt Carl auf dem Foto und erzählt, dass er gelegentlich eine Flasche Wein bei ihm gekauft habe. »Gut aussehender Kerl«, sagt er. Lily nickt und erwidert: »Ja, das stimmt.«

Als keine Geschäfte mehr kommen, überquert sie die Hauptstraße und geht durch kleine Straßen mit roten Häusern, die sich in einem verwirrenden Zickzack bis zur nächsten Hauptstraße hinziehen, wo sich der Supermarkt und andere große Geschäfte befinden. Hier kommt sie zum Mittagessen her, wenn es ihr in der Wohnung zu einsam wird. Dann sitzt sie im Starbucks und liest die Zeitung, damit sie ein Gesprächsthema hat, wenn Carl von der Arbeit nach Hause kommt. Der letzte Teil des Weges führt durch ruhige Straßen. Einzeln stehende niedrige Häuser, die Carl Bungalows nennt, mit langen Auffahrten. Keine Geschäfte. Keine Menschen. Dann kommt noch ein kurzes Stück, wo ein Neubaugebiet entsteht, das laut dem großen Plakat an der Straße Wolf's Hill Boulevard heißen soll. Carl lacht jedes Mal laut auf, wenn er daran vorbeikommt. »Boulevard«, sagt er dann. »In Oxted. So ein Scheiß.«

Lily bleibt einen Moment lang stehen und starrt auf das Gebäude. Dort ist niemand. Seit sie hier wohnt, hat sie niemanden dort gesehen. Sie kann sehen, dass der erste Häuserblock beinahe fertig gebaut ist. Die Fenster wurden eingesetzt und die Fassade verkleidet. Die Bauarbeiter sind schon mit dem nächsten Häuserblock beschäftigt, der nur aus Traggerüsten und im Wind flatternden Plastikplanen besteht. Die Sonne ist untergegangen, der Himmel hat eine samtig blaue Farbe, Autoscheinwerfer strahlen golden im Vorbeifahren, und sie ist allein auf der Straße. Ein seltsamer Schauer durchfährt sie. Wieder schaut sie auf den neuen Häuserblock und entdeckt ein flackerndes Licht in einem Fenster im ersten Stock.

Lily dreht sich um und geht in Richtung ihrer Wohnung. Aus einem unerfindlichen Grund beunruhigt das flackernde Licht sie. Sie wird der dicken Polizistin davon erzählen. Vielleicht ist ja was dran an ihrem Verdacht. Vielleicht ist auch nichts dran. Aber im Augenblick ist das flackernde Licht ihr einziger Anhaltspunkt.

Sobald sie zu Hause ist, ruft sie bei der Polizei an.

»Hallo, ist dort Mrs. Traviss?«

»Ja, Police Constable Traviss.«

»Oh, Entschuldigung. Police Constable Traviss. Hier spricht Mrs. Monrose. Die Frau von Carl Monrose.«

»Ich weiß. Sie müssen hellsehen können. Ich wollte Sie gerade anrufen. Wir müssen den Computer Ihres Mannes holen. Sein Reisepass könnte auf dem Darknet-Markt erworben worden sein. Wir möchten seinen Browser-Verlauf und sein E-Mail-Konto überprüfen.«

»Ich habe keine Ahnung, wovon Sie sprechen.«

Am anderen Ende der Leitung entsteht eine Pause, wie die Polizistin sie immer wieder macht, und diese Pause besagt, dass sie Lily für eine Nervensäge und dazu noch für dumm hält.

»Diese Reisepässe sind wie maßgeschneidert. Sie sind unglaublich teuer, und die Leute bestellen sie in den dunkelsten Tiefen des Internets. Ihr Mann muss mit ziemlich gefährlichen Typen Kontakt gehabt haben. Und das auch eine Zeit lang. Wir müssen diese Leute finden. Deshalb brauchen wir Zugang zu dem Computer Ihres Mannes.«

»Aber was haben diese Leute mit der Suche nach meinem Mann zu tun?«

Wieder die besagte Pause. »Also, das ist keine direkte Spur, aber diese Leute könnten etwas über Ihren Mann wissen. Darüber hinaus ist es möglich, dass sie etwas mit seinem Verschwinden zu tun haben. Wenn er diesen Männern beispielsweise Geld geschuldet oder ihnen gedroht hat, sie auffliegen zu lassen.«

Das Bild des flackernden Lichts in der gerade fertiggestellten Wohnung kommt ihr blitzartig wieder in den Sinn. Das Blut in ihren Adern fühlt sich erst kalt, dann heiß an. Gangster. Verbrecher. Auf diese Gedanken war sie selbst in der Dunkelheit der Nacht nicht gekommen. »Wissen Sie«, beginnt sie. »Vielleicht hat es keine Bedeutung, aber in dem neu gebauten Haus neben unserer Wohnung hat Licht gebrannt. Nur ein einziges Licht in einem einzigen Fenster. Obwohl dort noch niemand wohnt. Das gab mir zu denken …«

Lily hält inne. Was gab ihr das Licht zu denken? Sie hat keine Ahnung. Ihr war unheimlich zumute gewesen. Das war alles. Kalt und gruselig.

»Ich weiß nicht«, fährt sie fort. »Es kam mir seltsam vor.«

»Okay.« Beverly übergeht ihre Bemerkung. »Sind Sie zu Hause? Kann ich jetzt vorbeikommen, um den Computer abzuholen?«

»Also, ja, natürlich können Sie kommen. Aber ich kenne das Passwort nicht.«

»Das ist kein Problem. Wir setzen da unsere Computerjungs dran.«

»Also dann, in Ordnung. Und vielleicht können wir zu der Baustelle hinübergehen, wenn Sie da sind? Und in der Wohnung nachschauen, wo das Licht war?«

»Ich bin nicht sicher, ob wir dafür Zeit haben. Aber ich werde sehen, was ich tun kann.«

Beverly kommt in Begleitung eines jungen, einfach gekleideten Mannes mit einer riesigen Brille und einem Karton unter dem Arm. Er bleibt maßlos lange in dem ungenutzten zweiten Schlafzimmer, wo der Computer steht. Lily sitzt die ganze Zeit über ängstlich auf dem Sofa und schaut, die Arme vor der Brust verschränkt, zur Wanduhr. »Was macht er da drin?«, fragt sie Beverly.

»Ach, wissen Sie, nur das Übliche. Wir können hier nicht einfach so reinmarschieren und den Computer ausstöpseln.«

Lily nickt. Noch ein paar Minuten vergehen. Sie hört, wie Schubladen geöffnet und geschlossen werden. Dann erscheint der Mann in der Tür und schaut zu Lily: »Haben Sie den Schlüssel für die unterste Schrankschublade?«, fragt er.

»Nein«, sagt sie. »Den Schlüssel suche ich schon seit zwei Tagen. Der muss an seinem Schlüsselbund sein.« Sie zuckt die Achseln.

»Haben Sie etwas dagegen, wenn ich die Schublade aufbohre? Ich würde gern nachsehen, was da drin ist. Vielleicht Speicherkarten?«

Lily sitzt ganz steif da. Sie stellt sich vor, dass Carl in die Wohnung kommt und sieht, dass sein brandneuer Schrank ein Loch hat, seine persönliche Habe geplündert und gestohlen wurde. Aber dann kommt ihr der Gedanke, dass Carl sie angelogen hat. Sie kennt nicht einmal seinen richtigen Namen. Er hat eine verschlossene Schublade in ihrem gemeinsamen Zuhause. Und er hat den Schlüssel mit zur Arbeit genommen. Dafür muss er einen Grund gehabt haben.

»Ja«, sagt sie schließlich. »Einverstanden. Aber bitte machen Sie keine Unordnung.«

Der junge Mann lächelt und geht wieder in das Zimmer zurück. Zehn Sekunden später ertönt das gellende Heulen des Bohrers. Kurz darauf steht der Mann mit einem Karton in der Tür.

»Also«, sagt er leichthin, als ob das, was hier passiert, ganz normal wäre. »Hier ist alles erledigt. Haben Sie schon …« Er blickt auf den Zettel mit persönlichen Fragen, den er Lily vorhin gegeben hatte: besondere Daten, Namen der Haustiere, Namen der Eltern, Kosenamen, Namen von wichtigen Orten.

»Ja.« Sie schiebt das Papier über den Tisch zu ihm hin, und er steckt es zu den anderen Dingen in seinem Karton.

»Klasse«, sagt er. »Okay.« Das ist an Beverly gerichtet, die sich langsam erhebt.

Alle zusammen gehen sie zur Tür, und Beverly sagt: »Wir melden uns.«

Die leere Wohnung mit dem flackernden Licht hat sie mit keiner Silbe erwähnt.

Nachdem die beiden gegangen sind, steht Lily eine Weile reglos da. Sie lässt den Blick durch die Wohnung schweifen, so wie sie es schon hundertmal gemacht hat, seit Carl am Dienstagabend nicht nach Hause gekommen ist. Zuerst hat sie nur gesehen, dass er nicht da war. Jetzt sieht sie, dass er sie getäuscht hat. Langsam geht sie in das unbenutzte Zimmer und kniet sich hin, um den Inhalt der verschlossenen Schublade zu untersuchen.

11

»Oh, du bist wieder da«, sagt Alice.

Es ist fast zehn Uhr abends, als er im Schein der Laternen in Barrys Jacke in der Tür steht und unglaublich erschöpft aussieht. Sechsunddreißig Stunden lang war er weg.

»Ja«, erwidert er. »Wenn das in Ordnung ist.«

»Das muss es wohl, oder? Wo bist du gewesen?«, fragt sie.

»Am Strand.«

»Die ganze Zeit?«

»Na ja, fast die ganze Zeit. Ich habe da letzte Nacht geschlafen.«

»Was hast du nur mit diesem Strand? Ich dachte, du hättest dein Gedächtnis wiedergefunden und wärst nach Hause gegangen.«

»Genau darum geht es.« Er blickt wehmütig über ihre Schulter. »Ich habe mich an etwas erinnert. Etwas Wichtiges.«

Jetzt schaut er sie an. Sie lässt sich erweichen und macht die Tür weit auf, sodass er ins Haus kommen kann. Dann holt sie ihnen beiden ein Bier, und sie setzen sich nebeneinander auf das Sofa, mit Sadie zu ihren Füßen und Hero auf Alices Schoß. Nur Griff hält artig Abstand.

»Sind die Kinder alle im Bett?«, fragt er.

»Die Kleine schläft, die anderen liegen auf ihren Betten

und spielen mit ihren Telefonen herum.« In diesem Moment erscheint eine Nachricht auf ihrem eigenen Telefon. Alice schaut flüchtig hin. Jasmine hat Alices Telefon bei Instagram eingeloggt. Jetzt hat irgendwo irgendjemand etwas gelikt, was Jasmine gepostet hat. In den nächsten zehn Minuten wird Alices Telefon wie irre vor sich hin piepen, weil Jasmines sämtliche Freunde und Bekannte ihren Post liken. Alice hat ein Meer körperloser Daumen vor Augen, die unsinnigerweise auf kleine Herzen drücken. Sie seufzt.

»Was ist das?«, fragt Frank und deutet mit dem Kinn auf das iPad.

»Das ist das Wohnzimmer meiner Eltern«, sagt sie. »In London.«

Er nickt, als ob das, was sie gesagt hat, für ihn einen Sinn ergäbe.

»Sie sind beide dement«, erklärt sie. »Die Pflegekräfte kommen regelmäßig, aber niemand passt Tag und Nacht auf sie auf. Und man muss wirklich auf sie aufpassen. Meine Schwester hat auch so eine Webcam, und wir hoffen, dass sie und ich zusammen mit den Pflegern unsere Eltern noch etwas länger zu Hause lassen können. Denn die Alternative ist … na ja, daran will ich gar nicht denken.«

Sie lächelt knapp. Kaum zu glauben, dass ihre Eltern vor nicht einmal zwei Jahren eine Reise zur Chinesischen Mauer geplant haben, und jetzt kommt keiner von ihnen mehr rechtzeitig bis zum Badezimmer.

»Mein Leben ist sehr seltsam«, sagt sie.

»Meins auch«, sagt er, und sie fangen beide an zu lachen.

Sie kann kaum glauben, wie erleichtert sie war, als er

vorhin vor ihrer Tür stand. Sie hat sich allergrößte Mühe gegeben, streng zu klingen, dabei hätte sie am liebsten die Arme um ihn geschlungen und gerufen: *Ein Glück, du bist wieder da.* Aus diesem Grund ist sie jetzt vorsichtig und cool, denn das ist neuerdings ihre standardmäßige Herangehensweise ans Leben – und nicht etwa, Wildfremde zu umarmen.

»Also«, sagt sie. »Was hast du so gemacht?«

Frank lächelt und dreht die Bierflasche in seinen Händen. »Ich hatte mir gedacht, dass ich einen Grund gehabt haben muss, warum ich nach Ridinghouse Bay gekommen bin. Du weißt ja, dass ich eine Zugfahrkarte hierher gekauft habe. Und ich habe zum Strand gefunden. Das kann kein Zufall sein. Ich dachte, wenn ich eine Weile herumlaufe, würde ich etwas sehen, was meinem Gedächtnis auf die Sprünge helfen könnte.«

»Und das ist passiert?«

»Ja!« Seine braunen Augen leuchten. »Ich habe mich an ein Mädchen auf einem Karussell erinnert. Weißt du, so ein altes Drehkarussell mit Pferden, die rauf- und runtergleiten?« Er sieht sie fragend an, als wäre er nicht sicher, ob dieses Bild ihr einleuchtet, aber sie nickt ihm ermutigend zu.

»Die Steam Fair«, sagt sie. »Die findet jeden Sommer hier statt.«

»Oh!« Er sieht erfreut aus. »Dann ist meine Erinnerung also echt?«

»Ja, das wäre möglich. Und wer war das Mädchen?«

»Das weiß ich nicht. Sie hatte braune Haare, und sie war sehr jung. Ein Teenager, denke ich.«

»Und du hast überhaupt keine Idee, wer das sein könnte?«

»Nein, aber mir ist etwas Merkwürdiges passiert. Ich bin die High Street entlang zum Strand gegangen, weil ich das Gefühl hatte, das Mädchen auf dem Karussell dort gesehen zu haben ...«

»Genau, dort ist es.«

Er lächelt. »Dieser Rummel, die Steam Fair?«

»Ja, die findet am Strand unterhalb der High Street statt! Und was ist passiert, als du dort hingegangen bist?«

»Ich musste mich übergeben«, sagt er.

»Was, wirklich?«

»Ja. Aus heiterem Himmel. Danach konnte ich mich nicht mehr bewegen. Es war genau wie am Mittwoch. Ich habe mich in den Sand gesetzt und aufs Meer hinausgeblickt. Menschen kamen und gingen, aber ich war wie weggedriftet. Doch als es vorhin dunkel wurde, hatte ich noch eine Erinnerung. Ich erinnerte ...« Seine Hände zitterten. »Ich erinnerte mich an einen Mann, der hier ins Meer sprang. Das war auf jeden Fall in Ridinghouse Bay. Es war dunkel, ich sah das Mondlicht auf dem Wasser, der Mann schwamm immer weiter raus. Ich wusste, ich musste ihm folgen, aber ich konnte nicht ... Ich weiß nicht, warum ...« Mit der linken Hand massiert er sein rechtes Handgelenk. »Ich konnte einfach nicht.«

Er schaut Alice an und blinzelt. Sie muss an den jungen Mann denken, der vor ein paar Jahren an diesem Strand ins Wasser gegangen ist. »Ich habe das auch gesehen«, sagt sie. »Vor drei Jahren. Ich habe gesehen, wie ein Mann ins Wasser gegangen ist. Er hat sich ausgezogen, seine Kleidung zu einem sauberen Stapel zusammengelegt, dann ist er ins Meer gegangen, bis sein Kopf ganz unter Wasser war. Ich frage mich ...«

»Nein.« Er schüttelt entschieden den Kopf. »Nein. Dieser Mann hatte seine Sachen noch an. Er trug eine Jeans und ein T-Shirt. Und er hatte … Er hatte noch etwas bei sich. Etwas Großes. In seinen Armen. Und er ist nicht ins Wasser gegangen. Er ist gesprungen. Als ob er vor jemandem fliehen würde.«

»Vor wem?«

»Ich weiß es nicht«, sagt er. »Aber er könnte vor mir geflohen sein.«

12

1993

Das Haus von Marks Tante war in jeder Hinsicht das prächtigste Privathaus, in das Gray je einen Fuß gesetzt hatte. Einen solchen Einrichtungsstil bezeichnete seine Mutter gewöhnlich als »Chichi«, was eine Menge goldgerahmter Spiegel und turmhohe Vasen mit Sternguckerlilien einschloss. Drei Terrier empfingen sie an der Haustür, dahinter folgte Mark in einem weißen Hemd mit hochgestelltem Kragen und einer ordentlichen blauen Jeans. Als sie einer nach dem anderen durch die riesige Haustür traten, begrüßte Mark sie so überschwänglich wie alte Freunde. Dann führte er sie durch eine runde Eingangshalle in einen Wintergarten mit Palmen, den er »Orangerie« nannte und wo eine sehr attraktive Dame mittleren Alters mit streng frisiertem blondem Haar an einem Tisch saß, auf dem Teetassen und Kuchen standen.

Die Frau stand auf und sagte lächelnd: »Guten Tag! Sie sind wirklich gekommen! Ich war nicht sicher, ob Mark sich dieses Treffen nur ausgedacht hatte. Lustiger Junge. Kam vor zwei Stunden mit einer Tasche voller Mehl und Eiern nach Hause und sagte, wir müssen Kuchen backen, weil wir Besuch bekommen!«

Marks Tante sprach sanft und kultiviert, genau wie ihr Neffe, aber Gray konnte nicht umhin, einen Anflug von Hysterie in ihrer Stimme zu hören. Er fragte sich, ob das ihr Charakter war oder ob sie so reagierte, weil eine fremde, sonnenverbrannte Familie plötzlich in ihrem makellos sauberen Haus stand.

»Aber wie dem auch sei«, fuhr sie fort und bestätigte noch einmal Grays ersten Eindruck. »Sie sind hier herzlich willkommen. Bitte setzen Sie sich doch, bitte.«

Sie strich sich die Rückseite ihres Rocks glatt und nahm wieder Platz. »Ich bin übrigens Katherine, aber nennt mich Kitty.« Gray und seine Familie stellten sich ihr mit Namen vor. Ihm fiel auf, dass ihr Blick eine Spur länger auf Kirsty als auf den anderen ruhte. Dann schnitt sie den Victoria Sponge Cake mit perfekt manikürten Händen in Stücke, fragte Grays Familie, wie es ihnen im Rabbit Cottage gefiele und was sie noch in den Ferien unternehmen wollten. Gray rutschte in seinem Rattansessel herum und schaute durch die Fensterscheiben in den perfekt gepflegten Garten. Er fragte sich, was sie hier machten.

»Mark ist ein sehr guter Junge«, sagte Kitty gerade. »Leider habe ich keine eigenen Kinder« – sie legte eine Hand an ihren porzellanweißen Hals – »deshalb sind Mark und seine Schwester wie eigene Kinder für mich. Und Mark kümmert sich hervorragend um mich.« Sie tätschelte seine Hand, und er lächelte nachsichtig. Danach herrschte zum ersten Mal betretenes Schweigen.

Schließlich brachte Tony heraus: »Ich muss schon sagen, dieses Haus ist im Inneren genauso fantastisch wie von außen.«

»Danke, Tony«, antwortete die Besitzerin. »Wir haben hier glückliche Zeiten erlebt.« Sie sah traurig aus, zweifellos dachte sie an ihren kürzlich verstorbenen Ehemann.

»Wie lange gehört Ihnen das Haus schon?«, fragte Pam.

»Oh.« Ihre Finger fuhren ihre goldene Halskette entlang. »Seit zwanzig Jahren, schätze ich. So in etwa. Wir haben es von einer Liebesromanautorin gekauft. Wenn Sie einen Blick in die Bibliothek werfen, finden Sie dort ein Regal mit ihren Büchern. Als Andenken an sie. Nicht dass ich die Romane je gelesen hätte. Die sind nicht nach meinem Geschmack. Ich glaube, man nennt solche Bücher Nackenbeißer.« Bei dem Gedanken sah sie leicht empört aus. »Also, Graham.«

»Gray«, sagte er. »Alle nennen mich Gray.«

»Bis auf mich«, warf Pam ein.

»Gray, wie alt bist du?«

»Siebzehn.«

»Dann gehst du noch zur Schule?«

»Ja, nächstes Jahr bin ich fertig.«

»Und du, Kirsty?«

»Ich bin fünfzehn.«

Kitty zog eine schmale Augenbraue in die Höhe. »Das ist jung«, sagte sie nachdenklich.

Kirsty nickte und errötete.

»Was ist mit dir, Mark?«, fragte Tony. »Wie alt bist du?«

»Neunzehn.«

»Und was machst du?«

»Ich bin an der Uni. Ich studiere BWL.«

»Das ist gut«, sagte Pam. »Was willst du mal werden?«

»Millionär.« Er verzog keine Miene, als er das sagte, und Gray konnte sich gerade noch beherrschen, den Tee nicht auszuspucken.

»Also«, meinte Pam.

»Das ist toll«, sagte Tony. »Es geht nichts über gesunden Ehrgeiz.«

Kirstys Mund war schmal geworden.

»Oh!« Pam drehte sich in ihrem Rattansessel um und blickte durch die Glasfront der Orangerie in den Garten. »Ein Pfau!«

Tatsächlich stand auf dem Rasen ein Pfau und bewegte seinen irisierenden Fächer wie ein Showgirl.

»Also, das schlägt dem Fass den Boden aus«, sagte Tony kichernd. »Pfauen im eigenen Garten!«

»Ich weiß«, sagte Kitty mit müder Stimme. »Ich nehme an, das ist einfach ein Klischee. Aber die Autorin hatte ein Pfauenpaar, und irgendwann hatte ich mich an die beiden gewöhnt. Deshalb habe ich ein neues Paar angeschafft, als sie starben. Es ist sehr angenehm, sie um sich zu haben. Ich habe auch noch andere Tiere«, sagte sie. »Einen Esel. Ein Shetlandpony. Es ist doch unsinnig, so viel Platz zu haben und dann nichts damit anzufangen.«

Kitty bemerkte, dass Kirstys Gesicht sich bei der Erwähnung des Esels und des Ponys aufhellte. »Mark, warum zeigst du den Kindern nicht die Tiere?«, sagte sie zu ihrem Neffen.

»Ähm, nein danke«, sagte Gray, entsetzt darüber, als Kind bezeichnet zu werden.

Mark sah zu seiner Schwester. »Kirsty?«

Sie nickte und stand auf. Sie hatte die Hände in die Ärmel ihres Pullovers gedreht und sah noch sehr kindlich aus. Als Gray zusah, wie Mark seine Schwester aus dem Wintergarten führte, wie sie beide durch die Tür verschwanden, als er hörte, wie ihre Stimmen zu einem kaum hörbaren Echo verblassten und dann endgültig erstarben, ergriff ihn eine heftige Angst. Er schaute zu seiner Mutter und seinem Vater, aber beide waren vollauf damit beschäftigt, einen halbwegs anständigen Eindruck auf eine Frau zu machen, mit der sie nichts gemeinsam hatten.

Was war nur los mit diesem Typen? Warum läuteten bei ihm ständig die Alarmglocken, wenn es um Mark ging? Es lag an den Kleinigkeiten, es waren Details, entschied Gray schließlich. Die nackten Füße, die sorgfältig hingekämmten Haare, die nicht nachvollziehbare Bindung an die eiskalte, trauernde Tante, das altkluge Geschwätz darüber, Millionär werden zu wollen. Ganz abgesehen von den unverhohlenen Blicken am Strand und der Einladung zum Tee. Das alles ließ sich nicht zu einer Persönlichkeit zusammensetzen, und sei sie noch so widersprüchlich. Gray kannte ein paar merkwürdige Menschen. In Croydon gab es mehr als genug davon.

Er blickte zu seinen Eltern und dann in den Garten, wo seine Schwester und Mark sich vom Haus entfernten. Die beiden schlenderten einträchtig nebeneinander her, Mark lachte, und seine Schwester wandte sich ihm lächelnd zu. Dann waren sie verschwunden, nur der Pfau stand noch erhaben mit schimmernden Schwanzfedern da und starrte – so empfand es Gray – direkt in seine Seele.

13

Das Bier ist schnell ausgetrunken. Alice hatte Durst und Frank anscheinend auch. Sie holt zwei neue Flaschen, und als die leer sind, gibt es kein Bier mehr im Kühlschrank. Also hockt Alice sich hin und holt eine Flasche Scotch aus der untersten Schublade. Es ist schon fast Mitternacht. Normalerweise würde Alice auf die Zeit achten und daran denken, dass ihre kostbaren sieben Stunden Schlaf dahinschwinden. Aber heute interessiert es sie nicht, wie spät es ist. Heute ist Zeit irrelevant.

Sie richtet sich wieder auf und greift nach zwei Gläsern oben auf dem Regal.

»Mum?«

Alice dreht sich um, als sie Jasmines Stimme hört.

»Ich hole etwas zu trinken«, antwortet sie.

»Für ihn?«

»Für Frank. Und für mich.«

Jasmine zieht ihre linke Augenbraue hoch. »Er heißt nicht einmal Frank.«

»Nein«, sagt sie ruhig. »Aber Frank ist besser als gar kein Name.«

»Warum ist er überhaupt hier? Ich dachte, er wäre weggegangen.«

»Ja, das dachte ich auch. Aber er ist zurückgekommen.«

Jasmine nickt, beißt sich auf die Unterlippe. »Dann hoffen wir mal, dass das niemand rausfindet.«

Alice sieht sie fragend an.

»Ich meine Kai und Romaine. Und Derry. Du solltest ihnen klarmachen, dass sie niemandem etwas über diesen Mann erzählen dürfen. Du weißt schon, für den Fall, dass …«

Alice nickt. Diese Diskussion will sie jetzt nicht führen. »Es ist spät«, sagt sie. »Du solltest schlafen gehen.«

»Morgen ist keine Schule.« Jasmine unterdrückt ein Gähnen.

»Okay. Trotzdem solltest du jetzt schlafen.« Mit der einen Hand umklammert Alice die Gläser, in der anderen hält sie die Scotchflasche. Sie will, dass ihre Tochter jetzt in ihr Zimmer geht. »Nun geh schon«, sagte sie mit gespielter Strenge. »Ab mit dir.«

Jasmine sieht sie einen Moment lang seltsam an, als ob sie ihr noch etwas Wichtiges zu sagen hätte, als ob sie trotz ihrer jungen Jahre etwas wüsste, was ihre Mutter nicht weiß. Schließlich schüttelt sie den Kopf und seufzt. »Gute Nacht, Mum. Pass auf dich auf.«

Die Worte hallen in ihr nach, während sie den Scotch und die Gläser ins Wohnzimmer trägt. *Pass auf dich auf.* Sie ist sich nicht sicher, ob sie das überhaupt will. Hero ist auf Franks Schoß gekrochen, als sie nicht da war. Das Gewicht des gut fünfunddreißig Kilo schweren Bullterriers scheint ihn etwas zu erdrücken.

»Magst du Hunde?«, fragt sie.

Er lächelt. »Sieht so aus.«

»Bitte bilde dir nichts darauf ein. Hero mag einfach jeden. Sie ist süchtig nach Aufmerksamkeit. Du solltest dir den hier vorknöpfen.« Sie deutet auf Griff, der abwartend und wachsam dasitzt, während seine schokobraunen Augen zwischen Alice und Frank hin und her wandern, als ob er wüsste, dass sie über ihn sprechen. »Er ist sehr wählerisch. Soll ich Hero von deinem Schoß verjagen?«

»Nein.« Er schüttelt den Kopf. »Das ist ganz schön so. Sie ist ... auf beruhigende Weise substanziell.«

Alice gießt ihnen beiden eine ordentliche Menge Whisky ein und reicht Frank ein Glas. »Prost!«, sagt sie und hebt ihr Glas. »Auf die Erinnerung.«

Frank stößt mit ihr an und lächelt. »Und auf dich«, sagt er. »Auf dein großes Herz.«

»Oh«, sagt sie. »Ich weiß nicht, ob ich ein großes Herz habe. Vielleicht bin ich einfach nur dumm.«

»Vielleicht beides«, sagt er.

»Ja, da stimme ich zu. Das ist die Geschichte meines Lebens. Großherzig und dumm.«

»Also.« Frank nimmt einen Schluck von seinem Drink und zieht eine Grimasse. »Also, was ist die Geschichte deines Lebens? Über meine können wir ja nicht reden.«

»Du lieber Himmel«, sagt sie. »Du wirst dir noch wünschen, du hättest mich das nie gefragt.«

»Nein«, erwidert er schlicht. »Mach schon. Erzähl mir von den Landkarten.«

»Ach ja.« Sie senkt die Augen auf ihr Glas. »Die Landkarten.« Sie schaut wieder auf. »Das ist mein Job. Mein Beruf. Meine Kunst.« Sie lacht gequält auf.

»Die Bilder sind sehr schön.«

»Danke.«

»Woher beziehst du deine Inspiration?«

»Alles begann mit einem großen Straßenatlas. Mein Vater hatte einen. Eine Karte des ganzen Vereinten Königreichs. Wirklich ein riesiges Ding. Auf langen Autofahrten habe ich das Teil durchgeblättert und mir all die Orte angeschaut, wo ich noch nie war. Ich liebte die grafischen

Kontraste, zum Beispiel zwischen dem Zentrum von London und den schottischen Highlands. London war voller schwarz markierter Straßen, Schottland hingegen war weiß. Mit achtzehn bekam ich Dads alten Wagen, und als ich ihn ein paar Jahre später verkaufte, fand ich im Handschuhfach den Atlas. Ich nahm ihn mit nach Hause und blätterte wieder darin herum, genau wie früher. Zu der Zeit war ich mit einem kleinen Baby ans Haus gefesselt und langweilte mich zu Tode. Deshalb beschloss ich, etwas aus den Karten darin zu machen. Das war das Bild dort drüben.« Sie deutet auf eine Darstellung der kleinen Jasmine an der gegenüberliegenden Wand.

»Das hast du aus alten Karten angefertigt?«

Sie nickt.

»Wow«, sagt er. »Es sieht aus wie eine Zeichnung. Das ist ja Wahnsinn!«

»Danke. Ab da begann ich, sämtliche alten Karten zu kaufen, die ich finden konnte. Du solltest mal mein Zimmer da oben sehen: Ich horte die Dinger regelrecht. Und als ich von London hergezogen bin, brauchte ich ein Einkommen. Seitdem nehme ich Aufträge entgegen. Nebenbei habe ich noch einen Online-Shop für individuell gestaltete Geburtstagskarten und Ähnliches eröffnet. Inzwischen ist das Ausschneiden und Aufkleben von Kartenstückchen in Blütenblattform ein Vollzeitjob geworden.« Sie sieht ihn an. »Ich sagte ja bereits, mein Leben ist seltsam.«

»Also, für jemanden, der überhaupt kein Leben hat, klingt deines ziemlich toll.«

»Ja, stimmt. Mein Leben ist seltsam, aber gut. So kann ich arbeiten und für die Kinder da sein, das ist echt super.«

»Nicht zu vergessen diese Bande hier.« Er zeigt auf die

Hunde. »Und sie dort.« Jetzt deutet er auf das iPad mit seiner düster leuchtenden Darstellung eines leeren Raums. »Du hast eine Menge am Hals.«

»Ja, das ist richtig. Aber letztlich auch nicht mehr als eine Million anderer Frauen. Frauen sind einfach der Wahnsinn, weißt du.« Sie lächelt, und dann lächelt er auch.

»Ich muss dir wohl oder übel glauben. Denn ich kann mich an keine einzige Frau erinnern.«

»Also, du kennst mich, und glaub mir, ich bin absolut fantastisch.«

Er lacht nicht, aber er lächelt noch. »Okay. Du wirst von nun an der Maßstab für alle Frauen sein, die mir begegnen.«

»Gütiger Himmel, ich bin zu deiner Mutter geworden!«

Jetzt lacht er laut heraus, und als er sich zurücklehnt, streift sein Bein kurz das von Alice. Sie spürt die klaffende Wunde in ihrem Inneren, spürt, wie einsam und bedürftig sie ist, auch wenn sie das schon seit sechs Jahren zu ignorieren versucht. Draußen vor dem niedrigen Fenster zischt und flackert die Laterne. Schließlich geht das Licht ganz aus, und plötzlich ist es im Zimmer viel dunkler. Alice hört die Dielen über ihr knarzen, als eines der Kinder ins Bad geht. Dann passiert etwas Bemerkenswertes. Griff, der ihre Unterhaltung vom anderen Ende des Zimmers aus beobachtet hat, stellt sich auf seine schlanken Beine und kommt auf sie zu. Alice glaubt, dass er kommt, um zu spielen, aber der Hund bleibt bei Frank stehen und legt seine Schnauze auf dessen Knie.

»Oh«, sagt Frank und legt eine Hand auf den Kopf des Hundes. Lächelnd blickt er zu Alice.

Alice schaut erst zu ihrem Hund, dann zu Frank und

wieder zu Griff. Ihr wird flau im Magen. Im Gegensatz zu Sadie und Hero ist Griff ihr Hund. Sie hat ihn aus dem Tierheim geholt, als er ein Jahr alt war. Er war schon in London die ganze Zeit bei ihr, noch bevor Romaine zur Welt gekommen ist. Er ist der liebenswürdigste, netteste Hund der Welt. Aber zu Menschen hält er in der Regel Abstand. Und jetzt bietet er sich einem vollkommen Fremden an und spiegelt so Alices eigene verborgene Sehnsüchte.

»Du musst ein guter Kerl sein«, sagt sie. »Hunde wissen so was.«

»Meinst du?«

»Ja, meine ich.« Sie spürt, wie sie tief im Inneren weich wird, wie eine Zartheit zurückkehrt, an die sie sich kaum mehr erinnern konnte. Sie legt ihre Hand auf die von Frank, die auf Griffs gewölbtem Schädel liegt. Frank bedeckt mit seiner anderen Hand die von Alice. Ein wunderbarer Moment, in dem die Existenz sich in der Schwebe befindet, ein Moment, der ein unermessliches Potenzial enthält. Vielleicht werden sie in einigen Jahren zueinander sagen: *Erinnerst du dich noch an diesen Abend, als unsere Hände sich zum ersten Mal berührten?*

Aber jetzt ertönt nur das Scheppern der Wasserleitung, als ein Kind die Toilettenspülung zieht. Dann hört man Schritte die Holztreppe herunterkommen. Romaine steht da, herrlich zerzaust, mit müden Augen und zieht an den Enden ihres Nachthemds. »Mummy, ich wache ständig wieder auf.«

Alice zieht ihre Hand unter seiner hervor, seufzt und sagt: »Ich bin gleich wieder da.«

Aber Frank rutscht schon unruhig hin und her, er versucht, Hero von seinem Schoß zu bekommen, und stellt sein Glas ab: »Weißt du, ich bin wirklich kaputt. Ist es in Ordnung …?«

»Du kannst bleiben, solange du möchtest«, sagt sie. »Griffs Freunde sind auch meine Freunde.«

Dann fasst sie Romaines ausgestreckte Hand und geht mit ihr die Treppe nach oben. »Ich lasse die Hintertür offen«, ruft sie ihm noch zu. »Bis morgen früh dann.«

14

1993

An diesem Abend aßen sie auswärts. Die spontane Einladung zum Tee hatte ihre Pläne für den Tag durcheinandergebracht. Sie hatten keine Zeit gehabt, einkaufen zu gehen, daher hatte Kirsty gesagt: »Warum essen wir heute Abend nicht am Strand? Das wäre doch schön.«

Es war ein herrlicher Abend, kühl, aber die Sonne schien noch am leuchtend blauen Himmel. Tony hatte vorgeschlagen, dass sie in das schicke Fischrestaurant mit der überdachten Terrasse am anderen Ende der Stadt gehen sollten, wo man einen wunderbaren Blick aufs Meer hatte. »Aber keine Vorspeisen«, hatte er noch befohlen.

Gray betrachtete Kirsty über den Rand der Speisekarte hinweg. Sie sah anders aus als sonst.

»Was ist los?«, fragte sie, als sie seinen Blick bemerkte.

»Nichts«, gab er zurück. »Was nimmst du?«

»Scampi«, sagte sie und schlug die Speisekarte zu.

Wimperntusche. Das war es. Sie hatte Wimperntusche benutzt.

»Was nimmst du?«

»Ein Minutensteak«, antwortete er.

Sie gähnte demonstrativ. Gray bestellte immer Steak.

»Worüber habt ihr euch unterhalten?«, fragte er. »Du und dieser Spinner?«

»Ach, Graham«, mischte sich seine Mutter ein. »Das ist nicht nett von dir.«

»Na ja«, entgegnete er. »Er ist nicht gerade das, was man normal nennt, oder?«

»Nein«, sagte Tony. »Aber ehrlich, wer ist das schon? Das kapiert man, wenn man älter wird. Die Menschen sind etwas seltsam, das gilt für jedermann.«

»Ja, aber nicht jeder verschwindet mit deiner fünfzehnjährigen Tochter im hintersten Winkel des Gartens, um sich ›Esel‹ anzusehen.«

»Da war aber ein Esel!«, sagte Kirsty bockig.

Gray seufzte.

»Der Esel hieß Nancy. Ein schönes Tier. Und Mark ist nicht komisch. Er ist nur … vornehm.«

»Er ist vornehm und seltsam. Ich meine, wer lädt eine wildfremde Familie zum Tee ein?«

»Er langweilt sich«, sagte Kirsty. »Das hat er mir erzählt. Er hat sich bereit erklärt, seiner Tante hier Gesellschaft zu leisten, weil er glaubte, Freunde von früher wiederzutreffen. Aber jetzt ist keiner von denen da, und er muss hierbleiben und hat niemanden, mit dem er sich treffen kann.«

»Also hat er beschlossen, dass er mit der Familie Ross aus Croydon abhängen will?«

Kirsty zuckte die Achseln.

Die Kellnerin kam an ihren Tisch und nahm die Bestellungen auf. Gray blickte auf die Steam Fair unterhalb der Terrasse des Restaurants. Es war ein angenehmer Abend, und der Strand war voller Menschen: Teenagercliquen und Familien. Gray musste ein zweites Mal hinschauen, als er einen flüchtigen Blick auf einen Kopf mit dunklen, zurückgegelten Haaren erhaschte. Er folgte dem Kopf auf seinem Weg durch die Menge. Das war er doch, oder etwa nicht? War das Mark? Die Gestalt umrundete die Autoscooter, dann blieb sie stehen und kaufte ein Eis. Dann steuerte sie auf das Restaurant zu, und als sie sich näherte und aufschaute, flüsterte Gray kaum hörbar: »Mensch.«

»Was hast du gesagt?«, fragte Kirsty.

Mark begegnete Grays Blick und hob grüßend seine Eistüte in die Höhe.

»Mensch«, murmelte Gray noch einmal. Dann hob er die Hand und erwiderte Marks Gruß.

»Was ist denn?« Kirsty schob sich hoch, um zu sehen, wo er hinschaute. »Oh!«, sagte sie. »Mark ist da!« Sie winkte, und Mark winkte ebenfalls. Gray verschränkte die Arme vor der Brust und seufzte.

»Komm runter«, hörte er Mark rufen. »Wenn du mit dem Essen fertig bist. Ich warte auf dich!«

Kirsty war rot im Gesicht, als sie sich wieder hinsetzte.

»Du gehst nicht zu ihm, oder?«, fragte Gray ungläubig.

»Warum denn nicht?«

»Weil du erst fünfzehn bist! Und er ist neunzehn! Mum, Dad, ihr lasst sie doch nicht mit diesem Typen losziehen?«

Pam und Tony sahen sich an, dann schauten sie zu Gray. Pam sagte: »Ich wüsste nicht, wieso Kirsty nicht zu Mark an den Strand gehen sollte. Was meinst du?« Sie warf Tony einen Blick zu.

Tony schüttelte den Kopf. »Solange du um zehn Uhr zu Hause bist, ist das in Ordnung.«

Der Rest der Mahlzeit war Gray verdorben. Hin und wieder blickte er verstohlen zum Strand hinunter und ortete Marks unnatürlich glänzende Haare. Wer ging schon allein zum Rummel? Wer wartete eine Stunde lang darauf, bis eine Fünfzehnjährige ihr Abendessen beendet hatte?

Grays Minutensteak war hart und zäh, die Pommes waren zu fettig, und das Ketchup war nicht von Heinz. Als er den Teller zur Hälfte leer gegessen hatte, legte er sein Besteck beiseite. Ihm fiel auf, dass Kirsty ihre Scampi hinunterschlang und immer zwei auf einmal in den Mund nahm. Dann knallte sie Messer und Gabel auf den Teller, stürzte den Rest Cola hinunter, ließ sich von Tony fünf Pfund geben und lief los.

Gray drehte sich um und blickte ihr nach. Er sah, wie seine kleine Schwester die Treppe hinunter zu Mark rannte, der beim Eingang auf sie wartete. Plötzlich hatte Kirsty die Füße nicht mehr nach innen gedreht, und ihr Gang wirkte auch nicht mehr so eckig. Mark begrüßte sie mit einer kurzen Umarmung und einem Kuss auf die Wange. Dann stand er lächelnd neben ihr, eine Hand auf ihre Schulter gelegt. Schließlich nahm er sie am Arm und mischte sich mit ihr unter die Menschenmenge.

Gray fiel wieder die Wimpertusche ein, und in dem Moment begriff er, dass die beiden dieses Treffen bereits in Kittys Garten verabredet hatten. Er überlegte, was sie sich wohl erzählten. Er stellte sich Mark vor, der verschwörerisch lächelte, und sagte: »Acht Uhr. Sorg dafür, dass du dann wegkannst.« Und seine Schwester, seine wunderbare, dumme, ungeküsste Schwester sagte: »Ich werde kommen!«, als ob dieser Moment eine Szene in einer dämlichen Show auf dem Disney Channel wäre.

Gray stand auf und sagte zu seinen Eltern: »Ich gehe ein bisschen spazieren. Ich sehe euch dann später im Cottage.«

»Möchtest du keinen Nachtisch?«, fragte seine Mutter.

»Nein«, antwortete er und legte eine Hand auf den Bauch. »Ich fühle mich nicht allzu gut. Ich glaube, das liegt an dem ganzen Kuchen vorhin.«

»Oh«, sagte seine Mutter mitfühlend und streichelte seine Hand. »Gut. Dann schnapp jetzt etwas frische Luft, und wir sehen uns später.«

Er lächelte die beiden an und ging in Richtung der Steam Fair davon. Auf der Kaimauer oberhalb des Rummels fand er einen guten Aussichtspunkt. Er nahm die Sonnenbrille ab, setzte sich hin und beobachtete den Strand.

15

Lily sitzt auf dem Bett, das sie mit ihrem Ehemann teilt. Einem Mann, der nicht da ist. Einem Ehemann, der in Wahrheit kein Ehemann ist. Einem Ehemann, der nur eine Pappfigur ist. Wie diese lebensgroßen Aufsteller vor den Kinos, die den Zuschauern das Gefühl geben, von echten Stars umgeben zu sein. Das Bett riecht noch nach ihm, es riecht nach ihnen beiden, nach ihren beiden Körpern, wenn sie zusammen sind, nach ihrer Leidenschaft und ihrem Vergnügen. Jetzt ist es drei Tage her, dass sie ihn zuletzt berührt hat. Drei Nächte, seit ihre Körper sich unter diesen Laken aneinanderpressten. Bald wird der Geruch verschwunden sein. Dann werden die Laken müffeln, und sie wird sie waschen müssen. Und wenn der Geruch verflogen ist, wird alles, was noch da ist, eine Lüge sein; auch diese Wohnung, die teuer aussehen soll mit ihrem Laminatboden, den dünnen Wänden und den billigen Selbstmontagemöbeln. Türgriffe und Steckdosen lockern sich bereits, und auch die Wasserhähne verlieren schon ihren Glanz.

Sie blickt auf die Dinge in ihren Händen, die sie in der verschlossenen Schublade gefunden hat, nachdem die Polizistin und der Computerspezialist gegangen waren. Zwei goldene Ringe, davon einer mit einem großen Diamanten. Ein Schlüsselanhänger mit drei Türschlüsseln. Ein dicker Packen Geldscheine: 890 Pfund. Geld hat sie erst mal genug. Aber keine Antworten auf ihre Fragen.

Die Ringe sind eher klein. Ob sie Carls Mutter gehört haben? Der Schlüsselanhänger ist eine Messingkugel, die schwer und beruhigend in der Hand liegt. Das Geld sind Zwanzig- und Fünfzigpfundnoten, gebraucht, aber ordentlich gebündelt, wie von einer Bank. Das ist es also, was Carl vor ihr geheim gehalten hat. Nicht viel. Nichts, was nicht auch jeder andere Mann zur sicheren Verwahrung in einer Schublade verschließen würde.

Das Telefon klingelt, und sie schreckt auf. Das wird die Polizistin Traviss sein, die sie anruft, um ihre Welt mit noch mehr Neuigkeiten ins Wanken zu bringen. Vielleicht wird sie ihr sagen, dass ihr Mann früher einmal eine Frau war. Das sein richtiger Name Carla ist. Sie lächelt grimmig und hebt das Telefon neben dem Bett ab.

»Spricht dort Lily?«, fragt ein Mann mit einer sanften, fast weiblichen Stimme.

»Ja.«

»Hallo, Lily. Wir haben uns noch gar nicht gesprochen. Ich bin Russ. Ich bin ein Freund von deinem Mann, Carl.«

Lily setzt sich gerade auf und umklammert den Hörer. »Ja?«

»Also, in den letzten Tagen habe ich mehrmals versucht, Carl anzurufen. Sein Telefon ist anscheinend ausgeschaltet. Deshalb habe ich ihn heute im Büro angerufen. Dort haben sie gesagt, dass er seit Dienstag nicht mehr da war. Ich störe euch wirklich nur ungern zu Hause, aber könnte ich vielleicht kurz mit ihm sprechen?« Er hält inne, und sie hört, wie er sich die Lippen leckt. »Falls er zu Hause ist?«

»Nein«, sagt sie. »Er ist nicht zu Hause.«

»Aha, okay. Und wann kommt er wohl wieder?«

»Ich weiß es nicht. Er wird vermisst.«

Sie hört ihn am anderen Ende geräuschvoll Luft holen.

»Er ist seit Dienstagabend nicht nach Hause gekommen. Ich habe ihn seit Dienstagmorgen nicht mehr gesehen. Die Polizei weiß Bescheid.«

Jetzt keucht der Mann. »Mein Gott«, sagt er. »Vermisst? Das ist ja … Ich weiß nicht, was ich sagen soll. Ich meine … Du hast ihn also nicht mehr gesehen? Wortwörtlich nicht mehr gesehen?«

»Ja. Am Dienstagmorgen ist er wie gewohnt aus dem Haus gegangen. Am Abend hat er mir noch eine SMS geschickt, als er das Büro verließ. Aber er ist nicht nach Hause gekommen. Ich meine das wortwörtlich.«

»Alter Schwede! Verdammt. Das hört sich gar nicht nach ihm an. Ich meine, ich habe ihn zwar schon eine Weile nicht mehr gesehen, aber nach dem, was ich weiß, war er vollkommen verrückt nach dir. Er war außer sich vor Glück.«

»Er war der glücklichste Mann auf der Welt.« Sie hält inne und blickt auf die Ringe und die Schlüssel neben ihr auf dem Bett. »Russ, wie lange kennst du Carl schon?«

»Puh, schwer zu sagen. Ein paar Jahre vielleicht. Ich habe mit ihm zusammen bei Blommers gearbeitet. Wir haben dort zur selben Zeit angefangen. 2010, glaube ich.«

»Und wo hat er vorher gearbeitet?«

»Ich bin nicht ganz sicher. Ich glaube, er war bei einer anderen Finanzdienstleistungsfirma. Wahrscheinlich hat er das mal erwähnt, aber ich kann mich nicht erinnern.«

»Kennst du seine Familie?«

»Nein, Gott bewahre, nein. Wir haben uns immer mal auf ein Bier getroffen, aber nur wir beide allein, wenn ich gerade in der Stadt war. Und ich habe versucht, euch beide zu uns zum Essen einzuladen. Mit einem Baby kommt man nicht mehr so leicht aus dem Haus. Aber ich hatte den Eindruck, Carl wollte seinen Abend nicht mit einem schreienden Baby verbringen.« Russ lacht nervös. »Er hat ständig Ausreden erfunden. So kam eins zum anderen. Ich habe ihn mindestens ein Jahr lang nicht gesehen.«

»Wo wohnst du, Russ?«

»Putney.«

»Wo liegt Putney?«

»Im Süden von London. An der Themse.«

»Ich würde dich gern treffen. Um dir ein paar Fragen zu stellen. Bitte.«

»Oh, natürlich. Ja, also morgen geht es nicht, da essen wir mit Jos Eltern zu Mittag.«

»Es geht auch früh am Morgen. Ich schlafe nicht, also kann ich kommen, wann du willst.«

»Das glaube ich. Du armes Ding. Allerdings ist es morgens bei uns immer hektisch, mit dem Baby und allem.«

»Eine halbe Stunde. Ich brauche nur eine halbe Stunde.«

»Okay. Ich spreche mit Jo. Bleib dran …« Seine Stimme klingt gedämpft, da er eine Hand über die Hörmuschel gelegt hat. Sie hört, wie er nach jemandem ruft. Sie hört: »Carls Frau … vermisst … ganz früh … eine halbe Stunde.« Dann ertönt eine verärgerte Frauenstimme: »Aber nicht hier bei uns. Geht zu Antonio's.«

Dann ist Russ wieder in der Leitung. »Okay, das müsste gehen. Bei uns an der Ecke ist ein kleines Café, eine Art Deli. Antonio's. Ich kann dich dort um neun Uhr treffen. Gib mir deine Telefonnummer, dann schicke ich dir die Adresse per SMS.«

Sie gibt ihm ihre Nummer durch und sagt: »Und wie siehst du aus?«

»Oh, ganz normal«, sagt er entschuldigend. »Ich bin

durchschnittlich groß, normal gebaut. Braune Haare. Brille. Und wie siehst du aus?«

»Ich sehe aus wie Keira Knightly«, sagt sie. »Aber ich bin nicht so dünn.«

»Aha«, erwidert Russ. »Gut. Das ist hilfreich. Ich sehe dich dann morgen.«

»Ja«, sagt Lily. »Wir sehen uns morgen.«

16

Frank zieht die Vorhänge auf und wird wieder einmal von dem knurrenden Hund begrüßt. Genau der Hund, der gestern Abend noch in seinem Schoß gelegen hatte. Er lächelt Hero an, die hört auf zu knurren und wedelt mit ihrem stumpfen, stockartigen Schwanz. Frank weiß nicht, wie spät es ist, aber die Sonne steht noch nicht hoch am Himmel, und in Alices Haus brennt kein Licht. Er öffnet die Tür. Hero kommt herein und springt geradewegs auf seine Liege.

»Guten Morgen, mein Mädchen«, sagt er und krault die Hündin unter der Schnauze. Sie rollt sich auf den Rücken und zeigt ihm ihren Bauch. Frank sitzt neben ihr, und während er ihr über den Bauch reibt, denkt er an den vergangenen Abend. Er darf sein Gefühl der Hilflosigkeit nicht mit Liebe zu Alice verwechseln. Er ist wie ein Neugeborenes, das sich an die erste Person klammert, die ihm etwas Zuneigung entgegenbringt. Aber dennoch, sie hat etwas Besonderes an sich. Wenn er mit ihr zusammen ist, fühlt er sich unweigerlich zu ihr hingezogen. Und das liegt nicht nur daran, dass sie selbstbewusst und attraktiv ist. Es ist mehr ihr Durchhaltevermögen, ihr künstlerisches Geschick, ihre Großzügigkeit. Gestern Abend hat Alice ihm von Hero erzählt, die von einem früheren Mieter dagelassen worden war, und dass sie den Hund, ohne zu fragen, bei sich aufgenommen hat. Und als ihre Eltern zu alt wurden, um sich um Sadie zu kümmern, hatte sie auch die aufgenommen. Und jetzt ist er auch noch hier, in ihrem engen Haus. Noch einer, der ein Dach über dem Kopf braucht, noch ein Maul, das gestopft werden will. Und sie scheint sich wirklich nicht daran zu stören.

»Hero!« Er hört eine Stimme im Hof. »Hero!«

Die Hündin springt von seinem Bett und läuft gemächlich zur Tür. Draußen steht das kleine Mädchen. Romaine.

Sie bleibt stehen, als sie ihn in der Tür sieht.

»Du bist ja früh auf«, sagt er.

»Ich weiß«, antwortet sie mit einem breiten Yorkshire-Akzent. »Mummy hat gesagt, ich soll wieder ins Bett gehen, aber ich konnte nicht schlafen.«

»Und gestern Abend warst du auch lange wach. Du bist bestimmt müde.«

Sie zuckt die Achseln, ihre Arme hat sie um Heros riesigen Hals geschlungen. »Ich bin nie müde.«

»Ach so, da hast du aber Glück.«

Sie zuckt wieder die Achseln und gibt Hero einen Kuss auf den Kopf.

»Und was willst du jetzt tun?«

»Ich glaube, ich werde noch einmal versuchen, Mummy aufzuwecken.«

Bei diesem Gedanken erschrickt er. Die tiefen Schatten unter Alices blaugrünen Augen fallen ihm ein, wie sie sich straff die Haare aus dem Gesicht streicht, als würde sie davon aufwachen. Heute ist Samstag. Und es ist noch früh.

»Was hältst du davon, wenn ich dir Frühstück mache, und dann schauen wir, was im Fernsehen läuft. Einverstanden?«

»Okay«, sagt sie. »Morgens esse ich immer einen getoasteten Bagel. Mit Erdnussbutter drauf. Weißt du, wie man den macht?«

Frank versucht sich zu erinnern, wie ein Bagel aussieht. Das Wort kennt er, aber es fällt ihm schwer, sich das dazugehörige Objekt vorzustellen. Er hat einen Hund mit seidigen Ohren vor Augen. Nein, das ist nicht richtig. Ein Bagel passt in einen Toaster, also muss es eine Art Brot sein.

»Wenn du mir alles zeigst, was ich für den Bagel brauche, dann kriege ich das bestimmt hin.«

»Also gut.«

Er folgt ihr in die enge Küche. Die Uhr in der Mikrowelle zeigt fünf Uhr achtundfünfzig an.

»Hier.« Romaine hebt den Deckel eines Holzbrotkastens und holt eine Tüte hervor – Bagels! Jetzt kann er sich erinnern. »Die Erdnussbutter steht da oben.« Sie zeigt auf eines der oberen Regale.

»Möchtest du auch Butter drauf?«

Sie schüttelt den Kopf.

»Okay.« Er reibt sich die Hände. »Dann wollen wir mal.«

Er nimmt einen Teller aus einem hölzernen Tellerregal und findet auch ein Messer in einer Schublade. Romaine setzt sich auf einen Stuhl am Küchentisch und beobachtet, wie er versucht, den Bagel in den Toaster zu drücken.

»So nicht!« Sie lacht. »Du musst den Bagel in der Mitte durchschneiden!«

»Natürlich! Du hast recht«, sagt er. »Ich Dummkopf!«

»Du Dummkopf!«

Er schneidet den Bagel auf und steckt beide Hälften in den Toaster.

»Warum kannst du dich an nichts mehr erinnern?«

»Ich weiß es nicht genau«, sagt Frank. »Deine Mum glaubt, dass ich vielleicht einen Schock bekommen habe. Der Schock muss so groß gewesen sein, dass mit einem Schlag alle meine Erinnerungen aus meinen Kopf verschwunden waren.«

»Wie bei einem Stromschlag?«

»Nein, eher so, wie wenn man etwas Schlimmes erlebt.«

»Du meinst, so wie damals, als mein Dad mich gestohlen hat?«

Frank dreht sich um und schaut Romaine an. »Hat er das getan?«

»Ja. Aber dann ist die Polizei gekommen, und alles war wieder in Ordnung.«

»Wow. Das war bestimmt ein ganz schöner Schreck für dich. Wie alt warst du da?«

»Ich war noch klein, erst drei. Aber mit meinem Gedächtnis ist das anders als mit deinem. Ich kann mich an fast nichts von damals erinnern, aber von dem Tag weiß ich noch alles.«

»Siehst du deinen Dad noch?«

»Kaum. Nur wenn er nach England kommt. Aber jetzt wohnt er in Australien und kommt nur selten. Aber ich darf nicht allein mit ihm irgendwo hingehen, damit er das nicht noch mal macht.« Plötzlich lehnt sie sich im Stuhl vor und starrt auf den Toaster. »Das reicht«, ruft sie. »Er darf nicht angekokelt sein!«

»Und wie …?«

»Der Knopf da! Am Toaster! Schnell!«

Der Bagel springt nach oben. Er hat fast dieselbe Farbe wie vorher. »Okay so?« Er hält Romaine die beiden Hälften hin.

»Ja.« Sie sieht erleichtert aus.

»Also, warum hat dein Daddy dich gestohlen? Was ist passiert?«

»Weil Mummy hierhergezogen ist, als ich noch ein Baby war. Er war sauer, denn er wohnte damals in London, und er wollte mich öfter sehen. Aber Mummy hat gesagt, das ginge nicht, weil er … Sachen gemacht hat. Er wurde richtig böse und so weiter. Und als ich einmal bei ihm in London war, hat er mich weggebracht. Ich glaube, das war ein Hotel oder so. Er war sehr lieb zu mir und hat mir ganz viele Geschenke und Süßigkeiten gekauft, aber ich hatte die ganze Zeit Angst. Dann ist die Polizei gekommen, und es war noch gruseliger. Ich kann mich noch an alles erinnern. Wirklich an alles.« Sie wendet ihren Blick auf den Tisch, als er ihr den Bagel hinstellt.

Frank weiß nicht, was er darauf sagen soll. Diese ganzen Geschichten, denkt er, die Welt ist voller Geschichten. Aber die eine Geschichte, die er unbedingt kennen muss, ist irgendwo tief in ihm drin vergraben, und er hat Angst, dass er nie mehr an sie herankommt.

»Oh!« Alice ist ein bisschen erschrocken, als sie Romaine zwischen Hero und Frank aufs Sofa gekuschelt sieht. Der Fernseher läuft, sie schauen *Die Oktonauten*.

»Guten Morgen«, sagt Frank. »Wir dachten uns, wir lassen dich noch ein wenig schlafen.«

Es ist schon fast neun. Alice kann sich nicht erinnern, wann sie das letzte Mal so lange geschlafen hat. »Das ist absolut großartig«, sagt sie und beugt sich hinunter zu Griff. »Das ist mindestens eine Übernachtung wert.«

Sie blickt zu Romaine. Sie ist ein aufgeschlossenes Kind, im Gegensatz zu ihrer älteren Schwester, die nur die wenigen Menschen, die ihr nahestehen, nicht mit tiefer Verachtung straft. Dennoch ist es seltsam, dass Romaine sich in Gegenwart eines fremden Mannes so wohlfühlt. Schließlich ist dieser Mann nicht einfach ein Fremder, er ist ein Mensch, der nicht weiß, wer er ist. Plötzlich überkommen Alice schreckliche Schuldgefühle. Sie zieht Romaines Kopf zu sich und küsst sie aufs Haar. »Hast du Hunger?«, fragt sie.

»Nein«, antwortet Romaine. »Frank hat mir einen Bagel gemacht. Aber er hat versucht, ihn in den Toaster zu stecken, ohne ihn vorher aufzuschneiden. Das war sehr lustig!«

»Dummer Frank«, sagt Frank.

Kai erscheint in der Tür. Er sieht verschlafen aus und auch leicht verärgert. Er wirft seiner Mutter einen Blick zu, der *Was zum Teufel macht er hier?* bedeutet.

Alice beschließt, den Blick ihres Sohnes zu ignorieren, und fragt stattdessen: »Guten Morgen, mein Hübscher. Warum bist du schon so früh auf?«

»Ich habe Stimmen gehört«, antwortet er. »Die Stimme eines Mannes.«

»Ja«, sagt sie. »Frank ist gestern Abend wiedergekommen. Er hat angefangen, sich an ein paar Dinge zu erinnern!«

Kai interessiert sich offensichtlich kein bisschen für Franks verlorenes Gedächtnis. Ohne ein weiteres Wort dreht er sich um und latscht wieder die Treppe hinauf.

»Tut mir leid«, sagt Frank an Alice gewandt. »Ich glaube, für einen Teenager ist es etwas seltsam, einen Fremden zu Hause vorzufinden.«

»Ehrlich, Frank, die Kinder sind daran gewöhnt. Wir hatten immer Leute im Haus. Und sehr viel seltsamere als dich.«

»Erinnerst du dich noch an Barry?«, fragt Romaine.

»Wie könnte ich den vergessen.«

»Er ist weggelaufen«, sagt Romaine. »Er hat seine ganzen Sachen und seinen Hund hiergelassen, und er schuldete Mummy total viel Geld. Er ist einfach verschwunden.«

»Er war nicht in Ordnung«, sagt Alice.

»Ja«, stimmt Romaine zu. »Er war nicht in Ordnung. Aber er hat mir immer Comics gekauft. Und Schokolade.«

»Er hat die Sachen geklaut, Romaine.« Sie wendet sich an Frank. »Er hat einem kleinen Mädchen gestohlene Schokolade gegeben. Kann man das glauben?«

»Großer Gott, also, ich hoffe, ich finde nicht heraus, dass ich ein böser Mann bin, der kleinen Mädchen gestohlene Schokolade gibt.«

»Nein«, sagt Romaine und schmiegt sich an ihn »Du bist bestimmt kein böser Mann. Du bist ein netter Mann.«

Alice sieht ihre Tochter an. Ihr kleiner Körper drückt sich an Franks großen Männerkörper. Alice hat bereits zugelassen, dass Romaine verletzt wurde. Sie hat die Sicherheit all ihrer Kinder aufs Spiel gesetzt, und sie ist einer Katastrophe nur um Haaresbreite entkommen. Nun spürt sie einem warnenden Gefühl oder einer grundsätzlichen Angst in ihrem Inneren nach. Aber da ist nichts, nur Wärme.

»Ich habe gedacht, nachdem du dich gestern an einiges erinnert hast, könnten wir heute einen Spaziergang durch den Ort machen. Vielleicht kommen dann noch mehr Erinnerungen zurück.«

»Kann ich mitkommen?«, fragt Romaine.

»Du kannst auch mitkommen«, erwidert Alice. »Und Frank, wir sollten dir etwas zum Anziehen besorgen. Ein paar neue Unterhosen?«

Sie bemerkt, dass er bei der Erwähnung der Unterwäsche errötet.

»Nicht dass mit deiner Unterhose irgendetwas nicht in Ordnung wäre. Ich bin sicher, sie ist sehr hübsch. Aber es ist doch immer ganz gut, wenn man Ersatz hat.«

»Aber ich habe kein Geld.«

»Sieh mal«, sagt sie. »Dein Hemd ist von Muji, die Hose ist von Gap, und die Schuhe sind von Jones. Du hast schöne Zähne, einen angenehmen Akzent und einen ordentlichen Haarschnitt. Ich nehme also an, dass du dich als kreditwürdig erweist, sobald wir dich wieder zusammengepuzzelt haben.«

»Aber wenn nicht, was dann?« Er macht eine ausladende Handbewegung. »Du musst doch schon für all das hier zahlen. Drei Kinder. Ich könnte es nicht ertragen, wenn du meinetwegen pleite wärst.«

»Mach dir deswegen keine Sorgen. Ich bin schon groß. Wir kaufen alles im Secondhandshop, wenn das dein Gewissen beruhigt. Na ja, natürlich nicht die Unterhosen.«

»Igitt«, sagt Romaine. »Unterhosen aus dem Secondhandshop. Igitt!«

17

Russ sieht wirklich genauso aus, wie er gesagt hat. Ein unscheinbarer Mann mit einem freundlichen Gesicht und nicht dem geringsten Interesse an Mode. Sie sieht, wie er aufschreckt, als sie den netten kleinen Laden betritt. Sie hat sich heute Morgen Mühe gegeben mit ihrem Aussehen. Nach drei Tagen ohne Dusche und Make-up, die glatten Haare stets zum Pferdeschwanz zusammengebunden, fühlte sie sich genötigt, für Carls Freund gut auszusehen. So wie sie es auch getan hätte, wenn Carl die Einladung zum Essen bei Russ zu Hause angenommen hätte. Sie überlegt, was Carl Russ wohl über sie erzählt hat. Bestimmt hat er gesagt, dass seine Frau wunderschön ist. Eine groß gewachsene und elegante Frau. Bestimmt hat er gesagt, dass er der glücklichste Mann der Welt ist.

»Lily?« Er erhebt sich von seinem Stuhl.

»Richtig.« Sie geben sich die Hand, und Lily setzt sich ihm gegenüber.

»Schön, dich kennenzulernen«, sagt er und reicht ihr die Speisekarte. Seine Hand zittert leicht.

»Ja«, erwidert sie. »Vielen Dank.«

»Ich nehme nur einen Kaffee, aber bestell, was du magst. Die Eier mit Speck sind gut hier. Und die Focaccia ist frisch gebacken.«

Lily liest die Speisekarte und merkt, dass sie wirklich hungrig ist. Seit Tagen hat sie keinen Hunger gehabt.

»Toast«, sagt sie zu dem Ladenbesitzer, als er an ihren Tisch kommt. Sie denkt daran zu lächeln und fügt hinzu: »Bitte. Weißen Toast mit Butter. Und einen Cappuccino und auch einen Orangensaft. Vielen Dank.«

»Also«, sagt Russ. »Du hast immer noch nichts von Carl gehört, nehme ich an?«

»Nein. Und ich werde auch nichts mehr von Carl hören. Da bin ich ziemlich sicher.«

»Du meinst, du glaubst …«

»Ich denke, er ist tot.«

Russ wird bleich.

»Wenn er noch am Leben wäre, selbst wenn er in einem Sarg unterhalb der Meeresoberfläche eingeschlossen wäre, wenn er Arme und Beine verloren hätte, wenn er blind und taub wäre, würde er einen Weg zu mir zurückfinden. Das würde er.«

»Ja, natürlich, aber das würde doch einige Zeit dauern …«

Sie wirft ihm einen warnenden Blick zu. Jetzt ist nicht der richtige Moment für Scherze. »Ich habe dieses Gefühl, in meinem Bauch, in meinem Herzen. Er ist tot. Und er ist nicht nur tot, Russ, sondern er war noch nie lebendig.«

Jetzt sieht Russ etwas verängstigt aus. Er sieht aus wie der Mann im Zug neulich, als ob er Angst hätte, dass er gleich mit irgendeinem Trick über den Tisch gezogen wird.

Lily mäßigt ihren Ton und sagt: »Hör zu, Russ. Die Polizei hat Carls Reisepass mitgenommen, als ich ihn vermisst gemeldet habe. Sie haben seine Daten überprüft. Und sie sagen, dass er gar nicht existiert. Es gibt keinen Carl Monrose. Sein Reisepass ist gefälscht.« Sie stützt sich mit den Händen auf der Tischkante ab und blickt tief in Russ' blasse Augen. »Und du bist der einzige Mensch, der ihn gekannt hat. Nun erklär mir mal, wie das sein kann.«

»Gefälscht?«

»Ja, er hat den Reisepass von irgendwelchen üblen Typen im Internet gekauft. Es gibt keinen Carl Monrose. Er existiert nicht.«

»Aber – ihr habt doch geheiratet? Seine Papiere müssen doch in Ordnung gewesen sein, sonst hättet ihr doch die Urkunde gar nicht bekommen?«

Lily schluckt ihre Verärgerung über Russ' Bemerkung hinunter. »Wenn du einen Reisepass besitzt«, sagt sie, »kannst du alle anderen Formalitäten problemlos erledigen. Außerdem war die Hochzeit in Kiew. Verstehst du, was ich sagen will?«

Er nickt und starrt auf seinen Kaffeeschaum.

»Kannst du mir bitte erzählen, was du über ihn weißt? Über meinen Ehemann?«

»Also …« Russ lehnt sich zurück und blickt durch die Fensterfront des Deli. Der Besitzer bringt Lily ihren Toast. Sie beschmiert die Scheiben mit Butter, während Russ erzählt.

»Also, ich habe Carl bei der Arbeit kennengelernt, das weißt du ja schon. Vor fünf Jahren. Nein, vor viereinhalb Jahren. Ungefähr. Wir waren im selben Team, ich habe vergessen, welches das war. Egal. Ich habe ihn immer für einen coolen Typen gehalten. Er war zurückhaltend, aber ich fand ihn interessant. Also machte ich es mir zur Aufgabe, mich mit ihm anzufreunden. Carl, das begriff ich sofort, musste man sich langsam nähern. Wenn wir mal was trinken gingen, wartete ich danach immer einige Wochen, bevor ich ihn ein nächstes Mal fragte. Und wenn wir zusammen unterwegs waren, redete ich meist über allgemeine Themen. Fußball oder das Büro. Sobald das Gespräch persönlicher wurde, lenkte ich es wieder auf eine neutrale Ebene, damit er nicht dachte, ich wolle ihn aushorchen. Das mag verrückt klingen, aber offen gestanden weiß ich fast nichts über ihn.«

Lily nickt. Für sie klingt das gar nicht verrückt. »Was ist mit seiner Familie? Hat er dir je etwas über sie erzählt?«

Russ runzelt die Stirn. »Im Grunde nicht. Ich meine, ich wusste, dass er eine Familie hatte. Eine Mutter. Eine Schwester. Sein Vater war, glaube ich, schon gestorben.«

»Ja.« Lily ist erleichtert, dass zumindest diese Angaben mit dem übereinstimmen, was Carl ihr erzählt hat. »Kannst du dich an die Namen von seiner Mutter und seiner Schwester erinnern? Oder vielleicht auch, wo sie wohnen?«

»Nein, die Namen hat er nie erwähnt. Es hieß immer nur ›meine Mutter‹ oder ›meine Schwester‹. Hast du die beiden denn noch nicht kennengelernt?«

»Nein. Wir sind ja erst vor Kurzem aus den Flitterwochen zurückgekehrt. Carl hat gesagt, wir hätten später noch genug Zeit für seine Familie, im Moment sollte alle Zeit uns allein gehören.« Sie zuckt die Achseln. All die romantischen Momente mit Carl, die sich so besonders angefühlt hatten, schienen letztlich nur von ihm inszeniert gewesen zu sein. »Allerdings habe ich mit seiner Mutter an unserem Hochzeitstag telefoniert. Carl gab mir sein Telefon und sagte: ›Mum möchte dich begrüßen.‹ Das Gespräch war kurz. Wir sprachen eine Minute lang, vielleicht auch weniger. Sie klang sehr freundlich.« (Und auch sehr unsicher, wie Lily jetzt wieder einfällt, als ob sie es eilig hätte, das Gespräch zu beenden, als ob sie Angst hätte, etwas Falsches zu sagen.) »Ich wünschte, ich könnte mich an ihren Namen erinnern.«

»Das würde wohl nicht viel nützen. Wahrscheinlich heißt seine Mutter mit Nachnamen gar nicht Monrose«, wirft Russ ein. »Wenn das nicht Carls richtiger Name ist. Und ich bezweifle, dass uns der Vorname allein weiterbringen würde.«

»Das ist wahr, ja. Aber es ist so merkwürdig, dass ich mich nicht erinnern kann. Diese Frau ist meine Schwiegermutter, ich habe mit ihr am Telefon gesprochen, und trotzdem fällt mir ihr Name nicht mehr ein. Ich habe das Gefühl, als ob … als ob ich das alles nur geträumt hätte. Als wäre ich in Trance gefallen. In dem Moment, als ich Carl traf.«

»Na ja, das sagt man doch über das Verliebtsein, es ist eine chemische Reaktion, nicht wahr? Und die vernebelt das Gehirn.«

»Wahrscheinlich ist das so. Aber jetzt, wo ich allein bin, kann ich langsam wieder klar denken. Und jetzt stelle ich mir all diese Fragen. Unzählige Fragen, die ich ihm hätte stellen sollen, als er noch da war.«

»Na ja, Einsicht ist der erste Weg zur Besserung.«

Lily lächelt grimmig. Sie weiß nicht, was das Wort Einsicht bedeutet. »Hör zu, Russ. Bist du überrascht, das alles über Carl zu erfahren?«

»Also, ja, natürlich überrascht mich das. Meine Güte. Das passiert ja nicht jeden Tag, dass Menschen eine falsche Identität besitzen und einfach so verschwinden. Trotzdem muss ich sagen, dass Carl ein Buch mit sieben Siegeln für mich war.«

»Warum wolltest du sein Freund sein, Russ? Wo er doch so verschlossen war. Warum hast du dir die Mühe gemacht?«

Russ stellt seine Kaffeetasse bedächtig auf der Untertasse ab. »Gute Frage«, sagt er. »Jo hat mich das schon oft gefragt: ›Was siehst du nur ihn ihm?‹ Sie mag ihn nicht besonders.« Er lacht.

Lily ist furchtbar beleidigt und fasst eine spontane Abneigung gegen diese Jo.

»Ich glaube, dass wir uns einfach gegenseitig respektieren. Wir sind wie Tag und Nacht, aber wir verstehen einander. Der Punkt ist …« Er beugt sich zu ihr, und sie kann sehen, wie er sich entspannt, als ihm schließlich ein Licht aufgeht. »Der Punkt ist, ich wäre gern mehr so wie er. Und er, glaube ich, wäre gern ein bisschen mehr wie ich.« Zufrieden mit seiner Aussage, lehnt er sich zurück.

Lily kann sich zwar nicht vorstellen, dass Carl auf irgendeine Weise wie dieser harmlose Mann sein möchte, aber sie zwingt sich zu einem Lächeln. »Ja, ich verstehe.«

»Ich glaube, er hat sich das gewünscht, was ich habe. Eine feste Beziehung, ein Zuhause, ein intaktes Familienleben. Und ich hätte gern etwas von seiner Freiheit, seinem Glamour, seinem guten Aussehen.« Er lacht noch einmal.

»Wo hat er gewohnt?«, fragt sie, um das Gespräch am Laufen zu halten. »Bevor er mit mir zusammen war?«

»Ich habe keine Ahnung.« Russ lächelt und schüttelt gedankenverloren den Kopf. »Nicht im Süden der Stadt, da bin ich sicher. Wenn wir zusammen weg waren, habe ich ihm beim Nachhausegehen manchmal angeboten, dass wir uns ein Taxi teilen. Aber er hat immer gesagt: ›Ich muss in die andere Richtung.‹ Ich habe nie nachgefragt, wo er genau hinfuhr.« Er hält inne und kratzt sich am Kopf. »Ja«, sagt er. »Wenn ich jetzt darüber nachdenke, ist es schon komisch, dass ich so viel Zeit mit ihm verbracht habe und so wenig über ihn weiß.«

»Hatte er Freundinnen? Vor mir?«

»Also, ja, das schon, aber nichts Ernstes. Nur …« Russ sieht Lily unsicher an. »Es klingt hart, aber ich würde sagen, er hat die Frauen ausgenutzt. Zumindest war das mein Eindruck. Er wollte nur Sex mit ihnen. Er hat nie Namen genannt, immer nur ›diese Frau, die ich am Freitag kennengelernt habe‹ oder ›die Tussi, die ich am Samstag flachgelegt habe‹. Die Frauen kamen und gingen. Er schien sie beinahe … zu verachten. Als ob sie nichts wert wären, wenn sie sich mit ihm einließen. Er sagte ziemlich gemeine Sachen über sie. Oft habe ich gedacht, dass er in der Vergangenheit vielleicht einmal sehr verletzt worden ist. Und sich deshalb diese harte Schale zugelegt hat, weißt du?« Russ klopft mit dem Finger auf die Tischkante. Plötzlich sieht er niedergeschlagen aus. »Aber dann hat er dich getroffen.« Sein Gesicht hellt sich auf. »Und alles war anders. Vollkommen anders. Er hat dich angebetet. Ich glaube, er hat gedacht, dass du sein ganzes Leben verändern würdest. Und jetzt …«

»Ist er tot«, beendet Lily den Satz für ihn.

»Also, ich denke nicht, dass er tot ist. Aber er ist in Schwierigkeiten. Eine falsche Identität. Er muss echt was ausgefressen haben. Oder ihm wurde etwas Schlimmes angetan. Niemand wechselt seine Identität, wenn er nicht unbedingt muss. Er muss ehrlich verzweifelt gewesen sein. Ich würde dir gern helfen – wenn ich das kann?«

»Ja, bitte«, sagt Lily. »Bitte. Ich kenne niemanden in diesem Land. Die zuständige Polizistin hasst mich. Und sonst will mir keiner helfen. Es scheint allen egal zu sein.« Sie stellt fest, dass sie weint. Verärgert nimmt sie die Serviette entgegen, die Russ ihr hinhält, und wischt entschlossen die Tränen fort. »Entschuldigung.«

»Nein, du musst dich nicht entschuldigen. Wirklich nicht. Hör zu, sobald ich nach Hause komme, spreche ich mit Jo. Dann überlegen wir, was wir tun können. Wir könnten vielleicht …« Er bricht ab und spricht diesen Gedanken jetzt lieber nicht aus. »Also, ich rede mit ihr. Wir werden alles tun, was in unserer Macht steht. Du musst ja das Gefühl haben, in der Hölle gelandet zu sein.«

»Ja«, sagt Lily und nickt entschieden. »Ja, ich bin in der Hölle gelandet. Genau so fühle ich mich.«

18

Was für eine reizende Familie sie abgeben: Alice, Frank und Romaine. Alice kommt sich wie eine Betrügerin vor. Sie möchte den Menschen auf der Straße sagen, dass Frank nicht ihr Ehemann und Romaine nicht seine Tochter ist, dass ihr Leben nicht so normal ist und sie meistens auch nicht die richtigen Entscheidungen trifft.

Der Morgen ist sonnig. Fast die Hälfte aller Einwohner ist auf den Beinen, es herrscht geschäftiges Treiben. Auf dem Stadtplatz wird ein französischer Lebensmittelmarkt aufgebaut, wo sie sich frisch gebackene Croissants und Milchkaffee kaufen. Seltsamerweise ist Alice stolz auf diese nette kleine Stadt – und ein Glücksgefühl durchfährt sie, weil sie diesen Ort endlich als ihre Heimat betrachtet. Sie hat sich lange genug als Außenseiterin gefühlt.

»Weißt du, hier wurden etliche Filme gedreht«, sagt sie in dem Wunsch, das flüchtige Gefühl der Zugehörigkeit festzuhalten. »Einmal haben sie zwei ganze Tage lang alles abgeriegelt, um hier *Fluch der Karibik* zu drehen. Ernsthaft. Keiner durfte sein Haus verlassen oder wieder hinein. Achtundvierzig Stunden lang. Aber ich habe nicht einmal einen kurzen Blick auf Johnny Depp erhascht.«

Alice schaut zu Frank und bemerkt, dass er keine Ahnung hat, was *Fluch der Karibik* oder wer Johnny Depp ist, und ihr fällt ein, dass er im Grunde ein Fremder ist. Sie stehen vor dem Ridinghouse Grand. Ein kleines Kino in einem Betonbau. Es wird immer nur ein Film gezeigt. Alice bemerkt, dass Frank unverwandt auf das Kinogebäude starrt.

»Erinnerst du dich gerade an etwas?«, fragt sie.

Er deutet ein Nicken an, dann schüttelt er den Kopf. »Ich bin nicht sicher. Ich glaube, da ist eine Erinnerung. Es ist …« Er schlägt sich auf die Stirn und wendet sich brüsk ab. »Ich sehe wieder dieses Mädchen«, sagt er. »Das Mädchen mit den braunen Haaren. Ich habe gesehen, wie sie dort hineingegangen ist.« Er deutet auf die schwere Glastür. Seine Hand wandert vom Kopf zur Brust, und er beginnt, sein Herz zu massieren. »Ich habe das Gefühl …«, sagt er. »Ich weiß nicht. Ich fühle mich krank. Ich fühle …« Seine Haut wird feucht und grau. Alice führt ihn zu einer Bank und setzt sich neben ihn. Sie nimmt ihm den Kaffeebecher aus der Hand und stellt ihn neben sich ab. Dann bietet sie ihm die braune Papiertüte an, in der ihr Croissant war. Mit der Hand fegt er die Tüte beiseite.

»Bleib bei mir, Frank«, sagt sie. »Bleib bei mir. Wir wollen auf keinen Fall, dass du noch eine Nacht am Strand verbringst. Tief durchatmen. Tief ein und aus.«

Er greift nach ihrer Hand, und sie spürt, wie sein Atem ruhiger wird.

»So ist es gut«, sagt sie. »Ich bin hier. Alles okay.«

Romaine steht neben ihnen und schaut neugierig zu. »Musst du brechen?«

Frank schüttelt den Kopf und zwingt sich zu einem Lächeln.

»Du kannst in den Mülleimer dort spucken, wenn du willst.«

»Nein, danke.« Seine Stimme ist zittrig. »Ich glaube nicht, dass das nötig ist.«

Eine Zeit lang sitzen sie einfach nur da und warten darauf, dass Franks Panikattacke vorbeigeht. Alice hat keinen Zweifel, dass es sich um eine Panikattacke handelt, sie hat das selbst oft genug erlitten und erkennt die Anzeichen.

»Geht's dir besser?«, fragt sie einige Minuten später.

»Ja, besser.« Er lächelt. Sie reicht ihm seinen Kaffeebecher, und er steht auf. »Okay«, sagt er. »Lasst uns weitergehen.«

»Bist du sicher? Wir können auch später wiederkommen, wenn dir jetzt nicht danach ist.«

»Nein«, erwidert er. »Das geht jetzt schon viel zu lange so. Ich kann fühlen, dass da etwas in mir drin ist. Ich will, dass es ans Tageslicht kommt. Ich will es wissen. Lass uns weitergehen.«

»Gut«, sagt sie. »Einverstanden.«

Sie mustert ihn, als sie wieder am Kino vorbeikommen. Er hat die Augen auf die Eingangstür geheftet. Er sieht verängstigt aus, denkt sie, geradezu verstört. Was ist in Ridinghouse Bay passiert? Und welche Rolle hat er dabei gespielt?

19

1993

Kirsty und Mark amüsierten sich hervorragend. Ganz so, wie es dem Jahrmarktklischee entspricht, hat Mark für Kirsty ein großes, hässliches Plüschtier gewonnen, das sie nun an ihre Brust gedrückt hält. Und dann haben sie, auch das ein Klischee, Zuckerwatte gegessen. Anschließend hat Mark beim Hau-den-Lukas so fest zugeschlagen, dass ein kräftiges Dingdong ertönte: Jahrmarktklischee Nummer drei. Und zu guter Letzt, gerade als Gray schon dachte, sie kämen nie mehr wieder, tauchten die beiden, die Münder aufeinandergepresst, aus dem *Tunnel of Love* auf.

Gray drehte sich der Magen um.

Es war halb zehn. Der Himmel war indigoblau mit lila Streifen. Seine Schwester küsste einen Mann. Gray konnte sich nicht entscheiden, ob er zu seinen Eltern gehen und ihnen alles erzählen oder ob er lieber dableiben sollte, für den Fall, dass etwas Schlimmes geschah. Und er fragte sich, was er selbst unter *schlimm* verstand. Er konnte das Gefühl nicht in Worte fassen, aber es war da, wie ein dicker Kloß im Hals. Es ging nicht darum, dass seine Schwester sich verliebte, dass sie Sex hatte, dass sie erwachsen wurde. Dieses Gefühl war anders, dunkler. Es ging um Mark. Irgendetwas stimmte nicht mit ihm. Etwas Dunkles und Grausames haftete ihm an. Sein Gesicht war zu kantig. Hinter jeder seiner Gesten, jedem Wort steckte Kalkül. Selbst seine Haarfarbe war zu gleichmäßig, um echt zu sein. Gray hatte den Eindruck, wenn er an Marks Haaren zerrte, würde er ihm eine Maske vom Gesicht ziehen und sein wahres Ich entlarven.

Gray beobachtete, wie Kirsty und Mark aus dem *Tunnel-of-Love*-Wagen stiegen und Hand in Hand, Mark mit dem hässlichen Plüschtier unter dem Arm, wegspazierten. Wohin würden die beiden jetzt gehen, fragte sich Gray. Auf dem Jahrmarkt gab es nichts mehr für sie zu tun. Kirsty war zu jung, um in den Pub zu gehen. Inzwischen war es dunkel. Die beiden schlenderten zum Ausgang; Mark warf den Kopf zurück, um lauthals über etwas zu lachen, das Kirsty gesagt hatte. Gray konnte sich nicht vorstellen, was das wohl gewesen sein könnte. Dann beobachtete er mit wachsendem Unbehagen, wie Mark Kirsty vom Ortskern weg zum Meer hinführte. Gray glitt von dem Felsen, auf dem er gesessen hatte, und folgte den beiden. Die Lichter von Ridinghouse Bay gelangten kaum noch bis hierher, und die Musik der Steam Fair war bloß noch ein entferntes, leicht unheimliches Säuseln. Nur der hellgelbe Mond leuchtete ihnen den Weg. Gray folgte ihnen und versuchte zu verstehen, was sie sagten, aber ihre Stimmen gingen im Getöse der auf dem Strand aufschlagenden Wellen unter. Irgendwann blieben Kirsty und Mark stehen. Im Mondlicht konnte Gray ihre Umrisse erkennen und beobachtete mit Entsetzen, wie sie sich zueinander drehten und sich küssten, erst zärtlich, dann leidenschaftlicher. Gray wandte den Blick ab. Er wollte das nicht sehen, aber er wollte auch nicht unaufmerksam werden, für den Fall, dass Mark etwas tat, was seine Schwester verletzte.

Einige Minuten später löste sich Mark von Kirsty, nahm

ihr Gesicht in beide Hände, küsste sie auf die Nasenspitze, und beide wandten sich zum Gehen. »Komm«, hörte Gray ihn sagen. »Es ist schon spät, ich sollte dich jetzt nach Hause bringen.«

Gray kam zehn Minuten vor Kirsty zu Hause an, etwas außer Atem, denn er war den ganzen Weg gerannt.

»Wo warst du?« Seine Mutter sah von einem dicken, zerfledderten Roman auf.

»Nirgendwo«, antwortete er. »Ich bin nur so rumgelaufen.«

»Das war ein schönes Abendessen, nicht wahr?«

»Es war ganz in Ordnung.«

»Wie lustig, dass wir ausgerechnet Mark getroffen haben.«

»Das war kein Zufall, Mum.«

»Wie meinst du das? Natürlich war das Zufall.«

Gray verdrehte die Augen angesichts ihrer Naivität. »Stört dich das gar nicht?«

»Was soll mich stören?«

»Dass Kirsty mit Mark rumzieht. Wo er doch so viel älter ist als sie.«

»Also wirklich. Mark ist erst neunzehn. Als ich so alt wie Kirsty war, hatte ich einen Freund, der zwanzig war.«

»Aber wir kennen ihn gar nicht.«

»Wir waren doch bei ihm zu Hause, Graham! Wir haben seine Tante kennengelernt! Das ist viel mehr als die meisten Eltern mitbekommen, wenn ihr Kind eine Beziehung anfängt.«

Beziehung?

Seine Mutter blickte auf ihre Armbanduhr, und in diesem Moment hörte man auch schon Gelächter vor der Haustür. Die Briefkastenklappe wurde geöffnet und wieder zugemacht, während Grays Dad zur Haustür ging, wo Kirsty und Mark und der hässliche Bär warteten.

»Immer rein mit euch!«, sagte Tony.

Mark schaute sich neugierig im Haus um. »Darf ich mich umsehen?«, fragte er. »Ich bin schon so oft an diesen kleinen Häusern vorbeigekommen, aber ich habe noch nie eines von innen gesehen.«

»Natürlich darfst du!« Tony machte die Tür weit auf und bedeutete Mark hereinzukommen. »Bitte sehr.«

»Wow«, sagte Mark. »Das ist wie ein Puppenhaus! So winzig!«

»Na ja«, sagte Tony. »Dieser Häuser wurden für kleine Menschen gebaut. Im sechzehnten Jahrhundert, als das hier gebaut wurde, wären wir alle Riesen gewesen!«

Mark zog den Kopf ein, während er von einem Zimmer ins nächste ging. Gray beobachtete ihn aufmerksam. Dann drehte er sich um und warf Kirsty einen Blick zu. Schamröte stand ihr ins Gesicht geschrieben.

»Und da oben?« Mark spähte die Treppe hinauf.

»Schlafzimmer«, sagte Tony. »Willst du mal sehen?«

Mark drehte sich um und lächelte. »Nein«, sagte er. »Ich kann es mir schon vorstellen.«

»Kann ich dir ein Bier anbieten? Oder etwas anderes?«

»Nein, danke.« Mark sah auf seine Uhr. »Ich gehe jetzt nach Hause. Ich habe Kitty versprochen, heute nach dem Abendessen die Küche aufzuräumen. Ich habe ihr nicht einmal Bescheid gesagt, als ich wegging!« Er lachte, ein hartes, raues Lachen, das irgendwie nicht zu ihm passte. »Vielleicht sehen wir uns morgen am Strand? Das Wetter soll gut werden.«

»Morgen wahrscheinlich nicht«, antwortete Tony. »Wir wollen einen Ausflug machen.«

Einen Moment lang verdunkelte sich Marks Gesicht, und ein Anflug von Verdruss überschattete seine Augen. Aber dann fing er sich wieder und sagte: »Oh, das ist toll! Wohin soll's gehen?«

»Wir wissen es noch nicht. Vielleicht fahren wir nach Robin Hood's Bay. Vielleicht schauen wir uns auch eines der Schlösser an. Wonach uns der Sinn steht.«

Mark zuckte die Achseln und seufzte. »Also gut. Dann vielleicht ein anderes Mal.«

»Ja«, sagte Tony. »Sicher. Wie kommst du nach Hause?« Er deutete mit dem Arm in Richtung der großen Villa den Uferweg hinauf. »Soll ich dich hinfahren?«

»Tony«, sagte Mum. »Du solltest nicht mehr Auto fahren. Du hast schon Bier getrunken.«

»Ach, jetzt hab dich nicht so. Das waren nur zwei kleine Bier, und außerdem ist das schon zwei Stunden her.«

»Wirklich, ich kann das Stück laufen. Das habe ich schon unzählige Male getan. Bei jedem Wetter, zu jeder Tages- und Nachtzeit. Aber vielen Dank für das Angebot. Sie sind sehr freundlich.«

Mark ging, nachdem er sich überschwänglich von allen mit Wangenküsschen verabschiedet hatte.

»Also«, fragte Gray seine Schwester am nächsten Morgen, während sie sich beide über Schüsseln voller Frosties beugten. »Worüber habt ihr den ganzen Abend geredet? Du und *Mark*?«

»Warum betonst du seinen Namen so, als wäre er nur ausgedacht?«

Gray zuckte die Achseln. »Ich weiß nicht. Für mich fühlt sich der ganze Typ wie ausgedacht an. Als ob er die ganze Zeit von einem Skript ablesen würde.«

Kirsty sah ihn finster an. »Wovon in aller Welt redest du überhaupt, du Psycho?«

»Unwichtig«, gab er zurück, denn er würde ihr das Unbehagen, das Mark in ihr hervorrief, nicht erklären können. »Also, worüber habt ihr euch unterhalten?«

»Nichts Besonderes«, sagte sie. »Nur über Schule, Familie und solche Sachen.«

»Magst du ihn immer noch?«

Kirsty wurde rot und starrte auf ihre Schüssel. »Vielleicht. Er ist ganz in Ordnung.«

»Du musst ihn nicht wiedersehen, wenn du nicht willst. Du kannst Nein sagen, wenn er dich wieder fragt.«

»Na ja, wahrscheinlich fragt er eh nicht noch mal. Insofern …«

»Was ist denn zwischen euch passiert?« Gray war neugierig, ob sie ihn anlügen würde. »Habt ihr euch geküsst oder so?«

»Was geht dich denn das an?«, blaffte sie ihn an.

»Ich bin dein Bruder«, sagte er mit mehr Nachdruck als beabsichtigt.

»›Ich bin dein Bruder‹«, äffte sie ihn mit tiefer Stimme und gestrafften Schultern nach. Sie lachte.

»Ja, also. Ich will nur nicht, dass du etwas Dummes machst.«

Sie verdrehte die Augen und stand vom Tisch auf. »Du bist nur eifersüchtig«, sagte sie. »Weil ich einen Jungen geküsst habe und du noch kein Mädchen.«

Es war ein unbedachter Seitenhieb. Sie hatte ihn nicht verletzen wollen. Aber ihre Bemerkung traf Gray. Denn er wusste nicht, warum er noch kein Mädchen geküsst hatte, vor allem, weil er viel Zeit mit ihnen verbrachte. Er hatte viele Hollywood-Momente erlebt, Augenblicke, in denen es so aussah, als würde er gleich ein Mädchen küssen, aber dann drehten sie sich weg oder jemand kam zur Tür herein oder er verlor den Mut, und statt zu küssen, riss er Witze. Er wusste, dass es Mädchen gab, die ihn mochten. Das hatte er schon oft gehört. Aber das waren immer die Mädchen, die er nicht so toll fand. Traurige, pausbäckige Mädchen, die im Speisesaal verzweifelt Augenkontakt mit ihm suchten.

Gray hatte Mädchen umarmt, und sie hatten sich auf seinen Schoß gesetzt. Er hatte Händchen mit ihnen gehalten, sie auf die Wange geküsst, er hatte sich mit ihnen amüsiert und mit ihnen geredet, und er hatte sie auf dem Gepäckträger seines Fahrrads mitgenommen. Aus einem unerfindlichen Grund aber gelang es ihm nicht, die Grenze zur intimen Beziehung zu überschreiten. Er würde sich fragen, ob er schwul war, wenn er nicht vom Gegenteil überzeugt wäre.

»Du kannst mich mal«, rief er seiner Schwester hinterher, die ihm den Rücken zudrehte. »Was weißt du schon?«

Sie beachtete ihn gar nicht und verließ den Raum.

Mark saß vor Rabbit Cottage, als sie von ihrem Ausflug nach Sledmere House zurückkamen. Er hatte sich seitlich auf die Kaimauer gegenüber gesetzt, das Gesicht der Nachmittagssonne zugewandt. Er trug ein frisches weißes Hemd und ausgeblichene Jeans. In der Hand hielt er einen Strauß rosa Rosen.

Gray bemerkte, dass Kirsty sich verkrampfte, als sie Mark erblickte.

»Gutes Timing«, sagte Mark und schlenderte auf sie zu. »Ich bin gerade angekommen.«

»Na also«, sagte Tony. »Das nennt man Glück.«

»Hier.« Mark reichte Kirsty die Rosen. »Für dein Zimmer. Damit es etwas freundlicher wird.«

»Oh«, sagte sie befangen. »Vielen Dank.«

Es entstand ein peinliches Schweigen, genau die Art von Gesprächslücke, die mit einer Einladung ins Haus gefüllt werden musste. Aber niemand bot Mark an hereinzukommen.

»War der Ausflug schön?«, fragte Mark.

»Klasse!«, sagte Tony. »Ich war zwar schon hundertmal auf Sledmere House, aber es ist jedes Mal wieder ein toller Trip.«

»Ich bin da noch nie gewesen«, sagte Mark in einem Ton, der durchblicken ließ, dass er nicht mal im Traum daran dachte, dorthin zu fahren.

»Also«, sagte Pam. »Was hast du heute gemacht? Warst du am Strand?«

Mark schüttelte den Kopf. »Nein, heute nicht.«

Sein ungezwungener Charme schien ihn verlassen zu haben. Kirstys Körpersprache war mehr als deutlich, und er verstand das.

Gray drehte sich um und ging zur Eingangstür von Rabbit Cottage. Er hatte den starken Verdacht, dass Kirsty vor Mark gerettet werden wollte und dass er das für sie tun musste. »Schlüssel, Dad«, rief er seinem Vater zu.

Tony reichte ihm die Schlüssel und lächelte Mark an.

»Dann sehen wir dich vielleicht am Strand wieder?«

Mark sah zu Kirsty, die sich mit den Rosen in der Hand von ihm entfernte. »Ich wollte fragen …«, sagte er. »Kirsty, hast du Lust, mit mir ins Kino zu gehen? Heute Abend?«

Kirsty sah ihre Eltern flehentlich an. Aber Pam verstand den Blick ihrer Tochter nicht. »Also, ich wüsste nicht, wieso sie nicht mitgehen kann. Wir haben nichts vor.«

»Super«, sagte Mark. Die Unsicherheit verschwand aus seinem Gesicht, und er strahlte wieder sein gewohntes Selbstbewusstsein aus. »Dann komme ich um sieben. Wenn das in Ordnung ist?«

»Ja, klar«, sagte Kirsty, die Augen auf den Boden geheftet. »Sicher. Bis später.«

20

Lily schiebt dem Juwelier zwei Ringe über die Ladentheke hin. »Bitte«, sagt sie. »Können Sie mir sagen, wie viel die wert sind?«

Der Juwelier sieht sie neugierig an. Er denkt, dass sie die Ringe gestohlen hat. Das ist offensichtlich.

Sie bringt ein kleines Lächeln zustande. »Vielen Dank.«

Der Mann legt die Ringe auf ein schwarzes Samttablett und hält sich ein Vergrößerungsglas vors Auge. »Also«, sagt er kurz darauf. »Beide Ringe sind 750er Schmuckgold, sie wurden als Set gekauft. Der Stein des einen Rings ist ein Diamant, ungefähr ein Karat. Der Ehering ist ungefähr achthundert Pfund wert. Und der Verlobungsring in etwa zwei- bis dreitausend Pfund. Möchten Sie die Ringe verkaufen?«

»Nein«, erwidert sie kurz angebunden. »Nein. Sie gehören der Mutter meines Mannes. Die Ringe sind ein Erbstück!«

Der Juwelier starrt sie einen Moment lang an. »Das bezweifle ich«, sagt er. »Da ist 2006 eingraviert.«

Sie nickt, als würde diese Information sie nicht überraschen. »Ich weiß«, sagt sie und öffnet ihre Handtasche. »Vielen Dank.« Sie lässt die Ringe in die Tasche gleiten und zieht den Reißverschluss zu. »Das war sehr hilfreich.«

Draußen auf der Hauptstraße vor dem Juweliergeschäft drückt Lily ihre Handtasche fest an die Brust. Sie hatte die Ringe einem Juwelier gezeigt, weil sie bereits vermutet hatte, dass sie nicht Carls Mutter gehörten. Das Design war dafür zu modern. Dennoch hatte sie gehofft, sich zu irren. Jetzt hat man ihr bestätigt, dass ihr Instinkt richtig war. Und nach allem, was Russ ihr heute Morgen über Carl erzählt hat, ist ihr klar, dass sie keine Ahnung hat, wo Carl zwischen seiner Geburt am 4. Juni 1975 und seinem Arbeitsbeginn bei dem Finanzdienstleister 2010 gewesen ist oder was er getan hat. Fünfunddreißig Jahre, jedes wie ein unbeschriebenes Blatt. Hatte er vielleicht eine Frau, oder gar eine Familie? Russ hatte gesagt, dass Carl nur an Sex interessiert war, dass Lily die erste Frau war, mit der er eine feste Beziehung eingehen wollte. Aber auch Russ hatte Carl erst fünf Jahre zuvor kennengelernt. Vielleicht war er früher ein ganz anderer Mensch gewesen, mit anderen Charakterzügen. Vielleicht war er von einer Frau verletzt worden, der Frau, der die Ringe gehörten.

Lily starrt auf die Ringe an ihrer linken Hand. Ein schmaler Weißgoldring und ein Memoire-Ring mit einem länglichen Diamanten. Carl hatte den Verlobungsring allein ausgesucht. Sie weiß noch, dass sie einen Anflug von Enttäuschung verspürte, als sie das lederne Schmuckkästchen öffnete. Sie hatte erwartet, dass Carl ihr einen Solitär schenken würde, einen Diamanten, so groß, dass er sich in der Kleidung verfängt, so hell, dass er im Licht funkelt, einen Diamanten, der aussieht, als würde er sämtliche Sternenbilder in sich vereinen. Aber sie hatte ihre Enttäuschung heruntergeschluckt, Carl angelächelt und gesagt: »Er ist wunderschön«, während sie sich im Stillen gefragt hatte, wie viel der Ring wohl gekostet hatte.

Sie hätte gern einen Ring wie den in ihrer Handtasche

gehabt. Den Ring, den ihr Ehemann vielleicht für eine andere Frau gekauft hat.

Sie holt tief Luft und geht die Hauptstraße hinunter, weg von den Geschäften, zurück zu dem Schweigen und der Stille der leeren Wohnung.

Einige Briefe liegen auf der Fußmatte. Lily sammelt sie auf und legt sie zu den anderen, die angekommen sind, seit Carl vor vier Tagen verschwand. Sie ist müde. Unbeschreiblich müde. Sie geht direkt ins Schlafzimmer. Die Schlüssel liegen noch neben ihrem Bett. Sie nimmt sie in die Hand und schaut sich die Kerben und Zacken der einzelnen Schlüssel genau an. Einer hat eine Plastikkappe und einen seltsamen Stiel mit einem komplizierten Lochmuster auf beiden Seiten. In der Nähe des Bahnhofs befindet sich ein Schlüsseldienst. Dort wird sie morgen mit dem Schlüssel hingehen, falls sie am Sonntag aufhaben. Sonst geht sie am Montag noch mal vorbei. Der Mann vom Schlüsseldienst kann ihr vielleicht etwas über den Schlüssel sagen, das ihr weiterhilft. Lily ist beinahe vollkommen sicher, dass diese Schlüssel die Tür zu dem Haus öffnen, in dem Carl mit der Ehefrau gewohnt hat, die die Ringe trug, die jetzt in Lilys Handtasche sind.

Sie setzt sich auf die Bettkante und zieht die hochhackigen Schuhe aus, die sie heute getragen hat, um einen guten Eindruck auf Carls einzigen Freund zu machen. Sie streicht sich die Haare aus dem Gesicht und bindet sich einen Pferdeschwanz. Dann starrt sie aus dem Fenster auf die Umrisse der Baumkronen vor dem blassen Himmel.

Heute ist Samstag. Lily versucht, sich zu erinnern, was sie letzte Woche um diese Zeit getan hat. Sie haben Mittag gegessen, fällt ihr plötzlich wieder ein, in einem Pub auf dem Land. Das war ein schicker Pub. Die Wände waren in verschiedenen Grautönen gestrichen, die Speisen standen auf Wandtafeln, verschiedene Zeitungen lagen aus, und das Besteck befand sich in Holztöpfen auf den Tischen. Carl hatte einen Burger bestellt, und sie hatte einen asiatischen Garnelensalat mit Glasnudeln genommen. Carl hatte Cidre getrunken und sie ein Glas Prosecco. Worüber hatten sie sich unterhalten? Sie kann sich nicht mehr erinnern. Seine Arbeit, glaubt sie. Carl redete viel über seinen Job. Und ihre Familie. Er war immer an den neuesten Neuigkeiten aus ihrer Familie interessiert. Die Wohnung. Sie hatten geplant, die weißen Wände farbig zu streichen, neue Lampen zu besorgen und die Rollos auszutauschen. »Damit die Wohnung eine persönliche Note bekommt«, hatte Carl gesagt. Lily hatte es nicht wirklich eingeleuchtet, warum sie so viel Geld für eine Wohnung ausgeben sollten, die schon absolut perfekt war, aber sie mochte Carls sanften Gesichtsausdruck, wenn er über diese Pläne sprach. Sie mochte seine lebhafte Art zu reden. Natürlich hatten sie sich auch über das Essen unterhalten. Carl war besessen von gutem Essen. In diesem Land schienen unzählige Menschen von Essen besessen zu sein. Im Fernsehen liefen Tag und Nacht Kochshows, und die Geschäfte platzten aus allen Nähten vor Nahrungsmitteln, die Tausende von Kilometern Transportweg hinter sich hatten. Und selbst in dem Pub auf dem Land, umgeben von Feldern, Kühen und Schafen, in einer Kneipe, wo man gewöhnlich Bier trank, gab es Thunfisch-Sashimi.

Es war eine angenehme Unterhaltung gewesen. Sie hatten gelacht. Unter dem Tisch hatten sie die Füße aneinander gerieben; zwischen den Gängen hatten sie Händchen gehalten. Ein ganz normales frisch verheiratetes Paar. Dann waren sie nach Hause gefahren. Bei der Reinigung hatte Carl angehalten, um ein paar Hemden abzuholen. Zu Hause hatten sie einen Film geguckt, Wein getrunken, Sex gehabt. Als sie am nächsten Morgen aufwachte, hatte Carl sie, wie fast immer, lächelnd angesehen, und sie hatte gefragt: »Was bringt dich zum Lächeln?« Dann war er mit dem Finger die Konturen ihres Gesichts entlanggefahren und hatte gesagt: »Du.« Sie hatten sich geküsst und noch einmal geliebt. So war ihr Leben gewesen. Ein Liebeskokon. Manchmal hatte Lily sich gefragt, ob es nicht schön wäre, abends auszugehen oder Freunde zum Essen zu treffen. Aber Carl hatte oft gesagt, sie seien immer noch in den Flitterwochen. Ihnen bliebe noch mehr als genug Zeit, andere Menschen zu treffen, ihre enge Verbindung zu lockern. Und Lily hatte nur zu gern gewartet.

Aber jetzt bekommt sie ihre Isolation mit voller Wucht zu spüren. Sie zieht sich die Bettdecke über den Kopf. Um sie herum ist es dunkel und stickig, und sie rollt sich zu einem kleinen Ball zusammen.

21

Drei Stunden später kehren Alice, Frank und Romaine mit einer Tasche voller passabler Kleidung aus dem Rot-Kreuz-Laden sowie einem Dreierpack neuer Boxershorts und einem Packen neuer Socken aus einem Geschäft auf der Promenade nach Hause zurück.

Mittag ist schon lange vorbei, und alle sind furchtbar hungrig. Deshalb hat Alice eine Riesenportion Fish & Chips von dem Imbiss an der Ecke geholt, die sie nun auf Tellern verteilen.

»Normalerweise koche ich etwas«, sagte Alice, als Kai eine halbe Flasche Ketchup auf seine Pommes spritzt und sich drei gleichzeitig in den Mund steckt. »Aber im Augenblick ist alles einfach ein bisschen … aus dem Takt.«

»Das tut mir leid«, sagt Frank.

»Nein, das muss dir nicht leidtun! Ich bin einfach keine besonders gefestigte Persönlichkeit, und es braucht nicht viel, damit ich in tausend Stücke zerfalle. Ich bin also stets nur einen unerwarteten Gast vom totalen Chaos entfernt.«

»Ich gehe für dich einkaufen«, sagt er überflüssigerweise.

»Hier im Ort nehmen sie Geld für ihre Waren.«

»Das weiß ich. Ich dachte nur …«

Sie drückt seine Hand und lächelt. »Ich weiß, was du sagen wolltest, und das ist sehr nett von dir. Aber ich kann auch einen von den beiden schicken.« Sie deutet auf Kai und Jasmine, die beide die Augen verdrehen. »Und um dir zu beweisen, dass ich nicht so arm dran bin, wie du vielleicht denkst, koche ich uns heute Abend was Schönes. Pasta oder so.«

Frank nickt. Alices Angebot ist ernst gemeint und kommt von Herzen, aber er fühlt sich trotzdem schuldig. »Sobald ich herausbekommen habe, wer ich bin, lade ich euch alle ins …« Er sucht nach dem Namen des Ortes. Der Name beginnt mit R und beschwört den Glamour der Zwanzigerjahre herauf. Er hat den Namen vergessen. Er seufzt.

Alice sieht ihn an und kichert. »Hört sich klasse an. Aber ganz im Ernst, du musst nichts dergleichen tun. Nimm die Gastfreundschaft einfach an. So machen wir das hier im Norden.«

Die letzten Worte spricht sie mit einem typisch nördlichen Akzent, und ihre Kinder, die alle diesen Akzent haben, schauen sie missbilligend an.

»Also, das Geld für die Klamotten und die Miete gebe ich dir auf jeden Fall.«

»Das kannst du gern tun«, sagt sie und lächelt ihn über Romaines Kopf hinweg an. Es ist ein erschöpftes Lächeln, das nicht ganz bis zu den Mundwinkeln reicht. Und dennoch ist es mitreißend und strahlend. Golden und berauschend. Wie ein altes Hotel. Wie … das Ritz.

Er lächelt zufrieden, weil er sich an den Namen des Hotels erinnert hat und fügt ihn seiner Sammlung hinzu: eine am Strand ausgegrabene Münze von unschätzbarem Wert.

Derry steht in der Haustür, mit Daniel an der Hand. Ihr Blick ist finster. »Was zum Teufel«, fragt sie, »ist hier los?

Jules hat gesagt, dass sie dich heute Morgen im Zentrum beim Einkaufen gesehen hat, mit diesem Mann.«

Alice fasst sich demonstrativ mit der Hand an die Brust und sieht Derry mit gespieltem Entsetzen an. »Skandalös«, sagt sie.

Derry zieht eine Grimasse. »Alice, es ist eine Sache, ihm einen Unterschlupf zu bieten, aber eine andere, wenn du dein sauer verdientes Geld für ihn ausgibst.«

»Meine Güte, Derry. Ich habe zwanzig Mäuse im Rot-Kreuz-Laden ausgegeben.« Das entspricht nicht ganz der Wahrheit. Es waren eher vierzig Pfund, wenn man die Unterhosen und die Socken hinzurechnete.

»Ist er da?«

Alice seufzt. »Soweit ich weiß, ja. Er ist im Studio und ruht sich aus.«

Derry steht die Enttäuschung ins Gesicht geschrieben. Das ist die Kehrseite davon, wenn man einer Freundin erlaubt, das eigene Leben zu managen.

Alice macht die Tür weit auf. »Dann komm mal rein. Bringen wir es hinter uns. Und nur fürs Protokoll«, fügt sie leise hinzu, während sie ihrer Freundin in die Küche folgt. »Griff liebt ihn. Und Romaine liebt ihn auch. Und Hunde und Kinder kennen Menschen.«

»Und was ist mit dir?«

»Was soll mit mir sein?«

»Du weißt genau, was ich meine.«

»Er ist nett«, sagt sie ausweichend. »Was willst du von mir hören?«

Daniel geht zu Romaine, die hinter dem Haus spielt, und Derry beginnt augenblicklich, Alices Küche aufzuräumen. Sie merkt nicht einmal, dass sie das macht. »Nett«, murmelt sie. »Na ja. Ich freue mich darauf, mir meine eigene

Meinung zu bilden.« Sie wirft zusammengeknülltes *Fish-and-Chips*-Papier in den Mülleimer, wäscht sich die Hände und trocknet sie ab. Dann späht sie durch das Fensterglas der Hintertür in den Garten und sagt: »Er ist auf.«

»Auf?«

»Ja. Dein Mann. Er spielt mit den Kleinen.«

Alice kommt zu ihr an die Hintertür. Romaine und Daniel haben Frank in ein Spiel verwickelt, das sich um zwei Puppen, einen schäbigen Hund und einen Transformer dreht. Frank ist in die Hocke gegangen und befolgt gewissenhaft jede Anweisung der Kinder.

»Siehst du«, sagt Alice. »Er ist ein guter Mann.«

»Das mag ja sein«, sagt Derry, hängt das Geschirrtuch auf und schaltet den Wasserkocher ein. »Aber er ist eine unbekannte Größe. Und angesichts deiner eigenen Geschichte denke ich, du solltest die Polizei rufen.«

Alice reibt sich die Ellbogen. Sie will Derrys Paranoia nicht weiter beflügeln, aber sie möchte ihr etwas sagen. »Das habe ich ihm schon vorgeschlagen«, sagt sie. »Gleich als er hierherkam. Er ist ganz bleich geworden. Sein Gesicht war wie versteinert.« Sie zuckt die Achseln.

»Das klingt nicht besonders beruhigend.«

»Das ist noch nicht alles. Er hat sich an etwas erinnert. Er erinnert sich an einen Mann, der ins Meer springt und ertrinkt. Er erinnert sich an ein Mädchen im Teenageralter auf dem Karussell der Steam Fair.«

»Und?«, fragt Derry. »Hast du das mal gegoogelt?«

»Was soll ich gegoogelt haben?«

»Männer, die ins Meer springen und ertrinken?«

»Was? Nein, natürlich habe ich das nicht gegoogelt. Ich weiß nicht mal, wann das war.«

Derry seufzt. »Wo ist dein Laptop?«

»In meinem Zimmer.«

»Dann hol ihn.«

Alice tut, was Derry ihr aufgetragen hat. Jasmine sitzt in Alices Zimmer am Schreibtisch. Als ihre Mutter hereinkommt, dreht sie sich um.

»Entschuldige, Liebling, ich brauche den Laptop.«

»Wann geht er endlich?«, fragt sie, während sie ihn zuklappt.

»Frank?«

»Wie auch immer. Ja, er.«

»Ich weiß es nicht«, antwortet Alice. »Bald. Wenn er sich wieder daran erinnert, wer er ist.«

»Und wenn er sich nie mehr erinnern kann?«

»Er wird sich erinnern, keine Sorge. Das steht im Internet. Gedächtnisverlust ist vorübergehend.«

Jasmine steht auf, rückt die schwarze Brille zurecht und zuckt die Achseln.

»Griff mag ihn«, sagt Alice noch zu Jasmine, die schon aus dem Zimmer geht.

»Richtig«, sagt Jasmine. »Griff ist ein Hund.«

»Ein wählerischer Hund!«, ruft sie ihrer Tochter hinterher, aber die ist schon auf der Treppe verschwunden.

»Mann in Ridinghouse Bay ertrunken.« Alice und Derry sitzen nebeneinander, die Köpfe über den Laptop gebeugt. Derry drückt die Enter-Taste, und sie warten, bis die Suchmaschine das Ergebnis anzeigt. Es ist überraschend, wie viele Männer in Ridinghouse Bay ertrunken sind.

»Das dauert mindestens ein Jahr, bis wir das alles gelesen haben«, sagt Derry.

»Ich hab es dir ja gesagt«, sagt Alice. »Ich habe keinen blassen Schimmer.«

»Hast du nicht gesagt, er würde sich an ein Mädchen im Teenageralter erinnern? Vielleicht war er auch Teenager, als dieses Unglück passierte. Wie alt, glaubst du, ist er jetzt?«

»Ende dreißig? Anfang vierzig?«

»Okay. Sagen wir mal, er war damals achtzehn. Heute ist er vierzig. Dann ist es zweiundzwanzig Jahre her. Neunzehnhundertdreiundneunzig, ungefähr.«

»So in etwa.«

»Immer noch besser als gar nichts.« Sie fügt 1993 in die Suchzeile ein. »Schaust du mal nach den Kindern?«, bittet sie Alice.

Gehorsam geht Alice zur Hintertür und späht noch einmal durch das Fenster in den Garten. Die drei sind noch in ihr Spiel vertieft. Frank ist der Hund. Romaine hat lässig einen nackten olivbraunen Arm um Franks Schulter gelegt und lehnt sich an ihn. Sie könnten Vater und Tochter sein, niemand würde daran zweifeln.

Alice setzt sich neben Derry. »Er hat die beiden umgebracht«, sagt sie in todernstem Ton. »Dann hat er sie zerstückelt, und jetzt fressen er und die Hunde das Fleisch vom nackten Boden.«

Derry versetzt ihr einen Stoß in die Rippen. »Sei still«, sagt sie. »Schau her.« Sie dreht den Bildschirm zu ihr hin. »Hier ist zwar niemand ertrunken, aber der Zeitpunkt stimmt.«

Auf dem Bildschirm ist ein Artikel aus den Archiven der *Ridinghouse Gazette* zu sehen.

Die Küstenwache rückte heute Nacht um ein Uhr nach Ridinghouse Bay aus, nachdem die Meldung eingegangen war, dass drei Menschen vor der Küste um ihr Leben kämpften. Zwei der drei Personen wurden noch nicht gefunden, und man befürchtet, dass sie möglicherweise ertrunken sind. Die dritte Person, ein Tourist namens Anthony Ross, erlitt am Strand einen tödlichen Herzinfarkt, nur wenige Minuten, nachdem er das rettende Ufer erreicht hatte. Ein weiterer Mann, wahrscheinlich Ross' Sohn, wurde ins Krankenhaus gebracht, das er aber bereits kurze Zeit später wieder verlassen konnte. Die Polizei untersucht den Vorfall.

Derry gibt die Namen »Anthony Ross« und »Ridinghouse Bay« in die Suchzeile ein.

Kein weiterer Treffer.

Alice und Derry hören Gepolter an der Hintertür. Die Kinder kommen hereingelaufen, immer noch aufgekratzt vom Spielen. Frank folgt ihnen und bleibt eingeschüchtert stehen, als er Derry auf dem Sofa sitzen sieht.

»Frank«, sagt Alice. »Das ist meine beste Freundin Derry Dynes.«

»Hallo«, sagt Derry mit sanfter Stimme, und sie würde anders klingen, wenn sie nicht gerade die Geschichte über den Teenager gelesen hätte, dessen Vater am Strand starb. »Ich bin Daniels Mutter.« Sie deutet auf ihren Sohn.

»Freut mich, dich kennenzulernen«, erwidert Frank. »Tolle Kinder.«

»Hör mal, Frank«, sagt Alice, während sie schnell noch einen Blick mit Derry austauscht, die kaum wahrnehmbar nickt. »Wir haben gerade im Internet nachgeschaut, ob wir etwas über die Todesfälle durch Ertrinken in der Gegend finden. Und wir haben eine Story entdeckt, die sich allerdings vor vielen Jahren zugetragen hat. Möglicherweise sind damals an einem Sommerabend zwei Menschen ertrunken. Ein Mann und sein Sohn wurden genau hier am Strand gefunden.« Sie macht eine Handbewegung in Richtung der Haustür. »Anscheinend ist der Mann an einem Herzinfarkt gestorben. Aber der Sohn hat überlebt. Kommt dir das irgendwie bekannt vor? Neunzehnhundertdreiundneunzig? Anthony Ross?«

Alice redet immer weiter, denn Frank reagiert überhaupt nicht auf das, was sie sagt.

»Ich meine, wir können völlig falschliegen. Du hast ja dieses Mädchen im Teenageralter erwähnt. Also haben wir gedacht, dass auch du damals ein Teenager gewesen sein musst. Und dann haben wir das einfach mal auf gut Glück eingegeben. Aber vielleicht ist damals in Wahrheit auch gar nichts passiert.«

Frank reagiert immer noch nicht. Er lehnt an der Küchenzeile, aber Alice merkt, dass er sich nicht anlehnt, sondern hochgehalten wird, dass er langsam abrutscht und sein Gesicht kreideweiß ist. Sie sieht, wie seine Hände sich an der Arbeitsplatte festhalten, sodass seine Fingerknöchel weiß werden.

»Frank?«

Derry springt auf. »Er wird ohnmächtig«, sagt sie. »Schnell. Er muss sich hinsetzen. Hilf mir!«

Aber es ist schon zu spät. Frank schlägt der Länge nach auf den Fußboden.

22

1993

Zwei Stunden später war Mark wieder da. Er trug einen Blazer. Er hatte tatsächlich einen Blazer angezogen, um ins Ridinghouse Grand zu gehen.

»Was läuft denn heute?«, fragte Tony, der Mark und Kirsty an der Tür verabschiedete.

»*Cliffhanger*«, erwiderte Mark, der seine Hand auf Kirstys Rücken gelegt hatte.

»Oh, der soll spannend sein«, sagte Tony.

»Das habe ich auch gehört«, sagte Mark.

Kirsty drängte sich aus der Haustür, sie hatte es eilig fortzukommen. Gray hatte sie ziemlich in die Mangel genommen, aber Kirsty hatte steif und fest behauptet, dass sie unbedingt mit Mark ins Kino gehen wolle. Und wenn Gray meinte, dass sie zuerst nicht so begeistert ausgesehen hätte, würde er sich das nur einbilden.

Gray hörte, wie ihre Stimmen die Straße hinauf verhallten, und sprang hoch. Seine Mutter kochte in der Küche Spaghetti, als er den Kopf durch die Tür steckte und sagte, er würde eine Flasche Cola kaufen gehen.

»Sprite haben wir im Haus«, sagte sie.

»Ich will lieber Cola.«

»Gut, kannst du dann bitte noch ein Stück Cheddar mitbringen?«

Kirsty und Mark gingen langsam, und Gray konnte die beiden auf halbem Weg zur Hauptstraße einholen, ohne rennen zu müssen. Vor einem Antiquitätenladen waren sie stehen geblieben und schauten sich alte Porzellanpuppen an. Sie unterhielten sich darüber, wie unheimlich die Puppen aussahen. Mark legte wieder seine Hand auf Kirstys Rücken und schob sie sanft weiter in Richtung Kino.

Gray beobachtete aus einiger Entfernung, wie Mark seiner Schwester die Eingangstür aufhielt und sie galant ins Innere führte. Einen Moment später waren die beiden verschwunden.

Mark brachte Kirsty um zehn Uhr nach Hause. Gray konnte sie in seinem Zimmer im ersten Stock, das zur Straße hinausging, hören. Ihre Stimmen klangen gepresst, als ob sie kurz davor wären, sich zu streiten. Vorsichtig zog er den Vorhang ein Stück zur Seite und spähte auf ihre Köpfe hinunter. Er sah, dass Mark versuchte, Kirsty zu küssen, aber sie sich wegduckte, um der Berührung auszuweichen.

»Ach, komm schon«, hörte Gray Mark sagen. »Du hast mir nicht einen einzigen Kuss gegeben während des gesamten idiotischen Films. Und jetzt kriege ich nicht einmal ein Abschiedsküsschen vor deiner Haustür? Das ist wirklich nicht nett.«

»Tut mir leid«, sagte Kirsty. »Aber ich bin wirklich müde. Ich will einfach nur ins Bett.«

»Du darfst gleich ins Bett gehen, das verspreche ich.« Erneut beugte er sich mit geschürzten Lippen zu ihr.

Kirsty duckte sich wieder weg. »Ehrlich. Ich bin kaputt.«

»Wirklich?«, fragte er sie ungläubig. Er senkte den Kopf

und flüsterte: »Na, na!« Dann blickte er Kirsty wieder an. »Was wär's morgen?« Er klang beleidigt, beinahe trotzig. »Oder macht ihr etwa wieder einen Ausflug?«

In seinen Worten schwang wieder die Überheblichkeit mit, an der sich Gray schon die ganze letzte Zeit gestört hatte. Mark hielt sich für etwas Besseres. Und dennoch umgarnte er seine Schwester, als wäre sie die Liebe seines Lebens.

»Ich weiß nicht«, hörte er Kirsty antworten. »Ich glaube nicht.«

»Gut, soll ich dich dann morgen abholen? Wir könnten den Tag bei meiner Tante verbringen. Ich mache auch etwas zum Mittagessen.«

»Ich weiß nicht«, wiederholte Kirsty. »Ich muss erst meine Eltern fragen.«

»Kannst du sie jetzt fragen?« Er sprach abgehackt und ungeduldig.

»Ich frage sie morgen.«

»Warum fragst du nicht jetzt gleich?«

»Es ist schon spät. Ich bin müde.«

Gray hörte, wie Mark ein missbilligendes »Also, wirklich« entfuhr. Dann sagte er lauter: »In Ordnung. Ich komme morgen früh vorbei, dann kannst du mir deine Antwort geben.«

Seine Schwester zögerte, schließlich sagte sie: »Okay. Dann bis morgen.«

Die Tür fiel hinter ihr ins Schloss, und Gray hörte, wie Kirsty leise mit ihren Eltern sprach, bevor sie direkt zu Bett ging. Gray beobachtete noch, wie Mark einen Moment lang stehen blieb. Die Hände in den Hosentaschen vergraben, starrte er düster auf die Haustür, und seine hohlen Wangen zuckten leicht. Dann drehte er sich um, überquerte die schmale Straße und blickte aufs Meer hinaus, bis er plötzlich mehrmals heftig gegen die Kaimauer trat. Schließlich ging er vom Cottage weg, eine schmale, wütende Gestalt, die in der nebligen Sommernacht außer Sichtweite verschwand.

23

Lily schreckt aus kurzem Schlaf auf. Es ist dunkel, und die Bettdecke hat sich um ihre Beine gewickelt. Sie sieht auf die Uhr neben dem Bett; sie zeigt 8:09. Einen Augenblick lang weiß sie nicht, ob es morgens oder abends ist. Dann fällt ihr ein, dass heute Samstagabend ist. Sie hat von ihrer Familie und von zu Hause geträumt. Sie nimmt das Telefon in die Hand und ruft ihre Mutter an.

»Mama«, sagt sie mit verschlafener Stimme. »Er ist immer noch verschwunden.«

»Komm nach Hause«, sagt ihre Mutter.

»Ich kann nicht nach Hause kommen. Vielleicht taucht er wieder auf.«

»Wenn er wieder auftaucht, wird er wissen, wo du bist. Und er weiß, wie er hierherkommt.«

»Nein, er kann nicht reisen. Die Polizistin hat immer noch seinen Reisepass.«

»Dann kann er dich anrufen, und du fährst zu ihm zurück.«

»Und wenn er verletzt ist?«

»Lily. Er ist in seinem Heimatland. Wenn er verletzt ist, gibt es dort Menschen, die sich um ihn kümmern.«

»Da bin ich nicht so sicher, Mama. Gestern war die Polizei noch mal da und hat seinen Computer mitgenommen. Sie haben gesagt, dass man so einen gefälschten Pass, wie er ihn hat, nur in der Verbrecherwelt bekommt. Carl könnte ein paar gefährliche Leute kennen. Vielleicht ist er ihnen in die Quere gekommen.«

Ihre Mutter gibt einen erstickten Laut von sich. »Herrgott noch mal, Lily. Du musst dort weg! Du bist ganz allein in der Wohnung. Was passiert, wenn diese Männer dich holen? Was willst du machen, wenn Carl zu dir kommt und sie ihm folgen? Für diese Leute bist du eine leichte Beute!«

»Ich kann nirgends hingehen, Mama! Ich kenne niemanden hier!«

»Ach, ich habe es gewusst. Ich wusste, dass das falsch war, gleich mit ihm zu gehen. Ich hätte dich davon abbringen sollen. Du hättest mit der Hochzeit noch warten sollen.«

»Ich hätte ihn trotzdem geheiratet, und er hätte mich trotzdem angelogen.«

»Nein, wenn du gewartet hättest, wäre dir klar geworden, dass da etwas nicht stimmt. Menschen zeigen sich zunächst immer nur von ihrer guten Seite. Deshalb hättest du warten sollen. Mit der Zeit lernt man auch die schlechten Seiten kennen. Und erst wenn da nichts Schlimmes ans Licht kommt, heiratet man.«

»Carl ist kein schlechter Mann, Mama! Wir kennen seine Geschichte doch gar nicht! Ich glaube, er war vielleicht früher schon einmal verheiratet. Ich habe Ringe gefunden. Vielleicht hat diese andere Frau ihn verletzt. Vielleicht ist ihm etwas Schlimmes passiert. Vielleicht hat er eine falsche Identität angenommen, um sich vor dieser Frau zu verstecken! Wir wissen rein gar nichts.«

Sie hört ihre Mutter seufzen. »Ich möchte, dass du nach Hause kommst. Ich bezahle dir den Flug.«

Lily hält inne. Sie kann nicht leugnen, dass sie jetzt

gern zu Hause wäre. Sie möchte gern bei ihrer Mutter, ihren Brüdern, ihrem Hund und ihren Freunden sein. Sie möchte wieder in ihre Lieblingsbars gehen, jung und unbeschwert sein. Sie möchte ihr Haar vor dem Spiegel in ihrem Schlafzimmer kämmen, in dessen Rahmen immer noch Fotos von ihr und ihren Freunden stecken. Sie möchte diese Freunde unterhaken und die altbekannten Straßen entlangschlendern, eine vertraute Sprache sprechen und vertraute Gesichter sehen. Sie möchte an einem Ort sein, wo sie mit einem Fremden reden kann, ohne dass sie missverstanden und argwöhnisch beäugt wird.

Dennoch – Carl war ihre Fahrkarte nach Großbritannien. Ohne Carl, oder wer er auch sein mag, darf sie vielleicht nicht wieder hierher zurückkommen. Und so einsam und verängstigt sie jetzt auch ist, sie möchte sich die Tür zu diesem Leben, von dem sie gerade gekostet hat, offen halten.

»Ich komme nicht zurück«, sagt sie. »Jetzt noch nicht. Erst wenn ich sicher weiß, was mit Carl passiert ist.«

Ihre Mutter seufzt. »Du«, sagt sie mit warmer Stimme. »Ich weiß nicht, wo du das herhast. So eine starke Frau. Allein in einem fremden Land. Du bist mutig, und du bist dumm. Aber ich kann dich nicht aufhalten.«

»Nein«, erwidert Lily. »Das kannst du nicht.«

»Ich vermisse dich. Ich liebe dich.«

»Ich liebe dich auch.«

»Und sobald ich diesen großen Auftrag abgeschlossen habe, komme ich dich besuchen. Einverstanden?«

»Ja, bitte komm.«

»In einer Woche. Spätestens zehn Tage.«

»Das klingt gut. Danke.«

»Vielleicht weißt du bis dahin, wo dein Ehemann ist.«

»Ja, das wäre schön.«

»Wie gern möchte ich glauben, dass er ein guter Mann ist.«

»Das ist er. Ich weiß es.« Lilys Stimme bricht, Tränen steigen ihr in die Augen.

»Ich liebe dich.«

»Ich liebe dich auch.«

Dann ist die Leitung tot, im Zimmer ist es still, und nur durch den Spalt der Tür zum Bad fällt Licht. Lily lässt das Telefon in ihren Schoß fallen und beginnt zu weinen.

24

Frank schläft den ganzen Nachmittag. Als er um kurz nach sechs die Augen aufmacht, hat er das Gefühl, aus dem Koma aufzuwachen. Draußen ist es schon dunkel, und im Studio ist noch kein Licht eingeschaltet. Sobald sich seine Augen an die Dunkelheit gewöhnt haben, sieht er den warmen Lichtschein von Alices Cottage. Aus einem der oberen Fenster kommen laute Musik und lebhafte Teenagerstimmen. Er schließt die Augen und versucht sich zu erinnern, was passiert ist. Er weiß noch, dass er mit Alice und dieser Frau, ihrer Freundin – Debbie? –, in der Küche war. Die beiden hatten ihn mit dem gleichen sorgenvollen Unbehagen angesehen, als er hereinkam. Dann hatten sie ihm von einem Mann namens Anthony Ross erzählt, der am Strand gestorben war, genau an der Stelle, wo er vor ein paar Tagen so viele Stunden lang gesessen hatte. Der Name hatte sein Unterbewusstsein wie eine Kugel getroffen, und er war ohnmächtig geworden. Als er von dem Feldbett aufsteht, versucht er den Einschlag dieses Namens in sein Gedächtnis zu rekonstruieren. Anthony Ross, murmelt er. Anthony Ross. Aber der Name löst nichts in ihm aus.

Sein Magen knurrt, aber das versucht er zu ignorieren. Er kann nicht weiterhin in Alices Haus gehen und erwarten, dort verpflegt zu werden. Ein paar Minuten lang träumt er von all den Dingen, die er für Alice tun wird, sobald er sein eigenes Leben wiedergefunden hat. Er wird die ganze Familie in Urlaub schicken. Er wird sie alle zum Essen ausführen. Und sollte er wirklich wohlhabend sein, wird er Alices Hypothek auf das Haus tilgen.

Kurz darauf sieht er, wie es im Garten heller wird, und er hört Schritte auf dem Kiesweg. Unwillkürlich fährt er sich durch die Haare.

Alice klopft sanft an die Tür. »Frank?«

Er öffnet und lächelt sie an.

»Lieber Himmel. Gott sei Dank. Du lebst noch. Ich habe mir wirklich schon Sorgen gemacht.«

»Mir geht es gut«, sagt er. »Ein bisschen wackelig, aber gut.«

»Gott sei Dank«, wiederholt sie. »Ich wollte dir das hier bringen.« Sie reicht ihm eine große Plastiktüte. »Das sind die Sachen, die wir heute Morgen gekauft haben. Ich habe sie gewaschen, denn auch die sauberen Kleider aus dem Secondhandshop müffeln irgendwie, finde ich.«

Er nimmt ihr die Tüte ab. »Wow. Danke. Das hatte ich nicht erwartet.«

»Keine Sorge, das ist zu meinem eigenen Nutzen. Ich will keinen stinkenden Gast im Haus.« Sie lächelt. »Hör mal. Ich habe ein richtiges Essen gekocht. Fleisch und Beilagen. Möchtest du mitessen?«

Er will ablehnen, weil er sich so schuldig fühlt. Aber da hat sein Magen schon für ihn geantwortet. »Das wäre wunderbar. Wenn es dir auch ganz sicher keine Umstände macht.«

»Meine Güte, nein, ich füttere eh schon fünfhundert Mäuler, da macht eines mehr auch keinen Unterschied. In zehn Minuten ist das Essen fertig.« Sie vergräbt die Hände in den Taschen ihrer großen Strickjacke. »Komm einfach, wenn du fertig bist.«

Frank nimmt ein hellblaues Hemd und eine Khakihose aus der Tasche mit den frisch duftenden Sachen, dann zieht er ein paar neue Socken aus der Packung. Als er wenige Minuten später vor der Hintertür steht, fühlt er sich fast wie ein anständiger Mensch.

Im Haus duftet es, die Fenster in der Küche sind alle beschlagen. Romaine steht auf einem Hocker und rührt in einem Topf mit Bratensoße. Am Küchentisch schält Derry Karotten, und Daniel sitzt auf dem Boden und krault Hero den Bauch.

»Hierher zu mir«, hört er Alice aus dem Nebenzimmer rufen. Sie reicht ihm ein großes Weinglas. »Na, was meinst du?« Sie hat die Papierstapel, die Hausaufgaben, Bücher und Karten fortgeräumt und den Esstisch gedeckt. In der Mitte brennen Kerzen, lila Leinenservietten stehen, zu Dreiecken gefaltet, auf orangefarbenen Tellern neben schweren Krakelee-Weinkelchen mit indigoblauen Stielen.

»Das sieht wunderschön aus«, sagt er.

»Ja«, sagt sie und mustert ihr Werk. »Ganz schön vornehm. Wenn ich das sagen darf.« Sie hebt ihr Weinglas hoch und sagt: »Zum Wohl. Trinken wir darauf, dass du nicht gestorben bist.«

Er lächelt. »Schätzungsweise.«

»Bist du sicher, dass es dir gut geht? Du bist umgekippt wie ein gefällter Baum.«

»Ich bin ziemlich sicher«, erwidert er. Der Rotwein verbreitet ein wohliges Gefühl in seinem leeren Magen und wärmt seine kalten Glieder. »Ich fühle mich normal.«

»Nichts an dir ist normal, Frank«, sagt sie.

Er lacht. »Das ist wahr.«

Einen Moment lang schweigen sie beide. Frank spürt,

dass Alice ihm gleich die nächste Frage stellen wird. Er lächelt sie an.

»Also«, sagt sie. »Anthony Ross.«

»Ja, ich weiß. Offensichtlich hat der Name für mich eine Bedeutung. Sonst wäre ich nicht hierhergekommen und hätte nicht dort unten gesessen.« Er deutet zum Strand. »Sonst könnte ich mich nicht an einen Mann draußen im Meer erinnern. Er spielt definitiv eine Rolle für mich. Ich wünschte, ich wüsste, welche.«

»Aber du hast keine Ahnung? Keine Erinnerung?«

Er schüttelt entschuldigend den Kopf, als ihm klar wird, was sein mangelhaftes Gedächtnis für Alice bedeutet.

»Das ist eine Schande«, sagt sie. »Ich habe heimlich davon geträumt, dass du, wenn du aufwachst, wieder voll einsatzfähig bist.«

»Ich auch«, erwidert er.

»Die Sachen stehen dir gut.« Sie zeigt auf seine Kleidung. »Du siehst … frisch aus.«

Er blickt an sich hinunter. »Danke. Ich bin dir wirklich sehr dankbar.«

Alice gibt nur ein »Pst!« von sich und schenkt Wein nach. Von oben dringt schallendes Gelächter zu ihnen. Alice schüttelt missbilligend den Kopf. »Tut mir leid, es gab eine Invasion. Kai ist zu einer Party eingeladen, und die Hälfte aller Vierzehn- und Fünfzehnjährigen aus Ridinghouse Bay hat sich in seinem Zimmer versammelt. In seinem winzigen Zimmer. Ich darf gar nicht darüber nachdenken.«

»Alice!«, ruft Derry aus der Küche. »Hier pfeift was!«

»Der Rosenkohl«, sagt sie zu Frank. »Ich bin gleich wieder da.«

Frank steht da und betrachtet den warmen, flackernden

Schein der Teelichter auf dem Tisch. Ihm fällt auf, dass es Duftkerzen sind. Er versucht sich zu erinnern, wonach sie riechen. Etwas Blumiges. Er hat eine weiße Blume vor Augen, mit kleinen Blüten. Dann bemerkt er einen Karton, der hinter ihm auf dem Sideboard steht.

Jasmin und Lilie.

Ein dumpfer Schlag hallt in den niedrigen Deckenbalken nach, gefolgt von ausgelassenem Geschrei. Eine Tür wird geöffnet und zugeknallt. »Herrgott noch mal! Was zum Teufel macht ihr da drin?« Dann hört man leichte Schritte auf der Treppe. Jasmine kommt ins Esszimmer und bleibt abrupt stehen, als sie Frank dort stehen sieht.

»Oh.«

»Deine Mutter ist in der Küche«, sagt er, um ihrer Verlegenheit zuvorzukommen.

»Super«, sagt sie. »Danke.«

Jasmine ist sehr klein, ihr Kopf ist ein wenig zu groß für ihren Körper. Die schwarzen Haare hat sie in zwei Knoten zusammengenommen. Sie trägt ein tailliertes schwarzes Minikleid und darüber eine weite graue Strickjacke, die ihr bis in die Kniekehlen hängt.

»Mum!«, sagt sie in anklagendem Ton. »Die flippen da oben total aus. Ernsthaft. Sag ihnen, dass sie damit aufhören sollen!«

Alices Antwort kann Frank nicht verstehen, aber kurz darauf kommt Alice mit Jasmine, Romaine und Hero aus der Küche und brüllt die Treppe hinauf: »Essen! Essen ist fertig!«

Fünfzehn Sekunden später sind ein Dutzend Teenager die Treppe heruntergepoltert. Als sie an den Erwachsenen vorbeikommen, werden sie etwas langsamer, gehen zivilisiert hintereinander in die Küche und kommen mit

Papptellern, beladen mit Würstchen, Kartoffelbrei und Zwiebelsoße, wieder heraus. Dann verschwinden sie im Wohnzimmer und schließen die Tür hinter sich.

Frank sieht Alice überrascht an. »Du machst für all diese Kinder Essen?«

»So haben sie eine solide Grundlage. Sonst ziehen sie mit leerem Magen los und kotzen alles voll. Außerdem waren das nur Würstchen, Sonderangebot. Keine große Sache. Aber für uns gibt es einen schönen Rinderbraten«, fährt sie fort. »Und Gemüse.«

»Ich wäre auch mit Würstchen sehr zufrieden.«

»Ja, ich auch. Aber nach dem ganzen Mist, den es in den letzten Tagen gab, fand ich, es sei an Zeit, mal wieder etwas Anständiges zu essen. Noch Wein?«

Derry erscheint mit zwei dampfenden Schüsseln, die sie auf dem Tisch abstellt, bevor sie wieder in der Küche verschwindet. Romaine und Jasmine rücken die Stühle zurück und setzen sich. Hero und Sadie lassen sich mit erwartungsvoll zuckenden Schnauzen neben dem Tisch nieder.

»Kann ich irgendwie helfen?«

»Nein«, antwortet Alice. »Du hattest einen Schock. Du setzt dich einfach hin. Derry und ich machen das schon.«

Ein großes Stück Fleisch wird zum Tisch gebracht, eine Schüssel mit Kartoffelpüree und Gläser mit Senf, Meerrettich und Ketchup. Einer von Kais Freunden erscheint mit einem Stapel Pappteller in der Tür und fragt Alice, wo der Mülleimer steht. Alice erklärt es ihm und ruft ihm dann nach: »Da sind auch Oreos. Nimm ein paar Packungen mit für euch.«

Alice schenkt noch Rotwein in die Gläser und bittet Jasmine, aus der Küche eine neue Flasche zu holen. Einer der

Hunde gibt ein schwaches Jaulen von sich, wie eine Autoalarmanlage in der Ferne.

»Hör auf, Hero«, sagt Alice.

Frank sieht, wie Romaine heimlich ein Stück Würstchen auf den Boden fallen lässt, über das Hero herfällt. Er blickt zu Alice, aber sie hat nichts bemerkt.

Sie sprechen über Alices Eltern, die auf der Webcam dabei beobachtet wurden, wie sie versuchten, sich an die Namen ihrer Kinder zu erinnern. »›Die Nette‹, wiederholte mein Vater ständig. ›Du weißt schon, reizendes Mädchen.‹ Und dann erwiderte meine Mutter: ›Du meinst Alice?‹ Und mein Vater antwortete: ›Nein, die nicht. Die andere. Weißt du? Wie hieß sie noch?‹ Und meine Mutter schüttelte nur den Kopf und sagte: ›Also, es sind zwei, so viel weiß ich.‹«

Derry lacht und sagt: »Zumindest wissen sie noch, dass sie Kinder haben. Das wird auch bald vorbei sein.«

Frank hört ihnen zu, er fragt sich, was mit seiner Mutter ist, an deren Arme er sich erinnert hat. Lebt sie noch? Geht es ihr gut? Ist sie senil geworden? Vermisst sie ihn? Vermisst ihn überhaupt irgendjemand? Er schneidet das Fleisch durch und steckt sich einen Bissen in den Mund.

»Wunderbarer Braten, Alice«, sagt Derry und wirft Frank einen vielsagenden Blick zu.

»Mhm«, macht er mit geschlossenem Mund. »Wirklich herrlich. Und so zart.«

Alice lächelt ihn an und berührt seine Hand. »Gut«, sagt sie. »Ich bin froh, dass es dir schmeckt.«

Für einen kurzen Moment herrscht ein leicht unbehagliches Schweigen, während Alice seine Hand ein letztes Mal drückt und dann loslässt. Ihre Bewegung wurde von Derry und Jasmine mit Missfallen beobachtet.

»Ich habe überlegt«, sagt er. »Es sind jetzt schon vier Tage. Gab es irgendeine Meldung? Haben die Nachrichten etwas über einen vermissten Mann gebracht? Ich meine, ich scheine ein ganz anständiger Kerl zu sein. Es kommt mir seltsam vor, dass mich niemand vermisst. Oder nicht?«

»Ich habe nachgeschaut«, sagt Alice. »Ich bin die landesweiten Nachrichten und die der Region London durchgegangen, aber ich habe nichts gefunden. Das heißt nicht, dass du nicht vermisst gemeldet worden bist, sondern nur, dass dein Verschwinden keine Story ist. Und wenn wir herausfinden wollen, ob jemand eine Vermisstenanzeige aufgegeben hat, müssen wir zur Polizei gehen.«

»Ich würde wirklich …« Seine Finger spielen nervös mit dem Besteck herum, und ein heimliches Unbehagen beschleicht ihn. »Ich würde mich wirklich gern erst an etwas mehr erinnern. Nur für mich. Bevor ich …«

»Und was ist, wenn du dich nie mehr erinnern kannst?«, fährt Jasmine ihn an, und alle schauen sie an.

»Jasmine …«, sagt Alice.

»Nein. Im Ernst. Was ist denn, wenn du dich nie mehr erinnerst, und im Süden vermisst dich vielleicht eine ganze Familie? Sie fragen sich, wo du bist, und sind schon ganz krank vor Sorge? Das ist doch nicht fair, oder?«

»Ich glaube nicht …«, murmelt er. »Ich weiß es nicht, aber ich glaube nicht, dass mich jemand vermisst. Ich fühle einfach nicht …«

»Da muss jemand sein«, sagt Jasmine. »Jeder Mensch hat jemanden.«

»Na ja, nicht unbedingt«, sagt Alice.

»Darum geht es nicht, und das weißt du sehr genau.«

»Worum geht es dann?«, fragt Alice.

»Es geht darum, dass *Frank* irgendwo hingehört. Und anscheinend hält es hier niemand für nötig herauszufinden, wo das ist. Es geht darum, dass *Frank* hier nicht hergehört. Weißt du, wenn du neulich einen streunenden Hund am Strand gefunden hättest, dann hättest du alles getan, um seine Besitzer ausfindig zu machen; du hättest den Hund zum Tierarzt gebracht, um nachsehen zu lassen, ob er einen Mikrochip trägt; du hättest Zettel aufgehängt. Du hättest nicht einfach so getan, als wäre das dein Hund. Du hättest erst versucht, mehr über das Tier zu erfahren.«

»Jasmine«, wiederholt Alice und sieht ihre Tochter besorgt an. »Du musst mir in diesem Punkt vertrauen. Ich habe schon viele sonderbare Dinge erlebt, und ich erkenne einen schlechten Menschen, wenn ich einen sehe. Und glaub mir, Frank ist einer von den Guten.« Sie wirft Frank einen beruhigenden Blick zu. »Ich möchte ihm nur helfen, okay? Zweifellos gibt einen Grund dafür, dass er genau an unserem Strand saß. Und wenn er jetzt nicht bereit ist, sich seinem richtigen Leben zu stellen, dann sollten wir ihm noch etwas Zeit geben, bis er so weit ist.«

»Es ist nichts Persönliches.« Jasmine blickt Frank mit ihren schwarz geschminkten Augen an. »Im Ernst. Ich bin sicher, dass du sehr nett bist. Ich glaube nur …«

Frank lächelt. »Ich verstehe dich«, sagt er. »Wirklich. Ich fühle mich …« Er sucht nach Worten, denn er möchte nicht undankbar klingen. »Ich habe ein schlechtes Gewissen, dass ich hier bin, euch den Platz wegnehme und eure Mutter Geld für mich ausgibt. Es frustriert mich, dass ich kein richtiger Mensch bin, dass ihr euch meinetwegen in eurem Zuhause nicht mehr wohlfühlt. Und ich bin deprimiert, weil ich so schwach bin, so hilfsbedürftig. Ich bin fest überzeugt, … dass ich in Wirklichkeit nicht so bin. Aber im Augenblick habe ich keinen Mumm und keinen Grips. Ich bin wie … ein nasser Sack. Hoffentlich geht das bald vorbei, genau wie dieser Blackout, und ich kann mich wieder erinnern und fühle mich stark. Ich hoffe, dass das sehr bald der Fall sein wird. Ich meine …« Er zeigt mit dem Kinn auf Alice. »Deine Mutter hat heute etwas herausgefunden …«

»Ich weiß«, sagt Jasmine. »Sie hat es mir erzählt. Du bist ohnmächtig geworden.«

»Ja. Also, vielleicht ist der Knoten jetzt geplatzt, und meine Geschichte kommt ans Licht.«

Jasmine nickt. »Ich sagte ja schon.« Sie senkt den Blick auf ihren Teller. »Es ist nichts Persönliches.«

Frank atmet tief durch. So viele zusammenhängende Worte hat er nicht mehr geäußert, seit er sein Gedächtnis verloren hat. Er ist gleichzeitig erschöpft und euphorisch, als hätte er gerade neue Kraft gewonnen. »Danke«, sagt er.

Er bemerkt, dass Derry und Alice einen Blick austauschen. Dann sagt Derry: »Übrigens, nachdem du vorhin ohnmächtig geworden bist, sind Alice und ich noch ein bisschen weiter im Netz gesurft. Wir haben nichts mehr über Anthony Ross gefunden, aber ich habe der Zeitung gemailt und gefragt, ob sie uns mitteilen können, wer den Artikel damals geschrieben hat. Oder ob sie noch mehr Infos zu der Story haben.«

Frank hält den Atem an. Er wartet darauf, dass Derry weiterspricht.

»Bis jetzt habe ich noch nichts gehört. Aber heute ist ja Samstag. Vielleicht bekommen wir am Montag früh eine Antwort.«

Er atmet aus. Das ist zwar nichts Neues, aber zumindest könnte dabei etwas herauskommen. Während das Gespräch zu einem anderen Thema übergeht, blickt er auf seine Hände, die Messer und Gabel halten, und sieht sich die Form und die Falten, die Sommersprossen und die Härchen genau an. Er fragt sich, wo diese Hände gewesen sind, wen sie berührt haben, was sie getan haben. Und während ihm diese Gedanken durch den Kopf gehen, spürt er es wieder, das Gewicht eines Menschen auf ihm, heißer Atem in seinem Gesicht und seine Hände, die, fest um einen Hals gelegt, zudrücken, immer weiter zudrücken. Er sieht das verschwommene Gesicht eines Mannes. Ein schwarzer Schopf und blaue Augen, die aus einem attraktiven Gesicht hervortreten.

25

1993

»Also, was ist gestern Abend passiert?«, fragte Gray.

»Nichts«, wehrte Kirsty ab.

»Du weißt, dass mein Fenster direkt über der Haustür liegt, oder?«

»Ja, und?«

»Ich habe gehört, was zwischen euch los war. Ich habe mitbekommen, wie blöd er zu dir war.«

»Was meinst du mit blöd?«

»Er war gleich mies drauf und strange, als du ihn nicht küssen wolltest. Und nachdem du reingegangen bist, hat er mit dem Fuß gegen die Kaimauer getreten. Richtig doll. Scheint nicht gerade ein Traumdate gewesen zu sein.«

Sie zuckte die Achseln. »Ich war einfach nicht in der richtigen Stimmung, weißt du.«

»Genau das meinte ich. An diesem Punkt einer wunderbaren neuen Beziehung solltet ihr die Hände nicht voneinander lassen können.«

Kirsty sagte nur: »Quatsch«, und zog die Augenbrauen in die Höhe. »Was weißt du schon davon?«

»Ich weiß, wie junges Liebesglück aussehen muss. Schließlich habe ich genügend Filme gesehen. Ihr beide seid es nicht, das ist mal sicher.«

»Das Leben ist kein Kinofilm, Gray.«

Er seufzte. »Hör zu, Kirsty, ich will nicht an dir herummeckern, ich habe nur ein Auge auf dich. Das ist dein erster Freund, und ich habe kein gutes Gefühl bei ihm.«

Kirsty blinzelte und blickte zu Boden.

»Ich möchte nur, dass du weißt, du kannst Nein sagen. Kein Gesetz der Welt zwingt dich dazu, mit einem Jungen auszugehen, nur weil er dich gefragt hat. Mark ist erwachsen, er kann mit Ablehnung fertigwerden. Er kommt darüber hinweg. Wahrscheinlich wird er jeden Moment hier sein und dich davon überzeugen wollen, dass du den Tag mit ihm verbringst. Du musst dich jetzt entscheiden, was du ihm sagen willst.«

»Das weiß ich«, fauchte sie. Gray begriff, dass er den wunden Punkt getroffen hatte.

»Also?«

»Kannst du nicht mit ihm reden?«, fragte sie und klang wieder wie das kleine Mädchen, das mit einem aufgeschürften Knie zu ihm kam. »Kannst du ihm bitte sagen, dass ich krank bin?«

Gray unterdrückte ein triumphierendes Lächeln. »Sicher«, sagte er. »Das mache ich.«

»Ich mag ihn, wirklich. Es ist nur, ich …«

»Du bist noch nicht so weit.«

Erst sah sie ihn wütend an, aber dann wurden ihre Züge weich. »Irgendwie schon, ja. Vielleicht ist er ein bisschen zu alt für mich. Und er ist wirklich emotional. Bei allem. Vielleicht sollte ich lieber mit jemandem zusammen sein, mit dem ich mehr Spaß habe.«

»Ich stimme dir zu. Aus ganzem Herzen.«

»Aber er sieht so verdammt gut aus. Ich muss immer an meine Freunde zu Hause denken. Die wären total eifersüchtig, wenn sie uns zusammen sehen würden.«

»Nein«, entgegnete er. »Ich kann mir kaum vorstellen, dass Mark in Croydon aufkreuzt.«

Während Gray sprach, bemerkten sie beide eine Bewegung in ihrem Rücken. Ein Schatten huschte über das niedrige Fenster, das auf die Straße hinausging. Kirsty rang nach Atem und fasste sich erschrocken ans Herz. Mark hielt sich zum Schutz vor der Sonne die Hände ans Gesicht und spähte zu ihnen herein. Er lächelte grimmig, als er Grays Blick auffing.

»Verdammte Scheiße«, murmelte Gray. Er drehte sich zu Kirsty um, aber die hatte sich unter dem Tisch verkrochen und kauerte jetzt zu seinen Füßen.

»Sag ihm, dass ich krank bin«, zischte sie.

»Aber er hat dich gesehen.«

»Vielleicht auch nicht.«

»Natürlich hat er dich gesehen!«

»Sag's ihm einfach. Bitte.«

Gray seufzte, schob seinen Stuhl zurück und ging zur Tür.

Mark stand in Jeans und mit einer Basecap auf dem Kopf vor ihm. Die Basecap sah wie eine eilige Entscheidung aus, als hätte er sie in letzter Minute aufgesetzt, weil seine Haare nicht gesessen hatten. »Hi.«

»Äh. Hi.«

»Kann ich kurz mit deiner Schwester sprechen?«

»Sie fühlt sich nicht gut.«

»Aber sie war doch …« Er deutete auf das Esszimmer rechts hinter Gray.

»Sie ist wieder ins Bett gegangen.«

»Ach, nun komm schon …«

»Ich weiß nicht, was ich dir sonst sagen soll. Ihr ist schlecht. Sie hat sich wieder hingelegt.«

»Erwartest du ernsthaft, dass ich dir das glaube?«

»Ja, das tue ich.«

Ein paar Sekunden lang herrschte düsteres Schweigen.

»Gestern Abend ging es ihr noch gut.«

»Ja, aber vielleicht hat sie etwas gegessen, das ihr nicht bekommen ist.«

Mark verdrehte die Augen und versuchte an Gray vorbei ins Haus zu kommen.

Gray drückte seine flachen Hände auf Marks Brust. »Ähm, ich glaube, so wird das nichts.«

»Ich will sie ja nur sehen.« Marks Stimme klang vor Verärgerung ganz schrill.

»Sie will dich aber nicht sehen.«

»Woher willst du das wissen? Hast du sie gefragt?«

»Ja, ich habe sie gefragt. Sie hat gesagt: ›Ich will ihn nicht sehen.‹«

»Ich glaube dir nicht. Kirsty! Kirsty!« Er begann wieder, sich mit seinem ganzen Körper gegen Gray zu stemmen.

Tony erschien im Bademantel an der Treppe, sein Haar war noch nass vom Duschen. »Guten Morgen, Mark«, sagte er freundlich. »Alles in Ordnung?«

»Ich hatte gehofft, Kirsty zu sehen«, sagte Mark. »Aber Gray meint, sie sei krank.«

Gray warf seinem Vater einen warnenden Blick zu.

»Oh«, sagte Tony. »Stimmt, eine Halsentzündung.«

»Ach, wirklich«, sagte Mark. »Vor zwei Minuten war ihr noch schlecht. Herrgott noch mal, ich bin doch kein Idiot.«

»Hör zu, Mark«, sagte Gray. »Es ist völlig egal, ob Kirsty krank ist oder nicht. Tatsache ist, sie will dich nicht sehen. Okay?«

Mark wich einen Schritt zurück, zog sich die Basecap vom Kopf und strich sich die Haare glatt. »Wie du willst«, fauchte er und knüllte die Cap in den Händen. »Wie du willst.« Er ging noch einen Schritt, bevor er wieder zur Tür kam und sagte: »Sag ihr, dass ich hier war. Sag ihr, dass ich bei meiner Tante auf sie warte. Wenn sie sich wieder besser fühlt.«

»Das machen wir auf jeden Fall«, sagte Tony immer noch fröhlich. »Tut mir leid, dass du umsonst gekommen bist.«

Mark warf ihnen beiden einen wütenden Blick zu, dann setzte er die Cap wieder auf und marschierte, in sich hinein nuschelnd, fort.

Gray und sein Vater sahen sich an.

»Na bitte«, sagte Gray. »Kapierst du es jetzt?«

Tony schüttelte ungläubig den Kopf. »So ein Schwachkopf.«

Kirsty kroch aus ihrem Versteck unter dem Esstisch hervor, dann steckte ihre Mutter den Kopf über das Treppengeländer. »Was ist denn hier los?«

»Nichts«, antwortete Gray. »Nur dass Mark kein Nein akzeptieren will. Aber jetzt ist er weg.«

26

Lily macht überall Licht an, sogar das unter der Abzugshaube knipst sie an. Sie kann die Dunkelheit nicht einen Moment länger ertragen. Sie schaltet auch den Fernseher an, findet einen Film, in dem ein Hund mitspielt, und macht sich etwas zu essen. Es ist fast zehn Uhr abends, und seit ihrem Frühstück mit Russ hat sie nichts mehr gegessen. Das Brot im Brotkasten ist verschimmelt, deshalb macht sie sich in der Mikrowelle eine Packung Basmatireis und isst ihn dann mit Butter. Eine Zeit lang schaut sie den Film mit dem Hund, aber er macht sie traurig. Sie schaltet auf eine laute Datingshow um. Dann schenkt sie sich ein Glas Wein ein und bereitet sich auf das vor, was sie tun muss, seit sie weiß, dass ihr Ehemann nicht existiert. Sie legt Carls Post auf einen ordentlichen Stapel und starrt ihn einen Moment lang an. Dann nimmt sie den ersten Brief in die Hand und öffnet ihn.

Reklame von einem Immobilienmakler.

Der zweite Brief enthält einen Kontoauszug. Schnell überfliegt sie die Zahlen. Sie kann jeden Posten zuordnen. Die Zahlungen sind für Restaurantbesuche in Kiew, für das Hotel, wo sie ihre Hochzeitsnacht verbracht haben, dann für Drinks in Bali, Einkäufe am Flughafen, den Getränkehändler beim Bahnhof, Marks & Spencer, die Bahngesellschaft, die Reinigung, den Pub auf dem Land, wo sie letztes Wochenende zu Mittag gegessen haben. Dann noch mehrere kleinere Zahlungen hier im Ort und eine letzte Zahlung von zwei Pfund zwanzig an einen Coffeeshop in der Victoria Station am Dienstagnachmittag. Danach nichts mehr. Keine einzige Ausgabe. Eine gerade Linie und ein Piepton.

Das ist der Beweis, denkt sie, während sie den Kontoauszug in ihren Schoß sinken lässt und nach dem Weinglas greift. Er ist tot. Wie könnte er noch am Leben sein, wenn er kein Geld ausgibt?

Lily öffnet zwei weitere Briefe, beide enthalten Werbung. Dann hält sie eine Rechnung von ihrem Stromanbieter in den Händen und einen Kundenkontoauszug der Bekleidungsfirma, wo Carl seine Businesshemden kauft. Dann öffnet sie den letzten Umschlag. Das Schreiben ist von seinem Mobilfunkanbieter. Eine Rechnung mit Einzelverbindungsnachweis. Lily holt tief Luft und fängt an zu lesen.

Fast jeder Anruf und jede SMS gehen an ihre Nummer. Das überrascht sie nicht. Sie sucht das Telefonat mit Carls Mutter, die Nummer, die Carl im Haus ihrer Mutter in Kiew, am Tag ihrer Hochzeit, gewählt hat. Dann findet sie den Anruf: 21. März um 16 Uhr 46. Drei Minuten und fünf Sekunden. Lily nimmt einen Stift zur Hand und unterstreicht die Daten. Dann schaut sie zur Uhr. Es ist schon fast halb elf. Zu spät, denkt sie, um jemanden anzurufen, weil man ein wenig plaudern möchte. Aber ist es auch zu spät, um einer Mutter zu sagen, dass ihr Sohn vermisst wird? Mit angehaltenem Atem tippt sie die Nummer ein. Irgendwo, vielleicht im Osten des Landes, vielleicht im Westen, in einem Schloss oder in einer feuchten Mietwohnung klingelt jetzt ein Telefon. Vielleicht lauscht irgendwo eine Frau dem Klingeln, aber aus irgendeinem

Grund nimmt sie nicht ab. Schläft sie? Ist sie nicht zu Hause? Vielleicht hat ihr Telefon eine Anruferkennung, und sie zieht es vor, Carls Nummer zu ignorieren. Lily lässt es zwanzig Mal klingeln, dann legt sie auf. Morgen wird sie es noch einmal versuchen.

27

Meeresnebel treibt in der Nachtluft und leuchtet orange und gelb. Griff und Hero laufen voraus und verschwinden in der Dunkelheit. Alice und Frank folgen ihnen langsam. Oben auf der Promenade ziehen Nachtschwärmer von Pub zu Pub. Sie singen und albern mit lauten Stimmen. Derry und Daniel sind vor einer Stunde nach Hause gegangen, und vor zehn Minuten sind Kai und seine Freunde zu ihrer Party aufgebrochen. Romaine ist mit Jasmine und Sadie zu Hause geblieben, während sie beide mit den jüngeren Hunden einen kurzen Spaziergang machen. Nach der drückenden Hitze und der klaustrophobischen Enge im Cottage – die vielen Menschen im Haus, der Backofen, die rot glühenden Holzscheite im Kamin – wirkt die frische, feuchte Luft belebend.

Seit sie aus dem Haus getreten sind, ist Frank sehr schweigsam, genau genommen war er das schon beim Essen.

»Tut mir leid, was Jasmine vorhin gesagt hat«, sagt Alice. »Das war gar nicht ihre Art.«

Frank sieht sie verwirrt an, dann schüttelt er den Kopf. »Nein, ehrlich, das war nicht schlimm. Ich habe mich danach sogar etwas besser gefühlt, weil ich ein paar Dinge aussprechen konnte, die mir auf dem Herzen lagen. Das ist viel besser, als wenn sich alle über dich ärgern, aber zu höflich sind, es zu sagen.«

»Niemand nimmt dir übel, dass du bei uns bist.«

»Na ja, du vielleicht nicht.«

Dann ist er wieder still, und sie gehen schweigend weiter.

Die Hunde haben etwas an der Küste entdeckt. Sie rasen los und sind schon bald außer Sichtweite.

»Verdammt noch mal«, sagt Alice. »Was machen sie da schon wieder? Griff!«, ruft sie. »Hero!«

Sie beschleunigt ihren Schritt, und dann rennen sie und Frank über den Strand. Als sie die Bucht erreichen, erkennen sie sofort, was die Hunde abgelenkt hat. Ein kleiner Fuchs steht auf der obersten Stufe der Steintreppe, die zur Promenade hinaufführt. Triumphierend und verächtlich blickt er auf die Hunde herab. Griff und Hero starren das Tier keuchend an, dann werfen sie sich einen fragenden Blick zu.

»Ihr Dummköpfe«, sagt Alice und geht mit den Hundeleinen in der Hand auf sie zu. Aber jetzt sind sie nicht mehr zu halten. Der Mond steht hoch am Himmel, es ist fast Vollmond. Einige Möwen sind herabgestoßen und picken zwischen den Felsen im Wasser. Die Hunde preschen los. Alice dreht sich zu Frank um und ruft: »Das tut mir wirklich leid. Du kannst zum Cottage zurückgehen, wenn du magst.«

Er lächelt und folgt ihr. Die Möwen bemerken, dass sich zwei Hunde nähern, und ergreifen die Flucht. Der Mond lässt ihre weißen Bäuche leuchten, als sie davonfliegen. Die Hunde rennen immer noch. Alice brüllt ihnen hinterher und pfeift auf zwei Fingern, so wie sie es von ihrem Vater gelernt hat. Endlich bleiben Griff und Hero am äußersten Ende der Bucht stehen, da, wo im Sommer die Steam Fair stattfindet und die Touristen gern in der

Sonne liegen. Das Café in der Kaimauer hat geschlossen, die Fahrgeschäfte sind abgedeckt und angeschlossen. Von der Promenade oben dringt der Lärm der Spielhalle zu ihnen. Dort hat Frank den ganzen Donnerstag lang gesessen und sich an das Mädchen auf dem Karussell und den Mann, der ins Meer sprang, erinnert.

Die Hunde hocken keuchend zu Alices Füßen, während sie sie anleint. »Also«, sagt sie. »Ich schätze, wir haben einiges von dem mächtigen Abendessen abtrainiert.« Sie dreht sich lächelnd zu Frank um, aber er schaut sie gar nicht an. Er starrt auf das Kliff, das hinter dem Ende der Bucht liegt. Es ist wieder derselbe Blick, das kann sie inzwischen erkennen. Instinktiv stellt sie sich neben ihn. »Was ist los?«

Frank starrt immer noch in die Ferne. »Das Haus dort«, sagt er und zeigt auf eine von Eiben umgebene Villa an der äußersten Felsspitze. »Wem gehört dieses Haus?«

Schwer lehnt er sich gegen sie; sie stützt ihn, so gut sie kann. »Das große Haus? Ganz am Ende?«

»Das dort.« Er zeigt mit dem Finger in die Richtung.

»Ich weiß nicht, wer dort jetzt wohnt, aber Derry hat mal erzählt, dass es früher einer berühmten Schriftstellerin gehört hat. Allerdings ist das schon lange her.«

Er schüttelt den Kopf, als würde er denken, sie habe unrecht. »Dort gibt es einen Pfau«, sagt er.

Alice lächelt. »Ja, das könnte sein.«

Er dreht sich um und sieht sie an. Das milchige Mondlicht taucht sein Gesicht in ein gespenstisches Licht. »Nein, ganz sicher gibt es dort einen Pfau. Ich erinnere mich daran. Und ich glaube …« Er legt sich beide Hände auf den Mund und beginnt, sich geistesabwesend in die Fingerknöchel zu beißen. Als er ihr wieder ins Gesicht blickt, sind seine Augen voller Tränen. »Als wir zu Abend gegessen haben – ich glaube, ich habe einen Menschen verletzt, Alice. Vielleicht habe ich ihn sogar umgebracht.«

Sie spürt, wie sein ganzer Körper an ihrer Seite zittert.

»Ich halte das nicht mehr aus, Alice. Wirklich nicht. Und dieses Haus dort.« Ängstlich hebt er den Blick. »Ich kenne dieses Haus. Ich kenne dieses Haus besser als sonst irgendwas. Ich glaube, früher habe ich da gewohnt.«

28

1993

Nachdem Mark am Donnerstagmorgen so wütend davongestapft war, sahen sie ihn drei Tage lang nicht. Grays Familie machte weiter wie bisher, aber eine gewisse Nervosität blieb. Mark hatte bewiesen, dass es für ihn ein Leichtes war herauszubekommen, wann sie sich wo aufhielten, um sich dann von der Seite anzuschleichen. Die weiße Villa auf den Klippen war deutlich zu erkennen, hin und wieder trug der Wind den unheimlichen Ruf des Pfaus die Küste zum Strand herunter. Aber von Mark war nichts zu sehen.

»Ob er nach Harrogate zurückgefahren ist?«, mutmaßte Tony, als sie sich am Sonntagnachmittag an ihrer gewohnten Stelle am Strand niederließen. Es war kein ausgesprochenes Strandwetter; der Sand war noch feucht vom Regen am Morgen, aber die Sonne war herausgekommen, und der Strand füllte sich allmählich mit Menschen.

»Könnte sein«, sagte Pam. »Schließlich gibt es für ihn keinen Grund hierzubleiben, wenn das Mädchen, das er mag, kein Interesse hat.«

»Vielleicht ist ihm sein Auftritt auch peinlich«, sagte Tony.

Gray blickte zum Haus hinauf und schüttelte den Kopf. »Ich wette, er ist da oben und plant seinen nächsten Zug.«

»Sag das nicht«, meinte Kirsty. »Du jagst mir Angst ein.« Sie drehte sich um und schaute zum Strandcafé hinter sich. Das hatte sie schon mehrmals im Abstand von wenigen Minuten getan.

»Du hast nichts Falsches getan«, wandte Gray sich an sie. »Du musst dir keine Sorgen machen.«

»Ich habe ein schlechtes Gewissen«, sagte sie.

»Wieso?«

»Ich habe das Gefühl, dass ich ihm etwas vorgemacht habe.«

»Ach, komm schon, du hast ihm nichts vorgemacht. Er hat dich doch regelrecht gestalkt!«

»Ich weiß.« Sie zupfte an den ausgefransten Quasten ihrer Handtasche herum. »Aber er hat das Kino für mich bezahlt. Und …« Sie zuckte die Achseln.

»Und was?«

»Na ja, ich weiß nicht. Vielleicht habe ich ihm das Gefühl gegeben, dass ich total auf ihn stehe.«

»Hast du das?«

»Keine Ahnung. Ein bisschen vielleicht. Ich fand ihn toll, am Anfang zumindest.«

»Kirsty, das passiert halt«, sagte ihre Mutter. »Du lernst einen Jungen kennen und fühlst dich zu ihm hingezogen. Dann verbringst du Zeit mit ihm, und manchmal merkst du, dass die Anziehung nur oberflächlich ist, und suchst dir jemand anderen.«

Kirsty sah ihre Eltern und ihren Bruder mit weit aufgerissenen Augen an. »Er hat gesagt, er liebt mich.«

Gray stöhnte. »So ein Loser.«

»Und … ich habe gesagt, ich würde ihn auch lieben.«

Gray stöhnte noch einmal. »Oh mein Gott, Kirsty. Sag mir, dass das nicht wahr ist.«

Sie nickte kläglich. »Ich wusste nicht, was ich tun sollte. Er hat ›Ich liebe dich‹ gesagt, und dann hat er mich so angesehen, als wollte er, dass ich es auch sage. Also habe ich es getan.«

»Herrje. Wann war das?«

»Am Strand«, sagte sie. »Nachdem wir auf dem Rummel waren.«

»Du bist so eine Idiotin«, sagte Gray.

Kirsty versetzte ihm einen Schlag. »Das war mein erster Kuss«, sagte sie wütend. »Woher sollte ich wissen, was man da macht?«

»Ich würde mal sagen, dass nicht zu lügen zu den Dingen gehört, die du schon von Kindesbeinen an gelernt hast.«

Sie senkte den Blick zu Boden. »Ich wollte seine Gefühle nicht verletzen«, sagte sie. »Es sollte ihm nicht peinlich sein.«

»Na ja«, sagte Pam in dem Bestreben, das Thema zu beenden. »Jetzt ist es vorbei. Er hat's kapiert. Er ist weg. Und Kirsty hat eine wichtige Lektion gelernt. Nun wollen wir uns entspannen und die letzten Ferientage genießen, einverstanden?«

Kirsty warf Gray einen leidvollen Blick zu, aber er schüttelte enttäuscht den Kopf.

Vom Ende der Bucht erklang ein weiterer wehklagender Ruf des Pfaus.

An diesem Abend gingen sie zum Essen in den Pub. Die frühere Schmugglerschenke befand sich ein Stück von der Bucht entfernt, bunte Fischerboote lagen hier umgedreht auf dem Kiesstrand, und enge Gassen schlängelten sich zwischen den Häusern den Hügel hinauf. Jeden Sonntagabend gab es Livemusik: nicht nur die leicht schäbigen Coverbands in Glitzerhemden, die in der Stadt auftraten, sondern richtig gute Musiker: ein Flamencogitarrist, ein Jazzpianist oder eine Operettensängerin. Heute Abend trat eine junge Sängerin mit Namen Izzy auf, die ihre eigenen Songs vortrug und von einer jungen Pianistin begleitet wurde.

Ihr Tisch war direkt neben der Bühne. Gray war so nah dran, dass er die Haarnadeln sehen konnte, die Izzys Knoten zusammenhielten, den leichten Eyelinerfleck unter ihrem rechten Auge, die Schramme auf der Spitze ihrer Ballerinas. Er war ihr so nah, dass er glaubte, sie sänge für ihn allein. Er war vollkommen gebannt von ihr. Sie konnte nicht viel älter sein als er, und doch war sie so souverän und so talentiert. Gray rührte sein Steak praktisch nicht an, er genierte sich, in Gegenwart dieser Göttin Fleisch zu kauen.

»Ich danke euch allen«, sprach Izzy schließlich in ihr Mikrofon. »Harrie und ich machen jetzt eine kurze Pause. Aber gleich sind wir wieder zurück und singen noch ein paar Songs für euch. In der Zwischenzeit …« Als sie sich kurz nach vorn beugte, um eine Schachtel aufzuheben, gab sie einen flüchtigen Blick auf ihre Brust frei. »Falls euch unsere Musik gefallen hat, würden wir uns über eine kleine Spende freuen. Auch über eine nicht ganz so kleine.« Das Publikum lachte, und Izzy und Harriet verließen das Podium.

»Hier«, rief Gray Izzy zu.

Er deutete auf die Schachtel, sie lächelte und sagte: »Herzlichen Dank«, als er einen Fünfpfundschein hineinsteckte.

»Du bist genial«, sagte er.

»Mann. Wow! Ich danke dir.« Dann war sie auch schon verschwunden. Grays Eltern und seine Schwester sahen ihn erstaunt an.

»Fünf Pfund?«, fragte sein Vater.

Gray wurde tiefrot im Gesicht. »Ja. Ich finde, sie hat wirklich Talent, wisst ihr.«

»Stimmt«, sagte sein Dad und rieb sich das Kinn. »Sehr großes Talent.« Er kicherte. »Jetzt iss mal.«

Gray arbeitete sich durch sein Steak, ohne wirklich etwas zu schmecken. Er spürte Izzys Anwesenheit im Raum und hörte ihre heisere Mädchenstimme sagen: »Vielen, vielen Dank. Das ist sehr freundlich. Danke.«

Kurz darauf wagte Gray es, sich umzudrehen. Er sah Izzy an der Bar stehen, wo sie mit der Pianistin und zwei jungen Männern ein kleines Bier trank. Ein Schock durchfuhr ihn, als er einen der Männer erkannte: Es war Mark.

»Ach, du lieber Himmel«, murmelte er. »Das kann ja gar nicht wahr sein.«

Seine Familie drehte sich um, sah hin und wandte sich blitzschnell wieder ab.

»Der Junge ist ja echt die Pest«, sagte Tony.

Kirsty war knallrot im Gesicht.

»Alles okay, Liebes?«, fragte ihre Mutter und drückte sanft ihren Arm. »Möchtest du, dass wir nach Hause gehen?«

»Nein!«, sagte Gray entrüstet. »Ich bin noch nicht fertig mit essen!«

Sein Vater sah ihn überrascht an. »Aber das Steak ist doch inzwischen sicher eiskalt.«

»Schon okay«, nuschelte Gray. »Geht ihr nur. Ich bleibe hier und esse auf. Wirklich kein Problem. Ich sehe euch dann zu Hause.«

»Aber du machst doch nichts, oder?«, fragte Kirsty.

»Was soll ich denn *machen*?«

»Du weißt schon, du sagst doch nichts zu Mark, oder?«

»Soll das ein Witz sein? Ich will nur in Ruhe zu Ende essen und noch ein bisschen Musik hören. Vielleicht trinke ich noch was.«

»Versprochen?«

Er verdrehte die Augen und seufzte. »Geh schon«, sagte er. »Ich komme bald nach.«

Er beobachtete, wie sein Vater an der Theke die Rechnung bezahlte. Kurz blickte er zu Mark, hob leicht die Augenbrauen und nickte ihm zu. Dann verließen seine Eltern und seine Schwester den Pub. Marks Augen folgten Kirsty quer durch den Raum bis zur Tür, dann drehte er sich zu seinen Freunden um, sagte etwas, das Gray nicht verstand, und gleich darauf brachen alle in lautes Lachen aus.

Gray aß langsam seinen Teller leer. Er konnte spüren, wie sich Marks Blicke in seinen Hinterkopf bohrten. Er langte über den Tisch nach dem Glas mit dem letzten Rest Bier, das sein Vater hatte stehen lassen. Dann trank er den Gin Tonic seiner Mutter aus. Er zog seine Geldbörse aus der Hosentasche. Er hatte der Sängerin seine letzten fünf Pfund gegeben, jetzt blieb ihm nichts mehr. Er suchte seine Hosentaschen nach losen Münzen ab und fragte sich, was er wohl für ein Pfund zwanzig zu trinken bekommen könnte.

Langsam erhob sich Gray und ging zur Bar. Ein Meer von Menschen trennte ihn und Mark, aber er konnte ihn trotzdem hören: Sein schrilles Selbstbewusstsein hallte durch den Raum, und die Mädchen lachten laut über alles, was er sagte. Dieses Szenario leuchtete Gray ein. Ein piekfeiner, gut aussehender Typ, der mit seinen piekfeinen hübschen Freunden in einem angesagten Pub abhing. Das passte zu Mark, aber nicht das Stalken seiner linkischen kleinen Schwester.

»Ich habe ein Pfund zwanzig«, sagte Gray zu der Barfrau. »Was bekomme ich dafür?«

Sie runzelte die Stirn und zuckte die Achseln. »Ein Pint Bitter kostet eins neunzehn. Ein Pint Lager eins neunundzwanzig.«

Gray wühlte in seinen Hosentaschen nach losen Münzen. Er zog drei Pence hervor und seufzte. »Ein Pint Bitter, bitte.«

Während er sprach, flog etwas an ihm vorbei und landete auf der Theke. Er blickte hin. Eine Zehnpencemünze. Er wandte sich nach rechts. Da stand Mark und grinste ihn blöd an.

Gray beachtete die Münze nicht weiter und schüttelte den Kopf, als die Barfrau ihn fragend ansah. »Ein Bitter, bitte.« Er lächelte knapp. Er warf einen Blick zu Mark hinüber, während er auf sein Bier wartete. Mark winkte ihm zu. Gray spielte mit dem Gedanken, diesen Annäherungsversuch zu ignorieren, aber die Aussicht auf ein ungezwungenes Gespräch mit Izzy war zu verlockend. Er nahm sein Bier und die Zehnpencemünze und ging mit klopfendem Herzen zu der Gruppe hinüber.

»Hier«, sagte er und reichte Mark die Münze. »Trotzdem vielen Dank.«

»Graham«, begrüßte ihn Mark, indem er ihm eine Hand auf die Schulter legte und etwas fest zudrückte. »Schön, dich zu sehen.«

»Ich heiße Gray.«

»Stimmt. Das hatte ich vergessen. Ich stell dich den anderen vor.« Als er endlich seine Schulter losließ, war ein Abdruck seiner Finger auf Grays T-Shirt zu sehen. »Das hier ist Alex, eine Freundin von mir aus Harrogate. Und das ist Harrie, ihre Schwester. Und das hier ist, wie du schon weißt, die wahnsinnig talentierte Isabel McAlpine. Sie ist auch aus Harrogate, und sie ist die Kusine von Alex und Harrie. Das hier ist Gray, ein Typ, den ich letzte Woche am Strand kennengelernt habe.«

Alle lachten und zeigten ihre perfekten Zähne. »Oh, Mark«, sagte Izzy. »Du bist echt witzig. Freut mich, dich kennenzulernen, Gray.« Sie reichte ihm ihre warme Hand. »Hör mal, wir müssen wieder auf die Bühne. Aber Mark hat später noch ein paar Leute eingeladen, bei seiner Tante – du solltest auch kommen.«

»Ja!«, rief Mark ein bisschen zu freudig aus. »Komm doch. Und bring deine Schwester mit.«

»Sie ist erst fünfzehn«, sagte Gray.

»Das ist okay.« Izzy lachte. »Wir fressen sie schon nicht!«

Um dich mache ich mir keine Sorgen, hätte Gray gern gesagt.

Gray schaute zu Izzy, die ihn mit einem ermutigenden Augenaufschlag bedachte, und sagte: »Um wie viel Uhr?«

»Wir gehen direkt von hier los«, sagte Mark. »So um zehn? Bleib doch noch. Dann gehen wir alle zusammen zum Haus.«

»Ich muss meinen Eltern noch Bescheid sagen.«

»Das ist okay«, sagte Mark. »Wir können bei dir vorbeigehen. Vielleicht will Kirsty ja auch mitkommen.«

»Sie will bestimmt nicht mit«, sagte Gray. »Das kann ich dir versichern.«

Dann blickte er zu Izzy, die ihn anlächelte. Sie blinzelte ihm zu, und sein Puls ging schneller. Sie war so ziemlich das hübscheste Mädchen, mit dem er sich je unterhalten hatte. Und obendrein war sie noch talentiert und sexy. Und sie blinzelte ihm zu. Die Party zu Hause, zu der er so gern gegangen wäre, war jetzt kein Thema mehr. Seine kleine Schwester hatte jemanden geküsst, bevor er das getan hatte. Außerdem vernebelte das Bier seinen Verstand, denn er nickte und sagte: »Ja, in Ordnung.«

»Super.« Izzy berührte mit ihren zarten Fingers leicht seinen Arm. »Ich sehe dich dann später.« Sie wandte sich zum Gehen, blieb dann aber noch einmal stehen. »Oh, und vielen Dank für vorhin. Ich habe gesehen, was gerade an der Theke los war. Ich weiß deine Großzügigkeit wirklich zu schätzen.« Sie lächelte, und er verstand, dass dieses Lächeln ein Versprechen war.

»Du hast es verdient«, sagte er. Und als er merkte, wie grob das klang, wurde er rot. »Ich meine …« Aber Izzy war schon verschwunden.

»Gut«, sagte Mark und rieb sich die Hände. »Tequila?«

Seine Freundin Alex gab ein seltsames Wiehern von sich, und die beiden klatschten sich ab.

Gray drehte sich zur Bühne um. Die Augen fest auf die coole blonde Sängerin geheftet, versuchte er, nicht daran zu denken, worauf er sich da eingelassen hatte.

29

Es ist Sonntag. Lily möchte, dass der Tag schnell vorübergeht, damit es Montag wird, denn dann kann sie bei der Polizei anrufen, zum Schlüsseldienst gehen und mit Carls Kollegen sprechen. Heute kann sie nur wieder bei dieser Nummer anrufen. Das Telefon von Carls Mutter läutet endlos. Nicht einmal ein Anrufbeantworter unterbricht das quälende, unablässige Klingeln. Das Telefon läutet so lange, bis ihm die Töne ausgehen, dann klickt es höhnisch in der Leitung, als wollte es sagen: *Um Himmels willen, da ist niemand. Wann raffst du das endlich?*

Während Lily, das Telefon an ihre Wange gepresst, dasitzt und die Wahlwiederholung drückt, stellt sie sich vor, wie die Frau aussieht, die nicht rangeht. Sie hat dunkle Haare, wie Carl, und die gleichen ausgeprägten Wangenknochen; sie sieht jung aus für ihr Alter, und sie trägt eine Seidenbluse und eine gut sitzende Hose. Wieder wundert sich Lily, warum sie nicht weiß, wie die Mutter ihres Ehemannes aussieht. Warum hat sie nie nach ihr gefragt? Warum gibt es keine Fotos von ihr in der Wohnung? Wer ist dieser Mann, den sie geheiratet hat? Was macht sie hier überhaupt?

Nachdem sie eine Stunde lang im Schneidersitz auf dem Bett gesessen und Carls Mutter angerufen hat, spürt Lily tief in ihrem Innern eine wachsende Wut. Genau da, wo auch die Quelle ihrer Tränen ist: in ihrer Magengrube.

Lily pfeffert das Telefon durchs Zimmer und sieht zu, wie es gegen die Wand knallt und in zwei Teile zerspringt. Ein Plastikteil wird unter das Bett geschleudert. Lily heult frustriert auf, geht auf alle viere und fährt mit den Fingern den schmalen Spalt zwischen Bett und Teppich entlang. Da sie das Plastikteil nicht findet, schiebt sie das Bett so weit zur Seite, bis sie es sehen kann. Da liegt noch etwas. Einer von Carls schicken kleinen Seidenknoten-Manschettenknöpfen, flaschengrün und weinrot. Sie legt sich den Manschettenknopf in eine Hand und starrt ihn an. Sie kann Carl dort stehen sehen, so wie jeden Morgen, wenn er die Manschetten seines makellosen Businesshemds nach unten streift, die Knöpfe durch die Löcher steckt und ihr zulächelt. Sie weiß noch, wie sie sich dann gefühlt hat: Sie war furchtbar stolz auf diesen gut aussehenden erwachsenen Mann mit seinen feinen Hemden.

Sie legt den Manschettenknopf auf Carls Nachttisch und konzentriert sich darauf, das Telefon zu reparieren. Anscheinend hat sich irgendwas gelöst – aber sie findet nicht heraus, was genau –, und sie kann die zwei großen Teile ohne das fehlende kleine nicht mehr zusammensetzen. Lily bindet ein Haargummi darum und versucht noch einmal, Carls Mutter anzurufen, aber sie hat keine Verbindung. Sie hat das Telefon kaputt gemacht. Mit einem Stöhnen lässt sie den Apparat aufs Bett fallen. Alle Menschen, die Carl erreichen wollen – seine Mutter, seine Schwester, das Büro, Russ – haben diese Nummer.

Lily duscht, wäscht sich die Haare und zieht sich an. Dann nimmt sie ihr Handy zur Hand und schickt Russ eine SMS: *Ich habe das Festnetztelefon kaputt gemacht. Das ist meine Handynummer. Bitte ruf mich unter dieser Nummer an, wenn du mich sprechen willst. Danke. Lily.*

Dann tippt sie die Nummer von Carls Mutter in ihr Handy und wartet darauf, dass das endlose Klingeln wieder beginnt. Aber nach dreimal Klingeln hört sie ein Klicken in der Leitung und eine unsichere, leise Frauenstimme sagt: »Ja, bitte?«

30

Es ist sechs Uhr achtzehn. Im Haus ist es still. Alice versucht, wieder einzuschlafen, aber es gelingt ihr nicht. Ihre Freude darüber, aufzuwachen und ihre Hände in die eines anderen Menschen geschlungen zu sehen, die wohlige Wärme eines Körpers neben ihrem eigenen zu spüren, verleiht ihr Energie. Das ist nicht der Körper eines kleinen Mädchens in einem viel zu großen Schlafanzug und auch kein knochiger, alternder Windhund, sondern ein richtiger Mann, dessen solide Gestalt ihr Bett von Kopf bis Fuß ausfüllt. Das Morgenlicht gibt seinen Haaren einen herbstlichen Farbton, und sein Fünftagebart glitzert golden. Seine Brust ist von rötlichen Sommersprossen und einem kastanienbraunen Flaum bedeckt, seine Arme sind weich und weiter unten, in der Mitte des Rückens, wo sich noch mehr Sommersprossen tummeln, ist da diese Vertiefung. Er riecht nach Meer und nach ihrem Weichspüler. Er riecht nach ihnen beiden.

Sie denkt an jeden einzelnen Schritt, der sie am Vorabend einander näher gebracht hat, der stille Spaziergang am Strand, seine Verletzbarkeit, nachdem er ihr seine Vermutung anvertraut hatte, er könnte jemanden getötet haben. Alice hatte sofort die Gewissheit verspürt, dass er sich irrte, dass diese großen, weichen Hände niemals jemandem wehtun könnten – und dass sie keinen Fehler macht, wenn sie ihn in ihr Leben lässt. Ihre Hand hatte seine gesucht und gefunden, mehr um sich selbst zu beruhigen, und er hatte sie überrascht, gerührt und verängstigt angesehen. Aber er hatte ihre Hand sanft gedrückt, dann hatte er sie an seine Lippen gehoben und sie geküsst. Er hatte die Hand nicht nur geküsst, er hatte sie förmlich aufgesogen. Dabei hatte er leicht gezittert, so wie Griff manchmal schlotterte, wenn ihn ein seltsames Geräusch ängstigte. Alice hatte Frank an sich gezogen, und er hatte sein Gesicht an ihrem Hals vergraben und seine Arme um ihre Taille gelegt. Eine Weile wiegten sie sich einfach hin und her. Es waren nicht viele Treppenstufen bis zu ihrem Schlafzimmer gewesen.

»Du musst im Studio schlafen«, hatte sie hinterher gesagt. »Ich möchte nicht, dass eines der Kinder ins Zimmer kommt und dich hier sieht.«

»Ich weiß«, hatte er gesagt. »Natürlich nicht.« Aber aus irgendeinem Grund hatte er das als Einladung verstanden zu bleiben. Sie kann sich nicht erinnern, wann sie eingeschlafen ist. Sie weiß nicht, ob eines der Kinder in ihr Zimmer gekommen ist, während sie geschlafen haben. Sie hat Kai nicht nach Hause kommen hören und hegt den Verdacht, dass er nicht da ist. Durch ihre dünnen Vorhänge sieht die Dämmerung rosa aus, und das vorsichtige Klacken von Krallen an ihrer Tür ist zu hören: Griff wartet geduldig, dass sie ihn hereinlässt. Sonntagmorgen. Sie sollte Frank aufwecken und ihn bitten zu gehen, bevor Romaine aufwacht. Aber sein weicher, warmer Körper ist eine zu große Versuchung. Auf Zehenspitzen steht sie vom Bett auf und klemmt einen Stuhl unter die Türklinke. Dann huscht sie zurück, die Morgenluft ist kalt auf der nackten Haut, und wirft sich wieder ins warme Bett.

»Beeil dich«, flüstert sie in Franks Ohr. »Du musst jetzt gehen.«

Er schreckt auf, zieht eine Grimasse und sagt: »Mist. Klar, ich gehe. Tut mir leid. Wie spät es ist?«

»Höchste Zeit.« Sie zieht ihn auf sich und zerrt dann die Decke über ihre vereinten Körper. »Bitte sei absolut leise.«

Er küsst sie, Morgenatem hin oder her, und sie küsst ihn ebenfalls, als würde ihr Leben davon abhängen, als ob das der letzte Kuss ihres Lebens wäre.

Als Romaine aufwacht, ist es Viertel vor sieben, und Frank befindet sich in sicherer Entfernung im Studio. Alice liegt auf ihrem leeren Bett, hochzufrieden und zutiefst verstört, mit Griff, der glücklich zu ihren Füßen kauert.

Die Atmosphäre an diesem Morgen im Cottage ist schwer zu beurteilen. Kai hat einen Kater, Romaine ist übermüdet, Jasmine ist kratzbürstig und Frank nervös. Alice hingegen ist von Sex erfüllt, sie spürt ihn in jeder Faser ihres Körpers. Sie hat ausgiebig geduscht, aber sie weiß, dass sie immer noch nach Sex riecht. In Gedanken spielt sie Momente der vergangenen Nacht durch: Frank, der seine braunen Augen auf sie heftet, der Druck seiner Daumen auf ihre Beckenknochen, sanfte Finger, die eine lose Haarsträhne von ihren feuchten Lippen entfernen, starke Hände, die ihren Kopf zu sich ziehen und ihren Namen flüstern, der Mond, der silbern durch die Vorhänge scheint.

Sie hat die Bilder deutlich vor Augen, die Leidenschaft pulsiert in ihr, während sie am Herd steht und Frühstücksspeck in der Pfanne wendet, den Wasserkocher anstellt und ihren Kindern etwas zuruft. Sie blickt zu Jasmine. Weiß sie, was passiert ist? Hat sie etwas gehört? Kann sie spüren, dass etwas in der Luft liegt? Ist sie, Alice, ein schlechte Mutter, wie es ihr schon so oft gesagt wurde?

»Ich werde zu dem Haus hinauflaufen«, sagt Frank. Er stellt seine benutzte Kaffeetasse in die Spüle und wäscht sie ab.

»Das Haus auf den Klippen?«, fragt Alice.

»Ja.«

»Ich bin ziemlich sicher, dass dort niemand mehr wohnt.«

»Ich weiß, das hast du schon gesagt. Aber ich glaube, ich muss da hin. Das ist lebenswichtig für mich.«

»Ich komme mit.«

Alice sieht, wie Jasmine eine Augenbraue hebt.

»Das musst du nicht.«

»Ich möchte aber wirklich gern.« Es klingt fast wie ein Stöhnen, so groß ist ihr Verlangen nach ihm.

Sie ignoriert Jasmines giftige Blicke, nimmt ihre Tasche und einen Mantel.

»Wir sind nur eine Stunde weg«, sagt sie so schnell, dass keines der Kinder eine Chance hat, etwas einzuwenden und die Hunde nicht kapieren, dass es um einen Spaziergang geht. »Auf dem Rückweg bringe ich frisches Brot mit. Bis dann. Tschüs.«

Es ist schon fast zehn, aber der Tag fühlt sich noch neu an; die Metallgeländer sind mit Tau bedeckt, der Mond verblasst. Alice möchte Franks Hand nehmen, aber ihre ganze Courage der vergangenen Nacht hat sich verflüchtigt, sie ist verletzlich und unsicher und weiß wieder, warum sie das alles so hasst. Eine Weile laufen sie nebeneinander her, saugen die frische Luft ein und stoßen Atemwolken aus. Alice geht mit Frank vom Meer weg, über Kopfsteinpflaster und kurvige, enge Straßen zur Hauptstraße hinauf, die aus dem Ort hinausführt. Sie kommen am Hope and Anchor vorbei, dem ältesten Pub von Ridinghouse Bay, einer Schmugglerschenke, die es schon seit 1651 gibt. Frank bleibt stehen.

»Ich bin schon in diesem Pub gewesen«, sagt er.

Alice sieht ihn besorgt an.

»Ich bin schon in diesem Pub gewesen«, wiederholt er.

»In Ordnung«, sagt sie. »Dann sollten wir hier heute essen. Einverstanden? Sonntags haben sie einen ganz hervorragenden Mittagstisch. Yorkshire Puddings so groß wie Fußbälle. Das ist kein Scherz.«

Er sieht sie verständnislos an.

»Du weißt nicht, was Yorkshire Pudding ist, oder?«

Er kneift die Augen zusammen. »Irgendwas mit Toffee vielleicht?«

»Gott bewahre.« Sie lacht, und die Verlegenheit verfliegt. Er lacht auch, nimmt ihre Hand, und so gehen sie zusammen zu dem Haus auf den Klippen hinauf.

Frank ist plötzlich übel: Schlafmangel, zu viel Rotwein am Vorabend, zu viel starker Kaffee am Morgen und dann auch noch die Erinnerung, die in schwindelig macht. Nur Alices Hand in seiner gibt ihm Halt, ihre wohltuende Nähe, während sie den Hügel außerhalb des Ortes hinaufsteigen. Es erschreckt ihn, wie sehr er diese Frau braucht. War er früher auch so, fragt er sich. Hätte sein früheres Ich sich für diese etwas abgespannte Frau mit Ringen unter den Augen und einem Bauch, der über die Taille hängt, interessiert? Vielleicht war er in dem Leben, das er die letzten zwanzig oder dreißig Jahre lang geführt hat, bevor er an Alices Strand angespült wurde, ein Frauenheld. Vielleicht hatte er eine junge Freundin – oder gleich mehrere gleichzeitig? Ob ihm nur ein bestimmter Typ Frau gefallen hat? Ob sein »richtiges« Ich lauthals über den weggelaufenen Frank lachen würde, der sich mit einer dreifachen vierzigjährigen Mutter im Bett wälzt?

Oder war er etwa noch Jungfrau?

Nein, denkt er, als er sich die letzte Nacht ins Gedächtnis ruft, er war ganz bestimmt keine Jungfrau mehr.

Wo wird diese Geschichte enden? Er ist ziemlich sicher, dass er jemanden umgebracht hat. Und wenn das stimmt, wird es irgendwann ans Licht kommen. Man wird eine Leiche finden, oder jemand wird vermisst gemeldet. Es gibt Zeugen. Die Polizei kommt und nimmt ihn mit. Irgendwo gibt es eine Wohnung oder ein Haus, einen Job und einen Schreibtisch mit Sachen von ihm. Eltern und Geschwister. Ein Gerichtsverfahren. Er wird ins Gefängnis kommen. Und was passiert dann mit den zarten und kraftvollen Gefühlen zwischen Alice und ihm?

Er legt seinen Arm um ihre Taille, zieht sie näher zu sich und legt sein Kinn auf ihren Kopf. Sie lässt ihn gewähren, ihre Körper schmiegen sich eng aneinander, und sie gehen im Gleichschritt weiter.

Die Villa ist nicht wirklich baufällig, sie sieht eher eingestaubt aus. Das letzte Herbstlaub bedeckt noch die gekieste Auffahrt, in den Hecken glitzern Spinnenweben. Das helle Mauerwerk weist grüne Flecken und braune Streifen auf. Aber in den Fenstern hängen Vorhänge, und in den Beeten wachsen Blumen.

Einen Moment lang bleibt Frank stehen und lässt das Bild auf sich wirken. Eine rostige Kette versperrt die Ein- und Ausfahrt. Er steigt über die Kette, und seine Schritte knirschen auf dem Kies. Alice folgt ihm.

»Ist das ein schönes Haus!«, sagt sie.

Es ist wirklich ein schönes Haus – ein symmetrischer

Bau mit großen Fenstern und ausgewogenen Proportionen. Eine Fassade aus Coade-Stein, dorische Säulen, ein Bogenfenster über der Haustür.

Frank forscht in seinem Inneren nach dem Teil seiner selbst, der sich gestern Abend am Strand daran erinnert hat, dass er hier einmal wohnte. Er spürt sein Gehirn pulsieren, Nervenbahnen versuchen sich neu zu formieren, flackern wie Glühbirnen mit einem losen Kontakt, dann erlöschen sie. Leuchten wieder auf, erlöschen. Er wird langsam ärgerlich und rammt seine Schuhspitze in den Kies.

»Bist du okay?«

»Ich habe das so satt«, sagt er. »So verdammt satt.«

»Dass du dich nicht erinnern kannst?«

»Ja«, antwortet er, und seine Stimme klingt weicher. »Genau das ist es: Ich kann mich nicht erinnern. Gestern Abend war ich mir so sicher. Und jetzt …«

»Komm.« Alice zieht ihn sanft am Arm. »Lass uns hingehen und nachschauen. Schließlich weiß man nie. Könnte sein, dass die Tür nicht abgeschlossen ist und dir im Haus ein paar Erinnerungen kommen.«

Frank folgt ihr die Auffahrt entlang bis vors Haus. Er stellt seine Füße fest auf die Steintreppe, als ob Stein eine Erinnerung hätte, als ob das Haus sich an seine Füße erinnern würde. Mit einer Hand umfasst er den sechseckigen Messingknauf in der Mitte der Tür. Eine Weile hält er den Knauf einfach nur fest. Er schließt die Augen. Dann sieht er es: verwelkte Lilien in einer Vase; ein wunderschönes Mädchen in einem blutroten Abendkleid, feines blondes Haar in einem lockeren Knoten. Sie lächelt ihn an, reicht ihm ihre Hand und zieht ihn durch die Tür nach drinnen.

31

1993

Tony öffnete die Tür des Cottages und sah die kleine Gruppe angetrunkener junger Leute, die dort draußen stand.

»Dad«, sagte Gray. »Ich gehe zum Haus von Marks Tante. Dort gibt's 'ne Party oder so was in der Art.«

»Keine Party«, warf Mark ein. Für jemanden, der gerade einen Tequila nach dem anderen gekippt hatte, klang er erstaunlich nüchtern. »Nur ein lockeres Zusammensein mit einigen Freunden.«

Tony warf Gray einen verwirrten Blick zu. Dann sah er von Gray zu Mark und schließlich wandte er sich zu Grays Mum um, die gerade zur Tür gekommen war.

»Was ist denn los?«, fragte seine Mutter.

»Gray will auf eine Party gehen. Mit Mark.«

»Keine Party, Mrs. Ross. Nur ein zwangloses Zusammensein. Nur wir hier. Das sind alte Freunde von mir von zu Hause. Und meine Tante ist auch da.«

Tony starrte Gray ungläubig an. Gray starrte mit zusammengebissenem Kiefer zurück. Er würde zu dieser Party gehen, und wenn es ihn sein Leben kostete.

Dann schaltete sich Izzy ein: »Möchte Ihre Tochter auch mitkommen? Es wäre schön, noch ein Mädchen dabeizuhaben.«

Kirsty tauchte hinter ihren Eltern auf und sah Gray fragend an.

»Und da kommt sie auch schon«, sagte Mark. »Wir schnappen uns deinen Bruder für ein gemütliches Treffen im Haus meiner Tante. Und Izzy fragt, ob du auch kommen möchtest.«

»Äh …« Kirsty deutete auf den Schlafanzug, den sie trug. »Ich glaube nicht.«

Aber Gray bemerkte, dass sie über seine Schulter hinweg zu den zwei Glamourgirls in ihren teuren Kleidern und Marks ebenso gut aussehendem Freund mit dem halb offenen Hemd und der Urlaubsbräune sah. Die Gruppe war beeindruckend.

»Komm mit«, sagte Izzy. »Das wird lustig.«

Kirsty biss sich auf die Unterlippe. »Aber es ist schon spät«, entgegnete sie.

»Es ist erst zehn. Kurz vor zehn. Komm schon.«

»Ich weiß nicht.«

Tony und Pam tauschten einen Blick aus.

»Bitte«, sagte Izzy. »Wir warten, bis du dich angezogen hast. Das wird bestimmt lustig.«

Tony sah Gray streng an. Gray zuckte die Achseln. Ob Kirsty mitkommen wollte, war ganz allein ihre Entscheidung. Er würde sie nicht überreden. Aber er würde sie auch nicht zurückhalten. Er wollte jetzt einfach nur zum Haus von Marks Tante, noch einen Drink nehmen und das Gespräch, das er mit Izzy im Pub hatte, weiterführen. Das Gespräch, bei dem sie ihre Augen nicht von ihm genommen und zugelassen hatte, dass sich ihre Schultern und ihre Knie mehrmals berührten. Und sie hatte ihm gesagt, dass er »total süß« und »bezaubernd« sei.

»Also gut«, sagte Kirsty.

Tony und Pam warfen ihr einen panischen Blick zu.

»Was ist denn?«, sagte sie. »Das ist schon in Ordnung.« Dann wandte sie sich wieder den anderen zu. »Gebt mir zwei Minuten. Nein, tatsächlich genügt mir eine.«

»Wir bringen sie nicht zu spät nach Hause«, sagte Izzy. »Und wohlbehalten.«

»Gray«, sagte sein Vater zu ihm. »Ich will, dass ihr beide um Mitternacht zu Hause seid. Mitternacht«, wiederholte er.

Gray grummelte: »Ja, ja.« Wenn Kirsty nicht mitkommen würde, wären seine Eltern weniger streng gewesen. »In Ordnung«, setzte er noch hinzu.

»Und wenn ihr nicht pünktlich zurück seid, komme ich zum Haus hinauf und blamiere euch bis auf die Knochen. Verstanden?«

»Oh Gott«, murmelte er. »Ja, verstanden.«

Kirsty erschien. Sie trug ein rosa T-Shirt, eine Kapuzenjacke und Jeans. Ihre frisch gekämmten Haare glänzten ebenso wie der pinke Gloss auf ihren Lippen. »Okay?«

Gray bemerkte, dass sie Mark verlegen ansah. Dann blickte Mark zu ihm und lächelte.

»Kommt schon«, sagte Gray. »Lasst uns gehen.«

Die Lilien im Flur waren verwelkt. Die schweren weißen Blüten hingen schlaff herab, und auf dem hellen Fliesenboden lag gelber Blütenstaub. Es kamen auch keine Hunde angerannt, um sie zu begrüßen. Im Haus war es ruhig und still.

»Wo ist deine Tante?«, fragte Gray.

»Was?«, erwiderte Mark geistesabwesend.

»Deine Tante. Wo ist sie?«

»Himmel«, sagte er. »Ich weiß es nicht.«

»Du hast doch gesagt, sie wäre hier.«

»Na ja, vielleicht ist sie das auch«, entgegnete er. »Vielleicht schläft sie schon.«

Die Gruppe folgte Mark in ein Zimmer im hinteren Teil des Hauses. Der Raum war klein und quadratisch und verfügte über einen offenen Kamin, ein Sofa und zwei große Sessel sowie, hinten in der Ecke, eine voll ausgestattete Mahagonibar. Mark hob eine Klappe in der Täfelung, betätigte einen Schalter, und das ganze Möbel leuchtete. An der Wand waren verschiedene Flaschen mit Spirituosen befestigt, glänzend polierte Cocktailshaker standen auf schmalen Glasregalen; außerdem gab es einen Becher mit Strohhalmen und Rührstäbchen, einen Eiswürfelbehälter mit einer silbernen Zange, ein kleines Spülbecken, einen kleinen Kühlschrank, gefüllt mit Bier und Wein, sowie drei rote Lederbarhocker.

»Okay«, sagte Mark. Er stand hinter der Theke und klatschte in die Hände. »Wer möchte was trinken?«

Die Mädchen wollten Gin Tonics; Alex bestellte einen Whisky sour, und Gray bat um ein Bier.

»Und was möchtest du, Kirsty?«

»Hast du auch Coke?«

Mark lachte. »Wow, Kleine, dafür ist es noch ein bisschen früh am Abend!«

»Ich meinte Coca-Cola.«

»Ich weiß, was du gemeint hast.« Er lächelte sie nachsichtig an. Dann schob er eine CD in den CD-Player unter der Theke und drückte einen weiteren Knopf. Augenblicklich erfüllte der Sound von A Tribe Called Quest den Raum. Gray sah sich um und entdeckte vier Lautsprecher, je einen in jeder Ecke des Raums, an der Decke. Mark drehte den Bass auf, und der Beat dröhnte in den Dielen, in Grays Füßen. Mit einem Flaschenöffner, der an der Seitenwand der Bar befestigt war, öffnete er die Bierflasche für Gray und reichte sie ihm. Gray trank schnell. Izzy und Harrie saßen auf den Barhockern und flüsterten und kicherten verschwörerisch miteinander, während Mark ihre Cocktails mixte. Kirsty stand neben Gray, trank ihre Cola mit einem Strohhalm und wippte im Takt der Musik.

»Warum bist du mitgekommen?«, flüsterte er ihr ins Ohr, gerade so laut, dass sie ihn trotz der ohrenbetäubenden Musik hören konnte.

»Mir war einfach danach«, antwortete sie ebenso leise in sein Ohr.

»Ja, aber warum?«

»Ich weiß nicht. Wahrscheinlich wollte ich nicht, dass du mir morgen früh erzählst, was für einen tollen Abend du hattest. Ich wollte nicht die Loserin sein, die im Schlafanzug zu Hause rumsitzt.« Sie starrte ihn durchdringend an. »Und warum bist du mitgekommen?«

Er warf Izzy einen kurzen Blick zu, genau in dem Moment, als Izzy sich von Harrie abwandte und ihn auch ansah.

Kirsty nickte wissend. »Sie spielt in einer völlig anderen Liga.«

»Ich wäre mir da nicht so sicher«, sagte er.

»Im Ernst. Sieh sie dir nur an. Und sie ist auch älter als du.«

»Bloß ein bisschen. Ein paar Monate.«

Sie sah ihn skeptisch an.

»Ein Jahr«, räumte er ein. »Das ist gar nichts.«

»Und wo wohnt sie?«

»Harrogate«, sagte er. »So wie Mark. Sie gehören alle zu den Schönen und Reichen, kennen sich vom Polo und so.«

Kirsty verdrehte die Augen. »Na ja dann«, sagte sie. »Viel Glück.«

»Ich glaube, sie denkt, ich wäre anders.«

»Also so viel ist mal sicher.«

»Hör mal, wir kommen ja nun nicht gerade aus der Gosse. Wir sind nicht so anders.«

Kirsty machte eine ausholende Handbewegung durch den hohen Raum, deutete auf die erleuchtete Bar, das Chesterfieldsofa, die Kamingitter und den Kronleuchter über ihren Köpfen.

»Ich meine die inneren Werte«, sagte Gray. »Wir leben in einem netten Haus, unsere Schulen sind vollkommen okay, wir machen Urlaubsreisen und haben ein anständiges Auto. Mum und Dad trinken Wein.«

»Ja, aber es gibt einen riesigen Unterschied zwischen unserem Leben und dem hier.«

»Egal«, sagte er. »Ich glaube, es ist nicht wichtig. Nicht wenn zwei Menschen eine … Verbindung zueinander haben.«

Kirsty verdrehte die Augen.

»Cheers!«, sagten alle, als Mark die Cocktails verteilte. Gray drehte sich um und stieß leicht mit seinem Bier gegen Izzys Cocktail. Für den Bruchteil einer Sekunde erwiderte sie seinen Blick und lächelte. Dann wandte sie sich ab, und er folgte ihrem Blick zu Mark, der kleine weiße Pillen auf die Theke aufreihte.

Izzy rieb sich die Hände und sagte: »Oh, wow! Klasse!«

Gray unterdrückte ein Stöhnen. Er hätte es ahnen sollen. Kinder reicher Leute und Drogen.

»Nein, danke«, sagt er, als Mark ihm eine Pille mit der Fingerspitze zuschob.

»Ganz ehrlich. Ich bleibe beim Bier.«

Izzy stupste ihn an. »Ach, komm!«, sagte sie. »Das ist doch nur E. Wir teilen uns eine, wenn du magst.«

»Ernsthaft, das ist nicht mein Ding.«

»Oh, Gray. Du ist so süß.«

Dieses Mal klang es für Gray nicht nach einem Kompliment.

»Ich teile eine Pille mit dir.« Kirsty berührte ihn sanft am Arm.

»Was? Auf keinen Fall! Du bist fünfzehn! Ich kann doch nicht völlig high mit dir nach Hause kommen. Was sollen Mum und Dad denn denken?«

»Ich mache euch einen Vorschlag«, sagte Mark und lehnte sich über die Theke. »Ihr beide teilt euch eine halbe Pille. Ein Viertel für jeden von euch. Ihr werdet fast nichts merken. Und bis ihr nach Hause geht, seid ihr wieder völlig normal.«

»Und wozu das Ganze dann?«

»Es macht einfach alles ein bisschen leichter. Die Welt sieht für eine kurze Weile etwas rosiger aus.«

»Ach bitte, Gray.« Izzy fasste ihn am Arm. Dann zog sie ihn zu sich, sodass ihr Gesicht ganz nah bei seinem war: der Geruch ihrer Haare, ihre weiche Haut, ihr nackter Arm um seine Taille. »Bitte.«

»Ehrlich«, sagte Mark. »Ihr erlebt nur eine besonders schöne Stunde, und dann liegt ihr auch schon wieder sicher zu Hause in euren Betten.«

Gray zuckte die Achseln. Er wusste, dass er dabei war, diese Schlacht zu verlieren. Eine leise, unbekannte Stimme in seinem Inneren raunte, dass dieser chemische Kick vielleicht genau das war, was er brauchte, damit Izzy ihn nicht mehr nur süß fand, sondern ihn auch küssen wollte.

Er nickte. Mark lächelte und zerbrach die Pille in zwei

Hälften. Eine Hälfte gab er Izzy, die andere zerteilte er noch einmal und gab Kirsty und Gray je ein Stückchen.

»Bist du sicher?«, formte Gray unhörbar mit den Lippen in Kirstys Richtung. Sie nickte, und beide schluckten die Pillenstückchen hinunter.

Mark reichte Gray noch ein Bier und Kirsty noch eine Cola. Dann drehte er die Musik lauter und schaltete die Lampen aus, sodass nur noch das Licht der Bar und eine große Kerze auf dem Couchtisch hinter ihnen den Raum erhellten.

Eine Zeit lang schauten Gray und Kirsty den anderen einfach nur zu, die beinahe theaterreife Darbietung ihrer Unterhaltung, das Gejohle, die Insiderwitze und die Neckereien. Gray dachte schon, er hätte sich die Anziehung zwischen ihm und Izzy nur eingebildet, als sich plötzlich Izzys Cousine zu ihm umdrehte und fragte: »Also, Gray, hast du eine Freundin? Zu Hause in Croydon?«

Izzy stieß Harrie in die Seite und warf ihr einen gespielt entsetzten Blick zu. »Harrie!«

»Was ist denn?«, sagte Harrie. »Ich habe doch nur gefragt.«

»Nein«, mischte sich Kirsty ein. »Er hat keine Freundin. Genau genommen hatte er noch nie eine Freundin …«

Gray hielt seiner Schwester den Mund zu und drückte sie fast zu Boden. Sie wehrte sich, richtete sich wieder auf und schob heftig Grays Arm von sich weg. »Er hat noch nicht einmal jemanden geküsst, außer unserer Mutter.«

Gray hielt ihr wieder den Mund zu und sagte: »Das ist nicht wahr. Im Ernst. Das sagt sie nur, weil sie mich hasst.«

»Weißt du was? Ich glaube, ich habe kein Mädchen geküsst, bis ich siebzehn war«, sagte der schweigsame Alex mit dem Silberblick. »Oder war es mit sechzehn? Vielleicht war ich damals auch dreizehn. Ich weiß es nicht mehr. Aber ich kann mich erinnern, dass ich das Gefühl hatte, sehr lange auf den ersten Kuss zu warten.«

»Ich werde dich küssen«, sagte Izzy und wandte sich Gray zu.

Gray ließ Kirsty los und blinzelte. »Wieso? Es stimmt ja gar nicht, dass ich noch kein Mädchen geküsst habe, also musst du es nicht aus reiner Freundlichkeit tun.«

»Oh, Gray, ich verspreche dir, mit Freundlichkeit hat das gar nichts zu tun.«

Und bevor er protestieren konnte oder auch nur daran denken konnte, es zu tun, küsste sie ihn vor allen anderen: Die Arme fest um seinen Hals geschlungen, die Zunge in seinem Mund, ihr kleiner Busen presste sich an seine Brust.

Kurz wehrte er sich gegen die Umarmung, aber dann ließen ihn das animalische Stampfen der Musik, die golden leuchtende Dunkelheit, die dumpfe Atmosphäre, Tequilas, Biere, Ecstasy und dieses Mädchen in seinen Armen – ihr Mund, ihr spontanes Verlangen nach ihm – alles um sich herum vergessen. Er hatte das Gefühl, dass es nur noch sie beide gab. In seinem Kopf schwirrten kaleidoskopartig Bilder, sie wechselten und bewegten sich, liefen auseinander und wieder zusammen, um schließlich im Takt der Musik ein neues Bild hervorzurufen, einen gespreizten Pfauenschwanz, wie er plötzlich erkannte. Das fächerförmige Rad schimmerte vor seinem geistigen Auge, die irisierenden Farbfelder aus Grün, Indigoblau und Lila tanzten hin und her.

Kurz überließ er sich diesem Augenblick der Schönheit, verlor aus dem Bewusstsein, dass er gerade Izzy küsste, dass ihre Hände durch seine Haare fuhren, dass die anderen zusahen, sie beide anfeuerten, jauchzten und klatschten. Er vergaß, dass das, was hier passierte, verrückt war, einfach verrückt. Als Izzy und er endlich voneinander abließen, blickte er ihr in die Augen und erkannte das Pfauenmuster in ihrer Iris. Er beugte sich vor und flüsterte in ihr Ohr: »Du bist wunderschön.« Und sie beugte sich vor und sagte: »Du bist auch wunderschön.«

Hinter der Bar zog Mark eine kleine Tüte aus seiner Hosentasche und legte noch eine Runde Pillen auf die Theke. Wieder brach er eine Pille in zwei Hälften. Eine Hälfte schob er Gray zu, die andere in Richtung Izzy.

Diesmal musste Gray nicht erst überredet werden.

32

»Hallo?« Lily flüstert beinahe. »Ist dort Mrs. Monrose?«

»Nein«, antwortet eine leise Frauenstimme. »Sie haben sich verwählt.«

»Ach nein, entschuldigen Sie bitte. Ich weiß, dass Sie nicht so heißen. Mein Name ist Lily. Ich habe vor ein paar Wochen schon einmal mit Ihnen gesprochen. Nach der Hochzeit mit Ihrem Sohn.«

Ein kurzes, angespanntes Schweigen kommt auf. »Es tut mir leid«, sagt die Frau. »Aber Sie müssen sich ganz sicher verwählt haben. Ich kenne keine Lily.«

»Diese Nummer steht doch auf der Telefonrechnung meines Ehemannes. Diese Nummer hat er gewählt, als ich mit seiner Mutter sprach. Direkt nach unserer Hochzeit. Das sind Sie.«

»Ich glaube, da liegt eine Verwechslung vor«, sagt die Frau. »Vielleicht stand die falsche Nummer auf der Rechnung. Ich habe keinen Sohn. Ich habe überhaupt keine Kinder.«

»Aber ich erkenne doch Ihre Stimme wieder!«

»Nein«, sagt sie zerstreut. »Nein, das glaube ich nicht. Das kann nicht sein.«

Lily schreit: »Sie sind seine Mutter! Warum lügen Sie?« Dann hält sie inne. »Er wird vermisst«, sagt sie leise. »Wissen Sie das? Er gilt seit fünf Tagen als vermisst. Würden Sie sich bitte meine Nummer notieren, wenn ich auflege?

Und gut darauf aufpassen. Ich bitte Sie. Sie müssen mir Bescheid geben, wenn Sie etwas von ihm hören.«

Die Leitung summt, dann ist sie tot. Die Frau hat aufgelegt.

33

Die Haustür ist abgeschlossen. Alice und Frank gehen zu dem Tor seitlich vom Haus, das in den Garten führt. Auch das Tor ist mit einem rostigen Vorhängeschloss versperrt und am oberen Ende mit Stacheldraht gesichert. Sie gehen zur Vordertür zurück und spähen durch die Fenster rechts und links der Tür. Sie sehen eine Eingangshalle mit gefliesten Böden und eine geschwungene Treppe, die zu einem sonnenbeschienenen Absatz hinaufführt. Zu beiden Seiten gehen imposante Doppeltüren ab, und auch hinter der Treppe sind noch Türen zu erkennen.

»Bist du okay?«, fragt Alice.

»Ja«, antwortet er. »Alles okay.«

»Keine weiteren Erinnerungen?«

»Noch nicht, nein.«

Sie stapfen durch das Blumenbeet an der Frontseite und können einen Blick hineinwerfen. Es ist ein Esszimmer. Der lange Tisch ist mit Büchern und Papierstapeln übersät, an der Decke hängt ein Messingkronleuchter, vor dem Kamin stehen zwei Ohrensessel, die anderen Möbel sind unter Schutzbezügen verborgen. Alice und Frank wechseln zur anderen Haushälfte und schauen dort durchs Fenster. Sie blicken in ein beeindruckendes Wohnzimmer mit drei abgedeckten Sofas, einem reich verzierten Kamin mit einem goldgerahmten Spiegel darüber, weiteren verhüllten Möbeln und Pappkartons. Scheinbar hatte der

Hausbewohner schon die Hälfte seiner Sachen gepackt, als er plötzlich gegangen war.

Alice holt ihr Handy hervor, als sie in der Nähe ein Klingeln hört. Sie schaut auf ihr Display, aber das ist schwarz. Sie steckt ihr Telefon wieder in die Tasche und fährt leicht zusammen, als sie erneut ein Klingeln hört. Noch einmal zieht sie ihr Handy aus der Tasche und blickt auf das schwarze Display. Aber das Klingeln ertönt weiter. Sie sieht zu Frank.

»Wo kommt das her?«, fragt sie.

Er legt sein Ohr an die Fensterscheibe. »Hört sich an, als käme das von drinnen.«

Eine Weile stehen sie beide still wie Statuen im Blumenbeet und lauschen dem Telefonklingeln. Schließlich bricht es ab, kurz darauf fängt es von Neuem an zu läuten.

Alice läuft es eiskalt den Rücken hinunter, ängstlich blickt sie zu Frank. Zweifellos ist ihm die Bedeutung des Telefonklingelns klar geworden. Nur wenige Tage nach seiner Ankunft in Ridinghouse Bay und binnen Stunden, nachdem er sich an dieses Haus erinnert hat, klingelt ein Telefon unaufhörlich hinter einer verschlossenen Tür. Das kann kein Zufall sein.

Alice und Frank läuten mehrmals an der Haustür. Dann gehen sie einige Schritt zurück und blicken zu den Fenstern der oberen Stockwerke hinauf. Aber alles bleibt ruhig. Zugezogene Vorhänge, dunkles Glas. Und das unheimliche, unablässige Klingeln eines Telefons, das niemand abnimmt und das ewig weiterläutet, bis es in Vergessenheit gerät.

»Komm schon«, sagt Alice und fasst Frank an der Schulter. »Lass uns nach Hause gehen.«

Er bleibt kurz stehen, anscheinend geht er nur ungern

von hier weg. Aber dann lässt die Anspannung in seinen Schultern nach, er dreht sich zu Alice um und sagt: »Ja, in Ordnung.«

»Wir können jederzeit wieder herkommen.«

»Stimmt. Das können wir.«

Das Telefon läutet immer noch, während sie über die Einfahrt zurückgehen; die verzweifelte Beharrlichkeit verblasst zu einem fernen Klagen, als sie über die verrostete Kette steigen, und wird schließlich vom Lärm der vorbeifahrenden Autos verschluckt, sobald sie wieder auf dem Bürgersteig sind.

Eine Weile gehen sie schweigend nebeneinander her. Keiner weiß so recht, was er sagen soll.

»Hast du irgendeine Idee, was da los sein könnte?«, fragt Alice, als sie um die Ecke biegen und wieder den beruhigenden Anblick der bunt zusammengewürfelten Häuschen von Ridinghouse Bay vor sich haben.

Frank sieht sie verständnislos und verwirrt an. Er schüttelt den Kopf.

Sie versucht es noch einmal. »Irgendjemand möchte unbedingt mit einem der Bewohner des Hauses sprechen.«

Er nickt geistesabwesend. Dann wendet er sich plötzlich Alice zu und sagt mit angsterfülltem Gesicht: »Ich glaube, wir sollten zur Polizei gehen. Am besten jetzt gleich. Das meine ich ernst.«

»Was!«

»Je länger ich hier bin, desto mehr wird mir bewusst, dass ich etwas wirkliches Schlimmes getan habe. Dieses Telefon, das klingelte, da ging es um mich. Das weiß ich. Jemand hat meinetwegen dort angerufen. Irgendjemand hat gedacht, ich wäre in dem Haus. Vielleicht war das ein Mensch, der mich liebt. Oder jemand, der mich umbringen will. Oder es war jemand, den ich verletzt habe. Aber sie haben hier angerufen. Und das ist nicht weit von dir weg. Ich kann unmöglich in deinem Haus bleiben, solange ich nicht weiß, wer ich bin. Denn allmählich glaube ich wirklich, Alice, dass ich ein schlechter Mensch bin. Bitte, Alice, bring mich jetzt gleich zur Polizei. Die sollen Klarheit in die Sache bringen. Das meine ich ganz im Ernst.«

Alice zieht scharf die Luft ein. Ihr ist übel.

Eine Zeit lang starrt sie Frank nur an, ihre Augen fest auf seine geheftet. Er sieht ehrlich verängstigt aus. Sie würde ihn gern im Arm halten, aber sie spürt, dass er nicht festgehalten werden, sondern fliehen will. Sie seufzt leise und sagt: »Hier gibt es keine Polizei. Die nächste Polizeiwache ist acht Meilen entfernt. Und sonntags geschlossen. Ich könnte da anrufen, aber was soll ich denen sagen: *Hallo, in meinem Haus ist ein Mann, der glaubt, er könnte irgendjemandem irgendwo irgendetwas angetan haben. Bitte kommen Sie sofort.*« Sie lächelt verkniffen, sie möchte so gern einmal richtigliegen bei einem Mann, sie möchte Frank behalten und sich und der Welt beweisen, dass sie diesmal keinen Fehler gemacht hat. Und selbst wenn er recht hätte, selbst wenn er einen Menschen getötet hätte, gäbe es einen triftigen Grund dafür; da ist sie sicher. »Bleib noch eine Nacht bei uns. Bitte. Nur eine Nacht. Und sobald ich Romaine morgen früh zur Schule gebracht habe, gehe ich mit dir zur Polizei. Einverstanden?«

Er scheint nicht überzeugt zu sein.

»Und der Pub, weißt du noch?«, fährt sie fort. »Wir wollten dort essen. Wir wollten ihren berühmten Toffee-Yorkshire-Pudding probieren, um zu sehen, ob du dich an etwas erinnerst? Ja?«

Er lässt den Kopf hängen und nickt.

»Dann komm jetzt. Wir gehen beim Pub vorbei und reservieren einen Tisch. Am Sonntag ist da immer viel los.« Sie berührt ihn am Ellbogen und führt ihn sanft in Richtung Ortskern. »Wir nehmen nur Sadie mit. Dann kann sie sich von den beiden Quatschmachern erholen. Wenn wir Glück haben, gibt es Livemusik. Da tritt oft jemand auf. Ich frage mich gerade, welche Musik dir gefällt, Frank. Indie Guitar Bands, schätze ich mal, so wie du aussiehst.« Sie schwafelt absichtlich so viel, sie will Frank keine Gelegenheit geben, nachzudenken oder etwas zu sagen. Er soll vergessen, dass er im Grunde nicht mehr hier sein will. Denn Alice möchte auf keinen Fall, dass Frank weggeht. Sie möchte ihn nicht zur Polizeiwache bringen, und ein paar Tage später ruft er sie selbstgefällig an: *Vielen Dank für alles – meine Frau und ich sind Ihnen sehr dankbar.* Oder die Polizei meldet sich bei ihr: *Er ist ein Axtmörder. Wir werden Sie verhören müssen.*

Alice will nur eines: jeden Morgen in seinen Armen aufwachen, bis in alle Ewigkeit.

»Elbow«, sagt er gedankenverloren.

»Was hast du gesagt?«

»Elbow«, wiederholt er mit mehr Nachdruck in der Stimme.

Sie schaut fragend zu seinem Ellbogen. »Was? Meinst du etwa das englische Wort für …?«

»Die mag ich. Ich mag Elbow. Gibt es die wirklich? Ist das echte Musik?«

»Ja, die gibt es.« Sie lächelt. »Die sind echt. Und wirklich gut.«

»Können wir die hören? Später?«

»Sicher«, antwortet Alice und nimmt seine Hand. »Natürlich können wir.«

»Wow!« Sein Gesicht hellt sich auf. »Ich kann kaum glauben, dass ich mich daran erinnert habe.«

Alice drückt seine Hand und lächelt ihn an. »Gebäck«, sagt sie.

»Was sagst du da?«

»Yorkshire Puddings. Das ist goldbraunes, herrliches Gebäck.«

»Ach ja«, sagt er. »Ich glaube, jetzt weiß ich wieder. Ja, ich erinnere mich.«

Dann legt er seinen Arm um ihre Schulter und zieht sie zu sich. Zusammen laufen sie ins Städtchen, der dunkle Schatten des Hauses auf den Klippen in ihrem Rücken verblasst.

34

1993

Gegen elf kamen noch mehr angetrunkene Leute ins Haus, direkt aus dem Hope and Anchor. Mark riss die Haustür auf, und die Gruppe stapfte herein. Gray beobachtete das Geschehen durch die Tür des Barzimmers. Er wusste nicht, was er von den neuen Gästen halten sollte. Sie waren älter, ihre Gesichter waren wettergegerbt, ihre Körper stämmig, und sie wirkten rau und grob. Die meisten von ihnen waren betrunken. Mark schien von ihrem Kommen unbeeindruckt.

»Kommt rein, kommt rein!«, rief er laut, klatschte sich mit jedem Einzelnen ab und hielt Faust an Faust. Dann nahm er ihnen die Tragetaschen voller Bier ab. »Zur Party geht's da entlang.« Er deutete auf die Tür, wo Gray stand. Die neu angekommenen Gäste schauten sich im Haus um, schätzten die Deckenhöhe und bestaunten den Kristallleuchter. Ein kleiner Typ mit Pferdeschwanz schien all die Leute mit hierhergebracht zu haben. »Ich hoffe, du hast nichts dagegen«, rief er Mark über die Schulter des Mannes vor ihm zu. »Wir haben noch ein paar Jungs auf dem Weg aufgegabelt.«

»Nein, nein, gar nicht.« Mark umklammerte fest die Hand des Mannes und vollzog dann einen komplizierten Handschlag mit Drehung. »Je mehr, desto besser. Dann wird es lustiger. Kommt nur rein.« Er winkte den Rest der Gruppe herein. Insgesamt waren sie etwa zwanzig, fast nur Männer, aber auch einige jüngere Mädchen und eine etwa fünfzigjährige Frau mit kahl rasiertem Kopf und gepiercten Augenbrauen.

Die drei Mädchen schauten neugierig, als die neuen Gäste hereinkamen. Alex stand rasch auf. »Guten Abend, Ladies und Gentlemen! Herzlich willkommen!«

Die Gäste stellten sich an die Bar, und Mark reichte ihnen Drinks. Gray stand an der Seite und starrte die Neuankömmlinge an. Der Typ mit dem Pferdeschwanz rollte einen Joint auf der Theke. Die kahl rasierte Frau rauchte bereits einen. Zwei jüngere Männer versuchten Izzy und Harrie anzubaggern, die darüber nicht wirklich unglücklich zu sein schienen. Gray wandte sich nach Kirsty um. Sie saß auf dem Kamingitter und starrte in die erloschene Glut.

»Komm«, sagte er und ging zu ihr. »Lass uns nach Hause gehen.«

Sie wandte sich zu ihm, und er erkannte sofort, dass etwas nicht stimmte. Sie lächelte ihn liebevoll an, ihre Augen sprühten förmlich Funken. »Mein schöner Bruder«, sagte sie und zog ihn zu sich, um sein Gesicht in ihren Händen zu halten. »Sieh dich nur an. Sieh dir dein wunderschönes Gesicht an. Du bist so ein guter Mensch. So ein schöner Mensch.« Dann drückte sie ihn fest an sich.

Gray wich zurück und sah ihr in die Augen. »Mensch, Kirsty. Hast du noch mehr Ecstasy genommen?«, fragte er.

»Habe ich«, sagte sie und legte ihren Kopf in seine Halsbeuge. »Das habe ich wirklich.«

»Ach, Scheiße, Kirsty! Wie zum Teufel soll ich dich in

diesem Zustand nach Hause bringen? Oh, verdammt noch mal! Wie viel von dem Zeug hast du genommen?«

»Nur eine.«

»Eine was? Ein Viertel? Eine halbe?«

»Eine ganze«, sagte sie.

»Du hast eine ganze E genommen! Zusätzlich zu dem Viertel!«

»Meine Güte, ich weiß es nicht. Wen kümmert es? Es ist einfach alles so schön. Dieses Haus, die Menschen. Und du, Gray. Mein schöner Bruder. Komm, wir gehen zu dem Pfau! Nun komm schon!«

Sie stand auf, und er musterte sie, bis sie den Blick abwandte. »In Ordnung«, sagte er und dachte bei sich, dass etwas frische Luft Kirsty guttun würde. »Lass uns zu dem Pfau gehen. Dann besorge ich dir einen Kaffee und ein großes Glas Wasser und bringe dich nach Hause. Aber, scheiße noch mal, Kirsty, du musst mir versprechen, dass du nichts mehr von dem Zeug nimmst. Ganz im Ernst. Das ist gefährlich.«

»Es ist nicht gefährlich, mein schöner Bruder. Wie könnte es gefährlich sein? Sieh doch mal, was dir passiert ist: Du hast dieses Mädchen geküsst! Im Ernst, Gray! E ist die Antwort auf alles!«

Gray drehte sich um und sah zu Izzy, die ihre Beine über den Schoß von einem der Männer aus dem Pub gelegt hatte und mit Harries Haaren spielte; Harrie hatte ihren Kopf in Izzys Schoß gebettet. Der Mann aus dem Pub sah aus, als wagte er vor Ehrfurcht nicht, sich zu bewegen oder auch nur zu atmen. Unterdessen schob Mark Bierflaschen und Cocktails über die Theke, verteilte noch mehr von seinen weißen Pillen, die Musik wurde immer härter und das Geplapper immer lauter. Die Luft war voller Rauch und tanzender Schatten, und Gray war inzwischen ziemlich überzeugt, dass Marks Tante nicht zu Hause war.

»Dann komm mal«, sagte er. »Wir suchen den Pfau.«

Die Luft draußen war kühl und erinnerte mehr an Oktober als an den 1. August. Ein leichter Nebelschleier schwebte zwischen Himmel und Erde, und der Garten schimmerte silbern im Mondlicht. Die Bässe dröhnten auch hier noch laut, ein penetranter und primitiver Beat, und Kirsty ging tanzend und sich wiegend vorweg. Gray atmete tief ein und versuchte, einen klaren Kopf zu bekommen. Die Wirkung des Ecstasy hatte nicht lange angehalten, und abgesehen von dem manischen Glücksgefühl, als er vor einer halben Stunde Izzy geküsst hatte, konnte er keinerlei Veränderung feststellen.

Er suchte den Garten mit den Augen nach dem Pfau ab, dann erkannte er in einiger Entfernung ein unruhiges Schimmern, eine plötzliche Bewegung, schließlich ertönte ein gellender Schrei. »Da«, sagte er zu Kirsty. »Da ist er.«

Kirsty legte sich die Hand vor den Mund und flüsterte: »Oh, sieh nur, Gray. Sieh ihn dir an!«

Auf Zehenspitzen schlichen sie über das weiche Gras und setzten sich nicht weit entfernt von dem Pfau auf den Boden. Während sie ihn beobachteten, legte Kirsty wieder ihren Kopf in Grays Halsbeuge, und er spürte, wie diese Geste ihn rührte. Sie war noch nie zärtlich mit ihm gewesen. Sonst hatten sie beide immer einen höflichen Abstand zueinander eingehalten, aber jetzt hatte sie ihr Herz geöffnet und liebte ihn. Er legte seinen Arm um ihre Taille und zog sie näher zu sich. »Ich liebe dich, kleine Schwester«, flüsterte er. »Liebe dich auch, großer Bruder«, antwortete sie wispernd.

Plötzlich drehte sich der Pfau dem Licht aus dem Haus und seinem Publikum zu, fächerte sein Federkleid auf und schüttelte es im Takt der Musik. Kirsty riss den Mund auf. »Wow! Er tanzt! Der Pfau tanzt!«

»Tatsächlich!« Gray lachte. »Er tanzt wirklich.«

Als er das sagte, bemerkte er einen Lichtstrahl, der auf den Rasen fiel. Kirsty und Gray drehten sich um und erkannten Mark, der mit einigen Bierflaschen in den Händen auf sie zukam.

»Hallo, ihr beiden«, sagte er laut.

Gray unterdrückte ein Stöhnen.

»Was macht ihr hier draußen?«

»Wir schauen nur dem Pfau zu«, antwortete Kirsty. »Er tanzt gerade!«

Mark setzte sich neben sie beide ins Gras und reichte jedem von ihnen ein Bier. »Tanzende Pfauen, wie?«

»Ja, schau doch!«

Aber der Pfau war verschwunden.

»Oh«, sagte Kirsty.

»Also«, sagte Mark und sah zu Gray. Ganz offensichtlich hatte er nicht das geringste Interesse an dem tanzenden Pfau. »Sieht so aus, als hättest du Izzy an die Dorftrottel verloren.«

Gray zuckte die Achseln. »Sie hat nie mir gehört.«

»Vorhin sah es aber ganz so aus, als wäre sie dein Mädchen.«

»Das sind doch nur die Drogen, nicht wahr? Das war nicht echt.«

Mark nickte. »So wie tanzende Pfauen?«

Gray ging nicht darauf ein. »Wer sind überhaupt all diese Leute?«

»Die sind aus dem Ort. Du weißt schon. Menschen, die

wirklich das ganze Jahr über hier leben. Stell dir das mal vor.«

»Kennst du sie?«

»Einige von ihnen. Ich komme ja schon seit Jahren regelmäßig hierher, vergiss das nicht. Seit ich ein Kind war.«

Lange Zeit herrschte Schweigen, das nur von dem schrillen Gelächter aus dem Haus durchbrochen wurde.

»Also«, sagte Mark nach einer Weile. »Neulich Morgen. Was zur Hölle war da los?«

»Was meinst du?«

»Du weißt genau, was ich meine. Der Morgen, als ich regelrecht abserviert wurde, von dir und deinen Eltern. Auf eurer Türschwelle. Das war nicht sehr nett.«

Weder Gray noch Kirsty sagten ein Wort.

»Ich nehme schwer an, dass es genau das war. Oder nicht? Ich wurde per Stellvertreter abserviert.«

Gray zog Kirsty näher zu sich heran. »Sie hat sich nur krank gefühlt. Sie war einfach nicht in der richtigen Stimmung.«

Kirsty sagte nichts, sondern schmiegte sich nur noch enger an Gray.

»Fühlst du dich denn jetzt wieder besser?«, hakte Mark nach. »So gut, dass du morgen Abend mit mir ausgehen kannst?«

Während er sprach, zupfte er ein paar Grashalme. Seine Stimme klang schrill. Seine Energie hatte etwas Manisches.

»Ich weiß es nicht«, antwortete Kirsty. »Ich bin nicht sicher.«

»Was heißt das denn schon wieder? Entweder du stehst auf mich, oder du stehst nicht auf mich. Entweder du willst mit mir ausgehen oder nicht. Entweder da läuft was, oder da läuft nichts.«

Kirsty erwiderte nichts.

»Also?«

»Hör mal, Mark. Es ist schon spät. Sie ist zugedröhnt. Ich muss sie jetzt nach Hause bringen. Lass uns ein anderes Mal darüber reden, okay? Wenn wir alle ein bisschen weniger … chemisch drauf sind.«

»Aber kapierst du das denn nicht? Genau deshalb sollten wir jetzt darüber reden. Solange unsere Gefühle an die Oberfläche dringen. Solange wir uns echt fühlen.«

»Mark.« Gray seufzte. »Das ist nicht echt.«

»Natürlich ist das echt. Alles, was du fühlst und siehst, ist echt. Es ist alles da drin.« Er zeigte auf Grays Kopf. »Es ist alles hier drin.« Er deutete auf sein Herz. »Man braucht nur einen Schlüssel, um den Zugang zu öffnen. Einen Schlüssel wie E oder Alk. Also …« Er wandte sich abrupt um, sodass er Kirstys Gesicht plötzlich sehr nah war. »Also frage ich dich jetzt, Kirsty: Was ist los? Ey?«

Gray stand auf und zog auch Kirsty auf die Füße. »Im Ernst, das ist nicht der richtige Zeitpunkt, nicht der richtige Ort, Kollege. Ich bringe sie jetzt nach Hause, okay?«

Mark packte Kirsty am Arm und zog sie wieder auf den Rasen. Sie landete mit einem dumpfen Knall auf ihrem Hinterteil.

Gray stieß mit beiden Händen Marks Schultern fort und sagte: »Verdammt noch mal, lass sie los!«

Er versuchte, Kirsty wieder aufzurichten, als Mark plötzlich aufsprang, ihn auf den Rasen warf und schon halb auf ihm saß. Grays Oberkörper traf Kirsty, die vor Schmerzen aufschrie. Gray richtete sich auf und holte weit zum Schlag aus, aber Mark bekam seine Faust zu fassen und ließ sie nicht mehr los. Mit dem anderen Arm zog Mark Kirsty zu sich und klemmte ihren Hals in seiner Armbeuge ein. Gray zerrte an Kirstys Armen, aber dadurch wurde Marks Klammergriff um ihren Hals nur umso fester, daher packte er Marks Handgelenk und versuchte, seinen Arm fortzuziehen. Mark rammte seinen rechten Fuß zwischen Grays Beine und verfehlte nur um Haaresbreite seine Genitalien. Gray rollte nach hinten weg, konnte sich aber gleich wieder aufsetzen. Er wollte Mark gerade erneut angreifen, als er sah, wie das silberne Klappmesser im Mondlicht leuchtete. Gray hielt augenblicklich inne. Mark hielt das Messer an Kirstys Hals und keuchte schwer. Seine Augen waren weit aufgerissen, und er leckte sich die Lippen.

»Jetzt sieh dir das an«, sagte er zu Gray. »Sieh dir an, wozu du mich gezwungen hast.«

35

Lily duscht und zieht sich an. Die Jeans schlottert um ihre Hüften. Sie muss etwas essen. In der Küche gibt es nichts Essbares, deshalb beschließt sie rauszugehen.

Der Tag ist hell und sonnig. Sie setzt die Sonnenbrille ab und genießt die warme Morgensonne auf ihrem Gesicht. Lily läuft an der benachbarten Baustelle vorbei und blickt zu dem Fenster auf, wo jede Nacht das Licht flackert. Bei Tag wirkt der Anblick so harmlos. Sie kann sich gar nicht mehr denken, warum dieser Ort ihr neulich solche Angst eingejagt hat. Beim Gehen atmet sie tief ein und aus, sie spürt die Sonne auf der Haut, macht große, lange Schritte. Eine Weile lassen ihre Gedanken all das, worum sie seit fünf Tagen kreisen, los. Bevor Carl vermisst wurde, verbrachte sie ihre Tage in einem Schwebezustand, sie lebte für SMS-Nachrichten, sie stellte sich die Züge am Bahnhof vor und wagte kaum zu atmen, bis er wieder zu Hause war. Aber jetzt hat sie zum ersten Mal, seit sie in dieses Land gekommen ist, das Gefühl, dass sie hier lebt. Nicht nur in dieser Wohnung. Nicht nur in Carls Armen. Sondern hier in diesem Land.

Ihre Wangen bekommen Farbe, während sie ins Stadtzentrum läuft. Das Blut pulsiert in ihren Adern. Am Eingang des Supermarkts auf der Hauptstraße nimmt sie einen Einkaufswagen, schiebt ihn durch die Gänge und sammelt ein, was sie braucht: mehrere Packungen Müsli,

Fertigsuppen, Pizzas, Brot, eine Packung Donuts, Milch, Toilettenpapier, Kekse, Schokocreme, verschiedene Schinken- und Käsesorten, Badeschaum und Duschgel. Keinen Salat, keine gesunden Getränke, kein Gemüse. Das wird sie nicht zu sich nehmen. Sie kauft nur die Sachen ein, die sie braucht und von denen sie weiß, dass sie ihren Hunger stillen werden, ohne dass sie darüber nachdenken muss.

Beim Bezahlen lächelt Lily die Kassiererin an und sagt: »Schönes Wetter heute, nicht wahr?«

Die Kassiererin erwidert ihr Lächeln. »Hoffentlich hält sich das noch, bis meine Schicht vorüber ist. Das ist zweifellos Biergartenwetter!«

Lily weiß nicht genau, was Biergartenwetter ist, aber sie kann es sich denken, daher sagt sie freundlich: »Das hoffe ich auch!«

Schwungvoll nimmt sie die Einkaufstüten vom Kassentisch und macht sich auf den Weg nach Hause. Aber dann fällt ihr ein Klamottenladen nur zwei Häuser weiter auf, den sie noch nie bemerkt hat. Im Fenster ist ein grünes Kleid aus seidigem Material ausgestellt. Es hat kurze Ärmel und einen Tellerrock. Bis vor Kurzem hätte sie sich dieses Kleid nicht angeschaut. Es wirkt sehr erwachsen. Aber plötzlich fällt ihr ein, dass sie gar keine Sommersachen hat. Der Winter war fast zu Ende, als sie nach England kam, und sie hatte nur Jeans und Pullover mitgebracht und ein paar kurze, enge Sachen für abends. Das schöne Wetter heute erinnert sie daran, dass schon bald der Mai beginnt. Außerdem hat sie etwas von dem Geld, das Carl versteckt hatte, in der Tasche.

Vor der Ladentür bleibt sie stehen, die Hand auf die Klinke gelegt.

Dann denkt sie an die Zukunft. Sie glaubt, dass Carl

wahrscheinlich tot ist. Sie ist allein, und dieses Geld ist vielleicht alles, was sie zum Leben hat – für lange Zeit. Plötzlich sind die Klarheit und die Ruhe des Moments verschwunden. Langsam geht sie nach Hause, die Einkaufstüten wiegen schwer in ihren Händen, am Himmel schieben sich Wolken vor die Sonne.

Schnell räumt sie die Einkaufstüten aus. Sie isst einen Donut und trinkt eine Cola. Dann schüttelt sie alle Sofakissen auf, setzt sich ordentlich auf die Kante und ruft Russ an.

»Lily«, sagt er. Zweifellos hat er ihre Nummer in seinem Handy eingespeichert. »Wie geht es dir?«

»Nicht so gut.«

»Immer noch keine Spur von ihm?«

»Nein, natürlich nicht.«

»Nein«, wiederholt er. »Natürlich nicht.« Dann fügt er hinzu: »Gibt es sonst irgendwas Neues?«

»Also ja. Ich habe mit seiner Mutter gesprochen. Heute Morgen.«

»Super! Also, das ist doch ein großer Schritt nach vorn.«

»Nein, leider nicht. Sie hat behauptet, sie wäre nicht seine Mutter. Sie hat gesagt, sie hat keine Kinder.«

»Ach so«, sagt er. »Verstehe.«

»Ich möchte, dass du sie anrufst. Bitte. Ruf sie für mich an. Tu so, als wärst du der Gasmann oder vom Satellitenrundfunk.« Diese Idee war ihr heute Morgen auf ihrem Spaziergang gekommen, als sie sich so leicht und klar im Kopf gefühlt hatte. Inzwischen kannte sie jemanden in diesem Land, man konnte ihr helfen. »Stell ihr ein paar Fragen. Vielleicht kannst du ihren Namen herausfinden. Bitte.«

Am anderen Ende der Leitung herrscht Schweigen. »Oh Mann.«

»Bitte.«

Er schweigt.

Sie gibt ihm etwas Zeit zum Überlegen.

Schließlich sagt er: »Gib mir die Nummer. Ich will sie erst einmal googeln und sehen, was dabei herauskommt. Dann rufe ich dich zurück.«

»Gut«, erwidert sie, obwohl sie anderer Meinung ist. Gut wäre es, wenn Russ genau das tun würde, worum sie ihn gebeten hat. Sie gibt ihm die Telefonnummer der Frau, legt auf und wartet. Sie hat Magenschmerzen, vor Angst und als Folge des Zuckerschocks, nachdem sie drei Tage lang fast nichts gegessen hatte.

Kurz darauf klingelt ihr Handy.

»Also«, sagt Russ. »Ich habe die Nummer gegoogelt und die vollständige Adresse herausbekommen.«

»Wie bitte?«

»Ich habe die Info auf einer Website mit Kleinanzeigen gefunden. An dieser Adresse hat jemand einen Flügel verkauft. Das ist schon einige Jahre her, aber egal.«

»Und wo liegt das?«

»Im Norden«, antwortet er. »Vier oder fünf Autostunden von hier entfernt.«

»Können wir da hinfahren?«

»Wir beide?«

»Ja. Du und ich.«

Es entsteht ein angespanntes Schweigen.

»Es ist noch früh, wir können jetzt losfahren.«

»Also wirklich, Lily. Ich weiß nicht. Heute ist Sonntag. Ich bin bei meiner Familie. Wir haben schon was vor.«

»Was habt ihr vor?«

»Mittagessen. Wir sind zum Mittagessen verabredet.«

Lily holt tief Luft und unterdrückt den Wunsch, laut zu schreien: *Mittagessen! Mittagessen! Das sind deine Pläne für den Tag? Mittagessen!* »Carl könnte sich dort aufhalten, Russ«, sagt sie. »Er könnte in diesem Haus sein. Bei dieser Frau.«

Er macht noch eine Pause. »Ja«, sagt er. »Das stimmt.«

»Ich würde da auch allein hinfahren, aber ganz ehrlich, ich bin fremd hier. Ich weiß nicht, wie ich an einen Ort komme, der so weit weg ist.«

»Das ist aber eine sehr lange Fahrt, Lily. Das schaffen wir nicht an einem Tag.«

Es ist elf Uhr. Im Kopf berechnet sie die Fahrzeit für Hin- und Rückweg. Wenn Russ und sie jetzt gleich losfahren, sind sie gegen vier da. Sie bleiben eine Stunde, dann sind sie um zehn Uhr abends zurück.

»Wir können das schaffen, Russ. Um zehn wären wir wieder zu Hause.«

Russ seufzt. »Lily, es tut mir wirklich leid. Sehr leid. Aber ich glaube nicht …«

»Frag deine Frau«, sagt sie. »Frag sie jetzt gleich. Sag ihr, dass dein Freund in Gefahr schwebt. Sag ihr, dass es um Leben und Tod geht. Bitte!«

»Ich rufe dich in einer Minute zurück. Okay, Lily?«

»Ja«, erwidert sie. »Okay. Danke, Russ. Vielen Dank.«

Sie beendet den Anruf und lächelt.

Eine Stunde später holt Russ sie in einem Minivan ab. Vorsichtig steigt Lily ein. Der Sitz ist dreckig und von Krümeln übersät, überall liegen leer gesaugte Baby-Quetschies herum, vertrocknete Feuchttücher, ein vollgesabberter Kindersitz auf der Rückbank.

»Ich hätte das Auto sauber gemacht, wenn ich gewusst hätte, was wir heute vorhaben«, sagte Russ und fegt mit der Hand ein paar Krümel vom Beifahrersitz. »Entschuldigung.«

»Nein, alles in Ordnung. Hier, schau mal.« Sie zeigt ihm den Inhalt einer Tragetasche, die sie dabei hat. »Ich habe uns Sandwiches gemacht. Ich habe auch Donuts und Getränke eingepackt. Und das hier!« Sie holt eine runde Dose heraus. »Pringles.«

»Tolle Sachen.« Er lächelt, und in seinen Augenwinkeln bilden sich Fältchen. »Jo hat mir das mitgegeben.« Er zeigt ihr eine Tupperwaredose mit rohen Nudeln. »Besser gesagt, hat sie die Nudeln nach mir geworfen. Und gesagt: ›Das ist dein Mittagessen. Koch es dir selber.‹«

»Oh«, sagt Lily und schnallt sich an. »Das klingt nicht gut.«

»Nein.« Er startet den Motor und legt den Rückwärtsgang ein. »Nein. Das war ganz sicher nicht gut. Ich bin in ziemlichen Schwierigkeiten.«

»Ach was«, sagt Lily. »Wenn du nach Hause kommst, kannst du ihr erzählen, dass du deinen vermissten Freund gefunden hast und ein Held bist. Dann wird sie dir vergeben.«

»Na ja«, erwidert er, während er das Auto zur Ausfahrt aus der Tiefgarage steuert. »Hoffen wir, dass du recht hast. Anderenfalls muss ich für die nächsten Tage in die Ecke.«

»In die Ecke?«

»Na ja …« Er lacht. »Da werden Kinder hingestellt, Gesicht zur Wand, wenn sie ungezogen sind.«

Lily reißt die Augen auf. »Meinst du das ernst, Russ? Schickt deine Frau dich in die Ecke? Wie ein Kind?«

Er lacht laut auf, sodass sie zusammenzuckt. »Nein, nein!«, sagt er immer noch lachend. »Das ist nur so eine Redensart. Das sagt man so.«

»Dann macht sie es nicht?«

»Nein, ich muss nicht in die Ecke. Aber sie wird ordentlich schmollen. Und wahrscheinlich muss ich heute Nacht auf dem Sofa schlafen.«

Lily nickt, sagt aber kein Wort. Schließlich wendet sie sich Russ zu und mustert ihn von der Seite: das leicht fliehende Kinn, die Sonntagmorgenbartstoppeln und die blassen, unbehaarten Hände auf dem Lenkrad. »Es tut mir leid, Russ«, sagt sie. »Ich weiß das sehr zu schätzen, was du für mich tust. Du bist ein guter Mensch.«

Er blickt sie an und lächelt. »Sehr gern, Lily. Wirklich. Das ist doch selbstverständlich.«

Aber Lily weiß, dass das nicht stimmt. Schließlich musste sich Russ, um jetzt hier mit ihr im Auto zu sitzen, mit seiner Frau streiten, die sehr stark und Furcht einflößend zu sein scheint. Jetzt versteht Lily, warum Carl Russ' Nähe gesucht hat. Denn dieser sanftmütige Mann ist definitiv mutiger, als er aussieht.

36

Sobald sie einen Fuß in das Hope and Anchor gesetzt haben, kann Frank sich erinnern. Er weiß, dass er schon mal hier war, und diesmal zucken und zischen seine Nervenbahnen nicht, diesmal übertragen sie klar und deutlich ihre Botschaft: Ja, er war hier, und an dem Abend ist eine blonde Sängerin aufgetreten, und ein Mädchen begleitete sie am Klavier, und dann war da noch … Sofort hat er wieder den scharfen Geschmack im Mund … Tequila, eine angespannte Atmosphäre, und das Mädchen mit den braunen Haaren war ebenfalls hier. Und jetzt fällt ihm auch wieder ihr Name ein. Wie ein Felsbrocken landet er zu seinen Füßen. Kirsty. Das Mädchen heißt Kirsty, und er liebt sie. Er liebt sie wirklich.

Frank schafft es, nicht das Bewusstsein zu verlieren, mit beiden Beinen fest auf dem Boden zu stehen und seinen Mageninhalt bei sich zu behalten. Er gelangt zu dem Tisch, der für sie in einem kleinen Nebenraum reserviert ist, zieht den Stuhl vor und setzt sich schwerfällig hin. Er schließt die Augen und versucht der Erinnerung nachzujagen, die rasend schnell in den dunkelsten Ecken seines Verstandes verschwindet. Ein oder zwei Sekunden lang kann er das Bild festhalten, gerade lange genug, um freundliche grüne Augen, eine Windjacke, billige Turnschuhe und ein leicht dümmliches Lächeln zu sehen. Sein Herz schmerzt so sehr, dass er mit beiden Händen hinfasst und es massiert.

Alice hat seinen Stimmungswechsel nicht bemerkt. Sie ist damit beschäftigt, Sadie auf ein schmuddeliges Schaffell zu bugsieren, das sie mitgebracht hat, gleichzeitig versucht sie herauszufinden, was Romaine essen möchte (»Am Sonntag gibt es kein Omelett, Meckerliese«) und Jasmine dazu zu bringen, die Ohrknöpfe rauszunehmen und ihr Telefon auszuschalten. Bis sie Frank ihre Aufmerksamkeit schenkt, ist dieser besondere Moment vorüber, und er fühlt sich wieder normal.

»Rind oder Schwein oder Hühnchen?«, fragt Alice.

Frank widmet sich der Speisekarte und wendet sich an Romaine, die sich neben ihn gesetzt hat. »Was nimmst du denn?«

»Röstkartoffeln.«

»Nur Röstkartoffeln?«

»Ja.« Romaine schmollt, die Arme über der Brust verschränkt.

Alice sieht Frank mit hochgezogenen Augenbrauen an und seufzt. »Ich kann nichts dafür. Mein Kind behauptet, dass Fleisch nach Blut schmeckt. Zumindest wenn es nicht paniert ist oder von Blätterteig und Käse umhüllt oder als Hack in einer Bolognese.«

Frank nickt und sagt zu Romaine: »Also, eigentlich wollte ich das nehmen, was du nimmst, aber jetzt nehme ich wohl das Hühnchen.«

Romaine zuckt die Achseln, als ob ihr nichts auf der Welt gleichgültiger wäre. Alice und Frank lächeln sich über ihren Kopf hinweg an.

»Müde«, formt Alice beinahe lautlos mit den Lippen.

Frank nickt und sieht sie unverwandt an. »Ich habe mich an etwas erinnert«, sagt er, als die drei Kinder anfangen, sich zu unterhalten.

»Geht es dir gut?«

»Ja.« Er lächelt. »Mir geht's gut. Heute war es ganz anders. Die Bilder waren klar und deutlich. Ich habe eine Sängerin gesehen, die stand dort.« Er deutet auf den großen Schankraum. »Und eine Pianistin. Und ich habe mich an das Mädchen mit den braunen Haaren erinnert. Richtig erinnert. Und Alice«, sagte er freudig. »Ihr Name ist mir wieder eingefallen!«

Alice zieht eine Augenbraue hoch. »Im Ernst?«

»Ja! Kirsty! Sie heißt Kirsty!«

Alices Gesicht verdunkelt sich, und sie sagt: »Oh, wow! Das ist fantastisch, Frank!«

»Ich weiß«, sagt er. »Ich glaube, das war der Knackpunkt. Ich glaube, jetzt werden meine Erinnerungen wieder zurückkommen. Genau wie du gesagt hast.«

»Und wer war sie?«, fragt sie nachdenklich. »Ist dir auch wieder eingefallen, wer sie war?«

»Nein, das nicht«, antwortet er. »Aber ich habe mich erinnert, dass ich sie liebe. Ich habe sie sehr geliebt. Und …« Er fasst sich wieder ans Herz. Beim Gedanken an das hübsche Mädchen aus seiner Vergangenheit hat er sofort wieder Schmerzen. »Ich vermisse sie. Ich vermisse sie schrecklich.«

Alice streckt ihren Arm über Romaines Stuhllehne hinweg aus und drückt leicht seine Schulter. »War sie deine Frau?«, fragt sie beinahe flüsternd.

»Ich weiß es nicht«, antwortet er. »Ich weiß es wirklich nicht.«

»Das ist ein lustiger Gedanke, nicht wahr? Dass du eine Frau haben könntest.«

Er zuckt die Achseln. Das ist nicht lustig. Das ist schrecklich. Er denkt an das, was Jasmine gestern beim

Abendessen zu ihm gesagt hat, dass es gemein von ihm wäre, nicht herausfinden zu wollen, wer er sei, weil es vielleicht Menschen gibt, die sich Sorgen um ihn machen. Bis zu diesem Moment hatte er keine Vorstellung davon, was das wirklich bedeutet. Er hatte keine Gefühle außer für die Menschen in seiner unmittelbaren Nähe. Jetzt liebt er plötzlich jemanden von früher. Er liebt Kirsty.

Er sieht, wie Alice sich zu einem Lächeln zwingt. Sie streicht ihm über die Schulter und legt ihre Hand dann rasch wieder zurück in ihren Schoß.

Die Kellnerin erscheint mit einem Notizblock. Frank dreht sich um und bestellt sein Essen, aber ihm entgeht nicht, dass Alice mit leeren, tränenfeuchten Augen in die Ferne starrt.

Auf dem Heimweg nimmt Alice nicht Franks Hand. Die Kinder würden sich darüber aufregen, und sie will es auch gar nicht. Das Ende dieser Begegnung ist abzusehen, das weiß sie, und diese Aussicht gefällt ihr gar nicht. Das Ende ist grausam und gemein. Sie wird allein in ihrem Zimmer sitzen und Kunst aus Karten für Menschen machen, die diese dann ihren Liebsten schenken. Sie wird auf einem vollgekrümelten Sofa Fernsehen gucken, umgeben von stinkenden Hunden und launischen Teenagern, mit einem Windhund zu Bett gehen, am nächsten Morgen mit fettigen, schlecht getönten Haaren aufwachen – und es wird ihr vollkommen egal sein. Der schöne Mann mit dem kastanienbraunen Haar und den freundlichen Augen und den starken Händen wird gehen und sie hier zurücklassen, in einem Leben, mit dem sie ganz zufrieden war, bis er vor fünf Tagen am Strand auftauchte. Wie es scheint, wird ihr das Beste entrissen, was ihr seit Langem passiert ist, bevor sie überhaupt Gelegenheit hatte, es richtig zu genießen.

Alice ist still auf dem Heimweg. Sadie humpelt an ihrer Seite. Jasmine geht voraus und hört wieder Musik über Kopfhörer; sie sieht niedergeschlagen und verletzlich aus: Diese Miene setzt sie absichtlich auf, glaubt Alice. Kai und Romaine gehen Hand in Hand, in ein Gespräch vertieft. Möwen kreisen am Horizont, und ein riesiges Kreuzfahrtschiff funkelt matt in der Ferne, so weit weg von dem kleinen, alten Fischerort Ridinghouse Bay, dass es fast wie ein Raumschiff wirkt.

»Ist alles in Ordnung, Alice?«, fragt Frank und sieht sie mit sanftem, besorgtem Blick an.

»Mir geht's gut«, sagt sie. »Bin nur gerade etwas nachdenklich.«

Er nickt und schaut in die Ferne; dann wendet er sich wieder an sie: »Sie könnte tot sein, weißt du? Das Mädchen mit Namen Kirsty. Vielleicht war sie in jungen Jahren meine Freundin. Sie sieht wirklich sehr jung aus. Ein Teenager. Sehr unwahrscheinlich, dass ich noch mit ihr zusammen bin, auch wenn ich sie 1993 geliebt habe. Oder wann das auch war, als ich in Ridinghouse Bay war.«

Alice weiß überhaupt nicht, was sie darauf antworten soll. Kirsty könnte seine Ehefrau, seine Tochter, seine erste Liebe oder auch seine Schwester sein. Darum geht es nicht. Tatsache ist, er liebt sie. Liebt sie in der Gegenwart. Das bedeutet, dass Alice nicht länger so tun kann, als würde Frank nur ihr allein gehören.

Er seufzt und sagt: »Na ja, wie auch immer. Ich bin sicher, sobald wir morgen alles herausgefunden haben, wirst du mich nicht mehr sehen wollen. Egal, ob ich nun verheiratet bin oder nicht.«

Alice bleibt stehen und sieht Frank an. Er versteht es nicht, denkt sie, er versteht rein gar nichts. »Ich will dich immer sehen, Frank«, sagt sie. »So oder so. Die Frage ist doch, ob du mich dann noch sehen willst.«

37

1993

Mark drückte Kirsty das Messer an den Hals. Ihre Finger zerrten an seinem Arm, der ihre Brust fest umklammerte.

»Halt still, verdammt noch mal«, zischte Mark. »Bleib einfach sitzen, ist das klar?«

Gray kam hoch und langte nach dem Messer. Mark stieß ihn wieder zurück. »Willst du, dass ich sie umbringe? Denn ich würde es wirklich tun.«

Verzweifelt sah Gray zur Rückseite der Villa und hoffte, dass jemand herauskäme. Wer auch immer. Er versuchte sich aufzusetzen. Könnte er doch nur ins Haus, den anderen sagen, was hier passierte. Mark würde sie nicht töten. Er könnte es nicht.

»Du kommst hier nicht weg. Denk nicht mal daran, du armseliger Wurm. Du hängst da mit drin, okay? Du bleibst hier. Oder ich schlitze ihr hiermit die Kehle auf. Ich würde nicht einmal mit der Wimper zucken, verstanden?«

Gray nickte. Er würde alles tun, was Mark verlangte. Jedenfalls im Moment. Solange sich die Messerspitze so bedrohlich in die Kehle seiner Schwester bohrte.

»Was zum Teufel machst du?«, fragte er. »Du bist total verrückt.«

»Nein«, blaffte Mark zurück, »ich bin keineswegs verrückt. Ich bin völlig normal. Du bist schuld, dass das hier passiert. Du und deine beschissene kleine Familie.«

»Wieso?«, fragte Gray. »Was haben wir gemacht?«

»Du weißt, was ihr gemacht habt. Ich habe euch alle am Strand gesehen, als ihr über mich geredet habt. Ich habe eure abschätzigen Blicke gesehen, als ihr euch gefragt habt, ob ich gut genug für eure kleine Prinzessin bin. Ich habe alles getan, was ich konnte, ich habe euch einen Kuchen gebacken, einen verdammten Kuchen. Und ihr habt dagesessen, als ob ich euch einen Scheißhaufen vorgesetzt hätte.«

»Was?«

»Ich bin nicht blöd, Graham. Du hast mich damals gehasst, und du hast es dir zur Aufgabe gemacht, dass alle in deiner Familie mich auch hassen. Du hast sie alle gegen mich aufgehetzt. Auch Kirsty.«

Gray öffnete den Mund, um etwas zu sagen. Er wollte Mark erklären, dass es seine eigene Schuld war, dass Kirsty sich von ihm abgewendet hatte, weil er ein so verdammtes Monster war. Aber dann sah er das Messer, das sich immer stärker in Kirstys Haut bohrte, und Kirstys vor Entsetzen weit aufgerissene Augen. »Es tut mir leid, dass du das denkst«, sagte er versöhnlich. »Vielleicht bin ich nur ein großer Bruder gewesen, der sie zu sehr beschützen will. Weißt du, Kirsty hat vorher nie einen Freund gehabt. Deshalb habe ich mich bei dem Gedanken nicht wohlgefühlt.«

»Und diese Geschichte letzte Woche«, fuhr Mark aufgebracht fort. »Als ich kam, um mit Kirsty auszugehen, und ihr alle in der Tür standet wie ein Haufen dummer Bodyguards. So voll Feindschaft. In meinem ganzen Leben bin ich noch nicht so behandelt worden. Niemals. Das war ekelhaft.«

»Noch mal«, sagte Gray, obwohl er sich kaum zurückhalten konnte, Mark nicht ins Gesicht zu schlagen. »Ich entschuldige mich, wenn du das so empfunden hast. Kirsty hat mir gesagt, dass sie sich vielleicht zu jung fühlt für eine Beziehung, aber sie hatte Angst, deine Gefühle zu verletzen. Ich sollte sagen, dass es ihr nicht gut geht, damit sie Zeit hat, darüber nachzudenken, ob sie die Beziehung fortführen will oder nicht. Ich habe mir nur Sorgen um sie gemacht. Ich wollte nur tun, was sie sich wünschte. Ich dachte, das würdest du respektieren. Ich habe nicht damit gerechnet, dass du mit Gewalt ins Haus einzudringen versuchst. Das hat uns alle überrascht.«

»Hör zu, Freundchen«, giftete Mark. »So was macht keiner mit mir, okay? Keiner tut so, als wäre er etwas Besseres als ich. Schon gar nicht ein so stinkiger kleiner Scheißer wie du.«

»Es tut mir leid, Mark. Ernsthaft. Ich war unfair zu dir und bitte um Verzeihung. Kannst du nun bitte, bitte, meine Schwester loslassen. Du machst ihr Angst.«

»Weißt du, was ich in meinem Leben durchgemacht habe, du Scheißkerl? Hast du überhaupt eine Ahnung? Natürlich nicht! Du lebst in deiner hübschen, behaglichen kleinen Mama-Papa-Bruder-Schwester-Seifenblase. Gemütliches Häuschen. Mahlzeiten im Restaurant. Tagesausflüge. Entschuldige, dass ich mich in deine Schwester verliebt habe, und entschuldige, dass ich nicht verstehe, wie deine Schwester …«, er schüttelte Kirsty und verstärkte seinen Griff um ihre Brust, »… eben noch mit mir am Strand stehen kann, in meinen Armen, und mir sagen kann, dass sie mich liebt, und im nächsten Augenblick nicht mehr weiß, ob sie reif für eine Beziehung ist. Ja?!« Wieder schüttelte er sie, und sie wimmerte.

»Komm mit.« Mark zog Kirsty auf die Füße. »Steh auf!«

»Wo bringst du sie hin?«

»Sie? Ich nehme nicht nur sie mit, ich nehme euch beide mit. Steh auf, du Schisser. Steh auf!«

Gray konnte sich nicht bewegen.

Mark verzog verächtlich sein Gesicht, und für einen kurzen Augenblick nahm er das Messer von Kirstys Kehle, um es drohend gegen Gray zu richten. »Komm verdammt noch mal hoch!«

Gray packte Marks Handgelenk. Einen Moment lang hatte er es fest im Griff. »Kirsty!«, rief er heiser. »Jetzt! Lauf jetzt!«

Kirsty versuchte, unter Marks Arm herauszuschlüpfen, aber er zerrte sie an den Haaren zurück und zog sie wieder unter seinen Arm. Dann, plötzlich, schüttelte er Grays Griff von seinem Handgelenk ab und drehte ihm den Arm um. Er drückte die Hand hoch gegen das Gelenk, immer fester. Und die Welt schien in tausend schwarze und rote Stücke zu zersplittern, als der Knochen knackte und der Schmerz die Grenzen seines Bewusstseins erreichte und dort wie ein schrecklicher schwarzer Vogel sitzen blieb, der darauf wartete, auf ihn herabzustoßen und ihn davonzutragen. Gray sah auf seinen Arm hinunter, auf den entsetzlichen Winkel zwischen Handballen und Gelenk, auf die unglaubliche Ausbuchtung des Knochens durch die Haut. Der Himmel schien sich um ihn herum zu verdunkeln, und für einen Augenblick glaubte er, ohnmächtig zu werden. Aber dann setzte der Schmerz ein und weckte ihn brutal auf.

Mark hielt das Messer wieder an Kirstys Kehle.

»Versuch du nur wegzulaufen, und ich breche ihm auch noch die andere Hand«, zischte er. »Verdammt noch mal, steh auf und komm mit!«

38

Lily und Russ haben die Süd-Ost-Autobahn verlassen und sind auf dem Weg Richtung Norden.

»Also«, sagt Lily, »wie hast du Jo kennengelernt?«

»Oh Gott, jetzt fragst du aber was.«

»Ja«, sagt sie, »warum nicht.«

Er lächelt und sagt: »Bei der Arbeit.«

»Wo du auch Carl kennengelernt hast?«

»Nein, wo ich vorher gearbeitet habe. Sie war meine Chefin.«

»Aha«, sagt Lily. »Das passt.«

»Findest du?«

»Ja, weil sie so bestimmend ist.«

Russ lacht laut auf. »Ist sie nicht!«

»Ist sie wohl! Sie will nicht, dass du mit mir frühstückst. Sie will nicht, dass du mich nach Yorkshire fährst. Sie wirft dir dein Mittagessen an den Kopf.«

»Nein, im Ernst, das liegt daran … Sie ist oft sehr müde. Daran liegt es. Und sie fühlt sich während der Woche irgendwie eingesperrt …«

»Eingesperrt?«

»Weißt du, so wie ein Hund im Zwinger. Sie sehnt sich danach, mal rauszukommen. Sie lebt nur für die Wochenenden, wenn ich zu Hause bin und wir uns die Kinderbetreuung aufteilen können. Wenn wir was Schönes unternehmen, Zeit mit Darcy verbringen.«

Lily schaudert. Sie möchte kein Kind, bevor sie fünfunddreißig ist. Das hatte sie Carl gesagt, und er meinte, er würde so lange warten, wie sie es wünschte. Aber jetzt kann sie sich in diese Frau, Jo, hineinversetzen. In den letzten zwei Wochen hat sie sich selbst manchmal eingesperrt gefühlt. Sie wäre auch äußerst unglücklich gewesen, wenn Carl sie am Wochenende einen ganzen Tag allein gelassen hätte, um eine andere Frau durch die Gegend zu fahren. Und sie hat noch nicht einmal ein Baby, um das sie sich kümmern muss. Sie nickt und sagt: »Ich verstehe sie. Sagst du ihr bitte, dass es mir leidtut? Ich bin ihr sehr dankbar. Und ich möchte ihr etwas schenken.«

»Nein, nicht nötig, lass das sein. Aber ich erzähle ihr, was du gesagt hast. Jo ist ja kein Unmensch. Wirklich nicht. Sie ist ein Schatz. Sie ist überhaupt die Beste. Ich habe so ein Glück mit ihr.«

»Wie sieht sie aus?«

»Sie ist schön«, sagt er. Lily fragt sich, ob das heißt, so schön wie sie, oder nur im Vergleich zu ihm. »Rote Haare, grüne Augen. Umwerfend.«

Lily schaut Russ an, wie ein Leuchten von ihm ausgeht, wenn er von seiner Frau spricht. Genauso geht es ihr, wenn sie über Carl spricht. Als wäre sie verzaubert.

»Hier.« Er greift in die Innentasche seiner Jacke und zieht eine Brieftasche heraus. »Hier, ich hab ein Foto dabei. Schau es dir an.«

Sie nimmt seine Brieftasche und öffnet sie. Das Foto zeigt eine hübsche Frau mit Brille, die ein Dickerchen von Baby hält. Sie gibt ihm die Brieftasche zurück. »Sehr schön«, sagt sie. »Du hast wirklich Glück.«

Sie fühlt in ihrer Manteltasche nach dem Schlüssel, den sie in Carls Aktenschrank gefunden hat, nach der beruhigend massiven Kugel. Und dann berühren ihre Finger die zusammengerollten Zwanzigpfundscheine, die sie mitgenommen hat, falls sie ein Zimmer in einem Hotel nehmen oder eine Bahnfahrkarte nach Hause kaufen muss. In ihrer Tragetasche hat sie das Fotoalbum von der Hochzeit, um es Carls Mutter zu zeigen, und einige Fotos ihrer Familie in Kiew. Noch immer hofft sie, dass die Frau nachgeben wird, wenn Lily erst vor ihrer Tür steht. Dass sie sie hereinbittet, Tee einschenkt, sich interessiert zeigt.

»Wie steht es mit dir?«, fragt Russ. »Wie hast du Carl kennengelernt?«

»Hat er dir das nicht erzählt?«

»Nein. Nur das Allernötigste, wie mit allem.« Russ lacht. »Als er aus der Ukraine zurückkam, hat er nur gesagt, dass er jemand Besonderen kennengelernt hat.«

Sie erzählt ihm die Geschichte von der Konferenz damals im Februar, von dem Job, den sie ihrer Mutter zuliebe angenommen hatte, von dem ersten Mal, als sie ihn gesehen und in demselben Augenblick Bescheid gewusst hatte.

»Und wann hat er dich gebeten, ihn zu heiraten? War das gleich da?«

»Nein, nein, er ist nach einer Woche wiedergekommen.« Ein weiches Lächeln gleitet über ihr Gesicht bei der Erinnerung. »Mit einem Ring. Es war der schönste Augenblick in meinem ganzen Leben.«

»Und wie … ?« Russ zögert, beginnt noch einmal: »Wie ist er? Ich meine, so im Alltag? Ich bin … ich kann ihn mir gar nicht vorstellen als Privatmann.«

»Er ist wundervoll. Er bringt mir jeden Tag etwas mit, Schokoladentrüffel, eine Rose, eine Haarspange. Er schreibt mir SMS, verliebte Worte. Wenn er nach Hause kommt, kümmert er sich um mich, er kocht, lässt mir ein Bad ein und reicht mir das Handtuch. Er vergöttert mich.«

»Wow«, sagt Russ, während er in den Seitenspiegel schaut und in den Rückspiegel, bevor er auf die mittlere Fahrspur schwenkt. »Das ist erstaunlich. Irgendwie kann ich mir das gar nicht vorstellen.«

»Ich kann es nicht erklären«, sagt sie. »Ich habe so etwas noch nie erlebt. Es ist mehr als Liebe, es ist Obsession.«

»Das kann, nun ja … Da ist eine dunkle Seite dabei, stimmt's? Bei der Besessenheit?«

»Eine dunkle Seite gibt es bei allem, Russ.«

»Ha!« Er lacht. »Natürlich, das stimmt wohl. Wahrscheinlich hast du recht.«

»Ich bin eine tief melancholische Person.«

»Das würde ich nicht sagen …«

»Weil du mich nicht kennst. Aber es stimmt. Ich bin melancholisch. Das heißt nicht, dass ich nicht auch Spaß haben könnte. Ich kann eine Menge Spaß haben. Aber wenn ich nur ich selbst bin, allein … Da gibt es keinen Sonnenschein.«

Russ nickt und zieht den Wagen wieder auf die Überholspur. »Das ist interessant«, sagt er.

»Ja, ist es«, sagt Lily.

»Ich glaube, in diesem Land möchten wir alle heiter und unbeschwert sein und haben Angst, wenn wir es nicht sind«, erklärt Russ.

»Du bist heiter.«

»Ja, das bin ich, oder ich versuche es jedenfalls. Das heißt nicht, dass ich nicht auch Anwandlungen habe von … Introspektion.«

»Was heißt das? Ins Innere sehen?«

»Ja, ins Innere sehen. Sich fragen, wer man ist und warum man da ist. Alles hinterfragen.«

»Ich glaube, Carl ist auch sehr schwermütig«, sagt Lily einen Augenblick später.

»Ja«, sagt Russ und nickt heftig. »Ja, höchstwahrscheinlich hast du recht.«

Sie wendet sich ab, um aus dem Fenster zu schauen. Verschwommen sind grüne Felder, der blaue Himmel und hin und wieder ein Schwall von goldenem Raps zu sehen. Auf einem großen grünen Schild steht »Norden«. Sie denkt an Carls dunkle Seite, an die Augenblicke, wenn er ganz still wurde, wenn er ihre Hand wegstieß oder auf eine Frage nicht antwortete. Sie erinnert sich an die Nächte, in denen er im Schlaf sprach, sich hin und her wälzte und laut aufschrie. Einmal hat er sie im Schlaf gewürgt. Sie war aufgewacht und fand ihn über sich, seine Augen erkannten sie nicht, er streckte die Arme aus, dann schlossen sich seine Hände um ihre Kehle und drückten zu. Ihre Augen füllten sich mit Tränen, das Blut pochte in ihren Schläfen, und ihr Knie drückte gegen seinen Unterleib. Und dann der Schock in seinen Augen, als er erwachte und sie ansah, der Ausdruck des Entsetzens, seine Hände, die sich von ihrem Hals lösten, seine Finger, die ihr Gesicht fanden, das Stöhnen: »Es tut mir leid, es tut mir so leid, es war ein Albtraum, ich hatte einen Albtraum.« Seine Küsse, seine Umarmungen, dann liebte er sie zärtlicher als jemals zuvor.

Am nächsten Tag lag da eine Halskette mit einem einfachen Diamantanhänger.

Sie wusste nichts von seiner Kindheit, von seiner Vergangenheit. Sie wusste nichts von seinen Narben. Aber sie wusste, dass es diese Narben gab.

Es ist sonnig, als sie von der Hauptstraße abbiegen zu dem Ort, der sich Ridinghouse Bay nennt. Es ist gemütlich im Auto, im Radio läuft Musik, aus der Heizung strömt warme Luft. Und Russ ist ein sehr guter Begleiter. Lily ist entspannt mit ihm, als ob sie ihm alles sagen könnte. Nach der nächsten Kurve kommt der Ort in Sicht: Ein sichelförmiges Durcheinander kleiner Häuser erstreckt sich zum Meer hinab, und im glitzernden Hafen schaukeln Boote. Aber Russ lenkt den Wagen vom Ort weg eine schattige Straße hinab, wo die sich dunkel neigenden Baumkronen einen Korridor bilden.

Die Dame von Google Maps sagt: »Nach fünfzig Metern erreichen Sie Ihr Ziel.«

Lily wird nervös. Sie fasst Russ am Ärmel an und sagt: »Ich habe Angst.«

»Es wird schon gut gehen«, sagt er. »Vielleicht ist gar niemand da. Auch möglich, dass wir direkt umkehren und nach Hause fahren.«

»Auch davor habe ich Angst.«

Sie biegen von der Straße ab und müssen halten, weil eine rostige Kette über die Auffahrt gespannt ist. Lily springt aus dem Wagen, klickt die Kette auf, zieht sie zur Seite und tritt zurück, damit Russ den Wagen weiterfahren kann. So ein schönes Haus hat sie noch nie gesehen. Es besteht aus cremefarbenen Steinen, oder vielleicht ist es auch cremefarben gestrichen. Wasserspeier und Büsten sind in den Putz eingelassen, es gibt kannelierte Säulen. Eine Freitreppe führt zu einer hohen schwarzen Holztür mit einem Messingtürklopfer in der Mitte. Hinter dem Haus sieht man das Meer und einen königsblauen Himmel voller blassgoldener Federwolken.

Lily geht zum Auto und wartet, dass Russ aussteigt.

»Das Haus ist wunderschön«, sagt sie. »Ich habe so ein Haus noch nie zuvor gesehen.«

»Georgianisch«, sagt Russ, wischt Krümel von seinem Schoß und streckt zur Lockerung die Arme aus. »Kann auch neogeorgianisch sein. Sieht etwas vernachlässigt aus.«

Lily folgt ihm zur Eingangstür, ihr Herz schlägt wie wild, die Tragetasche mit dem Fotoalbum hält sie verkrampft in der Hand. Sie kann kein Anzeichen von Leben entdecken, und als sie näher am Haus sind, erkennt sie, dass das Haus heruntergekommen und verlottert ist. Die cremefarbenen Wände und die Fenster sind schmutzig, die Rosenbeete vor dem Haus überwuchert und voller totem Laub.

Es ist zwar kein Märchenschloss mehr, aber trotzdem ist es schön. Warum sollte Carl sich nicht gewünscht haben, sie hierher mitzunehmen, sie daran teilhaben zu lassen?

Die Türglocke klingt genau, wie Lily es sich vorgestellt hat, ein elegantes Klangspiel von Kupferröhrchen. Niemand öffnet ihnen. Es geht kein Licht an. Keine Stimme dringt nach außen. Russ klingelt noch einmal. Er schaut Lily an, runzelt die Stirn, dann klingelt er wieder. Sie versuchen es fünf Minuten lang, dann steht fest, dass niemand da ist oder, wenn doch, dass man nicht an die Tür gehen will. Lily steckt ihre Hand in die Tasche und holt den Schlüsselbund heraus.

»Das«, sagt sie zu Russ und streckt es ihm auf der flachen Hand entgegen. »Das war in Carls Aktenschrank.«

Er nimmt ihr den Bund ab und untersucht die Schlüssel. Dann prüft er das Schlüsselloch in der großen schwarzen Tür und sagt: »Der könnte passen.« Er steckt den seltsam aussehenden Schlüssel, den Lily am nächsten Morgen zum Schlüsseldienst am Bahnhof bringen wollte, ins Schloss und dreht ihn um. Es klickt leise, als die Tür aufgeht.

Russ und Lily sehen sich an. Lily nickt. Russ stößt die Tür auf.

39

Alice überlässt Frank an diesem Abend sich selbst. Als sie vom Essen zurückkamen, gab er vor, müde zu sein, und ging direkt ins Studio. Aber sie wusste, dass er einfach das Alleinsein suchte, einen Freiraum, in dem er über die Erinnerungen nachdenken konnte, die sich ihm heute erschlossen hatten.

Alice geht hoch in ihr Zimmer, um auf dem iPad nach ihren Eltern zu sehen. Sie sitzen Seite an Seite auf dem hübschen John-Lewis-Sofa und starren auf den Fernseher. Alice weiß, dass keiner von beiden eine Ahnung hat, was da läuft. Wenn sie sie jetzt anrufen und fragen würde: »Was macht ihr gerade?«, hätten sie Mühe, eine Antwort zu finden. Aber selbst in dem verworrenen Zustand halten sie Händchen. Fest zusammengedrückt ruhen ihre Hände zwischen ihnen auf dem Sofa. Sie haben keine Ahnung, wer Premierminister ist, sie wissen nicht, welcher Wochentag ist, welcher Monat oder welches Jahr wir haben. Sie können sich nicht einmal an die Namen ihrer Töchter erinnern, und sie können sich ganz sicher nicht daran erinnern, ob sie heute schon zu Mittag gegessen haben oder was für das Abendessen vorgesehen ist. Im Grunde wissen sie nichts mehr, von welcher Bedeutung es auch immer sein mag. Aber sie wissen sehr wohl, dass sie einander lieben.

Alice wendet sich ab, um ihr Bett zu prüfen. Die Laken

sind zu einem höchst eigenartigen postkoitalen Knoten verschlungen, das Bettlaken geknüllt und zerfurcht wie ein von den Gezeiten geriffelter Sandstrand. Sie hängt den Gedanken an die letzte Nacht nicht weiter nach, sondern zieht ruckartig das Bettzeug ab, rollt es zu einem großen Knäuel zusammen, das sie auf dem Treppenabsatz vor ihrem Zimmer liegen lässt, damit sie es geradewegs in die Schmutzwäsche tun kann. Anschließend zieht sie saubere Laken aus dem Wäscheschank und bezieht rasch alles neu. Aus der Zimmerecke holt sie die bestickten Kissen, die sie vor langer Zeit gekauft hat, die aber ihr Bett niemals geschmückt haben, da sie sich nicht die Mühe macht, die Kissen täglich hin und her zu räumen. Sie ist definitiv nicht der Bettdeko-Typ. Sie legt die hübschen Kissen in einer Reihe an die aufgeschüttelten Kopfkissen, zieht die Steppdecke glatt und überprüft das Ergebnis. Es ist hübsch. Es sieht nicht aus wie ein Bett für leidenschaftlichen, lebensverändernden Sex mit einem möglicherweise mordlüsternen Fremden. Es sieht aus wie das Bett einer alleinstehenden Frau, ein Ort, wie geschaffen, um Romane zu lesen und Kinder zu trösten und mit Hunden zu sprechen, als ob sie verstünden, was man sagt.

Auf dem Bildschirm ihres iPads, das auf dem Tisch liegt, sieht und hört Alice ihre Eltern sprechen.

»Ich liebe dich«, sagt ihr Vater zu ihrer Mutter.

»Ich liebe dich auch«, sagt ihre Mutter zu ihrem Vater.

Und dann: »Ob wir wohl heute noch unser Mittagessen bekommen?«

Frank liegt auf dem Rücken, die Hände über dem Bauch gefaltet, seine Augen prägen sich die Einzelheiten der hölzernen Decke über ihm ein: die Spinnennetze, die Astknoten und die Maserung, die Fugen und die Gesimse. Sein Geist klart sich rasch auf. Er erinnert sich jetzt an den Ort, wo er lebt. Es ist eine Etagenwohnung in einem großen Haus. Das Wohnzimmer befindet sich geradeaus, rechts das Schlafzimmer, links ein Korridor, der zu Küche und Badezimmer führt. Die Wände sind gelb gestrichen. All seine Schuhe stapeln sich an der Eingangstür. Er besitzt Turnschuhe und Wanderstiefel, leuchtend farbige Fußballschuhe und mehrere Paare überwiegend braune Lederschnürschuhe. Darüber hängen seine Mäntel. Es gibt auch einen Ständer mit einem Schirm. Einen Tisch mit Schlüsseln darauf. Der Fußboden besteht aus aprikosenfarbenem Laminat. Das Wohnzimmer ist ein quadratischer und verwohnter Raum mit einem großen ramponierten cremefarbenen Sofa – er meint, es könnte ein Erbstück seiner Mutter sein – und einem langen, schmalen Kaffeetisch, übersät mit Papieren und leeren Bechern. Man blickt durch zwei Schiebefenster auf eine Mauer, einige weiße Plastikgartenmöbel und eine ansteigende Rasenfläche dahinter.

Intensiv sucht er in diesem gerade erst wiederentdeckten Terrain nach Anzeichen für eine Familie oder eine Frau, aber da ist nichts. Am liebsten würde er zu Alice ins Haus rennen und laut verkünden: »Es gibt keine Frau! Ich lebe allein!« Aber da ist noch so vieles, was er wissen muss, bevor er ihr irgendetwas versichern kann.

Er kann sich an seinen Beruf erinnern. Er arbeitet in einer Schule. Er unterrichtet Dreizehn- und Vierzehnjährige. Im Geiste hat er die Reihen der Kindergesichter vor ihm nach dem Mädchen namens Kirsty abgesucht. Er kann ihr Gesicht nicht finden. Aber er sieht das Buch auf seinem Tisch und den Text auf dem Whiteboard hinter sich, und es scheint ihm, vielmehr schockiert ihn, dass er Mathematiklehrer ist.

Letzte Nacht im Bett mit Alice hat er sich nicht wie ein Mathelehrer gefühlt. Letzte Nacht hätte er alles und jeder sein können, er war das pure Leben, alles fiel von ihm ab, bis nur noch der Kern seines Selbst übrig blieb. Er fand sich gut im Bett mit Alice, aber jetzt macht er sich mit jeder Erinnerung kleiner. Ein Mathematiklehrer, der allein in einer schäbigen Wohnung lebt.

Aus Jasmines Schlafzimmerfenster dringt Musik durch den Garten. Er hört einen der Hunde bellen und Geklapper aus der Küche. Es wäre so verführerisch, aus den Erinnerungen auszusteigen, den ganzen Prozess hier und jetzt zu stoppen, zurück in Alices Bett zu kriechen, für immer der geheimnisvolle, leere, bedürftige Frank zu sein und nie irgendetwas Enttäuschendes über sich zu erfahren.

Er steht vom Bett auf und öffnet die Studiotür. Er steht in Socken da, die Abendluft ist kalt und schneidend, er sieht hoch zu dem Fenster von Jasmine. Da erscheint sie, eingerahmt im Fenster, eine Lichtgestalt mit weißem Gesicht, nur Augen, Haar und Lippen. Sie starrt einen Augenblick zu ihm hinunter. Dann winkt sie ihm, bevor sie sich wegdreht und die Vorhänge schließt.

Frank geht zurück ins Studio. Nein, sagt er sich, ich gehöre nicht hierher, auch wenn ich es noch so gern wollte. Es wäre nicht fair gegenüber Alice und auch nicht fair gegenüber ihren Kindern. Die Polizei wird mir sagen, wer ich bin, und dann werden wir weitersehen. Er fällt hintenüber zurück aufs Bett und fühlt, wie das Schluchzen schmerzhaft in seiner Kehle anschwillt bei dem Gedanken daran, Abschied zu nehmen, Alice zu verlassen. Und jetzt, ganz plötzlich, wie ein Geistesblitz, taucht eine rote Katze auf. Eine rote Katze mit Namen … Brenda. Er sieht die kleine braune Schüssel, die in der Küche steht, verkrustet von Fleischresten. Die Katze liegt zusammengerollt wie ein Ball auf dem gammeligen cremefarbenen Sofa. Das ist seine Katze, erkennt er schlagartig. Warum sollte er seine Katze Brenda genannt haben? Dann wird er von einer Welle des Mitleids ergriffen. Wer füttert die Katze? Wer kümmert sich um sie?

Sein Entschluss ist besiegelt. Seine Zeit bei Alice ist vorbei. Morgen wird er Bescheid wissen.

40

1993

Mark hatte Kirsty und Gray in einem Gästezimmer irgendwo unterm Dach eingeschlossen, wo die Decke niedrig und das Mobiliar zerschlissen und schäbig war. Die Musik konnten sie auch hier noch hören. Die Bässe vibrierten durch ihre Fußsohlen und ließen die lose Scheibe des Mansardenfensters zittern und klirren. Es war so laut, dass Mark es geschafft hatte, sie beide zwei Treppen hochzukriegen, ohne dass jemand etwas bemerkt hatte. Kirsty saß zusammengekauert auf dem Bett, während Gray versuchte, die Tür einzutreten. Sie war solide, und Grays Tritte zeigten keine Wirkung. Er ging zum Fenster, um es mit seiner linken Hand zu öffnen, aber es war auch abgeschlossen. Also schlug er mit seiner Faust gegen die Scheibe, für den unwahrscheinlichen Fall, dass irgendeiner im Garten wäre.

Kirsty begann zu schluchzen.

»Hör zu«, sagte Gray und setzte sich zu ihr aufs Bett. »Es ist fast Mitternacht. Erinnerst du dich, was Dad gesagt hat? Er hat gesagt, wenn wir bis Mitternacht nicht zu Hause sind, kommt er hierher und blamiert uns bis auf die Knochen. Hörst du? Er wird also gleich hier sein. Okay? Okay.«

Sie nickte, schniefte und sagte: »Aber Mark wird sagen, dass wir nicht hier sind. Dass wir schon gegangen sind.«

»Gut, dann wird Dad uns suchen. Und wenn er uns nicht findet, wird er zurückkommen.«

»Und wenn es dann schon zu spät ist, Gray?«

Er lächelte sie an: »Er wird uns nicht wehtun, Kirsty. Das werde ich nicht zulassen.«

»Aber sieh doch bloß deine Hand an. Er hat uns bereits wehgetan!«

Gray blickte hinunter auf sein Gelenk, das in einem unmöglichen Winkel von seinem Arm herabhing.

»Beim ersten Mal hat er uns überrascht. Jetzt sind wir vorbereitet. Okay? Wir wissen, was er für einer ist. Und wir können uns auf ihn einstellen.«

»Hier!« Er erhob sich vom Bett und begann die Schubladen aus den Nachtschränkchen zu ziehen. »Komm!« Er sah zu Kirsty: »Durchsuch den Kleiderschrank. Es muss doch irgendetwas in diesem Raum geben, das uns nützlich sein kann.«

»Was sollte das sein?«

»Alles Mögliche! Ein Nähkasten, eine Zahnbürste, eine alte Decke. Lass uns alles rausholen und sehen, was wir damit machen können«

Schweiß tropfte Gray von der Stirn und fiel in seine Augen. Das Adrenalin, das seinen Körper durchströmte, milderte den Schmerz in seiner Hand, aber er stand immer noch unter Schock. Erstaunt atmete er aus, als er als Erstes in der oberen Schublade ein Päckchen Schmerzmittel fand. Es hatte ein Verfallsdatum von 1990, aber das kümmerte ihn nicht. Er warf sich vier Tabletten in den Mund und schluckte sie trocken hinunter. In der Schublade fand er auch noch eine Reisebroschüre für die nähere Umgebung vom August 1988, einige alte Zugfahrkarten und ein paar Schildchen von der Reinigung, an denen noch die

Sicherheitsnadeln hingen. Er nahm sie heraus und legte sie vorsichtig oben auf das Schränkchen. Dann zog er die nächste Schublade auf.

Hier fand er Abführtabletten, ein Päckchen Spielkarten, gebrauchte Papiertaschentücher, eine halb leere Packung Waschmittel, einen Prospekt vom Sledmere House und dann lag da, zusammengerollt, ganz nach hinten geschoben, ein schmaler Ledergürtel, der zu einem Damenkleid gehörte.

Er legte den Gürtel zu den Nadeln auf dem Schränkchen und ging hinüber zum Nachtschrank auf der anderen Bettseite.

Dort gab es noch mehr Krimskrams, der von Hausgästen zurückgelassen worden war: Ohrstöpsel, alte Batterien, ein Kreuzworträtselheft, ein elastisches Haarband, eine Schlafmaske und zusammengeknülltes Süßigkeitenpapier. Er stöhnte verächtlich auf.

»Was hast du gefunden?«, fragte er seine Schwester.

»Drahtkleiderbügel«, sagte sie. »Eine ganze Menge.«

»Prima«, zischte er mit zusammengebissenen Zähnen und wartete darauf, dass die Tabletten endlich wirkten. »Was noch?«

»Ein paar stinkende Altmännerhosen mit Flecken, Decken, einen Föhn, Mottenkugeln, einen Heizstrahler, einige Hüte.«

»Schön.« Er begann, die Drahtbügel aus dem Kleiderschrank zu nehmen. »Ich denke, damit können wir ihn richtig verletzen. Du müsstest jetzt die Haken abdrehen. Bieg sie immer vor und zurück. Ja, genau so. Bis es knackt. Prima. Jetzt steck ein paar davon in deine Taschen. Du kannst ihm damit die Augen ausstechen. Mach die nächsten noch ein bisschen länger. So, ja. Großartig.«

Gray sah sich noch einmal im Zimmer um. In der Ecke stand ein kleiner Holzstuhl. Er versuchte, ihn mit einer Hand zu heben. Aber der Stuhl war zu schwer, um ihn jemandem mit nur einer Hand auf den Kopf zu hauen. Dann bemerkte er eine Gelenkleuchte auf einem der Nachtschränke. Die hatte einen massiven Fuß, garantiert schwer genug, um eine Gehirnerschütterung zu verursachen. Ein Plan nahm allmählich Gestalt an. Gray bat Kirsty, die Lampe zu halten, während er das Kabel herauszog. Dann schob er den Stuhl zur Tür. »Du musst hier stehen«, flüsterte er eindringlich, während er sich den Schweiß mit dem Handrücken von der Stirn wischte. »Hiermit.« Er reichte ihr eine zusammengefaltete Decke. »Wenn er reinkommt, wirfst du ihm die Decke über den Kopf. Den Rest mach ich, okay?«

Kirsty nickte, schüttelte den Kopf, nickte wieder und sagte: »Aber wenn ich nicht treffe? Wenn es nicht klappt?«

»Es wird schon klappen. Und wenn nicht, dann habe ich noch das hier.« Er zeigte auf die Lampe. »Und das.« Er deutete auf die herausgerissene Lampenschnur und den Ledergürtel. »Und wenn es ganz schlimm kommt, steigst du vom Stuhl und schlägst ihn damit. Dann nimm die Drahthaken und verletz ihn damit. Nimm, was dir in die Finger kommt. Okay? Hauptsache, wir kommen aus diesem Zimmer raus. Wenn wir erst mal draußen sind, finden wir schon Hilfe. Aber jetzt müssen wir Tiere sein, Kirsty. Ja? Tiere.«

Sie nickte unsicher, und er nahm sie in seine Arme und drückte sie an sich. »Ich liebe dich, Kirsty, ich möchte, dass du das weißt. Egal was passiert. Du bist die beste Schwester, die man sich nur wünschen kann. Ich bin so stolz auf dich. Und ich liebe dich.«

Sie drückte ihr Gesicht fester an seine Brust, und er legte sein Kinn auf ihren Kopf und starrte auf die Rosette an der Zimmerdecke. Die Tabletten wirkten nicht. Sein Handgelenk schmerzte, als würden Elektroschocks durch seinen Arm gejagt. Er hätte sich gern hingelegt und geweint. Aber er musste wachsam bleiben. Er musste seine Schwester beschützen.

An der Tür war ein Geräusch zu hören, und sie ließen einander los. Kirsty stieg auf den Stuhl und faltete die Decke auseinander. Gray stellte sich auf eine Seite der Tür, die Lampe fest in der linken Hand. Der Schmerz in der rechten war plötzlich verschwunden.

41

»Hallo! Hallo!« Lily geht leise und vorsichtig durch die geflieste Halle. »Hallo, ist da jemand?«

Russ folgt ihr, wobei er die Wände nach einem Lichtschalter absucht. Als er einen findet und anknipst, leuchtet langsam ein großer Kristallleuchter über ihnen auf und erhellt ein dichtes Netzwerk von staubigen Spinnweben.

»Wow!« Lily schaut sich um. Es sieht aus wie ein Herrenhaus. Wie die großen Gebäude im Stadtkern von Kiew, die Banken und Versicherungen. An mehreren Stellen der zentralen Halle gehen Türen ab, Doppeltüren zur Linken und zur Rechten, dann noch kleinere Türen hinter dem Treppenaufgang. Über sich kann sie durch eine Glaskuppel die kupfergoldenen Wolken sehen. Die Luft riecht abgestanden, aber nicht feucht. Sie wendet sich nach rechts und stößt die Flügeltür auf, die in ein imposantes Wohnzimmer führt. Es ist voll eleganter, abgewetzter Möbel und halb gepackter Pappkartons. Eine Tür gegenüber gibt den Blick frei in ein Vorzimmer: auf eine Vase auf dem Fensterbrett, mit staubigen, vertrockneten Blumen, und auf einen mottenzerfressenen Samtsessel. Leise und angespannt durchschreiten sie das Zimmer und kommen in einen bemerkenswerten Raum: Er besteht vollständig aus Glas und verziertem Schmiedeeisen und ist mit vertrockneten Zimmerpalmen und staubigen Steingartengewächsen, toten Gummibäumen und verwelkten Sträuchern vollgestellt. Es riecht nach Erde und Moder. Aber dort, am anderen Ende, stehen ein Arrangement von hübschen Korbmöbeln, ein Tischchen mit Glasplatte und Lampen mit zerschlissenen Schirmen, was vermuten lässt, dass dies einmal ein netter Raum war, in dem man sich gern aufhielt und an den Pflanzen erfreute.

Eine Tür zur Linken führt in eine lange, schmale Küche mit fünf Fenstern, die auf den Garten hinausgehen. Die Küche ist im Stil der 1970er-Jahre eingerichtet: Arbeitsplatten aus rostfarbenem Resopal, dazu Kieferntüren, tief hängende orangefarbene Plastiklampen, kunststoffbezogene Barhocker an einem Frühstückstresen, alles bedeckt von einer dünnen Staubschicht.

Dann stehen sie wieder in der Halle und untersuchen die Räume auf der anderen Seite des Hauses. Ein großes Esszimmer, ein kleinerer Raum mit ledernen Clubsesseln und einer Bar in der Ecke, eine Toilette mit einem Handwaschbecken aus Porzellan und einem Wasserkasten mit Kette hoch oben an der Wand.

Als sie wieder in der Halle stehen, sagt Russ: »Also gut, ich bin ziemlich sicher, dass hier keiner wohnt.«

»Aber die Frau«, antwortet Lily, »sie war am Telefon.«

»Das ist richtig. Aber mal im Ernst, sieh dir das hier an. Das sagt doch alles. Es ist diese ganze Atmosphäre. Ein verlassener Ort.«

»Komm«, sagt sie. »Lass uns die Treppe hinaufgehen.«

Sie fasst das Mahagonigeländer und schaut nach oben. Es ist die Treppe aus einem alten amerikanischen Film, die sich in zwei dramatischen Kurven hoch zur Glaskuppel windet. Der erste Absatz führt zu vier großen Schlafzimmern, der zweite zu zwei Dachzimmern. Alle Türen lassen sich leicht öffnen, alle Zimmer sind leer. Aber im obersten Stock ist eine Tür verschlossen. Russ und Lily sehen sich an. Nach Lily versucht Russ sich an der Klinke. Sie knarrt zwar, gibt aber nicht nach.

»Hallo!«, ruft Lily durch die Tür. »Hallo! Lady! Ich bin's, Lily. Wir haben vorhin telefoniert. Lady? Sind sie da? Hallo?«

Sie legt ihr Ohr an die Tür, aber auf der anderen Seite ist absolute Stille.

Sie dreht sich zu Russ um: »Tritt sie ein!«

»Was?«

»Tritt die Tür ein! Bitte.«

»Das kann ich nicht tun, Lily. Das ist strafbar. Dafür käme ich ins Gefängnis. Es könnte ...«

Lily stößt ihn zur Seite und wirft sich gegen die Tür.

»Lily!«, versucht er sie aufzuhalten, aber sie schubst ihn von sich weg.

Die Tür wirkt stabil, aber nicht uneinnehmbar. Sie stemmt sich so lange dagegen, bis ihr die Hüfte wehtut. Dann tritt sie mit den Füßen dagegen, wieder und wieder, sodass der Schmerz sie von der Fußsohle bis ins Knie durchzuckt.

»Lily, wirklich, das kannst du nicht machen!«

»Kann ich wohl«, herrscht sie ihn an. »Mein Mann könnte da drin sein. Sonst wer könnte da drin sein. Deshalb sind wir fünf Stunden gefahren. Ich kehre nicht um, bevor wir nicht in diesem Zimmer gewesen sind. Ist das klar?«

Sie fängt wieder an zu treten, und endlich ist Russ an ihrer Seite.

»Also gut«, sagt er. »Auf drei. Eins ... zwei ... drei.«

Sie treten vereint gegen die Tür, einmal, zweimal, dreimal und plötzlich, endlich, ein Geräusch von berstendem Holz. Sie treten noch mal zu, und die Tür fliegt auf.

Russ tastet nach dem Lichtschalter. Sie gehen hinein.

42

Gegen sechs Uhr erscheint Franks Gesicht am Fenster zum Garten. Es ist plötzlich sehr kalt geworden, und sein Atem hüllt ihn ein wie ein Nebelschleier.

»Na«, sagt er und reibt seine Hände aneinander. »Ganz schön kalt geworden, oder?«

»Komm ans Feuer«, lädt Alice ihn ein. »Ich bringe dir etwas zu trinken. Was möchtest du? Tee, Wein?«

»Eigentlich …« Er stockt und sieht auf seine Füße. »Ich will dich nicht stören – ich weiß, du hast um diese Zeit viel zu tun –, ich wollte nur reinkommen, um mich zu entschuldigen. Wegen vorhin. Ich hab das Gefühl, dass ich die Stimmung verdorben habe. Und ich habe dir nicht richtig für das herrliche Essen gedankt. Das war sehr nett von dir. Und hier, nimm, das habe ich für dich gemacht.« Er reicht ihr ein postkartengroßes Blatt.

Sie schaut darauf, dann zu ihm hoch, dann wieder auf das Blatt. »Das hast du gemacht?«

Er nickt leicht verlegen. »Es sieht so aus, als könnte ich zeichnen.«

»Toll«, sagt Alice, »das ist, mein Gott, das ist schön!«

Es ist eine Bleistiftskizze von den drei Hunden am Strand, darunter in eleganter Kalligrafie das Wort *Danke*. Das Meer im Hintergrund und die Lichter des Rummels sind mit gewischtem, zartem Pastell koloriert.

»Hoffentlich macht es dir nichts aus, dass ich deine Malsachen benutzt habe. Ich habe sie in einer der Schubladen gefunden.«

»Meine Güte, nein. Natürlich macht es mir nichts aus. Ich finde, du bist wirklich begabt, Frank. Das ist so schön.«

»Es war ganz seltsam, Alice. Ich wollte dir so gern etwas schenken, aber ich habe nichts, was ich dir geben könnte, und es kann sein, dass ich dich morgen zum letzten Mal sehe. In dem Moment sah ich deine Schublade, und mich überkam der Wunsch, etwas zu zeichnen. Also setzte ich mich hin, und meine Hände schienen genau zu wissen, welchen Bleistift sie nehmen und wie sie die Pastellkreiden benutzen müssen, und plötzlich erschienen die Hunde auf dem Papier – und ich kann zeichnen!«

»Du kannst zeichnen, Frank, das kannst du wirklich.«

»Ich weiß. Es ist fast wie Ironie. Kurz vorher habe ich mich daran erinnert, was mein Beruf ist. Ehrlich, er könnte nicht abwegiger sein.« Er zeigt auf die schöne Zeichnung.

»Was«, fragt sie atemlos. »Was ist dein Beruf?«

»Rate.«

»Du bist Steuerberater.«

»Nein, aber nicht weit weg. Ich bin Mathelehrer.«

Alice prustet los. »Im Ernst?«

»Ja. An einer weiterführenden Schule.«

»Oh mein Gott. Wo? Ich meine, ist dir der Name der Schule eingefallen?«

»Nein, das nicht. Aber die Schuluniform. Schwarzer Blazer, schwarzer Pullover mit roter Einfassung, schwarz und rot gestreifte Krawatte, ein Emblem wie etwas von einer Burg, vielleicht ein Turm.«

Alice lächelt. »Weißt du, ich sehe dich richtig vor mir, wirklich.« Sie lacht. »Hätten wir das früher gewusst, hättest du dich für meine Gastfreundschaft revanchieren und Kai Nachhilfe geben können.«

»Das kann ich immer noch«, sagt er strahlend. »Gleich jetzt könnte ich doch etwas mit ihm machen.«

Alice lacht wieder. »Ich glaube nicht, dass das am Sonntagabend so gut ankommt. Aber wenn du morgen von der Polizei zurück bist, werde ich mit Sicherheit auf dein Angebot zurückkommen.«

Frank nickt und seufzt. »Da ist noch etwas, Alice.«

Sie beißt sich auf die Lippe und wartet auf eine schreckliche Enthüllung über Kinder und Ehefrauen.

»Ich bin ziemlich sicher, dass ich Single bin.«

Überrascht blickt sie zu ihm auf. »Du meinst …«

»Ich habe mich daran erinnert, wo ich wohne. Ich konnte das Innere meiner Wohnung sehen. All mein Zeug. Und es gab kein Anzeichen von einer Frau. Nur eine Katze. Sie heißt Brenda.«

Alice fühlt, wie ihr das Herz aufgeht. Dieser Mann, dieser bemerkenswerte Fremdling, der sie hat fühlen lassen, was sie nicht mehr zu hoffen gewagt hatte, ist ein unverheirateter Mathelehrer mit einer Katze. Sie lacht heraus. »Brenda?«

»Ich weiß! Brenda! Was bin ich für ein komischer Kauz.«

»Ja, was bist du für ein komischer Kauz, Frank.« Sie lächelt und jauchzt innerlich.

»Und nun mache ich mir natürlich Sorgen um sie.«

»Um Brenda?«

»Ja. Ich lebe allein. Sie muss hungrig sein.«

»Nicht doch«, sagt sie, »Katzen sind anpassungsfähig, einfallsreich. Sie wird schon jemanden finden, der sie füttert.«

»Glaubst du?«

Sein Gesicht ist so sorgenvoll, dass Alice nicht anders kann, als ihre Arme um ihn zu schlingen und ihn an sich zu drücken. »Mach dir um Brenda keine Sorgen«, flüstert sie ihm ins Ohr. »Falls du morgen eingesperrt wirst, gehe ich persönlich in deine Wohnung und hole die Katze hierher, damit sie bei mir bleibt. Okay?«

»Die Katze eines Mörders? Bist du sicher?«

»Wie du weißt«, erwidert sie trocken, »habe ich keine Probleme mit Tieren von Kriminellen.«

Er löst sich von ihr, um sie zärtlich zu betrachten. Seine Augen registrieren jede Einzelheit, und sie fühlt sich wie neugeboren und lebendig. »Du bist unglaublich.«

»Ich bin nicht unglaublich. Wirklich nicht. Frag alle. Ich bin eine Idiotin.«

»Wie kannst du so etwas sagen?«

»Weil es so ist. Sieh mich an. Sieh das Haus an. Totales Chaos. Und …« Sie hält inne, nur einen Schritt entfernt vom Abgrund dieses Gesprächs. Dann sagt sie es einfach: »Du musst wissen, die Fürsorge ist bei mir gewesen. Schon zweimal.«

Er guckt sie ungläubig an.

»Im Ernst. Einmal in London wegen Kai und Jasmine. Irgendeine übereifrige Mutter in der Schule hatte beschlossen, dass ich meine Kinder nicht ordentlich erziehe, weil ich mit den falschen Leuten Kontakt hätte, weil die Kinder meistens zu spät in die Schule kämen, weil ich meinen Hintern nicht zeitig genug aus dem Bett kriegte, weil ich so verdammt deprimiert wäre, weil ich manchmal kein Essen im Haus hätte und die Kinder ohne richtiges Pausenbrot in die Schule schickte. Und das war alles wahr. Ich war eine Scheißmutter. Ich liebte meine Kinder, hatte aber keine Ahnung, wie ich sie versorgen sollte. Das war ein richtiger Weckruf. Ich habe mein ganzes Leben geändert. Ich ging zum Arzt und ließ mir was verschreiben. Trennte mich von den schlechten Freunden und behielt die guten. Räumte die Wohnung auf. Ich durfte die Kinder behalten. Aber es war knapp.« Sie blinzelt und schluckt schwer. »Das war die schlimmste Zeit meines Lebens. Aber wir haben es durchgestanden. Und dann, oh Mann, ich dumme Kuh, geh hin und lass mich noch mal schwängern. Von einem Kerl, den keine andere Frau mit der Kneifzange angefasst hätte. Ein Psycho. Na großartig! Gerade als ich alles wieder auf die Reihe bekommen habe, versinke ich mit einem Neugeborenen im Babyblues und habe einen Kontrollfreak von Mann, der meine Kinder bevormunden will, der mir sagen will, was ich tun soll, was ich anziehen soll, was ich denken soll.«

Alice hält inne und streicht sich die Haare aus dem Gesicht. »Jawohl – wir sind davongelaufen. Wir haben Romaines Vater nicht gesagt, wohin wir gehen. Ich hab das alles hier heimlich geplant.« Sie weist auf ihr Haus. »Ich habe gewartet, bis er im Krankenhaus war, wegen seiner Zirrhose, weil, oh ja, habe ich erwähnt, dass er Alkoholiker war?« Sie lacht bitter. »Er hat lange genug mit dem Trinken aufgehört, um ein zeitweises Besuchsrecht für Romaine zu erhalten. Und dann hat er sie entführt! Es war …« Sie schluckt, als ihr die Tränen kommen. »Es war ein Albtraum. Gott sei Dank ist er bald nach Australien verduftet und hat dort mit einer anderen Frau ein Kind gekriegt. Eine Weile war alles ruhig. Aber dann, welche Freude, meint die Grundschullehrerin, dass Romaine vernachlässigt wird.«

»Was?«

»Ja! Weil ich nie Zeit hatte, ihr morgens die Haare zu

kämmen. Weil sie Flecken auf ihrem Sweatshirt hatte, weil ich sie immer zu spät abholte, weil sie sich in die Hose machte und oft weinte. Oh ja, und weil sie einmal, *ein Mal*, etwas über einen Horrorfilm erzählt hat, den sie zufällig zu Hause angesehen hatte, als ich nicht da war und Kai nicht wusste, dass sie im Zimmer war. Weil …« Sie seufzt. »Einfach weil ich nicht genug auf sie aufgepasst habe. Weil ich eine Scheißmutter bin. Sie kamen her, ich habe ihnen die Geschichte von der Entführung erzählt – weißt du, dass er sie fast zwei Wochen in einem Hotelzimmer festgehalten hat? Zwei Wochen! Die Hälfte der Zeit auch noch ganz allein, und sie war keine drei Jahre alt. Dieser verfluchte Mistkerl. Ich hatte so eine Wut auf die Schule, auf diese griesgrämige kleine Lehrerin mit ihrem verdammten glänzenden kleinen Kruzifix um den Hals, die von nichts eine Ahnung hatte. Ich konnte nicht durchs Schultor gehen, ohne mich mit jemandem anzulegen. Ich war *diese* Mutter. Du verstehst schon, die Schlampe, wegen der sie alle dauernd an Konferenzen teilnehmen mussten. Es war …« Sie stockt und reibt ihr Gesicht. »Es war die schlimmste Zeit. Von all den schlimmen Zeiten. Ich wollte nur noch das Haus verkaufen und sonst wo hinziehen, auf die Äußeren Hebriden, so weit weg wie möglich von allen und allem. Und genau da tauchte Derry auf und nahm die Dinge für mich in die Hand. Sie setzte sich in der Schule für mich ein. Sie half mir, eine Legasthenie-diagnose für Romaine zu bekommen. Sie holte Romaine ab, wenn ich spät dran war. Sie hat die Wogen geglättet. Mein Gott, ohne sie wäre ich mit Sicherheit schon tot.«

Frank hat Alice während ihres ganzen Monologs unbewegt angesehen.

»Ich finde immer noch, dass du unglaublich bist.«

»Aber ich hab dir noch nicht gesagt, dass ich mit Barry geschlafen habe.«

»Barry?«

»Erinnerst du dich an den windigen Mieter, der Schokolade klaute, um sie meinen Kindern zu geben? Der mir den fünfzig Pfund schweren Staffy dagelassen hat, aber nicht die Miete für die letzten zwei Monate? Die Jacke, die ich dir am Strand gegeben habe, war von Barry.«

Frank nickt.

»Ja, genau der. Ich hab mit ihm geschlafen. Er war so abstoßend. Aber ich hab es trotzdem getan. Weil ich eine verdammte Idiotin bin. Ich war schon immer eine Idiotin, und so wird es wohl auch bleiben.«

»Und wie passe ich in die Aufzählung deiner Idiotien?«, fragt er nachdenklich.

»Ganz schön weit oben, würde ich sagen. Ziemlich weit oben. Stell dir nur vor, wie das bei der Fürsorge ankommen würde, bei den Müttern in der Schule: ein Mann, der sich an nichts anderes erinnert als daran, dass er einen Menschen umgebracht haben könnte. Der in meinem Garten wohnt. Ach ja, und auch in meinem Bett.« Sie schüttelt verzweifelt den Kopf. Dann lacht sie trocken. »Wenigstens bist du nicht verheiratet, oder? Das würde dem Scheißhaufen das Sahnehäubchen aufsetzen.«

Frank legt ihr die Hände auf die Schultern und blickt ihr ernst in die Augen. Sie fühlt sich wie eine offene Wunde. Es gibt noch mehr, was sie ihm hätte sagen können: all die One-Night-Stands, die durchgefeierten Wochenenden, dass sie die Erziehung der Kinder auf die leichte Schulter genommen hat. Sie kann noch eine Menge an sich arbeiten. Doch für den Moment hat sie Frank genug von sich offenbart. Sie möchte ihm nicht morgen Auf Wiedersehen sagen und ihn mit einem idealisierten Bild von sich gehen lassen. Streunende Hunde aufzunehmen, macht sie nicht zur Heiligen. Genauso wenig wie verlorene Fremde aufzunehmen. Wenn sich herausstellt, dass er nichts Schlimmes getan hat – dass er wirklich nur ein zerstreuter Mathelehrer mit einer Katze namens Brenda ist und frei sein Leben wieder aufnehmen kann –, und wenn er sich dann entscheidet zurückzukommen, möchte sie, dass das in völliger Offenheit geschieht. Er darf keine engelsgleiche Heilige erwarten, die ihn retten wird. Sie ist nicht imstande, sich selbst oder sonst jemanden zu retten.

Er streichelt zärtlich ihr Gesicht, sein Daumen findet das Grübchen in ihrer Wange. Sie wartet darauf, dass er etwas sagt, aber das tut er nicht. Er fasst sie um den Nacken, drückt seine Lippen auf ihre Stirn und küsst sie fest. Der Kuss fühlt sich wie eine Erlösung an, als ob er alle Sünden von ihr nehmen würde. Sie fühlt sich schwach und weich zugleich, nimmt seine Hände in ihre und hält sie gegen ihr Gesicht.

Dann poltert es an der Küchentür. Ein Hund, gefolgt von einem anderen Hund, gefolgt von einem Kind. »Ist es schon Zeit zum Essen?«, ruft Romaine. »Ich habe Hunger.«

Alice lässt Franks Hände los und tritt einen Schritt zurück, blickt aber weiter in seine Augen. Dann wendet sie sich an Romaine: »Klar hast du Hunger. Schließlich hast du zu Mittag nur Kartoffeln gegessen.«

»Soll ich dir einen Bagel machen?«, fragt Frank, und Romaine sieht ihn mit großen Augen an.

»Ja! Bitte! Aber vergiss nicht, dass du ihn erst aufschneiden musst, Frank.«

»Dank dir werde ich nie wieder vergessen, die Bagel aufzuschneiden.«

»Ich kann das machen«, sagt Alice und öffnet den Brotkasten. »Wirklich, setz du dich hin.«

»Nein«, sagt Frank und drängt sich dazwischen. »Ich möchte das machen. Unbedingt.«

Romaine greift sich die Postkarte: »Toll, hast du das gemalt, Frank?«

»Das ist tatsächlich von ihm, mein Engel«, antwortet Alice.

»Toll. Das ist richtig gut. Malst du mir was? Malst du mich? Und Mummy?«

»Liebend gern. Zuerst mache ich dir den Bagel, und dann zeichne ich euch.«

Alice steht da, die Hüfte gegen die Arbeitsplatte gelehnt, die Arme vor dem Bauch gefaltet, und sieht sich diesen Mann an, wie er ihrer kleinen Tochter etwas zu essen macht, zu seinen Füßen die Hunde, die auf Schinken- und Hühnchenreste hoffen. Er gehört hierher, geht ihr plötzlich durch den Kopf. Wer immer er ist. Was immer er getan hat. *Er gehört hierher*.

Und dann fällt ihr ein, dass sie ihn morgen zur Polizei bringen und möglicherweise nie wiedersehen wird. Sie geht zum Kühlschrank und greift sich eine Flasche Wein.

43

1993

Es war alles fürchterlich schiefgegangen.

Kirsty war es zwar gelungen, die Decke über Marks Kopf zu werfen, aber da Gray Marks Schädel darunter nicht wirklich erkennen konnte, landete der Lampenfuß ohne große Wirkung irgendwo an der Seite seines Kopfes. In Sekundenschnelle hatte sich Mark aus der Decke herausgewühlt und Kirsty auf das Bett geschleudert. Gray hatte sich sofort auf ihn geworfen, ihn mit seinem heilen Arm um die Taille gefasst und versucht, ihn wegzuzerren, aber Mark war doppelt so stark wie Gray und hatte ihn mühelos abgewehrt.

Gray stolperte rückwärts gegen die Tür. Sie war unverschlossen. Er drückte die Klinke.

»Wenn du das Zimmer verlässt, bringe ich sie um«, schrie Mark.

Gray hielt inne.

»Ihr beide habt es wohl immer noch nicht richtig mitgekriegt. Ihr geht nirgendwo hin. Die Party unten ist vorbei. Es ist keiner mehr da.«

»Unser Dad wird bald hier sein«, keuchte Kirsty.

»Ah ja, euer Dad war da und ist wieder weg. Ich habe ihm erzählt, dass ihr vor einer Stunde gegangen seid.«

»Er wird die Polizei rufen, wenn er uns nicht findet«,

entgegnete Gray. »Sie werden direkt hierherkommen. Sie werden deine Drogen finden. Dich einsperren.«

Mark zuckte die Achseln. »Das bezweifle ich. Ich habe ihm gesagt, dass ihr zum Strand gegangen seid, mit ein paar neuen Freunden, und dass ihr beide high seid. Völlig zugedröhnt.«

Er zog Kirsty an den Armen hoch und drehte sich dann zu Gray um: »Setz dich auch hin!«, befahl er und klopfte neben sich aufs Bett. »Sofort!«

Das Messer war wieder an Kirstys Hals. Gray seufzte und ging auf das Bett zu. Mark zerrte ihn runter und sprang auf die Füße. Er fand das Kabel, das Gray aus der Lampe gerissen hatte, und fesselte Grays und Kirstys Hände so, dass sie beide Rücken an Rücken zusammengebunden waren.

»Mein Handgelenk!« Gray schrie auf: »Bitte sei vorsichtig mit meinem Handgelenk.«

Mark blickte teilnahmsvoll auf seine Hand: »Oh ja, tut mir leid. Manchmal kann ich meine Kraft nicht richtig einschätzen.« Dann aber spannte er das Kabel langsam immer fester und ließ dabei seinen Blick nicht von Grays Augen.

Gray schrie. Es fühlte sich an, als würden ihm Nägel ins Knochenmark getrieben. Ihm war, als ob alle Schmerzen, die er je erfahren hatte, in einer unvorstellbar entsetzlichen Empfindung zusammenschmolzen.

»Schrei, so viel du willst«, sagte Mark, während er das Kabel umständlich nachzog. »Keiner wird dich hören.«

Dann trat er zurück, um sein Werk zu begutachten. »Klasse, das wird euch daran hindern, Mist zu machen.«

»Mark, was soll das eigentlich?«, flehte Gray mit verzweifelter und hohler Stimme. »Was hast du vor?«

Mark nahm die Haltung eines sehr tief über etwas nachdenkenden Menschen an. »Mensch, gute Frage. Ich habe mich tatsächlich noch nicht entschieden. Lass uns später noch mal darüber reden.«

Schweiß rann Gray in die Augenbrauen und die Wangen hinunter, als er mit dem Schmerz kämpfte, den das Kabel in seinen gebrochenen Knochen grub. Als Kirsty sich nur wenig rührte, heulte er vor Schmerz auf.

»Entschuldige«, hörte er sie flüstern.

Währenddessen lief Mark auf und ab, immer noch in seiner lächerlichen Denkerhaltung. Dann setzte er sich plötzlich neben Kirsty, und Gray spürte, wie sie den Atem anhielt und sich ihr Rücken straffte. Gray konnte nicht sehen, was passierte, aber er hörte Kirsty sagen: »Bitte nicht!«

Heiser brachte er heraus: »Lass sie los! Fass sie verdammt noch mal nicht an!«

Er merkte, wie Kirstys Körper zuckte und sich krümmte.

»Hör auf!«, stieß sie hervor. »Nein!«

»Was macht er, Kirsty?«, fragte Gray.

»Ich berühre sie, Graham«, hörte er Marks Stimme, ruhig und gemessen. »Ich berühre ihren Körper.«

Gray zuckte zusammen, ihm wurde flau im Magen: »Zum Teufel, lass sie los! Nimm die Hände weg von ihr, oder ich bringe dich um!«

Mark lachte auf seine kichernde, abstoßende Art: »Ja wirklich, Graham? Tust du das? Ich streichele gerade ihren Hals, Graham. Ganz zart. Mit meinen Fingerspitzen. Ich glaube, sie mag das. Ja, sie mag es. Sie schnurrt ja nahezu.«

Gray spürte ein dunkelrotes Feuer in sich aufsteigen, es züngelte sich in sein Bewusstsein, ließ seinen Verstand schmelzen. Er wollte diesen Menschen töten. Ihn ermorden. Ihn erstechen, erschlagen, ihm auf dem Schädel herumtrampeln, bis der platzte, ihn in den Kopf schießen und dann ins Herz, ihn treten, ihn steinigen, enthaupten, zermalmen, zerreißen, bis er nichts anderes mehr war als ein Klumpen Fleisch und Knochen.

»Sag doch mal, Kirsty, warum bist du heute Abend überhaupt hergekommen? Das würde mich interessieren.«

»Es hörte sich an, als könnte es lustig werden.« Ihre Stimme klang gedrückt und dunkel.

»Und hast du deshalb gesagt, dass du mich liebst? Am Strand. Weil das *lustig* war?«

»Nein. Ich wusste nicht, was ich sonst sagen sollte. Ich hatte noch nie einen Freund, und ich wusste nicht, was von mir erwartet wurde.«

»Gut. Heute Abend lernst du sicher etwas fürs Leben. Man kann unmöglich herumlaufen und Leuten sagen, dass man sie liebt, Kirsty. Nicht, wenn man es nicht so meint. Damit weckt man falsche Erwartungen. Ach, übrigens« – er schielte zu Gray hin – »ich massiere momentan die Brüste deiner Schwester. Sie sind einfach wunderbar. Besser sogar, als ich sie mir vorgestellt habe. Zwei ordentliche Handvoll.«

Gray spürte im Rücken, wie Kirsty sich wand. Er war blind vor machtloser Wut, atmete aber tief ein und aus, um einen klaren Kopf zu bekommen. Wut würde gar nichts helfen. Er verschob seine Hände ein wenig und begann, an dem Kabel zu drehen, wobei er die erneute Schmerzattacke in seinem Handgelenk zu ignorieren versuchte. Die Schnur war, wie vorauszusehen, fest angezogen, aber wenn er das ausgefranste Ende finden könnte, würde möglicherweise genug Spiel sein, um es irgendwie zu bewegen.

»Männer sind sensibel, Kirsty, das verkennen viele. Leicht verletzbar. Und du hast mich tief verletzt. Ich habe mich sofort in dich verliebt, als ich dich zum ersten Mal gesehen habe. Das habe ich dir beteuert. Es war wie ein Donnerschlag, so etwas habe ich noch nie vorher erlebt. Und du? So wie du dich verhalten hast, so wenig Achtung wie du vor den Gefühlen eines anderen hast, das macht dich irgendwie unmenschlich. Verstehst du, was ich meine?«

Kirstys ganzer Körper zuckte.

»Was hat er gemacht?«, schrie Gray.

»Ich habe meine Hand zwischen ihren Beinen, Graham.« Sein Tonfall war munter. »Direkt … zwischen … ihren … Beinen. Oh ja. Ja, sie mag das, großer Bruder. Sie mag das wirklich und wahrhaftig. Und wisst ihr, das ist das, was Leuten passiert, die nicht den mindesten Respekt vor anderen haben.« Die letzten Worte klangen wie ein Ratschlag für die Zukunft an sie beide. Und dann, es war schrecklich, stöhnte Mark. »Mmmmmm. Ja.«

Gray fingerte immer intensiver und schneller an dem Kabel. Die Gelenklampe lag dort, wo er sie zurückgelassen hatte. Er konnte Kirsty noch helfen, wenn er nur die Schnur lösen könnte. Kirsty hatte gemerkt, was er beabsichtigte, und er fühlte, dass ihre Finger auch an dem Kabel arbeiteten.

Mark stöhnte wieder. Kirsty zitterte. Es durfte nicht passieren. Er würde es nicht zulassen. Denn sonst wäre ihr Leben ruiniert, Kirstys und seines. Für immer.

Er blickte zu der Lampe. Er befeuchte sich die Lippen. Er prüfte die Schnur. Sie lockerte sich. Zweifellos löste sie sich. Mark redete weiter. Wie gut seine Schwester sich anfühlte, wie feucht sie wurde, aber Gray blendete alles aus. Er konnte sich das nicht anhören. Er musste sich konzentrieren. Den Schmerz vergessen. Marks Hände zwischen den Beinen seiner Schwester vergessen. Nur diese Schnur lösen. Seine Hände herausziehen. Die Lampe greifen. Sie über Marks Kopf hauen. Dem hier ein Ende machen. Ein Ende machen. Ein Ende.

44

Lily sieht sich im Raum um. Er ist rechteckig, hat eine schräge Wand und zwei Mansardenfenster. Zu ihrer Linken steht ein Himmelbett, hübsch bezogen mit Baumwollbettzeug und Satinkissen. Es ist frisch gemacht, die Bettdecke glatt gezogen. Es riecht frisch, und die Wände sind recht modern tapeziert: Chrysanthemen auf taubenblauem Grund. Der Teppich ist neu und flauschig, und die Schränke sind fachmännisch eingebaut. Am anderen Ende des Raums befinden sich eine Tür zum anschließenden Badezimmer, eine kleine moderne Kochnische, zwei cremefarbene Sessel und ein Tisch mit einer Stehlampe. Es sieht wie ein Zimmer in einem anspruchsvolleren Bed & Breakfast aus und überhaupt nicht wie eines der anderen Zimmer in diesem Haus.

»Nun ja, interessant«, sagt Russ. »Anscheinend haben wir das Heim deiner mysteriösen Frau am Telefon gefunden.«

»Das verstehe ich nicht«, sagt Lily. »Warum sollte man in einem so großen Haus in einem so kleinen Zimmer wohnen?«

»Spart Heizkosten, nehme ich an.«

Lily beginnt, das Zimmer zu erkunden. Hier lebt eine nette, saubere Person. Die Frau, mit der sie telefoniert hatte, klang wie eine nette, saubere Person. Lily öffnet einen Wandschrank, und sofort riecht es nach Jasmin und sauberer Kleidung. Der Schrank ist voller teuer aussehender Sachen: geschneiderte Hosen, sauber an Holzbügeln aufgehängt, ordentlich zusammengelegte, weiche Wollpullover, Handtaschen mit goldenen Ketten, gepflegte Halbschuhe mit Quasten und glänzende Abendschuhe mit Spangen.

»Diese Frau ist sehr elegant«, sagt sie zu Russ, der gerade die Gegenstände auf dem Schreibtisch hochnimmt und mustert. »Sie hat Klasse. Wie Carl. Außerdem ist sie sehr ordentlich. Sie ist definitiv seine Mutter. Das ist offenkundig.« Lily schließt die Schranktür und stellt sich neben Russ. »Was hast du gefunden?«

»Ich glaube, dass der Bewohner dieses Zimmer erst kürzlich verlassen und eine Menge persönlicher Wertsachen mitgenommen hat.«

»Wie kommst du darauf?«

»Es sieht so aus, als wären einige Schubladen ausgeleert worden, und da sind auch noch ein leerer Schmuckkasten und ein leerer Ablagekorb. Schau mal.«

Die Jalousien vor den beiden Dachfenstern sind geöffnet. Draußen beginnt es zu dämmern. Lily bemerkt, wie Russ mit einem verstohlenen Blick auf sein Handy nach der Uhrzeit sieht. Ihr Unternehmen ist erfolglos geblieben. Lily wird die Dame mit ihrem Anruf verscheucht haben. Sie ist weg. Das Haus ist leer. Russ muss los. Er muss zu seinem Baby und seiner Frau und acht Stunden schlafen, ehe er morgen zur Arbeit geht.

»Du kannst gehen«, sagt sie und dreht sich auf dem Schreibtischstuhl zu ihm um. »Es ist spät.«

»Und was willst du machen?«

»Ich bleibe hier. In diesem hübschen Zimmer.«

»Aber, Lily, ich weiß nicht … Ich meine, das ist ein großes Haus. Du wirst ganz allein sein. Und wie willst du nach Hause kommen? Du weißt, dass ich dich nicht wieder abholen kann.«

»Ich habe Geld«, sagt sie. »Jede Menge Geld. Ich finde allein nach Hause.«

»Aber du weißt noch nicht einmal, wo wir sind.«

»Doch, das weiß ich. Wir sind in Ridinghouse Bay. Ich habe ein Telefon. Ich habe Geld. Bitte, Russ, ich möchte, dass du nach Hause zu deinem Baby und deiner Frau fährst …«

»Aber wenn dir etwas passiert …«

»Mir wird nichts passieren. Dieses Haus ist sicher. Die einzige Person, die hier hereinkommen kann, ist die Frau, die am Telefon war. Und …« Sie schaut sich im Zimmer um. »Sieht das hier so aus wie das Zimmer einer gefährlichen Frau?«

Russ lächelt und schüttelt den Kopf. »Nein, vermutlich nicht. Aber trotzdem, ich würde mich wohler fühlen, wenn du in einem Hotel wärst.«

»Ich möchte hierbleiben«, sagt Lily entschlossen.

Russ zögert, dann stöhnt er auf: »Ich muss gehen!«

»Das weiß ich doch. Also geh.«

»Bist du sicher?«

»Ich bin sicher.«

Er lächelt und geht auf sie zu: »Bitte, bitte, ruf mich gleich morgen früh an, damit ich weiß, dass du die Nacht gut überstanden hast.«

»Das mache ich ganz bestimmt.«

»Und wenn du dich fürchtest, melde dich. Ich lege mein Handy neben mein Bett. Wenn du ein merkwürdiges Geräusch hörst oder so, ruf an. Ja?«

Sie lacht. Er sieht so ernst aus. »Ja, ich verspreche es dir.«

Sie geht auf seine offenen Arme zu, und sie umarmen sich lange und herzlich.

»Hast du noch irgendetwas in meinem Auto?«

Sie schüttelt den Kopf.

»Na, dann verabschiede ich mich.« Er drückt sie noch einmal an sich, dreht sich um und verlässt das Zimmer, wobei er leise die Tür hinter sich ins Schloss zieht.

Lily setzt sich wieder auf den Stuhl und dreht sich einmal im Kreis. Sie sieht sich ihrem Abbild in einem raumhohen Wandspiegel gegenüber. Da wäre sie nun, denkt sie und starrt sich verdutzt an. Da wäre sie nun: sowieso schon Hunderte von Meilen von zu Hause entfernt und nun noch Hunderte mehr. Sie denkt an die leere Wohnung in Surrey. Sie denkt an die Baustelle mit ihren flatternden Plastikplanen, an das seltsame Licht nebenan. Sie denkt an morgen, daran, wie sie die Straßen dieser seltsamen kleinen Stadt erforschen will, an die Antworten, die sie schließlich auf all ihre Fragen finden könnte.

Aber hauptsächlich malt sie sich aus, wie sie hier vielleicht in der Nacht aufwachen wird, wie der Mond durch die Dachfenster auf sie niederscheinen wird und wie sie die zarte Berührung ihres Mannes spürt, seine Hand an ihrer Wange, sein Gesicht über ihrem, wie er sie anlächelt und sagt: »Du hast mich gefunden. Du hast den weiten Weg auf dich genommen und hast mich gefunden.«

45

Alice lehnt die kleine Karte gegen den Fuß ihrer Nachttischlampe und starrt darauf. Sie ist ausgezeichnet. Eine kleine Bleistiftskizze von ihr und Romaine, Seite an Seite, die Arme umeinandergeschlungen. Sie haben in der Küche Modell gesessen. Zehn Minuten hat Frank gerade mal gebraucht und sie beide genau eingefangen. Romaines außergewöhnliche Locken, die Speckfältchen an ihren Handgelenken, ihr schiefes Lächeln. Und die langen Beine von Alice, die Wirbel an ihrem Haaransatz, der müde Reiz in ihrem Gesichtsausdruck. Aber vor allem hat er die Liebe zwischen ihnen eingefangen. Das Kumpelhafte. Denn Romaine ist tatsächlich ihr Kumpel. Sie leben im selben Rhythmus, tanzen nach dem gleichen Beat. Wäre Romaine dreißig Jahre älter und nicht ihr Kind, wären sie wahrscheinlich beste Freundinnen. Das strahlt Franks reizende Zeichnung aus. Alice und Romaine. Für immer beste Freunde.

Er hat den Abend mit ihnen verbracht, eingeklemmt auf dem Sofa zwischen Romaine und Kai, und irgendeine Show auf Channel Five geguckt. Aber als Alice endlich herunterkam, nachdem sie Romaine ins Bett gebracht hatte – wie immer viel zu spät –, war auch Frank schon schlafen gegangen. Die kleine Karte ist alles, was von ihm geblieben ist, und eine kleine gekritzelte Notiz: »Ab ins Bett. Morgen ist Schule. Ich sehe dich beim Frühstück.«

Sie fühlt sich gleichermaßen enttäuscht und erleichtert. Natürlich muss er heute in seinem eigenen Bett schlafen. Hat sie nicht gerade heute Morgen ihr Bett mit Männer abschreckenden Zierkissen bestückt? Aber zugleich sehnt sie sich nach ihm. Sie nimmt die Karte hoch und zieht mit der Fingerspitze die Linien nach. Er hat sie schön aussehen lassen. Gertenschlank und hohlwangig, mit einem durchdringenden Blick. Ob er sie wohl so sieht? Nicht als Hausfrau mit wilder Dachsmähne, mit Rettungsring um die Taille und dunklen Schatten unter den Augen? Sondern als Frau, die eine harte Konkurrenz für Catherine Deneuve wäre?

Sie seufzt, sieht zum Fenster und stellt sich Frank in ihrem Studio auf dem Feldbett vor. Vielleicht ist er nackt. Dann sieht sie dasselbe Bett morgen Nacht vor sich, leer, das Studio kalt und abgeschlossen. Das Leben wieder normal. Wer weiß, wie lange es dauern wird, bis sie wieder den Körper eines Mannes in den Armen halten kann. Welche Chancen gibt es in einer kleinen, abgelegenen Küstenstadt für eine alleinerziehende Mutter von drei Kindern, die ihr Haus nur verlässt, um Hunde den Strand entlangzujagen und vor der Schule herumzustehen, einen halbwegs anständigen Mann zu finden, der mit ihr Sex haben will?

Sie schafft es bis zur Tür, bevor die Vernunft sie einholt. Ihre Hand gleitet von der Klinke, und sie holt tief Luft.

Kai erscheint hinter ihr, als sie sich umdreht.

»Hallo, mein Hübscher.«

»Was machst du hier?«

»Ich schließe ab. Und was hast du vor?«

»Nichts. Ich will mir nur Wasser holen.«

Er lässt sich ein Glas Wasser einlaufen.

»Geht's dir gut?« Er dreht sich um und mustert sie.

»Ja, alles super.«

»Du wirkst …« Seine Augen gleiten nachdenklich durch den Raum und zu ihr zurück. »… ein bisschen verrückt.«

Sie lacht. »Verrückt?«

»Ja. Ich meine, nicht verrückt verrückt. Nur ein bisschen durcheinander.« Er sieht zum Hinterhof hinüber. »Ist er der Grund?«

»Er?«

»Ja, du weißt schon. Die ganze Sache mit dem Gedächtnisverlust. Weil du dich um ihn kümmerst?«

»Na ja, ein bisschen vielleicht. Das war schon seltsam, oder? Ihn hier bei uns zu haben.« Sie geht auf ihren Sohn zu und legt ihm die Hand auf den Nacken. »Aber morgen um diese Zeit ist es vorbei. Dann ist er weg. Unser Leben wird wieder normal verlaufen.«

»Wünschst du dir das?«

Sie sieht ihn prüfend an.

»Wünschst du dir, dass alles wieder normal wird?«

»Ich denke …, ich meine …«

»Ich mag ihn«, unterbricht er sie. »Wenn sich herausstellt, dass er kein Mörder ist. Verstehst du? Oder selbst, wenn er einer ist.« Er lacht.

»Oh«, sagt Alice, »schön.«

»Nacht, Mum.« Er umarmt sie ungestüm. »Hab dich lieb.«

»Ich habe dich auch lieb, mein Kleiner.« Sie küsst ihn auf die Wange. Er lächelt sie an und geht nach oben. Und sie bleibt allein zurück in der Küche mit dem brummenden Kühlschrank und der Dunkelheit und den Hunden.

46

1993

Die Schnur war nun so locker, dass Gray seine Hände befreien konnte. Er widerstand der Versuchung und nahm sich Zeit, den nächsten Schritt zu planen.

»Ich greife gerade nach dem Messer, um deiner Schwester das T-Shirt aufzuschlitzen, Graham. Aber keine Sorge, ich bin sehr vorsichtig. Ich will sie ja nicht verletzen, jedenfalls jetzt noch nicht.«

Gray zuckte wieder zusammen, als er das Reißen des Stoffes hörte und das schwere Atmen seiner Schwester.

Dann: »Irre, ich meine wirklich ... irre. Das sind jawohl die unglaublichsten Titten, die ich je gesehen habe. Ehrlich. Hast du schon mal die Titten deiner Schwester gesehen, Graham?« Mark sprach in einem Plauderton, in dem man jemanden fragt, ob er einen bestimmten Film schon gesehen habe. »Was für ein Jammer, dass du nicht siehst, was ich hier sehe. Da entgeht dir einiges.«

Gray atmete tief ein, um seinen flammenden Zorn zu beherrschen. Sachte zog er seine gesunde Hand aus der Schlinge und versuchte, mit den Fingern einen der Metallhaken zu fassen, die Kirsty in die Gesäßtasche ihrer Jeans gesteckt hatte. Sie bewegte sich etwas, um es ihm zu erleichtern, was Mark aber missverstand. »Oh, deine Schwester scheint jetzt an der Sache Gefallen zu finden,

Graham. Na dann, lassen wir diese Schönen frei. Wollen wir?«

Gray spürte, wie Mark seiner Schwester an den Rücken fasste und an dem BH-Verschluss herumfummelte. Er hielt die Hände still und den Atem an. Es schien ewig zu dauern.

»Hast du noch nie einen BH geöffnet, Mark?«, höhnte er.

»Schnauze, du verdammter Vollpfosten.«

»Also ehrlich. Du wirkst ein bisschen wie ein Amateur. Ich frage mich tatsächlich, ob du vielleicht noch Jungfrau bist. Du führst dich ja auf wie ein verdammter Freak.«

Er merkte, wie Marks Hände sich von Kirstys Rücken lösten. Und dann war Mark über ihm, das Gesicht wutverzerrt. Er holte aus und schlug Gray hart ins Gesicht. »Halt verdammt noch mal das Maul.«

Und da war er, der Moment. Gray riss seine Hand aus der Schlinge, sprang auf und zog Mark den Metallhaken über den Schädel. Er fühlte, wie er ins Fleisch drang, fühlte, wie er das Fleisch aufriss, sah, wie Mark sich mit beiden Händen an den Kopf fasste und das Blut durch seine Finger quoll, sah die schwere Lampe zu seinen Füßen, hob sie mit dem gesunden Arm auf und holte aus. Dann aber sah er, wie Marks Hände sich vom Kopf lösten und auf halbem Weg nach der Lampe griffen und fühlte, wie sie ihm aus der Hand genommen wurde, als würde eine Blume von der Wiese gepflückt.

»Oh mein Gott«, stöhnte Mark, die Lampe in der Hand. Das Blut rann ihm in drei Bahnen übers Gesicht. »Jetzt hast du es also getan, jetzt hast du es wirklich getan.« Seine Stimme hatte sich verändert, das schrille Jammern schlug um in tiefes Knurren.

»Die Tür«, schrie Gray seiner Schwester zu. »Hau ab! Lauf!«

Er erhaschte einen Blick auf ihr tränenverschmiertes Gesicht, als sie zur Tür stürzte. Mit einer Hand hielt sie die Fetzen ihres T-Shirts vor der Brust zusammen, mit der anderen steckte sie etwas in ihre Hosentasche.

»Lauf«, rief er noch einmal.

Mark ließ die Lampe fallen, stolperte durch den Raum und konnte fast Kirstys Arm ergreifen, als diese gerade durch die Tür schlüpfte und sie hart hinter sich zuschlug, direkt gegen seinen Arm. Mark stoppte, griff sich an den Arm und heulte auf. Dann stieß er die Tür auf und stürzte ihr nach wie ein verwundetes Tier. Gray rannte hinterher. Er sah Kirsty die Treppe hinunterrasen, zwei Stufen auf einmal nehmend, sie stolperte und rutschte drei Stufen hinunter, ehe sie wieder auf die Füße kam. Aber dadurch verlor sie kostbare Zeit, und Mark konnte sie einholen. Er riss sie auf die Treppe, warf sich mit seinem vollen Gewicht auf sie, zerrte an ihrem BH, zerrte an ihrer Jeans, und das Blut tropfte aus seiner Wunde auf ihre Brust. Gray griff ihn am Hemdkragen und wollte ihn von ihr wegziehen, aber er hatte nicht genug Kraft mit nur einem Arm, sodass Mark ihn leicht wegstoßen konnte. Aber da er durch Grays Versuch abgelenkt war, gelang es Kirsty, ihn mit ihrem linken Fuß direkt zwischen die Beine zu treten und ihn zurückzustoßen. Vor Schmerz blieb Mark zusammengerollt liegen.

»Du verdammtes Miststück«, winselte er und hielt sich den Unterleib. »Du widerliches, hässliches Miststück!«

Gray griff Kirstys Hand. Sie rannten los und riefen laut um Hilfe, falls sich doch noch irgendjemand im Haus befinden sollte.

»Nein, sie wird abgeschlossen sein!«, rief Gray und zog Kirsty von der Eingangstür weg.

Sie liefen durch die geflieste Halle auf die Hintertür zu. Gray blickte zurück, um zu sehen, wie viel Vorsprung sie hatten, gerade als Marks blutverschmiertes Gesicht vor ihm auftauchte und er seinen wütenden, heißen Atem spürte. Dann war Gray am Boden, sein Kinn knallte auf die harten Fliesen, einen Moment lang verschlug es ihm den Atem, und schon lag Mark auf ihm. Er fühlte, wie Mark seinen Kopf mit beiden Händen griff, ihn hochhob und dann auf den harten Boden schmetterte, und er fühlte, wie sein Hirn gegen die Schädeldecke prallte und sein Gehör zu einem dumpfen Brummen verstummte.

Seine Schwester schrie. Dann war es für einen Augenblick seltsam und erschreckend still. Mark erhob sich plötzlich von Gray und brach dann zusammen. Kirsty hatte aufgehört zu schreien und stand über den beiden, laut und hastig keuchend.

Sie hielt ein blutiges Messer umklammert. Marks Messer. Das Blut tropfte auf die weißen Fliesen. Und dann half sie Gray auf, stützte ihn, und sie rannten los, durch die Hintertür, über den herrlichen mondbeschienenen Rasen, Hand in Hand.

47

Am Abend hatte Lily die Jalousien nicht vollständig heruntergelassen, und der Schein der Morgendämmerung durchdringt nun das Dunkel des Raums. Es ist zehn vor sechs. Sie hat nur wenig geschlafen – drei, vielleicht vier Stunden. Es gibt so viele seltsame Geräusche hier am Meer. Möwen, die wie verwunschene Kinder krächzen, Füchse, die heulen, als würde ihnen langsam der Bauch aufgeschlitzt. Und die ferne Flut, die wie eine Menschenmenge murmelt und flüstert, Oh und Ah ruft und sich gegen unsichtbare Felsen wirft.

Sie schlägt die dünne Decke zurück und setzt sich auf. Sie fühlt sich benommen vor Müdigkeit und Fremdheit und von dem Widerhall der Träume, die sich in ihrem Kopf abgespielt haben, während sie ohne Hoffnung auf tiefen Schlaf dalag. Sie faltet die Decke ordentlich zusammen und steckt sie zurück in den Schrank. Dann glättet sie Laken und Kopfkissen, um alles wieder in den Zustand zu versetzen, in dem sie es vorgefunden hatte. Sie nimmt ein einzelnes schwarzes Haar vom Kissen und lässt es auf den Boden fallen. Diese elegante Frau soll nicht denken, dass eine verwahrloste Fremde auf ihrem schönen weißen Bett gelegen hat.

Sie nimmt aus ihrer Tragetasche eine Cola-Dose und trinkt sie in wenigen Schlucken aus. Dann verschlingt sie den Rest des gestrigen Donuts. Einen Augenblick bleibt sie sitzen.

Auf ihrem Telefon geht eine SMS ein, und sie nimmt es in die Hand.

Guten Morgen. Schreib mir bitte kurz, wenn du das hier liest. Russ.

Sie schreibt zurück: *Hallo, hier bin ich. Alles ok.*

Er schickt ihr ein Smiley zurück, und sie lächelt. Er ist ein netter Mann. Beinahe sendet sie ihm auch ein Smiley, lässt es aber dann doch sein. Das wäre zu viel.

Sie geht zum Fenster und zieht die Jalousie hoch. Dann hält sie die Luft an. Alles ist rosa. Der Himmel, das Meer, das Gras, die Bäume. Selbst die Möwen, die über ihr kreisen, sind rosa. Sie schmiegt die Hand an ihren Hals und blickt über die hügeligen, glänzenden Rasenflächen, die terrassenförmig zum Meer hin abfallen, über die pfirsichfarbenen Statuen im Garten, die alten Mauern, von Efeu und Kletterpflanzen überwachsen, die kleinen Teiche und Sonnenuhren.

Jetzt ist sie wirklich im Himmel. Sie wünscht, ihre Mutter könnte hier sein, um diesen Ort zu sehen. Ihre Freunde von zu Hause. Sie nimmt ihr Smartphone mit zum Fenster und macht ein paar Fotos, aber keines kann wirklich die Herrlichkeit dieses Ortes einfangen.

Letzte Nacht hat sie die Sachen der Frau durchsucht, aber keinen Hinweis auf Carl gefunden. Nur Kleidung, Schmuck, Speisekarten der örtlichen Restaurants, eine Kamera ohne Batterie, einen Stoß örtlicher Geschäftskarten und Belege von verschiedenen Läden. Sie will heute mit den Ladenbesitzern im Ort sprechen und sie nach der Frau fragen, die in dem großen weißen Haus auf der Klippe lebt. Sie will auch nach Carl fragen.

Zuerst aber will sie sich noch einmal im Haus umsehen. Sie wartet, bis die Sonne voll aufgegangen ist, bis das Rosa sich in Gold verwandelt und dann zu einem durchgehenden Blau erhellt hat. Dann verlässt sie vorsichtig das Dachzimmer und geht auf Zehenspitzen über den Flur, ein kleines Schälmesser fest in der Hand.

Ist Carl hier aufgewachsen?, fragt sie sich. Hat er in diesen großartigen Räumen gespielt, ist er über dieses wellige Grün gerannt? Hat er seine sandigen Stiefel in diesem Vorraum neben der Hintertür abgestreift und ist in die Küche gestürmt, um Süßigkeiten zu erbetteln? Sie entdeckt Hundeleinen am Garderobenhaken und stellt sich den kleinen Carl und einen großen Hund vor, wie sie zusammen zum Strand hinunterlaufen.

Eine Stunde verbringt sie damit, das Haus zu erkunden und zu durchsuchen. Sie inspiziert die Schubladen in den Wohnräumen und findet nichts als abgebrannte Streichhölzer, zerbrochenen Weihnachtsschmuck, leere Batterien und Packungen mit Sicherungen. Sie öffnet Umzugskartons, aber sie enthalten nur Besteck und Weingläser, Taschenbücher und Krimskrams.

Um acht Uhr ruft Russ an. »Wie kommst du voran?«

Beim Klang seiner Stimme wird es Lily warm ums Herz. »Es ist alles gut. Ich durchsuche gerade das Haus, und dann gehe ich in die Stadt.«

»Hast du irgendetwas gefunden?«

»Nein, überhaupt nichts. Nur … Scheiß. Bücher und Zeugs.« Sie seufzt. »Ist es nicht seltsam, dass ein Haus keine Hinweise gibt? Findest Du nicht? Das Haus ist voller Sachen, gibt aber nichts von sich preis.«

»Das ist seltsam, ja.«

Sie macht eine Pause und stellt sich Russ im Anzug vor auf dem Weg zur U-Bahn. »Wie geht es dir?«

»Mir geht's gut. Mir geht's großartig.«

»Ich hoffe, deine Frau war nicht mehr böse auf dich, als du nach Hause kamst?«

»Nein. Alles gut. Ich kam eine Stunde früher nach Hause als angekündigt – ich glaube, das hat geholfen. Und das Baby war ohne Probleme eingeschlafen. Und sie hatte ein Glas Wein getrunken. Also …«

»Gut. Da bin ich froh. Und ich danke dir.«

»Nicht der Rede wert! Es war nett. Ich fahre gern Auto.«

»Verstehe«, sagt sie. »Du bist ein guter Fahrer.«

Er lacht. »Danke. Das werde ich meiner Frau erzählen, dass du das gesagt hast.«

»Ja, sag ihr das.« Sie möchte diesem warmherzigen, freundlichen Mann noch mehr sagen, denn einen Menschen wie ihn hat sie noch nie kennengelernt. Sie möchte ihm beteuern, dass er etwas Besonderes ist und Jo ein Glückspilz. »Auf Wiedersehen, Russ. Einen schönen Arbeitstag«, ist aber alles, womit sie ihn verabschiedet.

»Ich rufe dich später wieder an«, sagt er.

»Ja, tu das bitte.«

Nach dem Gespräch fühlt sie sich völlig verlassen. Das Haus bedrängt sie, fremd und stumm. Aber bald wird die Stille abgelöst vom Verkehrslärm auf der Hauptstraße, die am Haus vorbeiführt. Montagmorgen. Die Stadt wacht auf.

Lily geht zurück ins Dachzimmer und holt ihren Mantel und ihre Sachen.

48

»Ich begleite dich«, sagt Frank.

Alice macht gerade ein Pausenbrot in der Küche.

»Wohin?«

»Wenn du Romaine zur Schule bringst.«

»Warum?«

Er zuckt die Achseln. »Um Auf Wiedersehen zu sagen. Ich möchte mich auch von Derry verabschieden. Und Daniel.« Er macht eine Pause. »Ich wollte nur …, na ja, ein bisschen länger mit dir zusammen sein.«

Alice lächelt und streichelt seinen Arm. »Du komischer Kerl.«

Sie reißt ein Stück Folie ab und wickelt Romaines Bagel ein. Sie hatte sehr gehofft, dass Frank an diesem Morgen beim Aufwachen sein Gedächtnis wiederfinden würde. Dass er durch die Hintertür stürmen und laut rufen würde: *Es ist alles bestens! Ich habe niemanden umgebracht! Und ich weiß, wo ich wohne! Morgen komme ich mit meiner Katze und all meinem Zeug zurück, und wir können zusammen ein neues Leben beginnen!*

Stattdessen scheint er verschlossener denn je.

»Nicht komisch«, sagt er, »nur verängstigt. Und traurig.«

Sie hält inne und schaut zu ihm hoch. »Ist doch klar. Bin ich doch auch.«

»Bist du auch?«

»Natürlich bin ich das.« Sie merkt, wie sie rot wird, und beschäftigt sich mit Romaines Brotdose.

Er fragt nicht, warum, und darüber ist sie froh.

Sie beschließt, die Hunde zu Hause zu lassen. Auf dem letzten Spaziergang mit Frank möchte sie nicht dauernd anhalten müssen, um dampfende Hundehaufen vom kalten Pflaster aufzusammeln.

Sie ruft die Teenager herein, damit sie Frank Auf Wiedersehen sagen können, und um halb neun machen sie sich auf den Weg. Der Tag ist überraschend schön, es ist keine Wolke in Sicht, und die gleißende Sonne wärmt schon ein wenig. Romaine geht mit Frank Hand in Hand, und in der anderen trägt er ihre Brotdose mit Olaf, dem Schneemann drauf. Die Dose sieht unglaublich klein aus in Franks großer Hand. Ohne die Hunde, die sie aufhalten, erreicht Alice fünf Minuten vor der Zeit das Schultor. Derry starrt sie entsetzt an. »Was ist los?«, fragt sie und schaut theatralisch auf ihre Uhr.

»Sei bloß still«, gibt Alice zurück.

Gelassen blickt Derry Frank an. »Morgen.«

Er nickt und lächelt.

»Dann verlässt du uns also heute?«, fragt sie.

»Ich denke schon«, antwortet er. »Es wird Zeit.«

Derry nickt: »Ich habe gedacht, wir drei könnten einen Kaffee trinken, ehe du gehst.«

Alice und Frank blicken sich an und stimmen zu. Hauptsache, sie können die Sache hinauszögern.

»Nach neun schaue ich in meinen E-Mails, ob der Herausgeber der *Gazette* zurückgeschrieben hat.«

»Ja«, sagt Alice. »Das ist eine gute Idee. Man weiß ja nie.« Sie blickt zu Frank. »Vielleicht brauchen wir dann gar nicht mehr zur Polizei zu gehen.«

»Vorausgesetzt, sie antworten«, sagt Derry.

»Vorausgesetzt, sie antworten«, wiederholt Alice.

Alle drei nicken. Alle wissen sie, es ist die letzte Chance.

Das Schultor öffnet sich, und die Kinder stürmen hinein. Alice erhascht den Blick von Romaines Klassenlehrerin aus dem letzten Jahr, der Sittenwächterin. Die Lehrerin schaut auf sie, dann auf Frank und hebt eine Augenbraue. Alice möchte sie schlagen. Derry legt ihr beruhigend die Hand auf den Arm: »Ich bringe sie rein. Wir treffen uns hier draußen.«

»Was hat sie für ein Problem?«, möchte Frank wissen und drückt Romaine zum Abschied.

»Sie hasst mich.« Alice zuckt die Achseln. »Ohne Frage hat irgendjemand, der mit seinem kleinen traurigen Leben nichts Besseres anzufangen weiß, die Schule darüber informiert, dass ich einen Sonderling in meinem Garten beherberge. Sie wird das auf meine Mängelliste setzen als weiteren Grund, mich wie Dreck zu behandeln.«

Frank seufzt. »Das tut mir leid.«

»Nein!«, entgegnet sie, schärfer als beabsichtigt. »Nein! Das muss dir nicht leidtun. Das muss dir ganz und gar nicht leidtun. Das ist ihr Problem. Nicht deins. Nicht unseres. Wir sind *gut*. Wir *waren* …« Sie verstummt.

»Wir waren es«, bekräftigt er. Und dann nimmt er ihre Hand und hält sie fest, direkt hier vor der Schule. Direkt vor der Lehrerin. Alice erwidert die Berührung.

Im Café ist es ruhig an diesem Montagmorgen. Ein paar andere Mütter aus der Schule sitzen an den Tischen draußen, rauchen und trinken Kaffee aus großen Bechern. Eine von ihnen hat einen Yorkshire Terrier auf dem Schoß. Drinnen ist nur eine Mutter mit ihrem Neugeborenen im

Kinderwagen. Zwei ältere Paare sitzen im Mantel nebeneinander, Teebecher in der Hand, unterhalten sich leise und mit gedankenverlorenen Pausen. Frank, Alice und Derry bestellen am Tresen Kaffee und Schinkenbrötchen und nehmen Platz.

»Na dann«, sagt Derry, nimmt ihren Schal ab, hängt den roten Mantel über die Stuhllehne und macht ihr Handy an. »Wollen mal sehen, ob unser freundlicher Herausgeber vom Käseblatt etwas herausgefunden hat.« Sie wischt über den Bildschirm, runzelt die Stirn und macht es wieder aus.

»Noch nichts«, sagt sie. »Aber es ist gerade erst neun. Ich versuche es später wieder.«

Als die Tür aufgeht, drehen sich alle um. Eine große, attraktive Frau erscheint. Sie ist sehr jung, hat hohe Wangenknochen, ihr feines dunkles Haar hat sie zurückgebunden. Sie trägt eine schwarze Daunenjacke, Jeans und hochhackige Stiefel, und in der Hand hält sie eine Plastiktüte. Sie geht direkt auf den Tresen zu und sagt ziemlich laut mit osteuropäischem Akzent: »Können Sie mir bitte helfen? Ich suche jemanden. Vielleicht kennen Sie die Person. Sie ist eine Dame, gut angezogen, wahrscheinlich mittleren Alters. Sie wohnt in dem großen Haus dort oben.« Sie zeigt auf die Klippen links vom Café. »Kennen Sie sie?«

Alice und Frank werfen sich einen Blick zu.

Der Mann hinter dem Tresen antwortet: »Meinen Sie Kitty?«

»Ihren Namen kenne ich nicht.«

»Sie ist die einzige Person, die mir einfällt. Sie meinen das Haus hinter der Kurve? Das weiße?«

»Ja, es ist weiß.«

»Na, dann muss es Kitty sein. Eine sehr elegante Frau.«

»Ja.«

»Was genau wollten Sie denn über sie wissen?«

»Egal was.« Sie klingt aufgeregt. »Eigentlich alles. Ich bin mit ihrem Sohn verheiratet und …«

Er unterbricht sie. »Ach so. Nein, dann sprechen wir über verschiedene Personen. Kitty hat keine Kinder.«

Die junge Frau hält inne. Ihre Schultern sinken herab. Dann richtet sie sich wieder auf und holt etwas aus ihrer Tragetasche. Es ist ein Fotoalbum. Sie öffnet es und reicht es ihm. »Hier, kennen Sie diesen Mann?«

Frank und Alice beobachten mit angehaltenem Atem, wie der Mann hinter dem Tresen das Bild studiert. »Nein. Tut mir leid. Dazu kann ich nichts sagen. Ist das Ihr Mann?« Er gibt ihr das Album zurück.

»Ja! Mein Mann. Und er ist seit letztem Dienstag verschwunden. Er hat mir erzählt, dass diese Frau, diese Kitty, seine Mutter sei. Wissen Sie, wo sie jetzt ist?«

»Kitty? Mein Gott, nein. Soviel ich weiß, ist sie seit Jahren nicht mehr hier gewesen. Ich meine, sie hat das Haus nur für die Ferien, wissen Sie.« Er lacht höhnisch auf. »Anscheinend wohnt sie in einem wirklich herrschaftlichen Anwesen, drüben in Harrogate.«

»Aber ich habe sie gestern hier angerufen. Ich habe sie hier angerufen. Und sie ist ans Telefon gegangen.«

Der Ton der Frau wird leicht aggressiv, und der Mann weicht etwas zurück. »Gut. Ich bin kein Hellseher. Mag sein, dass sie hier ist. Ich weiß es nicht.«

Alice blickt Frank fragend an. »Ihr Mann ist verschwunden«, flüstert sie eindringlich. »Mein Gott, glaubst du …?« Sie muss unbedingt die Fotos in dem Album sehen. »Ist sie Kirsty?«, zischt sie. »Frank? Ist sie Kirsty?«

Er zuckt die Achseln, mit Panik im Blick. »Ich glaube nicht«, flüstert er zurück. »Ich weiß es nicht.«

Alice steht auf und geht auf die Frau am Tresen zu. Als sie ihren Arm berührt, dreht die Frau sich abrupt um und wirft ihr einen eisigen Blick zu.

»Verzeihen Sie. Ich konnte nicht umhin zuzuhören, und, na ja, ich nehme nicht an …, ich meine …« Sie weist auf Frank und Derry, die sie von ihrem Tisch aus gespannt beobachten. »Sie kennen diesen Mann nicht, oder?«

Die Frau richtet einen vernichtenden Blick auf Frank. »Nein. Diesen Mann habe ich noch nie zuvor in meinem Leben gesehen.«

Alice stößt einen tiefen Seufzer der Erleichterung aus. Wenn sie Frank jetzt hier Auf Wiedersehen sagen und ihn dieser feindlichen, unmöglichen jungen Frau übergeben müsste – da würde sie ihn lieber zur Polizei bringen.

»Oh, okay. Aber wissen Sie, ich habe Sie angesprochen, weil er genau am späten Dienstagabend hier aufgetaucht ist. Er ist mit dem Zug aus London gekommen und kann sich an nichts erinnern. Dann, vor ein paar Tagen, fiel ihm dieses Haus ein, das, nach dem Sie gerade gefragt haben. Er hat gesagt …« Sie macht eine Pause. »Er sagte, er hat dort gelebt.«

Die Frau verliert den ungeduldigen, verächtlichen Ausdruck und starrt Alice mit offenem Mund an. »Oh«, sagt sie und blickt von Alice zu Frank und wieder zurück.

»Wollen Sie sich nicht zu uns setzen? Nur für einen Augenblick?«, fragt Alice. »Es könnte um verschiedene Personen aus derselben Geschichte gehen. Verstehen Sie, was ich meine?«

Die Frau nickt und folgt Alice an ihren Tisch, das Fotoalbum fest an die Brust gepresst.

»Übrigens, mein Name ist Alice. Und das ist meine beste Freundin Derry. Und das ist … na ja, wir nennen ihn Frank. Aber eigentlich haben wir keine Ahnung, wie er heißt.«

Alice zieht für die Frau einen Stuhl heran, und sie nimmt Platz. »Mein Name ist Liljana, aber ich werde Lily genannt.«

»Und woher stammen Sie?«

»Ich bin aus Kiew. In der Ukraine.«

»Und Sie sind mit einem Engländer verheiratet?«

»Ja. Sein Name ist Carl. Obwohl …« Sie unterbricht sich und sieht von einem zum anderen. »Das ist auch nicht sein Name.« Sie lacht nervös. »Als ich ihn bei der Polizei als vermisst gemeldet habe, hat man mir gesagt, dass sein Pass gefälscht ist und keine solche Person existiert.« Sie zuckt die Achseln. »Also, zwei Männer ohne Namen. Unheimlich, was?«

Alice überläuft ein Schauer. Eine dunkle Ahnung unbegreiflicher Schwere verbirgt sich hinter diesen Worten. *Zwei Männer ohne Namen*. Das ist mehr als unheimlich.

»Das ist er.« Lily legt das Fotoalbum vor Alice und Frank offen auf den Tisch. »Das ist mein Mann.«

Alice blickt auf das Foto eines gut aussehenden Mannes, dunkelhaarig mit eindringlichen Augen, in einem perfekt sitzenden Anzug.

Dann sieht Frank sich das Foto an. Plötzlich springt er auf, sein Stuhl fällt um, sein Gesicht ist blutleer, und er presst beide Hände vor den Mund.

Alice packt seinen Arm: »Frank? Frank. Was ist los?«

49

1993

Gray und Kirsty schlitterten die Terrassen und Wege des Gartens hinunter, der steil zum Meer hin abfiel. Hier gab es kein Licht, die Baumwipfel verdeckten den Mond, und sie rannten beinahe blind vorwärts.

Kirsty jammerte vor sich hin. »Ich hab ihn umgebracht! Verflucht! Verdammt! Gray! Ich hab ihn umgebracht!«

Gray redete atemlos auf sie ein. »Das weißt du doch nicht! Wir wissen gar nichts! Lauf einfach weiter!«

Er musste sie hinter sich herziehen, um zu verhindern, dass sie zusammenbrach. Sie war hysterisch.

Er drehte sich um und schaute zurück. Jedes Blätterrascheln kam ihm vor wie schweres Atmen, jedes Krachen der Wellen gegen die Felsen wie hektische Schritte. Er hatte zwar Marks lebloses Gewicht auf seinem Körper gespürt, war aber längst nicht überzeugt, dass er ihnen nicht auf der Spur war.

Gray und Kirsty hatten jetzt das Ende des Grundstücks erreicht, wo eine kleine Eisenpforte zu einer langen und gefährlichen Holztreppe an der Klippenwand führte. Der Mond tauchte wieder auf, und alles war jetzt in silberhelles Licht getaucht. Gray erkannte, wie sie beide zugerichtet waren: die Kleidung voll Blut, die Haare verschwitzt und Kirstys Sachen so gut wie zerfetzt. Sie sahen aus wie die Statisten aus einem Horrorfilm, als sie die gefährlichen Stufen zum felsigen Strand hinunterstolperten. Und dann kam, dicht hinter ihnen – nicht nur als Auswuchs seiner vom Adrenalin gespeisten Einbildung, sondern so wirklich wie der Fels unter seinen Füßen – das schwere Atmen eines Mannes und das Geräusch dumpfer Schritte auf den Holzstufen.

»Schneller«, zischte er Kirsty zu. »Komm schon!«

Die Schritte näherten sich immer rascher, als die beiden das Ende der Treppe erreichten. Sie kletterten über die glitschigen Felsbrocken, und die Gischt durchnässte sie bis auf die Haut. Am Strand der Bucht sahen sie, dass sich etwas bewegte, das Licht einer Taschenlampe und eine Gestalt, die hin und her lief.

»Dad«, flüsterte Gray. »Sieh nur, es ist Dad.«

Er blickte sich prüfend um. Eine Gestalt taumelte hinter ihnen über die Felsen.

»Dad!«, rief er. Er hatte die Hände zum Trichter geformt. »Dad!« Dann lief er weiter.

Der Strahl der Taschenlampe schwenkte zu ihnen herüber, klein und dünn aus dieser Entfernung, aber eindeutig auf sie gerichtet.

Die kleine Gestalt auf dem Strand rief ihnen etwas zu, was die Wellen aber verschluckten.

»Dad!«, schrie Kirsty.

Sie liefen beide noch schneller, schneller als die Person, die vom Strand aus auf sie zueilte.

Gray und Kirsty waren fast am Ende der Felsen angelangt, als die Gestalt heraufkletterte und das Licht der Taschenlampe sie einen Augenblick lang blendete. Die vertrauten Umrisse seines Vaters ließen Grays Herz ruhiger schlagen.

Aber Tony sah ärgerlich aus. »Ihr zwei«, schrie er. »Mein Gott. Ihr zwei. Ich habe …« Aber dann glitten seine Augen an ihnen herab, er nahm Kirstys blutbeflecktes, aufgeschlitztes T-Shirt wahr, ihren Ausdruck panischer Angst. Dann sah er Mark hinter ihnen auftauchen und brüllte: »Was hast du getan? Was hast du getan?«

Mark erstarrte. Er war etwa drei Meter entfernt. Alles stockte für einen Augenblick. Selbst das Meer verstummte, als sich die nächste Welle langsam aufbaute. Dann stürmte Mark auf Kirsty zu, stürzte sich auf sie, packte sie mit seinem Arm um die Taille, und ehe Gray und Tony sich rühren konnten, war er mit ihr in die wild schäumende Brandung gesprungen, zwischen die Felsen, in die Dunkelheit und in die raue See.

»Nein!«, schrie Tony.

»Kirsty! Verflucht!«

Und schon waren Gray und Tony im Meer. Gray war wie unter Schock, das eisige Wasser an seinem geschundenen Körper, das Brüllen der Wellen, die über seinem Kopf zusammenschlugen. Gray drosch um sich auf der Suche nach einem Halt. Er hörte die Stimme seines Vaters dicht neben sich und schwamm auf sie zu. Tony gab Gray Zeichen. Gray folgte ihm, indem er sich mit den Beinen vorwärtsstieß und seinen verletzten Arm dicht an den Körper drückte. Sein Vater zeigte nach Osten. Gray sah zwei kleine Schemen, die die Bucht durchquerten. Mark schwamm schnell, mit Kirsty im Griff. »Beeil dich!«, rief Tony.

»Mein Handgelenk ist gebrochen!«, schrie Gray in das Chaos hinein. »Ich kann nicht schwimmen!«

Sein Vater verstummte für einen Augenblick. »Geh raus!«, brüllte er. »Geh sofort raus!«

Hilflos sah Gray die Silhouetten von Mark und Kirsty immer kleiner werden. Dann beobachtete er, wie sein Vater mit halsbrecherischer Geschwindigkeit von ihm wegkraulte und immer winziger wurde, bis er ihn kaum noch sehen konnte. Gray ließ sich von der nächsten Welle gegen die Felsen tragen und kroch unter erbärmlichen Schmerzen auf einen Vorsprung, wo er sich einen Augenblick lang auf den Rücken legte, unfähig sich zu bewegen. Sein Herz pochte und hämmerte in seiner Brust. Sein Handgelenk pulsierte und schmerzte. Er setzte sich auf und starrte in die Ferne, konnte jedoch nichts erkennen. Mühsam kam er auf die Füße und kroch unbeholfen über die Felsen, bis er endlich den festen Boden des Strands unter sich hatte. Dann lief er los. Der Strand war leer. Von weit oben her hörte er die dumpfen Bässe, die von der Stadt herüberschallten. Er hörte schrilles Frauenlachen und das Quietschen eines Autos. Hinter sich sah er die Lichter von Kittys Villa. Aber draußen auf dem Meer war nichts.

»Hilfe!«, schrie er in die Nacht hinein. »Helft mir!«

Er lief und lief und schrie vergeblich. Dann sah er plötzlich eine Gestalt aus der Brandung herauskriechen. Sie sackte auf den Strand und blieb einen Moment liegen, bevor sie sich wieder aufraffte. Gray rannte noch schneller, bis er völlig atemlos neben seinem Vater auf die Knie fiel.

»Dad! Wo ist Kirsty?«

Sein Vater sagte nichts. Er rollte sich auf die Seite und zog seine Knie an die Brust. Dann rollte er sich wieder zurück auf den Rücken, griff sich mit beiden Händen ans Herz und massierte es. »Großer Gott«, stieß er hervor, »großer Gott!«

Gray schaute aufs Meer hinaus. Lange Wellen entrollten sich wie Teppiche und breiteten sich als glänzender

Schaum zu seinen Füßen aus. Die Oberfläche glitzerte und kräuselte sich. Ein Ozeandampfer tauchte am Horizont auf, über ihm glitt lautlos ein Flugzeug dahin. Er starrte verzweifelt auf die sich rasch ändernden Konturen des Meeres und sehnte ein Anzeichen von Kirsty herbei.

»Dad! Steh auf! Dad! Wo ist sie? Wo ist Kirsty?«

Aber sein Vater hielt sich immer noch die Brust. Gray merkte, dass sein Atem schwerer ging, anstatt sich zu beruhigen. »Dad! Komm hoch!« Er sah wieder auf das Meer, auf das schwarze Nichts, und zurück auf seinen Vater.

»Ich … kann … nicht … atmen«, röchelte sein Vater. »Mein … Herz.«

»Oh Gott.« Gray strich sich die Haare aus dem Gesicht und stampfte auf dem Sand auf. »Oh Gott. Dad. Oh … Verdammt.« Er schaute nach hinten zurück auf die Dächer der Stadt, suchte die Promenade nach Menschen ab. Er sah ein Pärchen mit einem Hund, das die Arme umeinander geschlungen hatte. »Hilfe!«, schrie er. »Zum Teufel, helfen Sie mir!« Er wusste, schon als er es herausbrüllte, dass es hoffnungslos war, dass sie ihn nicht hören konnten. Das Paar spazierte weiter, ohne zu ahnen, was gerade am Strand geschah. Gray sank auf die Knie. Er drehte seinen Vater so, dass es in etwa so aussah wie die stabile Seitenlage, die er früher einmal bei den Pfadfindern gelernt hatte. Aber er konnte mit nur einer Hand so wenig tun. Er nahm seinem Vater die Hand von der Brust und begann, den Brustkorb zu drücken und dabei, die Intervalle zählend, vor sich hin zu murmeln. Aber es war zwecklos. Herz-Lungen-Wiederbelebung klappte nicht mit nur einer Hand. Gray ließ von ihm ab und schrie noch einmal dem Paar auf der Promenade hinterher. Dann fing er an zu weinen. »Dad«, wimmerte er. »Ich schaff es nicht! Ich schaff es nicht! Oh Scheiße. Dad, was soll ich tun? Was soll ich tun?«

Der Körper seines Vaters versteifte sich. Er hatte sich wieder ans Herz gefasst. Es sah aus, als ob er versuchte, unter die Rippen zu greifen, um sein Herz herauszuzerren. Gray sprang auf und blickte wieder aufs Meer. Nichts. Er drehte sich um, schaute hoch zur Promenade. Dort gingen mehrere Leute entlang, Grüppchen nächtlicher Zecher sangen und grölten. »Hilfe!«, brüllte Gray. »Helft uns!«

Sein Vater fing nun an pfeifend zu atmen und zog angestrengt am Kragen seines nassen Polohemds.

Er starb. Das war Gray plötzlich klar. Sein Vater starb, und seine Schwester war mit einem Psychopathen in der Nordsee verschwunden. Und er konnte überhaupt nichts machen, nicht die kleinste Kleinigkeit.

Ergeben bettete er den Kopf seines Vaters in seinen Schoß und streichelte seine Stirn. Er küsste seine Wangen und drückte ihn liebevoll an sich. Dann blickte er hinaus aufs Meer und hoch in den sternenübersäten Himmel und zurück auf die ahnungslose Stadt, und er fühlte das Leben aus seinem Vater rinnen, so schnell, dass ihm schlecht wurde. »Oh nein«, schluchzte er. »Oh, oh nein, oh nein. Nein, Dad. Nicht mein Dad. Nicht mein Dad. Nein, Dad. Nein. Bitte, Dad. Bitte. Oh Gott. Oh Gott. Oh Gott.«

Wenige Sekunden später wusste er, dass es zu Ende war. Keine Zeit mehr für letzte Worte der Liebe und des Trosts. Nur noch Zeit, um die letzten rasselnden Atemzüge des Mannes aufzufangen, der ihn aufgezogen hatte, sie zu bewahren wie die Tropfen einer kostbaren Essenz. Gray ließ seinen Kopf auf die Brust des Vaters sinken und schluchzte in sein kaltes, nasses Polohemd: »Nicht mein Dad, nicht mein Dad!«

Er hob seinen Kopf zum Himmel empor und heulte wie von Sinnen den Mond an.

Hinter ihm rollte das Meer heran, rollte das Meer hinaus, Wellen schäumten über den Strand, aber das dunkle Wasser dahinter blieb leer.

50

»Er ist ertrunken?«, fragt Lily den Mann, den sie Frank nennen. »Mark heißt er? Und er ist ertrunken?«

»Ja«, sagt Frank.

»Und das hier ist er?« Lily tippt ungeduldig mit ihren manikürten Fingernägeln auf die Fotos im Album. »Das ist der Mann, den Sie als Mark kennen?«

Frank nickt. Aber er sieht nicht überzeugt aus.

»Nein«, erwidert Lily und bemüht sich, nicht allzu frustriert zu klingen. »Das ergibt keinen Sinn. Das kann nicht Carl sein, weil ich mit Carl verheiratet bin und er nicht ertrunken ist!«

»Ich denke ...« Der Mann Frank sieht aus, als ob er über zu viele Dinge nachdenkt und zwar viel zu langsam. »Ich denke, ich habe ihn gesehen.«

»Wen gesehen?« Das fragt die Frau namens Alice. Lily sieht sie mit zusammengekniffenen Augen prüfend an. Sie strahlt Vitalität und Stolz aus. Dadurch fühlt Lily sich irgendwie unsicher, sodass sie ihr beweisen will, wie viel vitaler und stolzer sie selbst ist.

»Mark ... Carl ... Dieser Mann ...« Er deutet auf das Hochzeitsalbum. »... ich habe ihn gesehen. Als ich mit Schulkindern zusammen war. Ich hatte Schulkinder dabei, und da war er, und ich ... Ich habe meinen Kaffee fallen lassen. Das war er. Er ist nicht tot.«

Aus seinem Gesicht ist noch mehr Farbe gewichen, und

diese Alice berührt ihn so sanft, dass Lily vermutet, sie ist in ihn verliebt.

»Wann?«, fragt Lily ungeduldig. »Wann haben Sie ihn gesehen?«

»Ich weiß es nicht.« Seine Hände zittern. »Es war vor Kurzem, glaube ich. Ich hatte ein Oberhemd an.« Seine Finger befühlen den Ausschnitt seines T-Shirts. »Und ein Jackett.« Er tut so, als ob er über ein Revers streichen würde. »Ich hatte einen Kaffeebecher in der Hand. Ich war in der Stadt. Und er war da …«

Lily möchte ihn schlagen. Warum ist der Mann so vage? »Bitte«, sagt sie. »Bitte, ich möchte nichts mehr über Kaffee hören. Sagen Sie mir, was passiert ist. Wie kann mein Mann zugleich im Meer ertrunken sein und lebendig vor Ihnen stehen?«

»Vielleicht hat er einen eineiigen Zwillingsbruder«, sagt die rothaarige Frau.

Lily ist kurz davor aufzustöhnen, hält dann aber inne.

Alle sehen zu Frank, als müsste der die Antwort auf diese Frage kennen. Aber er sitzt nur da, blass und fröstelnd.

»Hören Sie«, sagt er einen Augenblick später. »Ich verstehe sehr gut, dass Sie unbedingt erfahren möchten, was mit Ihrem Mann passiert ist. Aber … Ich wünschte, ich könnte es erklären. Es ist, als ob ich zwei Filme gleichzeitig ansehe. Mit Verzögerung. Ich spule Szene für Szene in meinem Kopf ab. Und einige Stellen vermischen sich miteinander. Und einige kommen in der falschen Reihenfolge. Und alles erscheint mir zu laut und zu grell. Also ich …«

»Sollen wir mal nach draußen gehen, an die frische Luft?«, fragt Alice.

»Nein!«, schreit Lily. »Nein. Bitte. Nein. Jetzt … Ich muss es jetzt wissen.«

Die Frau mit den roten Haaren wird durch das Klingeln ihres Telefons abgelenkt. Sie starrt auf die Nummer. »Wer zum Teufel ist das?« Sie sieht aus, als wollte sie den Anruf nicht entgegennehmen, aber dann seufzt sie und tut es doch. »Ja?«

Was sie hört, ist offensichtlich sehr interessant. Eine Minute später deckt sie das Telefon mit der Hand ab und verkündet: »Es ist die Journalistin von der *Ridinghouse Gazette*. Die damals den Artikel geschrieben hat. Der Herausgeber hat ihr meine Nummer gegeben. Sie ist an einem Treffen sehr interessiert. Soll ich sie herbestellen?«

Alice und Frank sehen sich an und nicken.

»Welche Journalistin?«, will Lily wissen.

Die rothaarige Frau wedelt barsch mit der Hand und nimmt ihr Gespräch wieder auf. Sie vereinbart, dass die Journalistin in einer halben Stunde zu ihnen ins Café kommt.

»Wer?«, fragt Lily. »Wer ist diese Frau?«

»Sie heißt Lesley Wade. Sie hat einen Artikel geschrieben über den Tod von Franks Vater damals im Jahr 1993. Sie behauptet, mehr über die Geschichte zu wissen, über das, was danach geschah.«

Lily nickt. Gut, denkt sie, lieber eine Person mit Fakten als eine verwirrte Person, die sich alles ausdenkt, wie es gerade passt. Warum ist dieser Mann, Frank, nicht im Krankenhaus?

Alice nimmt Franks Hand und streichelt sie und sagt: »Was ist mit Kirsty geschehen? Ist sie …?«

Tränen glänzen in Franks Augen. »Ich kann nicht sehen, dass sie aus dem Meer kommt«, sagt er und sieht

Alice verzweifelt an. »Ich habe nach ihr Ausschau gehalten. Aber sie ist nicht aus dem Meer gekommen. Kirsty ist nicht da.«

DRITTER TEIL

51

Zwei Wochen zuvor

Wenn man mit acht Vierzehnjährigen durch London fährt, fühlt man sich etwa so wie ein Zirkusdompteur. Gray musste davon ausgehen, dass diese Kinder auch außerhalb der Schule mal mit dem Zug fuhren, dass sie auf Bürgersteigen gingen und an Mitbürgern vorbei, dass sie spärlich bekleidete Menschen auf Plakatwänden gesehen hatten, aber während eines Schulausflugs war es so, als kämen sie von einem anderen Planeten. Sie fassten alles an, drehten sich um die Haltestangen und schrien laut herum. Und dies waren seine intelligentesten Schüler, die Spitze der Klasse, einige galten geradezu als Genies. Sie waren auf dem Weg zu einem interschulischen Mathematikwettbewerb, der in einer Universität stattfand.

Es war ein windiger, stark bewölkter Tag kurz vor einem Regenguss. Gray hatte noch mit einem Kater zu kämpfen und sehnte sich nach Kaffee aus einem der vielen Coffeeshops, an denen sie vorbeigekommen waren, seit sie Victoria Station verlassen hatten. Aber er war an diese Kinder gekettet. Er durfte sie nicht einen Augenblick aus den Augen lassen. Endlich erreichten sie das Gebäude, wo der Wettbewerb ausgetragen werden sollte. Als sie eintraten, verstummten die Kinder angesichts des herrschaftlichen Raums – ein hoch aufragendes Gewölbe mit farbig verglasten Fenstern, schweren Kronleuchtern, Marmorstatuen und polierter Mahagonitäfelung. Während Gray die Schüler anmeldete, standen sie ruhig und ehrfürchtig da. Dann führte er sie in den ihnen zugeteilten Bereich eines Raums, der vom Reviergerangel und nervösen Gedrängel von zusammengepferchten Kindern verschiedener Schulen brodelte. Gray versorgte seine Schüler mit Wassergläsern und Arbeitsbögen und eilte zurück zum Anmeldeschalter. »Ist es okay, wenn ich für ein, zwei Minuten rauslaufe, um mir einen Kaffee zu holen?«

»Sind alle aus Ihrer Gruppe registriert?«

»Ja, sie sind im Vorbereitungsraum.«

Der Beamte nickte, und Gray ging los.

Draußen stürmte es inzwischen so heftig, dass Zeitungsseiten und Straßenstaub emporgewirbelt wurden. Gray zog seinen Mantel fester um sich und lief in Richtung eines Coffeeshops, den er auf dem Hinweg gesehen hatte. Er bestellte einen extra starken Americano und einen Schokoladenmuffin und gerade als er den Laden verließ und sich wieder dem Universitätsgebäude zuwandte, sah er ihn.

Sein Gesichtsfeld trübte sich bis zur Sehstörung, und sein Herz pumpte viel zu viel Blut. Der Restalkohol, den er den ganzen Morgen über versucht hatte bei sich zu behalten, stieg ihm die Speiseröhre hoch, und einen Moment lang dachte er, er müsse sich übergeben. Er blieb auf der Stelle stehen, den Kaffee in der einen Hand, den Muffin in der anderen, und beobachtete den Mann, der auf der gegenüberliegenden Straßenseite entlangging. Er war immer noch sehr schlank, trug ein rosa Oberhemd mit einer gestreiften Krawatte und eine eng sitzende Anzughose. Er wirkte verfroren und zerzaust, so ohne Jackett oder Mantel. Sein Haar war länger – damals hatte er es sehr kurz getragen –, und es war jetzt vom Wind zerzaust. Das schien ihn sehr zu stören, denn er versuchte immer wieder, die Haare mit den Fingern zurückzustreichen – vergeblich. Gray erkannte ihn an der markanten Kinnlinie, an seiner scharf geschnittenen Nase. Er war ein gut aussehender Junge gewesen, jetzt war er ein gut aussehender Mann. Im Vorbeilaufen auf der Straße würde man ihn für jünger halten, als er war. Aber Gray kannte sein Alter sehr genau. Als er ihn das letzte Mal gesehen hatte, war er ein großspuriger, schmalhüftiger Neunzehnjähriger. Nun musste er um die einundvierzig sein.

Grays Finger konnten den Kaffeebecher nicht mehr halten, er fiel zu Boden. Dampfender Kaffee rann um seine Füße und sickerte in den nächsten Gully.

Rasch blickte er in Richtung Universität und dann zurück zu dem Mann auf der anderen Straßenseite. Der bog gerade um die Ecke. Gray beschleunigte seine Schritte und folgte ihm. Als er ihn durch eine Drehtür in ein Bürogebäude verschwinden sah, blieb er stehen.

Er schwankte einen Augenblick in dem böigen Wind, merkte sich den Schriftzug über der Tür und eilte dann zurück zu seinen Schülern. Sein Kater war jetzt vergessen, er hatte nur noch den einen Gedanken:

Mark Tate war am Leben.

Und wenn Mark Tate lebte, hieß das, dass auch Kirsty am Leben war?

52

Eine Frau betritt das Café, und Alice weiß sofort, dass sie Lesley Wade ist, die Journalistin, auf die sie warten. Lesley ist eine sehr kleine, schroffe Frau mit weißem Kurzhaarschnitt und flippiger, strassbesetzter Brille. Umstandslos bestellt sie einen Muffin, tritt an den Tisch, setzt sich zu ihnen und schaut einen nach dem anderen fragend an.

»Also«, sagt sie jetzt, glättet die Ecken ihrer Serviette mit rosa lackierten Fingernägeln und mustert Frank fasziniert: »Sie sind also der mysteriöse halbwüchsige Sohn.«

»Ach ja?«

Sie nickt. »Diese Geschichte war so unheimlich. Woran können Sie sich noch erinnern?«

Frank schüttelt den Kopf. »Nur an meinen Vater, der in meinen Armen starb. Meine Schwester … im Meer. An das weiße Haus. Den Mann namens Mark. Und daran, dass ich ihn gesehen habe. In London. Wie er in sein Büro ging. In dem Moment fiel mir wieder ein, dass er meine Schwester angegriffen hat. Und ich habe meinen Kaffee fallen lassen.« Er schüttelt wieder den Kopf. Es tut Alice in der Seele weh, ihn so zu sehen. »Dann erinnere ich mich an nichts, bis Alice mich am Strand gefunden hat.«

Lesley spreizt ihre Finger auf der Tischplatte. »Also«, fängt sie an. »1993 wurde ein junger Mann mit Namen Graham Ross von einer Einheimischen aufgefunden, als er neben dem Leichnam seines Vaters am Strand hockte.

Er wusste weder seinen Namen, noch wer der Mann neben ihm war, noch warum er dort war.«

Alice hält den Atem an. Das ist Frank also schon einmal passiert.

»Seine Schwester war verschwunden, wie auch der Freund seiner Schwester, Mark Tate. Keiner von beiden wurde jemals gefunden. Da es von Graham keine Zeugenaussage gab, konnte man den Hergang der Ereignisse nur mutmaßen: Graham und Kirsty Ross waren auf einer Party im Haus von Marks Tante gewesen. Dort hatte es Drogen und Alkohol gegeben. Später hatten sie beschlossen, bei Nacht schwimmen zu gehen und waren in Schwierigkeiten geraten. Als Mr. Ross seine Kinder nicht in Mrs. Tates Haus fand, suchte er sie am Strand und erlitt bei dem Versuch, sie aus den Fluten zu retten, einen schweren Herzinfarkt. Durch den Schock, den Vater sterbend in seinen Armen zu halten, geriet der junge Graham in einen vorübergehenden Fugue-Zustand.«

»Er ist jetzt auch in einem Fugue-Zustand«, sagt Alice.

»Ist das wahr?«, fragt Lesley und legt ihre Hände in den Schoß. »In dem Fall sollte er wirklich ins Krankenhaus. Meinen Sie nicht?«

Alice verteidigt sich vehement. »Ich habe ihm das ja gesagt, gleich von Anfang an. Aber er hat sich geweigert. Und ich wollte ihn heute zur Polizei bringen. Tatsächlich heute. Das hier war unser Abschiedskaffee.«

Lesley ignoriert das und wendet sich Lily zu: »Sagen Sie mir doch noch mal, was Sie mit dieser Geschichte zu tun haben.«

»Wie schon erwähnt, ich bin mit dem Mann verheiratet, der, wie Sie sagen, angeblich 1993 hier im Meer ertrunken ist.«

Lesley hält für einen Augenblick inne, holt tief Luft und sagt: »Hören Sie. Vielleicht sollten wir doch noch etwas warten, bis wir Frank … Graham … wen auch immer … ins Krankenhaus oder zur Polizei zu bringen. Ich glaube, vielleicht …« Glänzende rosa Fingernägel trommeln auf den Tisch. »Ich glaube, vielleicht könnten wir hier was machen. Nur wir untereinander.«

Derry blickt plötzlich auf: »Sie meinen, Sie wollen eine Story daraus machen?«

»Nun ja, nein, nicht notwendigerweise eine Story in dem Sinne, mehr ein Nachtrag. Verstehen Sie. Was ist aus dem Jungen vom Strand geworden? So in der Art.« Lesley lächelt das Lächeln einer Katze, die vor dem Mäuseloch sitzt. Ihre Absichten sind klar, aber Alice ist das egal. Sie möchte Frank ein bisschen länger bei sich behalten.

Derry wirft Alice einen beunruhigten Blick zu. Alice schüttelt den Kopf. Derry verdreht die Augen.

Lesley hat bereits Block und Kugelschreiber aus ihrer Tasche genommen und sitzt startbereit da. »Also, Frank, Graham …« Sie wartet. »Was ist Ihnen lieber?«

»Frank«, flüstert er, und Alice schmilzt dahin.

»Na dann, Frank«, sagt Lesley. »Damals verließen Sie Ridinghouse, fuhren mit Ihrer Mum nach Hause, ohne Schwester, ohne Ihren Dad. Was geschah dann? Haben Sie Ihr Gedächtnis zurückerlangt?«

»Ich glaube schon. Ich meine, es muss so sein. Ich erinnere mich jetzt an meine Mutter. Ich lebe so gut wie Tür an Tür mit ihr. Auch an meinen Vater und meine Schwester habe ich mich erinnert. Ich weiß, dass ich an dem Abend in der Kneipe war, mit Mark und seinen Freunden, dass ich nach Hause gegangen bin und zugelassen habe, dass sie Kirsty überredeten, mit uns auf die Party zu kommen.

Ich habe mich auch an manches auf der Party erinnert, laute Musik, verrückte Typen. Dass ich ein Mädchen namens Izzy geküsst habe. Und ich habe mich an einiges vor den Ferien erinnert, meine Freunde in Croydon …«

»Du bist aus Croydon?«, unterbricht Alice ihn. Das ist nur ein oder zwei Meilen von Brixton entfernt. All die Jahre haben sie so nah beieinander gelebt.

»Ja«, sagt er. »Ich glaube, das stimmt. Nicht gerade cool, oder?«

»Aber ich liebe Croydon!«, schwärmt Alice.

Frank lächelt ihr zu und dreht sich um, als Lesley sich räuspert. »Als wir wieder zu Hause waren, habe ich irgendwie so weitergemacht wie zuvor. Bin zur Schule gegangen. Habe mich meinen alten Freunden angeschlossen. Habe mein Abitur gemacht. Ich war, hm, also … in Therapie, vermute ich. Für eine lange Zeit. Aber ich habe niemals die Erinnerung an diese Nacht ausgegraben. Ich habe einfach die polizeiliche Darstellung der Ereignisse akzeptiert. Dass wir alle ins Meer gesprungen sind, randvoll mit Drogen, und dass Mark und meine Schwester ertrunken sind. Ohne die Erinnerung an die Auseinandersetzung mit Mark war das die einzige logische Erklärung. Manchmal habe ich mich gefragt, ob ich etwas Entscheidendes vergessen hatte. Aber es blieb verschüttet. Bis zu dem Tag in London. Als ich ihn sah.«

»Ja«, sagt Lesley und hält nachdenklich ihren Stift über dem Notizbuch bereit. »Und was fällt Ihnen denn jetzt dazu ein?«

»Ich …« Er macht seine Augen fest zu. »Mein Gott, es tut mir leid. Mein Hirn setzt beim vergossenen Kaffee aus. Aber …« Der Kopf sinkt ihm auf die Brust, seine Augen bleiben geschlossen. »Geben Sie mir eine Minute Zeit.«

»Auf alle Fälle, Frank«, sagt Lesley, »lassen Sie sich Zeit. Wir haben keine Eile.«

Frank versucht, sich den Mathewettbewerb zu vergegenwärtigen. Haben seine Schüler gewonnen? Wie haben sie abgeschnitten? Namen gehen ihm durch den Kopf: Zach, Nazia, Muhammed, Sam, Aisha, Crystal, Hannah, King. Die Kinder seiner Gruppe. Und was dann? Sind sie zurück in die Schule gegangen? Gab es noch Unterricht? Nein. Es waren Osterferien. Es war keine Schule. Nach dem Wettbewerb gingen alle nach Hause. Aber wie ist er nach Hause gekommen? Auto? Oder Bus? Er sieht die Ziffern 712. Er sieht, wie er den Fahrschein an das Lesegerät hält, wie er Platz nimmt im hinteren Teil, eine Ledertasche auf seinem Schoß. Dann befindet er sich in seiner Wohnung, an die er sich in der vorigen Nacht erinnert hat. Sie liegt in einer schmutzigen Straße. Ein Licht geht an, als er den schmalen Durchgang zu seiner Eingangstür passiert. Die Wohnung riecht nach dem morgendlichen Katzenfutter. Er kratzt die Schale aus, reinigt sie und füllt sie neu. Die Katze namens Brenda umkreist seine Füße.

Er korrigiert Hausaufgaben. Er sieht fern. Er googelt den Namen des Bürogebäudes, in das Mark Tate hineingegangen ist. Es ist ein Finanzunternehmen. Er klickt »Wer wir sind« an und scrollt herunter, bis er sein Foto findet. Sein Name ist jetzt offensichtlich Carl Monrose. Zum Abendessen macht er sich etwas aus dem Tiefkühlfach warm, Lasagne, soweit er sich erinnern kann, die seine Mutter für ihn zubereitet hat, als er letzte Woche erkältet war.

Dann führen ihn seine Gedanken verwirrend vom Essen aufgewärmter Lasagne auf dem Sofa in seiner Wohnung zu einem Bahnhof, wo er nachschaut, Bahnsteig 4,

Zug 17.06 Uhr nach East Grinstead. Er folgt der vom Arbeitstag müden Menge, seinen Blick auf den Hinterkopf von Mark Tate geheftet. Dann ein Zeitsprung, er ist in der Schule und sitzt in irgendeinem Büro. Die Schule ist leer, und er trägt Jeans. Es sind noch Ferien. Er bittet um Beurlaubung wegen einer dringenden Familienangelegenheit. Sein Großvater liegt im Sterben. Hat er überhaupt einen Großvater? Der Mann hinter dem Schreibtisch, ein älterer Herr mit wettergegerbtem Gesicht und kurz geschnittener Afrofrisur, nickt mitfühlend und sagt: »Nehmen Sie sich ein paar Tage. Wir können Sie für eine Woche oder so vertreten.« »Mr. Josiah Hardman«, steht auf dem Schild an seiner Tür, »Schulleiter.«

Alice reicht ihm über den Tisch hinweg eine Tasse Tee. »Alles gut mit dir?«, fragt sie. Ihre Stimme erreicht ihn wie das Echo ferner Musik.

Er erinnert sich, dass er seine Mutter angerufen hat. »Ich bin auf einer Fortbildung. Den ganzen Tag Programm. Du kannst mich da nicht erreichen.« Er erinnert sich an die Worte seiner Mutter: »Pass auf dich auf. Ich werde dich vermissen.« Er erinnert sich, wie sich das anfühlte, der einzige Überlebende in der kleinen Familie seiner Mutter zu sein. Wie sich das Wissen anfühlte, dass jede Reise, die er unternahm, jede Entscheidung, die er traf, jede Person, die er in sein Leben aufnahm, seiner Mutter furchtbare Ängste bereitete. Zu wissen, dass er sie niemals verlassen konnte. Dass er an sie gebunden war.

»Ich bin ihm gefolgt«, sagt er schließlich. »Ich bin dem Mann bis in seinen Zug gefolgt.«

Lily wirft ihm einen entsetzten Blick zu. »Carl? Sie sind meinem Carl gefolgt?«

»Ja«, sagt Frank. »Ich erinnere mich, dass ich in den Zug

um 17.06 Uhr nach East Grinstead gestiegen bin. Ich saß am anderen Ende des Abteils. Ich habe ihn beobachtet. Er stieg aus in …«

»Oxted«, ergänzt Lily.

»Ja«, sagt Frank. »Oxted. Und ich bin ihm hinterhergegangen. An Läden vorbei. Eine Schnellstraße entlang. An einer Baustelle vorbei.«

»Und dann?«

»Und dann zu einem Wohnblock.«

»Oh, mein Gott«, sagt Lily. »Sie sind zu mir nach Hause gekommen. Mein Gott. Was haben Sie dann getan? Haben Sie uns ausspioniert? Oder haben Sie ihn vielleicht umgebracht? Sie haben ihn auf die Baustelle gebracht. Dort haben Sie ihn getötet, stimmt's? Ich habe das flackernde Licht gesehen. Das in dem Fenster. Ich wusste, dass da was komisch war.«

Die Leute drehen sich schon nach ihr um; Lily zeigt wütend auf Frank, und ihre Stimme überschlägt sich. Sie greift in das vordere Fach ihrer kleinen glänzenden Handtasche und zieht ein iPhone heraus. »Ich rufe die Polizei an. Die arbeiten an der Vermisstenanzeige für meinen Mann. Und ich habe die Durchwahl. Ich rufe da jetzt sofort an.«

Lesley legt beruhigend ihre Hand auf Lilys. »Nein«, sagt sie. »Das ist keine gute Idee.«

»Das ist eine sehr gute Idee. Vielleicht ist er noch am Leben. Die können jetzt gleich dort hingehen und nachschauen.«

»Nein«, sagt Lesley noch entschiedener.

Währenddessen entwickelt Franks Hirn Gedanken und folgert, stellt um und ordnet neu. Dann ist er plötzlich in einem leeren Raum mit breiten Glasfenstern, die mit Folie abgeklebt sind. Er sieht, wie ein Telefon durch die Luft fliegt. Und da ist etwas hinter diesem Bild. Ein Geräusch. Eine Stimme. Ein Bruchstück von etwas, das zu klein ist, um es zu identifizieren.

Dann wechselt die Szenerie; Frank hat sich wieder weiterbewegt. Er folgt gerade Mark Tate, folgt ihm in einen Coffeeshop. Frank trägt eine Baseballmütze und beobachtet, wie Mark Tate einen Kaffee und ein Schokoladencroissant bestellt. Sein Verhalten zu dem nicht sehr hübschen Mädchen hinter dem Tresen ist gleichzeitig schroff und lässig. Frank folgt ihm auf die Straße und dann zurück zu seinem Büro. Sein Herz schlägt wie wild. Er spürt, wie der Schweiß sich unter dem Rand seiner Baseballmütze sammelt. Jedes Mal wenn er Mark Tate sieht, fühlt er sich in dieses Dachzimmer zurückversetzt, hört, wie das T-Shirt seiner Schwester zerreißt, fühlt das heiße, schmerzende Pochen in seinem gebrochenen Handgelenk, das Hämmern von Hip-Hop, das den Fußboden vibrieren lässt. Sein Verstand wird von Panik und Ekel, von Zorn und Hass überflutet. Er möchte … Alles, was er möchte, ist, Mark Tate töten. Aber er kann ihn nicht töten, weil er erst mit ihm reden muss: Er muss herausfinden, was mit Kirsty geschehen ist. Ist sie am Leben? Und wenn nicht, wie lange konnte sie es im dunklen, kalten Meer aushalten? Wo ist ihre Leiche? Und warum? Warum, warum, warum?

Frank zieht jetzt Lilys Hochzeitsalbum zu sich heran und zwingt sich, Marks Gesicht anzuschauen. Er erinnert sich an den warmen Nachmittag am Strand, an das erste Mal, als er dieses Gesicht sah, wie er sofort die Konturen und Proportionen aufgenommen hat, wie seine Sinne die Mathematik dieses Gesichts in Sekundenschnelle verarbeitet und für problematisch befunden haben. Jetzt geht es ihm genauso beim Anblick dieses vierzig Jahre alten Mannes, der ein halb so altes Mädchen geheiratet hat.

»Ist er nett zu Ihnen?«, fragt er und schaut zu Lily rüber.

»Er behandelt mich wie eine Prinzessin.«

»Aber ist er nett zu Ihnen?«

»Ich weiß nicht, wovon Sie reden.«

Jetzt ist Frank in Kittys Wintergarten. Sie sitzt da, dünn und zerbrechlich, ihre Hand zittert leicht, als sie die Teekanne anhebt. Er hatte ihr Verhalten als Unfreundlichkeit empfunden, hatte angenommen, dass sie verstimmt war angesichts nicht eingeladener Gäste. Aber was, wenn sie sich vor Mark gefürchtet hatte. Was, wenn …?

Seine Gedanken entgleiten ihm. Er klappt das Album zu und lässt seinen Kopf in die Hände sinken.

»Ich habe ein paar Tage Urlaub genommen«, sagt er. »Ich hätte letzte Woche wieder in der Schule sein müssen. Ich werde wahrscheinlich rausgeschmissen.«

»Sie hatten also einen Plan?«, drängt ihn Lesley.

»Ich glaube … Ich bin nicht sicher. Ich wollte mit Mark reden. Ich wollte ihn dazu bringen, dass er mir sagt, was mit Kirsty passiert ist. Ich brauchte Raum. Ich brauchte Zeit. Und dann …«

Er ist zurück in dem leeren Zimmer mit den breiten Fenstern. Er sieht sein Spiegelbild in den nachtschwarzen Fenstern. Er ist allein und hat einen prall gefüllten Rucksack dabei. Er versteckt ihn in einem leeren Küchenschrank.

»Ich habe einen Platz gefunden.« Seine Erinnerungen flirren und schwirren durcheinander, und ihm wird übel. »Ich habe ihn dort hingebracht.«

53

Gray konnte Mark Tate nicht einfach so zufällig auf der Straße ansprechen. Mark würde fliehen. Er würde schreien. Er würde leugnen, Mark Tate zu sein. Er würde Passanten sagen, dass dieser Verrückte ihn belästigt. Er würde eine Szene machen und dann, sobald er Gray abgeschüttelt hatte, würde er verschwinden. Schon wieder.

Und noch einmal würde Gray ihn nicht finden.

Er brauchte einen Plan.

Er erzählte seinem Schulleiter, dass sein längst verstorbener Großvater im Sterben läge, und bat um Urlaub aus familiären Gründen. Nur für ein paar Tage. Gerade lange genug, um alles auf die Reihe zu bekommen. Er erzählte seiner Mutter, dass er auf einen Fortbildungskurs müsse. Und dann beschattete und verfolgte er Mark.

Mark Tate war ein ausgesprochener Gewohnheitsmensch. Jeden Tag derselbe taillierte marineblaue Anzug, immer wieder Kaffee und Schokocroissant aus demselben Coffeeshop, dasselbe Stolzieren durch die Drehtür des Bürogebäudes, dasselbe schmierige Begrüßen des hübschen Mädchens an der Rezeption. Er war eine richtige kleine Arbeitsbiene. All die Millionärsfantasien … Was war nur aus seinen großartigen Plänen geworden?

Am Dienstag, nachdem er sich vergewissert hatte, dass Mark wie gewöhnlich zur Arbeit gegangen war, eilte Gray nach Hause. Er packte einen Rucksack mit Sachen aus der

Wohnung. Stricke. Haltbare Lebensmittel. Eine Decke. Einige Messer. Seine Kamera. Eine Rolle Klopapier. Einen Gürtel. Einen Kopfkissenbezug. Ein aufblasbares Kissen. Einen Schlafsack. Ein Handyladegerät. Eine Taschenlampe. Dann stellte er für Brenda drei Pakete Katzenfutter, Wasser und einen Haufen Kekse bereit und nahm den Rucksack mit. Von Croydon zur Victoria Station und dann weiter nach Oxted.

Er nahm den schon vertrauten Weg vom Bahnhof zu Marks Wohnblock. Kurz davor hielt er an und vergrößerte den Riss in der Plastikplane, den er gestern vor der Baustelle nebenan entdeckt hatte. Er hatte gestern auch die Wohnungsbaugesellschaft gegoogelt und festgestellt, was er schon vermutet hatte, da er nie einen Bauarbeiter bei der Arbeit gesehen hatte. Denen war das Geld ausgegangen, und die Arbeiten waren ausgesetzt worden, während die Gesellschafter nach einem neuen Investor suchten. Das ganze Unternehmen hing laut *Handelsmagazin* fast schon ein Jahr in der Luft. Die Baustelle war völlig verlassen.

Er ging zur Rückseite des vordersten Blocks, der als einziger voll ausgebaut war. Hinter dem Gebäude war ein Graben, ein Bereich, von dem Gray annahm, dass dort die Müllcontainer untergebracht werden sollten, und von diesem Graben führte eine kleine Tür in das Kellergeschoss. Sie war nicht abgeschlossen. Das hatte er alles schon am Vortag ausgekundschaftet.

Er rutschte in den Graben hinunter und duckte sich durch die niedrige Tür. Dann nahm er denselben Weg wie am Vortag – über den geglätteten Zementboden des Kellers, durch eine schwere Tür am anderen Ende und über eine Hintertreppe hinauf ins Foyer.

Hier und da waren im Foyer Kameras installiert, aber

Gray bezweifelte, dass sie noch in Betrieb waren nach fast einem Jahr Stillstand. Trotzdem hielt er den Kopf gesenkt und hielt sich nah an den Wänden. Dann sprang er die nächste Treppe hoch und stieß die Tür zur ersten Wohnung auf der linken Seite auf.

Hier. Hierhin würde er Mark Tate bringen. Hierhin, wo ihn keiner hören oder sehen konnte, wo er ihn unterbringen konnte, solange er wollte.

Die Wohnung war wie ein Loft gestaltet, ein offener Raum, mit teilweise freigelassenem Mauerwerk und mit einer glänzend weißen Küche, mit einer Kochinsel aus Holz. Rasch präparierte er den Raum. Es gab noch keine Hauptstromleitung, aber er hatte entdeckt, dass das Licht an der Dunstabzugshaube unabhängig vom Netz funktionierte, ebenso wie die hellgrünen Neonröhren unter den Küchenhängeschränken. Fließendes Wasser gab es auch noch nicht, und er packte die Flaschen aus, die er gerade eben im Getränkeladen am Bahnhof gekauft hatte. Neben dem modernen Heizkörper, an den er Mark Tate fesseln wollte, legte er die verschiedenen Stricke auf einen Haufen. Er blies das Kissen auf und breitete seinen Schlafsack aus. Er brachte die Vorräte in die Küche: genug Kekse und Chips für eine ganze Woche. Das Toilettenpapier legte er in das noch nie benutzte Badezimmer, und in seinem Rucksack behielt er nur die Messer, den Kopfkissenbezug und die Taschenlampe.

Dann nahm er den Weg zurück zur Hauptstraße und fand einen Coffeeshop, wo er vier Stunden lang einen längst überfälligen Entwicklungsbericht an den Mathematikfachleiter verfasste, während er darauf wartete, dass Mark Tate von der Arbeit heimkehrte.

Wenn jemand Gray vorhergesagt hätte, dass er sich eines Tages am Rande einer verlassenen Baustelle verstecken würde – mit einem Messer in der einen Hand und einem Kissenbezug in der anderen, dass dabei ein Adrenalin-Tsunami durch seine Adern fegen würde, weil er die Minuten zählte, bis er jemanden entführen und gefangen nehmen würde – na ja, dann hätte er es nicht geglaubt. Aber nun wartete er hier, die Hand um den Griff eines frisch geschärften Küchenmessers geklammert, und lauschte auf die Schritte des Mannes, der seinen Vater und vielleicht auch seine Schwester getötet hatte. Als es so weit war, tauchte Gray aus dem Schatten auf und schlang einen Arm um den Hals des Mannes: *»Halt still, sag nichts, ich habe ein Messer an deiner Kehle. Beweg dich verdammt noch mal nicht.«*

Er zerrte ihn rückwärts durch den Schlitz in der Plane. Mark Tates Füße schleiften hörbar über den Zement, seine Hände rissen an dem Arm, den Gray um seinen Hals geschlungen hielt. *»Hör auf, dich zu wehren, hör einfach auf, ich habe ein Messer. Möchtest du etwa sterben?«*

Mark Tate gehorchte. Gray warf den Kissenbezug über seinen Kopf und zog ihn an den Armen in den Graben, durch den Keller hindurch, die Treppen hinauf und in die Wohnung Nr. 1. Hier warf er ihn zu Boden und fesselte ihn rasch mit den Stricken und Plastikschnüren an den Heizkörper. All das machte er, ohne ein Wort zu sagen.

»Ich habe nichts«, jammerte Mark durch den Stoff des Kissenbezugs hindurch. »Höchstens einen Zehner. Und ein mistiges Telefon. Aber zu Hause habe ich Geld. Lass mich nach Hause gehen. Ich kann dir Geld holen.«

»Mark«, sagte Gray. Eine Silbe. Das war alles. Er sah, wie Mark erstarrte. »Mark Tate.« Als ob er gerade einen alten Kumpel in der Kneipe getroffen hätte.

Gray ging nah an ihn heran und nahm ihm den Kopfkissenbezug ab.

Oh, was für ein wunderbarer Augenblick. Er wünschte, er hätte ihn gefilmt. Den Schrecken und die Ungläubigkeit, die sich über Marks glattes, altersloses Gesicht ausbreiteten. Das leichte Zucken. Noch besser, das komisch zerwühlte Haar, das er, wie Gray spürte, liebend gern geglättet hätte.

»Was zum …?«

»Zuletzt gesehen in einer wilden Sommernacht, verschwunden mit meiner Schwester in der Nordsee. Toll. Lange nicht gesehen!« Gray fühlte sich eigentümlich high, als hätte er mehrere Kurze auf leeren Magen gekippt. »Wie ist es dir ergangen? Ich sehe, du hast dir ein großartiges neues Leben aufgebaut! Nette Wohngegend, guter Job. Wow. Vielleicht noch Kinder?«

Mark schüttelte benommen den Kopf.

»Nein«, sagte Gray. »Das ist wohl auch besser so. Wo du doch ein Psychopath bist und so weiter.«

Er sah, wie Mark schluckte und bleich wurde.

»Kann ich dir etwas bringen?«, fragte er. »Wasser? Einen Schokoriegel? Tortillachips? Ich hätte uns ein paar Biere besorgen sollen. Aber andererseits, da du für einige Zeit an den Heizkörper gefesselt sein wirst, ist es ja wohl besser, deine Blase leer zu lassen.«

Draußen hörte man die Plastikplane im Wind flattern und das Dröhnen des Feierabendverkehrs, der sich aus London hinaus in die Einzugsgebiete verlor. Gray konnte Marks panikartiges Keuchen und dann das anhaltende Brummen seines Telefons hören, das irgendwo in seinem feinen Anzug vergraben war.

»Was wird sie tun?«, fragte Gray, als das Telefon verstummte. »Wenn du nicht von der Arbeit nach Hause kommst?«

»Sie wird sich Sorgen machen«, entgegnete Mark schnell. »Sie ist neu in England. Sie kennt niemanden. Sie wird sich ängstigen. Kann ich ihr eben eine SMS schreiben? Sie wissen lassen, dass ich mich verspäte?«

»Nein, das kannst du mit Sicherheit nicht. Frage Nummer eins: Was soll der Scheiß? Ich meine ... Du bist doch ertrunken.«

»Bin ich eindeutig nicht.«

Das Telefon brummte schon wieder. Gray seufzte. »Also, was ist passiert? Mach schon, denk an dein verängstigtes Frauchen, das sich wundert, wo du bleibst. Rede!«

Mark veränderte mühselig seine Haltung, zog an seinen Fesseln und warf den Kopf zurück, um seinen Pony aus den Augen zu bekommen. »Ich hab's rausgeschafft. Eine Meile die Küste hoch. Ich kam raus, und da war eine Telefonzelle. Ich rief meine Tante an, und sie kam mich holen und brachte mich nach Harrogate. Ich bin fast gestorben. Blutverlust. Unterkühlung. Es war alles verschwommen. Tagelang verlor ich immer wieder das Bewusstsein.«

Gray haute mit der Faust auf den Fußboden. »Es ist mir scheißegal, was dir passiert ist. Was war mit Kirsty? Wenn du lebend herausgekommen bist, was ist dann mit ihr passiert?«

Mark schien die Frage beinahe zu überraschen. »Sie ... verschwand einfach. Weißt du. Ich hatte sie, ich zog sie ans Ufer. Sie war da. Und dann war sie ... weg.«

»Hast du sie losgelassen?« Gray hatte vor Augen, wie Kate Winslet Leonardo DiCaprio am Ende von *Titanic* ins eiskalte Wasser gleiten ließ. Er stellte sich die blauen

Lippen und die Wellen vor, die sich über Kirstys Gesicht schlossen, und ihm wurde übel bei dem Gedanken, dass das Letzte, was sie gesehen hatte, Mark Tates kaltes, hartes Gesicht war.

»Ja«, antwortete er. »Nein. Ich weiß nicht. Wie schon gesagt, ich war immer wieder bewusstlos. Ich war halb erfroren. Ich hielt sie. Und dann hielt ich sie nicht. Und sie war weg. Ich hatte nicht die Kraft, sie zu suchen. Ich trieb irgendwie zurück ans Ufer.«

Gray richtete sich auf. »Du triebst zurück?«

»Ja. Ich glaube, ja. Ich weiß nicht. Ich hatte eine Menge Blut verloren. Es ist alles verschwommen ...«

»Aber wenn du zurückgetrieben bist, warum nicht auch sie?«

»Weiß ich doch nicht. Klar?« Und da war es, dieses Stählerne in seiner Stimme, diese dunkle Leere, an die sich Gray erinnerte. Es war die Stimme dieses Typen, den er gegen die Mauer hatte treten sehen, weil Kirsty ihn nicht küssen wollte, dieses Typen, der versucht hatte, bei ihnen einzudringen, um zu ihr zu gelangen, als sie ihn nicht sehen wollte, dieses Typen, der ein Messer an die Kehle seiner Schwester gedrückt hatte und mit ihr in die Nordsee gesprungen war. Es war die Stimme des Mannes, der Grays Leben gestohlen hatte.

Marks Telefon begann wieder zu brummen. Gray widerstand der Versuchung, in Marks Tasche zu greifen, es herauszuziehen und darauf herumzutrampeln.

»Hast du nach ihr gesucht?«, fragte er. »Nachdem du gerettet warst. Bist du noch mal zurück?«

Mark schüttelte den Kopf, eine kleine, zuckende Bewegung. »Ich hab dir schon gesagt, ich war halb tot. Buchstäblich. Ich bin erst drei Tage später aufgewacht. Zu der

Zeit dachte alle Welt, ich sei tot. Ich hätte nicht zurückgehen können. Ich konnte nirgendwo hin.«

Gray presste seine Hände an die Schläfen. »Verdammte Scheiße. Sie könnte dort sein. Sie könnte dort auf dem Felsen sein. Immer noch. All diese Jahre über, und wir hätten sie begraben können. Ich meine, hast du überhaupt die leiseste Ahnung? Mein Leben ist … scheiße gewesen. Deinetwegen. Weil du das meiner Familie angetan hast. Weil du das meiner Mutter angetan hast. Und mir. Wir waren … Wir waren eine *perfekte* Familie. Im wahrsten Sinne des Wortes. Die beste Familie überhaupt. Zwar langweilig und spießig, berechenbar und glanzlos. Unsere Möbel waren braun. Unser Essen war braun. Unser Wagen war braun. Meine Schwester war so unschuldig. Und meine Eltern waren … Na ja, wir haben beim Abendessen nicht gerade lebhafte Gespräche über Tagespolitik geführt. Wir haben nichts Wichtiges besprochen, niemals. Und das spielte keine Rolle. Weil wir keine Rolle spielten. Nichts, was wir taten, bedeutete etwas oder würde jemals etwas verändern. Im Grunde hätte man den ganzen verdammten Haufen von uns umbringen können, ohne dass es in irgendeiner Weise einen Unterschied gemacht hätte. Aber wir waren perfekt. Und du hast uns zerstört. Du hast mich zerstört.« Er hielt inne, als er merkte, wie ihm das Schluchzen die Kehle hochstieg. »Und was ist mit deiner Familie? Deiner Mutter? Wie konntet ihr, du und Kitty, sie in dem Glauben lassen, du wärst tot?«

»Weil …« Mark seufzte schwer. »Meine Mutter hasste mich. Ebenso mein Vater. Und ich und Kitty, wir hatten diese Bindung. Von Kindheit an. Sie wusste Bescheid, ohne dass ich etwas sagen musste. Sie wusste, was auch immer passiert war, es hatte etwas mit mir zu tun. Und sie wollte mich beschützen, weil sie das immer getan hat. Und dann hat sie in Ridinghouse gehört, dass du dein Gedächtnis verloren hattest, dass die Polizei von einem Unfall ausging und die Hoffnung aufgegeben hatte, die Leichen jemals zu finden. Deshalb hat Kitty mich zwei Jahre lang versteckt. Die ganze Zeit haben wir darauf gewartet, dass es an der Tür klopft und jemand uns mitteilt, dass du dich erinnert hast. Und als weder das eine noch das andere geschah, habe ich nach und nach ein neues Leben begonnen. Für ein Jahr zog ich runter nach Cornwall, arbeitete schwarz, dann hoch nach Schottland, wieder zurück nach Cornwall. Ich hielt mich, soweit das ohne Pass möglich war, von Harrogate fern. Mietete möblierte Zimmer. Sparte genug, um mir eine falsche Identität zu kaufen. Bekam einen Job. Wurde befördert. Erneut befördert. Und dann …«

Er unterbrach sich, blickte nach rechts, in Richtung seines Wohnblocks. »Ich lernte eine Frau kennen. Heiratete. Es war schwer gewesen ohne Familie, mit allem allein zu sein und keine wirklichen Freunde zu haben. Aber jetzt, endlich, habe ich etwas bekommen. Ich habe jemanden bekommen. Jemanden ganz für mich allein.« Wie aufs Stichwort brummte wieder sein Telefon. Er ließ den Kopf auf die Brust sinken, wartete, bis es aufhörte, und sah wieder hoch. »Und ich liebe sie mehr, als ich irgendetwas in meinem Leben geliebt habe, und …«

Gray starrte ihn an. Und dann lachte er schallend los.

Mark schreckte auf.

»Ist das dein Ernst? Du erwartest ernsthaft, dass ich dich bedauere? Bist du völlig bescheuert? Ach ja, ich vergaß, das bist du ja wirklich.«

Ein Muskel zuckte in Marks Wange. Er versuchte wieder, sich die Haare aus den Augen zu schleudern. »Na, dann sag mir doch mal, wann genau ist dein Erinnerungsvermögen auf wundersame Weise zurückgekehrt?«

»In dem Moment, als ich dich gesehen habe, letzte Woche.«

»Du hast mich gesehen, in der letzten Woche?«

»Ja, in der Stadt. Victoria Station. Als du in dein Büro gingst. Plötzlich kam alles zurück. Und zwar alles.«

»Und woran genau kannst du dich erinnern?«

Gray wurde blass, als das Szenario sich erneut vor seinem inneren Auge abspulte. Seine Stimme zitterte, als er diesen Abend wieder im Detail schilderte. »Ich erinnere mich an alles. Ich erinnere mich, dass du uns hinaus in den Garten gefolgt bist. Wir hatten uns den Pfau angesehen. Er tanzte gerade. Ich erinnere mich an das Zimmer, in das du uns gebracht hast. Ich erinnere mich daran, dass du meine Schwester angefasst hast. Du hast versucht, sie zu vergewaltigen. Du bist uns dann hinunter zu den Felsen gefolgt und hast meine Schwester mit ins Wasser gezerrt. Ich weiß, wie mein Vater … tot … am Strand lag. Ich weiß wieder jedes Detail, das über zwanzig Jahre in mir verschlossen war. Alles, was mich daran gehindert hat, mein Leben zu leben. Aber jetzt ist es raus. Ich habe mich erinnert. Und du wirst endlich für das, was du getan hast, bezahlen. Ich rufe jetzt die Polizei. Sie werden dich festnehmen, und du wirst den Rest deines Lebens im Gefängnis verbringen.«

Mark lachte heiser. »Glaubst du das wirklich? Aufgrund von offensichtlich unzuverlässigen Erinnerungen eines Mannes, der in der fraglichen Nacht Partydrogen genommen hatte? Der damals behauptete, sich an nichts zu erinnern, was in der Nacht passiert war? Der auf wundersame Weise zwanzig Jahre später sein Gedächtnis wiedererlangt hat? Meinst du wirklich, die Polizei wird einem Mann glauben, der fähig ist, bewaffnet mit einem Messer, jemanden auf offener Straße zu entführen, in privates Eigentum einzudringen und sein Opfer dort gefangen zu halten? Die Polizei soll einem Mann glauben, der ganz eindeutig, wenn ich das so sagen darf, vollkommen geisteskrank aussieht?«

»Aber du hast vorgetäuscht, tot zu sein! Du hast einen gefälschten Pass!«

»Das sagst du.«

»Was soll das heißen, das sag ich?«

»Ich meine, wenn du die Polizei hierherholst, werde ich einfach sagen, dass ich eine gewisse Ähnlichkeit mit einem Mann haben muss, der weit entfernt von hier, vor langer Zeit, gestorben ist, und dass du mich angegriffen hast und dass du sehr gefährlich und wahrscheinlich verrückt bist. Ich werde klipp und klar leugnen, dieser sogenannte *Mark Tate* zu sein.«

»Aber sie werden deine Identität überprüfen. Sie werden herausfinden, dass Carl Monrose nicht existiert.«

Mark schüttelte langsam den Kopf. »Ich habe eine Menge Geld für meinen Ausweis bezahlt. Teuflisch viel Geld. Er ist absolut sicher.«

»Quatsch.«

Mark zuckte die Achseln. »Ich zahle Steuern. Ich nehme an den Wahlen teil. Ich reise unbehelligt ins Ausland. Ich *bin* Carl Monrose. Na los.« Er deutet mit einem Kopfnicken auf Grays Telefon. »Ruf sie an. Wirst schon sehen, was dann mit dir passiert. Mach schon!«

Gray starrte Mark stumm an und dann auf sein Telefon. Übelkeit überkam ihn, als ihm seine wahre Lage bewusst wurde.

»Mach schon!«, sagte Mark. »Worauf wartest du?«

Das Telefon wurde feucht in Grays schwitziger Hand. Er drehte sich von Mark weg. Er begann zu zittern. Er konnte nicht klar denken.

»Du kannst mich genauso gut losbinden. Bind mich los … lass mich gehen! Mach du mit deinem Leben weiter. Ich mache mit meinem weiter. Ja?«

Gray drehte sich abrupt um. »Nein! Nein! Ich habe kein Leben, mit dem ich weitermachen kann. Kapierst du das nicht? Ich habe kein verdammtes Leben, weil du es mir genommen hast!«

Mark seufzte. Sein Telefon vibrierte schon wieder. »Mach jetzt!«, sagte er. »Sie verzweifelt langsam. Sie wird bald selbst die Polizei rufen. Sie werden mein Telefon bis hierher verfolgen. Sie werden einen unschuldigen Mann vorfinden, der an einen Heizkörper gefesselt ist, und einen wild blickenden Verrückten, der seine Fingerabdrücke überall an einem Messer hinterlassen hat. Lass mich jetzt gehen, und ich werde ihr etwas von einer Zugverspätung vorlügen.«

Gray schloss die Augen und dachte an seine Mutter. Gebrochen, allein, völlig abhängig von Gray, nicht in der Lage, so etwas wie ein annähernd sinnvolles Leben zu führen. Er dachte an die kleinen Dinge, die ihn menschlich machten: seinen Beruf, seine Schüler, seine Katze, sein Fünferfußballteam. Und dann dachte er an die Erniedrigung, von einem Streifenwagen abgeholt und in einen neonbeleuchteten Raum gebracht zu werden, sich gegenüber eisernen Kriminalbeamten zu erklären, die ihn traurig über gefaltete Hände hinweg ansahen, als wäre er verrückt. Und dann dachte er, vielleicht war er ja verrückt. Na sicher. Was hatte er sich denn gedacht? Diesen Mann durch London und Surrey zu verfolgen? Ihn auf offener Straße zu entführen? Ihn zu fesseln? Was hatte er damit erreichen wollen?

Schon wieder ging das Telefon. Das Geräusch schnitt durch sein Bewusstsein wie zerbrochenes Glas. Er wartete, bis es still wurde, und richtete seinen Blick auf Mark.

Der lächelte ihn an, selbstgefällig, wie ein Autoverkäufer, der kurz davor ist, den Verkauf eines minderwertigen Wagens abzuschließen. »Komm schon, Graham. Lass mich gehen.«

Es überkam Gray heiß wie Feuer.

Ihm wurde schwarz vor Augen. Sein Körper bebte. Mit ausgestreckten Armen stürzte er sich auf Mark.

54

Lily packt Franks Arm und schreit fast: »Weiter? Was? Haben Sie ihn umgebracht? Ist er tot? Oder ist er noch dort? Sagen Sie es mir! Sagen Sie es jetzt endlich!«

Er starrt sie ausdruckslos an und schüttelt den Kopf. Sie brüllt: »Genug!«, und zieht ihr Telefon hervor. Aber sie zögert, bevor sie die Nummer der Polizistin Traviss drückt. Wenn dieser Mann nun recht hat? Wenn ihr Ehemann diese schrecklichen Dinge getan hat? Wenn die Polizei Carl mitnimmt und ins Gefängnis steckt? Nein, beschließt sie, nicht die Polizei. Noch nicht. Stattdessen geht sie mit dem Telefon nach draußen vor das Café und wählt die Nummer von Russ. Er geht beim ersten Klingelzeichen ran.

»Lily!«

»Russ, wo bist du?«

»Ich bin im Büro.«

»Russ, du musst los, jetzt gleich. Du musst zum Wolf's Hill Boulevard. Eine Baustelle an der London Road. Gleich neben der Wohnung, wo ich mit Carl wohne. Dort ist keiner, weil sie stillgelegt ist. Du musst …«

»Lily, halt. Ich arbeite. Gleich beginnt eine Konferenz.«

»Du musst nicht zu der Konferenz gehen, Russ. Du musst zum Wolf's Hill Boulevard. Es geht um Carl. Er ist dort. Bei mir ist der Mann, der ihn dort hingebracht hat. Er hat ihn da an einen Heizkörper gefesselt. Am Dienstagabend. Du musst sofort los und ihn finden. Er ist in der Wohnung Nummer eins. Bitte.«

Sie hört ihn seufzen. »Lily«, sagt er sanft, »noch mal von vorn. Wo bist du?«

»Ich bin in einem Café. In Ridinghouse Bay. Ich bin hierhergekommen, um etwas über die Frau herauszufinden, der das Haus gehört. Und dann waren da diese Leute, die gehört haben, wie ich mich erkundigt habe. Und sie haben einen Freund, der sein Gedächtnis verloren hat, der am Dienstag hierherkam. Und er hat das Foto von Carl gesehen und ihn erkannt. Er sagt, dass Carl früher Mark hieß, dass vor zwanzig Jahren etwas Schlimmes hier in Ridinghouse Bay passiert ist, dass Carl jemanden verletzt hat. Er sagt, dass er ihm vorige Woche nach Hause gefolgt ist, ihn auf die Baustelle gebracht, ihn gefesselt und dort gelassen hat. Deshalb, bitte, Russ, bitte geh dorthin und such ihn! Sofort!«

»Lily«, stöhnt er. »Solltest du nicht lieber die Polizei rufen?«

»Nein! Das geht nicht, Russ. Der Mann, der in dem Café, er sagt, dass Carl ein Krimineller ist. Dass er etwas Böses getan hat. Ich glaube nicht, dass das stimmt …« Sie unterbricht sich für einen Moment. Ihr fällt die Nacht ein, in der seine Hände ihre Kehle umklammerten, als sie aufwachte, seine düsteren Launen, die ihn ohne sichtbaren Grund von Zeit zu Zeit überkamen, der gefälschte Pass, die vorgetäuschte Mutter. »Aber«, fasst sie sich. »Ich will kein Risiko eingehen. Nicht, ehe ich ihn nicht selbst gesehen habe.«

Sie hört, wie Russ' Stimme sich verändert, sanfter wird, weil er jetzt begriffen hat. »Okay«, sagt er. »In Ordnung.« Sie merkt, dass es im Hintergrund still wird, dass eine Tür geschlossen wird und Papier raschelt. Sie nimmt an, dass er sich hingesetzt hat. »Schieß los. Sag mir genau, wo das ist und was ich tun soll, wenn ich dort bin.«

55

Alice beobachtet Lily durch das Fenster des Cafés. Dann reicht sie Derry ihre Haustürschlüssel und sagt: »Kannst du eben kurz zu mir nach Hause laufen? Öffne die Hintertür und lass die Hunde raus. Ignoriere alles, was du auf dem Boden vorfindest.«

Derry legt ihr die Hand auf den Arm, nickt und geht weg. Lesley bestellt am Tresen noch eine Runde Kaffee. Draußen vor dem Café geht Lily auf und ab und gestikuliert, während sie telefoniert.

Alice dreht sich zu Frank um und legt ihre Hand auf seine Schulter: »Wie geht es dir?«

Er zuckt die Achseln.

»Ist dir noch etwas eingefallen?«

Einen Augenblick starrt er aus dem Fenster, seufzt und schüttelt dann den Kopf.

Draußen hat Lily ihr Gespräch beendet.

»Was haben sie gesagt?«, will Alice wissen, als sie wieder hereinkommt.

»Ich habe nicht die Polizei angerufen«, sagt sie kurz angebunden. »Ich habe mit einem Freund gesprochen. Er geht gleich zu der Baustelle. Bald werden wir Bescheid wissen.« Sie schaut einen nach dem anderen an. »Was machen wir jetzt?«

Lesley antwortet: »Das ist doch eigentlich klar. Das Einzige, was wir machen können, ist, Kitty Tate zu suchen.«

»Wir sollten zu dem Haus gehen«, schlägt Alice vor. »Nachsehen, ob wir dort ihre Adresse finden können.«

»Ich habe das Haus schon durchsucht«, sagt Lily. »Ich habe nichts gefunden.«

»Das Haus ist groß«, entgegnet Alice freundlich. »Vielleicht lohnt es sich, noch einmal zu suchen?« Dieses Mädchen ist ungefähr fünf Jahre älter als ihre Jasmine. Alice stellt sich ihre Tochter vor, wie sie in einem fremden Land verzweifelt nach dem Mann sucht, der sie dort hingebracht hat. Sie stellt sich vor, wie Frank und Lesley auf Lily wirken müssen: alt und andersartig, unangenehm befremdlich. Sie lächelt sie zum ersten Mal an.

Lily zögert eine Sekunde, dann strafft sie sich, und ihr Entschluss steht fest: »Sie können das machen, ich werde weiter die Leute in der Stadt befragen. Ich komme später nach.«

Alice sieht, wie sie sich umdreht, das Café verlässt und in der Tür kurz zögert, ehe sie sich nach links wendet. Welche Fügung des Schicksals hat dieses Mädchen in diesen ruhigen Künstlerort verschlagen, der so versteckt in einer Senke an der Küste Yorkshires liegt? Und was hätte Lily jetzt gemacht, jetzt gerade, wenn Mark Tate nie in ihr Leben getreten wäre?

Alice stellt sich ihn nun vor, wie er in einer leeren Wohnung an einen Heizkörper gefesselt ist. Und sie denkt darüber nach, was der Mann, den sie als Frank kennt, als notwendig erachtet hat, um ihn dorthin zu bringen: das Messer an der Kehle, den Sack über dem Kopf, das Fesseln der Hände, die Drohungen, die Entführung. Sie kann all das nicht mit dem sanften Mann in Einklang bringen, der die letzten fünf Tage in ihrem Haus gewohnt hat, mit dem sie geschlafen hat, der in den frühen Morgenstunden mit ihrer Tochter zusammengesessen hat, der von ihrem am wenigsten zutraulichen Hund angenommen worden ist und der die Zustimmung ihres Sohnes gefunden hat. Sie wird wieder daran erinnert, dass der Mann, den sie vor einer Woche am Strand gefunden hat, überhaupt kein Mann war, sondern nur ein leeres Behältnis, in das sie hineinlegen konnte, was immer sie sich wünschte. Sie hat es mit Qualitäten und Charaktereigenschaften angefüllt, die ihr gefielen. Sie hat nicht wahrhaben wollen, dass Frank hinter der sanftmütigen Fassade ebenso gut ein Soziopath oder sogar ein Mörder sein könnte. Sie hat ihre Kinder in Gefahr gebracht. Sie hat sich selbst in Gefahr gebracht.

Und dennoch, als sie jetzt mit ihm Seite an Seite zu Kitty Tates Haus geht, tut es ihr in der Seele weh, ihre Arme sehnen sich danach, ihn zu umschlingen. Was immer er ist. Wer immer er ist. Was immer er getan hat.

Frank lächelt Alice unsicher an. Was denkt sie, fragt er sich. Bereut sie jede Minute, die sie mit ihm verbracht hat? Schaudert es sie bei der Erinnerung an ihre gemeinsame Nacht? Sieht sie vor ihrem inneren Auge in ihm schon das schlimme Monster, als das er sich erweisen könnte?

Schon gleich zu Beginn, als er langsam aus dem Fugue-Zustand auftauchte, hat er ein Gefühl von Gewalt gehabt, von Händen um eine Kehle, von langsam aufflammender Mordgier. Was wird Lilys Freund vorfinden, wenn er die Tür zu der Wohnung Nr. 1 öffnet? Einen leeren Raum? Einen toten Körper?

Er bemerkt, dass er sich von den anderen zu entfernen beginnt, als die den Berg zur Hauptstraße hinaufgehen, die aus dem Ort hinausführt.

»Frank? Wo gehst du hin?«, ruft Alice.

Er sieht hoch zu ihnen und dann zur Küstenstraße. »Können wir …? Nur kurz?«

Irgendetwas zieht ihn den Berg hinunter, die Gasse zum Meer hinab. Hier ist er schon viele, viele Male entlanggegangen. Die anderen nicken und folgen ihm. Als er am anderen Ende der Gasse herauskommt, wendet er sich instinktiv nach rechts, und da ist es: Rabbit Cottage. Es heißt allerdings nicht mehr Rabbit Cottage. Auf einer Schieferplatte steht »Ivy Cottage«. Es ist in einem zarten Himmelblau gestrichen, und die Fenster sind erneuert worden.

Er starrt auf das Häuschen, und sein Inneres öffnet sich wie ein Krater. Das war der letzte Ort, an dem sie alle zusammen waren. Wäre er an dem Abend mit seiner Familie zusammen nach Hause gegangen, wäre er bei seiner Familie geblieben, anstatt Mädchen nachzulaufen, hätte er nicht drei Gläser Tequila getrunken und die Leute aus dem Pub mit hierhergebracht, dann wären sie alle an diesem Abend schlafen gegangen, hätten den nächsten Tag zusammen verbracht und den darauffolgenden und so weiter; sie wären zurück nach Hause gefahren und hätten den Rest ihres Lebens zusammen verbracht. Kirsty hätte einen Mann kennengelernt, der nicht geisteskrank war; Gray hätte einen Schwager und eine Nichte oder einen Neffen. Er selbst hätte vielleicht eine Frau, ein oder zwei Kinder. Seine Mutter wäre mit ihrem verlassenen Nest wie ein normaler Mensch umgegangen und nicht wie eine sorgenzerfressene Irre. Sein Vater wäre älter und grauer geworden, und sie wären normal und langweilig und perfekt gewesen für immer und ewig.

Es war alles seine Schuld. Alles. Einfach alles.

Derry kommt mit Alices Haustürschlüsseln in der Hand aus einer kopfsteingepflasterten Gasse. Sie sieht die beiden erstaunt an. »Nett von euch, mir zu sagen, wo ihr hingeht«, sagt sie. »Ich war gerade wieder beim Sugar Bowl Café; dort sagte mir eine Frau, ihr wäret in diese Richtung gegangen.«

Alice entschuldigt sich, und zusammen gehen sie in Richtung Ortskern. Frank und Derry laufen nebeneinander her. Ein Weile schweigen sie, dann fragt Derry: »Na, Frank, hast du ihn getötet?«

Er fährt zusammen. »Was?«

»Mark Tate, hast du ihn getötet? Du schaust immerzu auf deine Finger.« Sie wirft einen Blick auf seine Hände. »Als würdest du sie nicht erkennen. Als gehörten sie nicht zu dir.« Sie kneift die Augen zusammen. »Ich meine … Es wäre die logische Erklärung. Es würde deinen Gedächtnisverlust erklären, deine mitternächtliche Flucht ans Ende der Welt. Oder nicht?«

Er sieht sie an, um ihre Absicht einzuschätzen. Fordert sie ihn heraus? Greift sie ihn an? Oder versucht sie nur, ihm zu helfen, sich zu erinnern?

»Ich weiß es tatsächlich nicht«, sagt er. »Vielleicht habe ich ihn getötet, ja. Es könnte durchaus sein. Und mit meinen Händen.«

»Und wenn das so ist?«

»Dann hat er es verdient zu sterben. Und ich habe es verdient, ins Gefängnis zu gehen, für das, was ich getan habe.« Dieser Gedanke verschafft ihm Erleichterung.

Den Rest des Weges gehen sie schweigend.

56

Marks Telefon klingelte schon wieder.

Gray hielt abrupt inne, trat einen Schritt von Mark zurück und fuhr sich mit den Fingern durchs Haar. Die besorgte Ehefrau. Er stellte sich vor, wie sie auf der Sofakante hockte, mit einem zerknüllten Taschentuch in ihrer verkrampften Hand, und immer wieder wie besessen die Anruftaste drückte. Sie würde so lange drücken, bis der Akku leer war. Er bückte sich, riss das Telefon aus Marks Tasche, stieß einen tödlichen, widerhallenden Kriegsschrei aus und schleuderte es quer durch den Raum. Es traf mit fürchterlichem Krachen die Dunstabzugshaube, schlitterte über den Küchenfußboden und blieb in der Ecke gegenüber liegen. Die Birne in der Dunstabzugshaube zischte und blinkte. Danach war alles still, und Gray überkam eine Welle der Erleichterung.

»Gut gemacht, du Blödmann«, sagte Mark. »Jetzt macht sie sich noch mehr Sorgen. Du bist wirklich ein Loser.«

Die Wut, die Gray kurzfristig bezwungen hatte, stieg wieder hoch, doppelt so rot, doppelt so stark.

Und dann überließ er sich endlich dem ursprünglichen Drang, der ihn verfolgt hatte, seit er Mark Tate vor zweiundzwanzig Jahren zum ersten Mal zu Gesicht bekommen hatte. Er ließ sich von seinen Instinkten zu Mark Tate führen und sah zu, wie sich seine Hände um dessen Hals legten, und applaudierte seinen Händen im Geiste, wie sie zusammenwirkten, um die Atemluft aus Mark Tate herauszupressen, zu würgen und zu blockieren, bis Mark Tate endlich aufhörte, Grays Hände abzuwehren, bis er endlich erlahmte, in sich zusammensackte, nicht mehr atmete und das verdammte Maul hielt, für immer.

Als sie sich Kitty Tates Haus auf den Klippen nähern, greift Frank Alices Hand und zieht sie heftig zu sich heran.

Sie sieht ihn an. Ihm fällt auf, dass ihr Gesicht ihm jetzt vertrauter ist als irgendetwas anderes auf der Welt. Dann wird ihm bewusst, dass er dieses Gesicht vielleicht niemals wiedersieht nach dem, was er ihr jetzt sagen will.

»Ich erinnere mich«, sagt er. »Ich habe ihn gewürgt. Ich habe ihn gewürgt, und er ist tot.«

»Verdammt.« Sie macht eine Pause. »Bist du sicher?«

»So sicher, wie ich nur sein kann.«

Sie legt ihre Hand auf seinen Hinterkopf und streicht ihm über die Haare. Bei dieser Geste möchte er am liebsten weinen.

Sie wechseln einen Blick. Frank nickt.

Alice holt die anderen ein. »Frank erinnert sich«, sagt sie bedrückt. »Mark ist tot. Frank sagt, er hat ihn umgebracht.«

Für einen Moment herrscht schreckliches, hartes Schweigen, bis Derry die Hand zum Abklatschen hebt und sagt: »Großartig, Frank. Der Mistkerl hat es absolut verdient.«

57

Lily sieht sie alle vor dem Haus stehen, ins Gespräch vertieft. Sie seufzt, nimmt eine entschlossene Haltung an und geht mit fröhlichem »Hallo!« auf die kleine Gruppe zu.

Als die drei Frauen und der Mann namens Frank sich umdrehen, schreckt sie zurück.

»Was ist los?«, fragt sie.

Sie wechseln seltsame Blicke, und dann lächelt die Frau namens Lesley und sagt: »Nichts. Alles gut. Und wie sind Sie weitergekommen?«

Lily seufzt wieder. Ihre kurzen Nachforschungen im Städtchen haben nur wenig ergeben. Kitty Tate war zuletzt vor etwa zwei Jahren in Ridinghouse Bay gesehen worden, und zwar von der Dame, der das noble Schuhgeschäft gehört. Kitty hatte ihr erzählt, dass sie nur für einen Tag da sei, um einen Käufer für ihren Flügel zu treffen, und dass sie nicht über Nacht bleiben, sondern am frühen Abend nach Hause fahren wolle. Sie hatte ein Paar Lederstiefel anprobiert, aber nichts gekauft. Sie machte einen unglücklichen Eindruck.

Niemand schien genau zu wissen, wo Kitty jetzt lebt. »Richtung Harrogate« war die allgemeine Annahme.

»Man sagt, dass sie schon seit Jahren nicht mehr hier gewesen ist«, berichtet Lily. »Aber ich weiß, dass das nicht stimmt. Gestern ist sie hier gewesen.« Sie zuckt die Achseln. »Also bleibt alles ziemlich mysteriös.«

»Und was ist mit Ihrem Freund? Der in die verlassene Wohnung gehen soll? Haben Sie schon etwas von ihm gehört?«

Sie schüttelt den Kopf. »Ich habe ihn vor ein paar Minuten angerufen. Er war im Zug, noch zwanzig Minuten entfernt. Wir müssen abwarten.«

»Na schön«, sagt Lesley und blickt zur Villa hinüber. »Sollen wir reingehen?«

Der Mann, den sie Frank nennen, benimmt sich seltsam, als er das Haus betritt. Er bewegt sich zögerlich und langsam, seine Hände streichen über die Wände und die Oberflächen, während er weitergeht. Er schaut sich um, und Lily bemerkt, dass seine Hände zittern.

»Es ist alles ganz genauso«, sagt er. »Es ist genauso, wie es war. Außer …« Er dreht sich um und sagt zu Alice: »Es ist tot.«

Ja, denkt Lily, ja. Es ist ein totes Haus. »Es gibt ein Zimmer, das noch lebendig ist«, sagt sie. »Kommt mit!«

Schweigend folgen sie ihr hinauf. Als sie die zweite Treppe hochgehen, beginnt Frank unkontrolliert zu zittern.

»Hier hat er uns hergebracht. Hier hat er uns hineingezerrt. Und hier« – er zeigt auf die Stufe, auf der er gerade steht – »genau hier hat er meine Schwester auf den Boden gedrückt und versucht, sie zu vergewaltigen. Vor meinen Augen.«

Er kniet sich hin und fährt mit den Fingerspitzen über den alten Teppich. »Seht hier, Blut! Das ist Marks Blut. Ich habe ihm mit einem Kleiderbügel den Kopf aufgeritzt.« Plötzlich schaut er Lily direkt ins Gesicht: »Ihr Mann, hat er eine Narbe? Unter seinem Haar? Ungefähr hier?« Er zeigt auf seine Schädeldecke.

»Mein Mann hat sehr dichtes Haar«, antwortet Lily. »Wie soll ich wissen, ob er eine Narbe hat.« Aber das ist eine Lüge. Sie hat die Narbe, die Frank beschreibt, nachts gespürt, wenn sie mit ihren Händen durch sein Haar strich. Er hat dort eine Wulst, harte Haut, wie ein kleines Stück altes Kaugummi. Sie hat ihn einmal danach gefragt; er hat gesagt, es käme von einem Unfall in der Kindheit. Deshalb hat sie diese Narbe geliebt, geliebt sowohl als körperlichen Teil von ihm als auch als symbolisches Zeichen seiner persönlichen Geschichte, an der er sie so selten teilhaben ließ. Wenn sie sich liebten, hatte sie die Narbe gesucht, sie mit ihren Fingerspitzen berührt, verstohlen und flüchtig. Und nun war dieselbe Narbe zum Beweis geworden, als ob sie angesichts so vieler anderer Beweise noch einen brauchte, dass der Mann, den sie über alles liebte, der Mann, für den sie ihre Familie, ihr Zuhause und ihr Leben aufgegeben hatte, ein gewalttätiger und böser Mann war, der Frauen misshandelte. Sie unterdrückt das alles und führt die anderen weiter hinauf zum Dachzimmer.

»Das ist das Zimmer«, sagt Frank, als Lily die Tür aufstößt. »Das Zimmer, wo er uns eingesperrt hat. Nur sieht es jetzt völlig anders aus.«

Eine Weile bleiben alle in der Tür stehen und schauen hinein.

»Also gut«, sagt Lily. »Wir müssen uns aufteilen. Und wir müssen alles kriminalistisch untersuchen, bis wir etwas mit Kittys Adresse darauf gefunden haben.«

Es dauert nicht lange. Alice findet sie auf einem Lieferschein hinten in der Schublade eines alten Küchenschrankes.

Mrs. Kitty Tate
The Old Rectory
Coxwold
Harrogate
YO61 3FG

Sie alle starren einen Augenblick darauf. Lily weiß nicht, was sie denken soll. Sie möchte diese Frau kennenlernen, diese Frau, die – aus welchen Gründen auch immer – über viele Jahre Carl vor der Polizei geschützt hat, die vorgegeben hat, seine Mutter zu sein, als sie an dem Tag ihrer Hochzeit miteinander gesprochen haben, diese traurige, einsame Frau, die nach Jasmin duftet, schöne Kleider besitzt und sich vor den Leuten dieser Stadt in einem toten Haus auf den Klippen versteckt. Sie möchte sie kennenlernen, damit sie alles besser verstehen kann. Aber sie hat auch Angst, Dinge zu hören, die sie Carl hassen lassen.

Und während sie darüber nachdenkt, klingelt ihr Telefon. Es ist Russ. Sie schaut auf ihr Telefon, dann auf die anderen, in ihren Gesichtern die verschiedensten Emotionen – von Angst, Betroffenheit bis zu Ungeduld. Sie holt tief Luft, und dann geht sie ran.

»Hallo, Russ. Bist du schon dort?«

»Ja«, sagt Russ. »Aber Carl ist nicht hier.«

Sie streicht ihr Haar aus dem Gesicht und runzelt die Stirn. »Bist du an der richtigen Stelle?«

»Ja, ja. Wohnung Nummer eins, Wolf's Hill Boulevard. Er war mit Sicherheit hier. Ich sehe die Schnüre, die Stricke … Es ist ein übles Chaos. Es ist … Na ja, er muss eine ganze Weile hier gewesen sein, lass es uns mal so ausdrücken. Aber jetzt ist er nicht hier. Er ist weg.«

Ihr Herz schlägt schneller, und sie fühlt sich erleichtert. »Oh, Gott sei Dank. Dafür danke ich Gott.«

Die anderen starren sie mit großen Augen an.

»Gut, ja«, fährt Russ fort. »Einerseits ist das gut. Andererseits … Wer weiß, wo er ist? Was er tut? Ich meine, Lily, er könnte gefährlich sein.«

Sie zieht ärgerlich die Luft ein, weiß aber, dass ihr Ärger unangebracht ist. Dennoch ist sie nicht imstande, ihre Gefühle zu ändern. »Mir gegenüber nicht!« Damit beendet sie das Gespräch.

Die anderen starren sie immer noch an.

»Er ist nicht dort«, sagt sie.

»Sie meinen, er ist entkommen?«, fragt Alice fassungslos.

Lily seufzt. »Ja. Er hat sich befreit und ist geflüchtet.« Sie möchte nicht darüber nachdenken, dass er nicht versucht hat, sie zu kontaktieren, dass er sie nicht gesucht hat.

Derry und Alice schauen Frank fragend an.

»Du hast ihn nicht getötet?«, fragt Alice.

Er sieht bleich aus und erschüttert. »Ich weiß nicht«, sagt er. »Ich dachte … aber vielleicht doch nicht. Vielleicht war er nur bewusstlos?« Er seufzt. »Ich weiß es wirklich nicht.«

Für einen Augenblick sagt keiner ein Wort.

Dann sieht Lesley auf ihre Armbanduhr und verkündet: »Also gut. Es ist Viertel nach zwölf. Ich werde im Büro anrufen und sagen, dass ich heute nicht mehr komme. Dann fahre ich nach Coxwold, um Kitty Tate ausfindig zu machen. Was ist mit euch?«

Derry erklärt, dass sie Romaine und Daniel von der Schule abholen wird. Sie verabschiedet sich, und die anderen warten darauf, dass Lesley mit ihrem Auto zurückkommt. Sie sitzen auf der Vordertreppe des großen weißen Hauses und schweigen verlegen. Es ist ein schöner Tag geworden; der Himmel ist hellblau, und eine sanfte Brise treibt Kirschblüten vor ihre Füße.

Schließlich wendet sich Lily Frank zu. »Also. Sie dachten, Sie hätten ihn getötet?«

Er sieht sie an, als hätte er vergessen, dass sie da ist. Dann nickt er. »Ja«, sagt er einfach. »Das stimmt.« Er wendet sich von ihr ab und betrachtet seine Hände. »Der Mann, den Sie lieben, ist ein Monster«, fügt er ruhig hinzu.

»Sie haben versucht, ihn umzubringen. Sie haben ihn liegen lassen im Glauben, er sei tot. Was sind Sie denn dann?«

Frank seufzt. Einen Augenblick lang herrscht Schweigen. Nur das ferne Krächzen von Möwen, das Kratzen kleiner Vögel in der Hecke, das Lied eines Buchfinken, der von Baumwipfel auf sie niederblickt, sind zu hören. »Ich habe Unrecht begangen«, sagt er, »aber das macht mich nicht zu einem Monster.«

58

Die Fahrt von Ridinghouse Bay nach Coxwold verläuft seltsam still, auch wenn es viel zu besprechen gäbe. Lesley nutzt ihre Freisprechanlage, um einige Arbeitsgespräche über andere Storys zu führen, an denen sie dran ist: eine Vergewaltigung in Hull, drei tote Filipinos im Laderaum eines Schiffs, das in den Docks von Goole liegt, Anwohnerreaktionen auf den Abriss eines beliebten Pubs in Beverley.

Alice schweift mit ihren Gedanken ab und blickt in die Landschaft. Die zarten sonnenbeschienenen Felder voll von goldenem Raps und Sonnenblumen sehen wunderschön aus. Dann betrachtet sie Frank. Still und ruhig schaut er aus dem Seitenfenster.

»Was meinst du, wo er ist?«, fragt sie.

Er zuckt die Achseln. »Er ist schon mal verschwunden. Er könnte inzwischen überall sein.«

Sie senkt die Stimme. »Was du gesagt hast zu dem, was du getan hast … Bist du sicher, dass es passiert ist? Dass du wirklich …?«

»Ich bin sicher«, sagt er entschieden. »Es ist passiert.«

Sie nickt. Sie kann sich unmöglich vorstellen, was in Frank vorgeht. Sie erinnert sich an den ersten Abend mit ihm, als er barfuß und frisch geduscht aus dem Bad kam, in Kais Kapuzenpullover. Damals war er leer und unbelastet. Jetzt wirkt er anders, irgendwie schwerer, begraben unter dem Gewicht von so vielen Erinnerungen.

Auf einem Schild am Straßenrand steht »Coxwold, ½ Meile«.

Eine Minute später weist der Navigator Lesley an, nach rechts abzubiegen. Sie bleiben wieder still auf der letzten Etappe der Fahrt. Alice bewundert die Postkartenansicht, als sie in das Dorf hineinfahren: die breite Straße mit den leuchtend grünen Rasenflächen auf beiden Seiten, die sich hinaufwindet zu charmanten hellen Häusern mit Gaststätten und Teeläden. Nach einer winzigen Kurve weg vom Dorf sind sie da. Das alte Pfarrhaus, direkt hinter der Kirche gelegen, ist ein wunderschönes, dreiflügeliges Gebäude mit einer Kiesauffahrt und uraltem Baumbestand; eine riesige Magnolie in voller Blüte nimmt die Mitte vor der Eingangstür ein.

Lesley stellt den Motor ab, und für einen Moment betrachten sie alle das Haus.

»Ich werde gehen«, sagt Lily und löst ihren Sicherheitsgurt. »Sie ist mit mir verwandt. Also gehe ich.«

Lesley will gerade protestieren, als Lily unangenehm nahe vor ihrem Gesicht die Hand hebt und sagt: »Nein. Ich bin allein hierhergekommen, um diese Frau zu finden. Ich habe Sie nicht gebeten mitzukommen.«

»Hm, Entschuldigung«, erwidert Lesley, »aber ohne uns würden Sie immer noch mit Ihrem kleinen Fotoalbum in Ridinghouse Bay von Laden zu Laden gehen. Es tut mir leid, aber Frank und Alice haben das gleiche Recht wie Sie zu hören, was diese Frau zu sagen hat. Franks Leben ist durch das, was der Neffe dieser Frau ihm und seiner Familie angetan hat, ruiniert worden. Wir gehen da alle hinein, oder ich drehe sofort um und fahre nach Hause.«

»Ihnen geht es doch nur um die Story.«

»Ja. Natürlich geht es mir um die Story. Das ist mein

Job. Aber das heißt nicht, dass es mir nicht auch um das Ergebnis oder um die Beteiligten geht.«

»Schön«, sagt Lily nach einem bockigen Schweigen, das Alice an ihre beiden Töchter erinnert. »Wir gehen alle.«

Lesley klingelt, und man hört das Geräusch von Absätzen auf Fliesen. Dann öffnet sich die Tür einen Spalt vor einer Kette, und man sieht das blasse, hübsche Gesicht einer Frau: glatte, eingesunkene Wangen, ein rosa Schimmer auf den Lippen, ein Tuff von weißblondem Haar, der sanfte Duft von Jasmin.

»Hallo!«, grüßt sie locker. Aber dann, als sie von einem zum anderen blickt, wirkt sie beunruhigt. »Oh! Entschuldigung, ich habe eine Lieferung vom Supermarkt erwartet. Was wünschen Sie?«

»Ich heiße Lily«, sagt Lily. »Wir haben gestern miteinander telefoniert. Ich bin mit Ihrem Neffen verheiratet, mit Mark.«

»Seien Sie nicht albern«, erwidert die Frau und verzieht das Gesicht. »Mark ist tot.«

»Nein«, sagt Lesley und drängt nach vorn. »Er ist nicht tot. Wir wissen das, weil dieser Mann hier« – sie zeigt auf Frank – »Ihrem ›toten‹ Neffen ein Geständnis abgerungen hat, auch bezüglich dessen, wie Sie ihn in der Nacht, in der er angeblich ertrunken ist, an den Felsen aufgegabelt und mit nach Hause genommen haben, ohne irgendwem etwas zu sagen, nicht einmal seiner eigenen Mutter.«

Kitty Tate kneift die Augen zusammen. »Und wer sind Sie?«, fragt sie Lesley.

»Lesley Wade.« Sie reicht Kitty die Hand. »*Ridinghouse Gazette.*«

Kitty versucht, ihnen die Tür vor der Nase zuzudrücken, aber Lesley hat schon den Fuß im Türspalt. »Ich bin privat hier. Ich helfe nur. Es gibt keine Story. Noch nicht. Wenn es doch dazu kommt, werde ich Nachforschungen anstellen, es wird ein umfassender Bericht mit ausführlichen Interviews, nichts Reißerisches.«

Kitty versucht wieder, die Tür zu schließen.

»Hören Sie!«, sagt Lesley. »Sehen Sie diesen Mann? Das ist Graham Russ. Erkennen Sie ihn? Er ist Kirstys Bruder. Der Junge, der zu Ihnen nach Hause kam, der Junge, den Ihr Neffe als Geisel genommen und angegriffen hat. Mark hat ihm das Handgelenk gebrochen, er hat ihn terrorisiert. Graham Russ hat sein gesamtes Erwachsenenleben in einer Art Schwebezustand verbracht, weil er sich nicht an das erinnern konnte, was in jener Nacht geschehen ist.« Sie lehnt sich mit ihrem ganzen Gewicht gegen die Tür. »Und jetzt hat er sich erinnert. Er hat sich an das erinnert, was Mark Tate getan hat. Sie sind es ihm schuldig, Kitty, Sie sind es ihm schuldig zu sagen, was Sie wissen.«

Kitty gibt plötzlich ihren Druck gegen die Tür auf und späht durch den Türspalt. Sie sieht Frank direkt ins Gesicht, und ihre Augen füllen sich mit Tränen. »Sie armer Junge.« Dann strafft sie sich und richtet ihren Blick auf Lesley. »Er kann hereinkommen, aber die anderen nicht.«

»Aber …!«, braust Lily auf.

Kitty ignoriert sie und wendet sich wieder an Frank. »Kommen Sie bitte herein. Ich erzähle Ihnen alles, was ich weiß.«

Frank sieht von Alice zu Kitty. »Kann meine Freundin bitte mitkommen? Alice hat sich um mich gekümmert. Sie ist sonst nicht involviert. Sie ist bloß ein guter Mensch.«

Kitty nickt nur knapp und öffnet dann die Tür, um sie hereinzulassen.

Die beiden drehen sich zu Lily und Lesley um und bitten mit einem Lächeln um Verständnis.

»Na schön«, sagt Lesley. »Zeit für Cream Tea.«

»Was ist ›Cream Tea‹?«

»Viel Kuchen. Kommen Sie!«

Kitty führt Frank und Alice in ihre Küche. Die Einrichtung besteht aus dunklem Holz und grauweißem Resopal, Hängelampen über einer zentralen Kochinsel, zwei großen Sofas auf der gegenüberliegenden Seite und einer Verandatür, die auf einen äußerst gepflegten Garten hinausgeht. Kitty lässt die beiden an ihrem Küchentisch Platz nehmen, macht ihnen Tee in einer übergroßen gepunkteten Kanne und öffnet eine Packung edler Bio-Ingwerkekse.

Endlich setzt auch sie sich und streicht die marineblauen Hosenbeine über ihren schmalen Schenkeln glatt. »Es tut mir so leid, was Ihnen geschehen ist«, sagt sie zu Frank. »Es tut mir so leid um Ihren Vater und Ihre Schwester, und ich wünschte …« Sie macht eine Pause. »Ich wusste von der ersten Minute an, als er an diesem Tag vom Strand nach Hause kam, mir von dieser ›netten Familie‹ erzählte und wir einen Kuchen backen sollten, dass irgendwie ein Schalter umgelegt war. Dass es böse enden würde. Mark war immer …« Sie macht wieder eine Pause, hebt den Deckel der Kanne an, rührt darin herum und fährt schließlich fort: »… war immer gestört. Der Bruder meines Mannes und seine Frau haben ihn adoptiert, als er schon ziemlich groß war, acht oder neun Jahre alt. Ihre Tochter war ein Teenager, sie machte sich schon unabhängig. Ich glaube, mein Bruder und seine Frau fühlten sich noch nicht bereit, diese Phase ihres Lebens zu beenden. Aber sie wollten nicht mit einem Baby wieder ganz von vorn beginnen. So kamen sie darauf, ein älteres Kind zu adoptieren. Und natürlich war Mark der hübscheste kleine Junge, und er klammerte sich an sie, als hinge sein Leben davon ab. Aber sie haben sich nicht genügend Gedanken darüber gemacht, was ein Junge mit sich bringt, der Missbrauch erfahren hat. Sie glaubten, alle Wunden heilen und ihn für alles Leid entschädigen zu können. Unglücklicherweise haben sie sich geirrt. Die Verletzungen saßen zu tief.«

Sie gießt drei Tassen Tee aus der Kanne ein, die sie auf einen Untersetzer zurückstellt, und reicht Alice das Milchkännchen. »Nehmen Sie sich selbst Milch – jeder hat einen anderen Geschmack, nicht wahr? Jedenfalls, sie kamen mit ihm nicht zurecht. Mark wollte alles: die beste Kleidung, das beste Spielzeug, alle Zeit und Aufmerksamkeit seiner Eltern. Die Schwester, Camilla, zog aus, als sie siebzehn war, um bei der Familie einer Freundin zu wohnen, weil sie mit diesem ewigen Druck nicht fertigwurde. Aber aus irgendeinem Grund war Mark bei meinem Mann und mir ganz ruhig. Vielleicht, weil wir keine eigenen Kinder hatten. Er lebte nicht mit uns zusammen, und wir mussten nicht versuchen, ihn im Zaum zu halten. Wir hatten so viel Platz.« Sie zeigt durch die Terrassentür. »Die Hunde, das große Haus an der See. Er verbrachte die Ferien bei uns, die meisten Wochenenden. Ich behaupte keine Sekunde, dass er *einfach* war. Mark ist *nie* einfach gewesen. Aber er war weniger *kompliziert*. Und er und ich hatten eine außergewöhnlich starke Bindung. Aber als er älter wurde …« Sie reicht Alice den Teller mit den Keksen hinüber. »Ich weiß nicht, ich sah einfach, dass sich diese dunkle Seite in ihm herausbildete. Besonders wie er mit Mädchen umging. Er war ein Rüpel, denke ich. Er dachte,

Mädchen seien nur dazu da, seine Bedürfnisse zu befriedigen. Ich sah, wie er sich wirklich ganz unerfreulich gegenüber diesen reizenden Mädchen benahm, die er mit nach Hause brachte und die ihn mit großen Augen verzückt anblickten, weil er so gut aussah.« Sie schüttelt den Kopf und seufzt. »Schon damals habe ich mir Sorgen gemacht, dass eines Tages etwas Schlimmes passieren könnte. Aber, ich weiß auch nicht, er konnte hier auftauchen mit seiner Reisetasche, einer Schachtel Konfekt für mich, einer ungestümen Umarmung; ich liebte einfach diese Umarmungen. Meinem Mann lag das Umarmen nicht so, und ich schätze, ich bin durch Mark auf den Geschmack gekommen. Wie auch immer, er ging dann mit den Hunden nach draußen und warf stundenlang Bälle für sie, und ich saß hier und sah ihm zu und dachte: Er wird aus all diesen Dummheiten herauswachsen, ein wunderbares Mädchen kennenlernen, endlich verstehen, was wichtig ist, und er wird perfekt sein.«

»Dann starb mein Mann.« Kitty seufzt. »Und Mark konnte nicht sehr gut damit umgehen. Schien mich aus irgendeinem Grund dafür verantwortlich zu machen. Die ungestümen Umarmungen blieben aus. Konfekt und Spaß und Lachen ebenfalls. Ich muss zugeben, ich begann seine Gegenwart als bedrückend zu empfinden, nur er und ich allein. Zu der Zeit hatte er sich seinen Eltern schon völlig entfremdet und wohnte bei uns. Sie haben ihn enterbt, als er achtzehn war, nach einem Vorfall …«

»Vorfall?«, fragt Frank. »Was für ein Vorfall?«

Kitty streicht wieder ihre Hosenbeine glatt. »Etwas mit einem Mädchen. Eine Freundin seiner Schwester. Es gab keine Anzeige, aber es war sehr unerfreulich, und seine Eltern beschlossen, die Nabelschnur zu durchtrennen.

Unverzeihlich, wirklich unverzeihlich.« Sie schüttelt bedächtig den Kopf. »Zuerst gefiel es mir, dass er hier war, nach dem Tod meines Mannes, aber dann, nach ein paar Wochen, wurde es … na ja, immer schwieriger, mit ihm zusammenzuleben. Wir fuhren nach Ridinghouse Bay in jenem Sommer, wie wir es viele Sommer zuvor getan hatten. Ich dachte, dort würde alles etwas leichter werden. Aber ganz im Gegenteil, er war dort noch wütender, wütend auf mich, wütend auf die Welt. Es umgab ihn eine … Boshaftigkeit. Ich fing an, mit abgeschlossener Tür zu schlafen.« Sie schaut beide ernst an.

»Dann kam er eines Tages voller Freude ins Haus gestürmt und sprach von Kuchen und Ihnen, dieser ›netten Familie‹. Und ich begriff, dass da ein Mädchen war, und ich vermute, etwas in mir sagte: Schön, vielleicht wird dieses mystische Mädchen ihm Halt geben. Und dann tauchten Sie alle an dem Tag hier auf, und ich sah die kleine Kirsty: so jung, so rein, so völlig unfähig, mit einer beschädigten Seele wie der von Mark umzugehen. Und mir wurde schwer ums Herz.«

Alice sieht Frank an. Was denkt er jetzt?, fragt sie sich. Er wirkt so verschlossen, so empfindungslos.

»Auf jeden Fall«, fährt Kitty fort und streicht mit den Fingerspitzen an ihrer Tasse auf und ab. »Er hat sie ausgeführt, schien vernarrt in sie, hat ihr Blumen gekauft, sie ins Kino eingeladen, dann plötzlich kam er nach Hause und sagte, es sei vorbei, es sei ihm egal, ›scheißegal‹, wie er sagte, er könne etwas Besseres kriegen, sie sei nur eine kleine …« Sie hält inne und verzieht den Mund. »… Sie wissen schon, nicht sehr nett. Aber es dauerte nur ein, zwei Tage, und dann schien es für ihn weiterzugehen, es gäbe ein Mädchen, erzählte er, von zu Hause, eine Sängerin. Er wollte mit einigen Freunden zu ihrem Konzert gehen. Ich war erleichtert. *So erleichtert*. Es schien, als ob er endlich vorwärtskam nach dem Tod meines Mannes. Seine seltsame Besessenheit von Ihrer Schwester wirkte nur noch wie eine schwache Erinnerung. Und er bat mich, am Abend auszugehen, da er seine Freunde nach dem Konzert zu sich einladen wollte, dazu vielleicht ein paar von den netteren Leuten aus dem Ort. Er sagte, sie würden nur in dem einen Raum feiern. Leicht überschaubar. Er würde den Abend nicht außer Kontrolle geraten lassen. Und natürlich sagte ich Ja. Ich hätte alles getan, um ihn glücklich zu machen, nachdem er so unglücklich gewesen war. Alles, damit er sich normal verhielt, nachdem er so unangenehm gewesen war. Also bin ich für eine Nacht nach Harrogate gefahren. Es war schön, das Haus für mich allein zu haben, mich nicht um Mark sorgen zu müssen. Bis …« Ein Muskel in ihrer Wange zuckt, sie klopft mit den Fingernägeln gegen ihre Tasse. »Ein Anruf von einer öffentlichen Telefonzelle, um ein Uhr nachts. ›Ich bin in Schwierigkeiten.‹ Mein Gott. Das werde ich niemals vergessen. *Ich bin in Schwierigkeiten*. Es war so, als hätte ich auf diesen Anruf seit dem ersten Tag, an dem ich ihn kennenlernte, gewartet. Jetzt war es so weit. Er war atemlos und hatte Schmerzen. ›Ich sterbe!‹, sagte er immer wieder. *Ich sterbe!* Er erlaubte mir nicht, die Polizei zu rufen. Ich fragte nicht einmal, warum, weil ich im Innersten wusste, warum. Ich stieg sofort ins Auto und fand ihn auf den Felsen sitzend, unten an der Middlehurst Bay, in einer Blutlache. Er sah aus wie etwas Grauenhaftes, das die See ausgespuckt hatte. Ich parkte, kletterte die Felsen hinunter, in den dümmsten Schuhen, den erstbesten, die meine Füße gefunden hatten, als ich das Haus verließ. Als ich hinunterrutschte, habe ich mir das Bein an etwas aufgeschnitten. Die Narbe habe ich noch. Hier.« Sie krempelt die Hose hoch und zeigt ihnen eine bläuliche, vertikale Narbe, die am linken Schienbein hochläuft. Langsam zieht sie das Hosenbein wieder herunter und fährt fort: »Die See war in dieser Nacht ohrenbetäubend wild. Ich konnte die Boote der Küstenwache sehen mit ihren Scheinwerfern, das Rettungsboot, das aufs Meer hinausdrängte, das Blaulicht, das überall aufleuchtete. Das verschlafene, alte Ridinghouse Bay war in dieser Nacht voller Leben. Ich werde es nie vergessen. Ich fand den Weg zu ihm hinunter und schaffte es, ihn auf die Füße zu bekommen. Die Boote kamen immer näher. Wir hatten nur wenige Minuten. Und dann zeigte er auf den Abhang weiter unten. ›Schau nach‹, sagte er, ›schau nach, ob sie tot ist.‹«

Frank erstarrt und strafft die Schultern.

»Also bin ich die Felsen hinuntergerutscht, und da war sie …«

»Sie?«, fragt Alice scharf. »Sie meinen Kirsty?«

»Ja, natürlich. Hat Mark Ihnen das nicht gesagt?«

»Mir *was* gesagt?« Franks Stimme ist nur mehr ein leises Stöhnen.

»Oh«, Kitty wirkt überrascht. »Ich habe angenommen … nun ja. Was genau hat er Ihnen gesagt?«

»Dass er sie losgelassen hat. Dass sie ohnmächtig wurde und er nichts tun konnte, um sie zu retten.«

»Oh.« Kitty wird blass, und ihre Finger greifen nach der Perle, die an einer dünnen, feinen Goldkette um ihren Hals hängt. »Ich … ich … ich wusste nicht, was passiert war. Ich dachte zuerst, … ich weiß nicht, er hätte sich einen üblen Scherz erlaubt, weil er betrunken war, und dass er vielleicht versucht hatte, sie zu retten. Deshalb bin ich auf sie zugegangen und habe ihren Puls gefühlt. Sie war noch am Leben. Aber nicht bei Bewusstsein.«

»Und Sie haben keinen Krankenwagen gerufen?« Die Sehnen an Franks Hals straffen sich vor Zorn. »Sie haben keinen …«

»Er hat mir ein Messer an die Kehle gesetzt.«

»Wer?«, fragt Frank ungläubig. »Mark? Sie haben doch gesagt, er wäre verletzt gewesen? Dass er jede Menge Blut verloren hat?«

»Er war verletzt. Jedenfalls schien es so. Aber als ich von Kirsty zurückkam, fragte er: ›Na, was ist?‹ Und ich antwortete: ›Sie atmet.‹ Und er sagte: ›Hol uns hier raus, sofort.‹ Natürlich habe ich mich geweigert. Natürlich habe ich das. Ich sagte ihm: ›Nein, ich rufe einen Krankenwagen!‹ Da kam er schwankend auf die Füße und hatte auf einmal dieses Messer in der Hand. Und plötzlich packte er mich von hinten und drückte das Messer an meine Kehle, und ich dachte: Jetzt ist es so weit. Er wird mich umbringen.«

Sie macht eine kurze Pause und nimmt einen Schluck Tee. »Wir trugen Ihre Schwester zu meinem Auto und legten sie auf die Rückbank.«

»Sie lebte noch?« Frank klingt ganz hohl.

»Sie war am Leben. Ja. Das stimmt.«

»Haben Sie … haben Sie versucht, sie wiederzubeleben?«

»Er ließ es nicht zu.«

»Und sie starb? Ja?«

Tränen haben Kittys Augen in Glas verwandelt. Sie nickt. »Schon kurz danach. Noch bevor wir zu Hause waren.«

»Auf dem Rücksitz Ihres Autos?«, fragt er.

Kitty weint jetzt. Tränen rinnen ihre bleichen Wangen hinab. Sie wischt sie mit der Rückseite ihrer gekrümmten Finger weg. »Mir tut es so leid. Aber … ich hatte solche Angst. Er hatte das Messer. Ich wusste nicht …«

»Wo ist sie?« Jetzt weint Frank auch. »Wo ist Kirsty?«

»Sie ist … Oh mein Gott. Es tut mir so furchtbar leid. Wir parkten das Auto da hinten in meiner Garage.« Sie zeigt auf den hinteren Teil ihres wunderschönen Gartens. »Wir blieben dort stundenlang. Ich meine das wörtlich, Stunde um Stunde. Mit Kirsty auf der Rückbank. Ich war hysterisch. Total hysterisch. Wir warteten auf ein Klopfen an der Tür. Wir warteten auf Sirenen.« Sie bedeckt für einen Moment ihr Gesicht mit beiden Händen. »Im Auto verfolgten wir die Lokalnachrichten. Wir warteten und warteten, bis endlich, am nächsten Tag um die Mittagszeit, die Meldung kam: Sie haben die Suche aufgegeben. Es waren immer noch Leute draußen, Leute aus dem Ort, in ihren eigenen Booten. Aber die offizielle Suche war vorbei. An diesem Abend kam ein netter Polizist an meine Tür, um es mir zu sagen. Man nahm an, dass Mark und Ihre Schwester ertrunken waren. Ihr Vater war der Held, der beim Versuch, alle zu retten, gestorben war. Sie wurden gar nicht erwähnt. Ich musste so tun, als wäre ich schockiert.«

»Aber was haben Sie mit meiner Schwester gemacht?« Frank brüllt. Er springt auf. »Wo ist sie?«

Gebückt steht sie auf und sagt matt: »Kommen Sie!«

Alice sieht Frank an, und er schaut alarmiert zu ihr.

»Kommen Sie schon!«

Sie folgen Kitty zur Terrassentür. Sie nimmt einen Schlüssel vom Haken und schließt auf. Dann führt sie sie quer durch den Garten – geschwungene Beete voller Wiesenblumen, mit Flechten überwucherte Krüge, ein paar

Trauerweiden – bis zum hinteren Ende, wo Felder angrenzen. Hier steht eine Eiche, alt und imposant, ein riesiger Ball grüner Blätter, der sich deutlich abhebt gegen den hellblauen Himmel.

Kitty steht neben einem Rosenbusch, den kleine weiße Knospen zieren. »Kirsty ist hier.«

»Sie haben sie begraben?«

»Nein, ich habe sie nicht begraben. Natürlich habe ich sie nicht begraben! Mark hat sie begraben. Er hat mich im Haus eingeschlossen, und er hat sie begraben. Ich habe den Rosenbusch gepflanzt. Später.«

Frank sinkt auf die Knie, auf das weiche Frühlingsgras. Er öffnet seine Hände und streicht zärtlich über den Boden. Dann blickt er mit unterdrücktem Zorn hoch zu Kitty. »All die Jahre«, sagt er mit brüchiger Stimme. »Meine Mutter.«

»Es ist kein Tag vergangen, an dem ich nicht an Ihre Mutter gedacht habe.«

Frank wirft ihr wieder einen ärgerlichen Blick zu. »Wo ist er? Wissen Sie, wo er ist?«

»Nein. Ich weiß es nicht. Ich habe ihn nicht mehr gesprochen seit dem Tag, als er mich mit diesem Mädchen telefonieren ließ und ich vorgeben musste, seine Mutter zu sein. Ich weiß nicht, warum er das von mir verlangt hat. Mir zum Trotz, vermute ich. Um mich zu verletzen.« Sie seufzt. »Ich habe ihm Glück gewünscht, und dann sagte ich ihm, ich würde mich von nun an aus seinem Leben fernhalten, obwohl ich sowieso schon keinen großen Anteil mehr daran hatte. Nicht, seit er seine Identität geändert hatte. Es war zu riskant für ihn, mit mir zu sprechen oder mich zu besuchen. Aber ich sagte ihm, dass ich bei diesen Betrügereien nicht länger mitspielen würde. Ich schickte ihm noch etwas Geld und hoffte, er würde endlich zur Ruhe kommen und ein normales Leben führen. Das Mädchen klang …« Sie zuckt die Achseln. »Na ja, sie klang, als könnte sie auf sich selber aufpassen. Also habe ich die beiden sich selbst überlassen.«

Frank starrt immer noch auf den Boden, unter dem seine Schwester vor zweiundzwanzig Jahren begraben wurde. Er macht den Eindruck eines gebrochenen Mannes.

Alice hockt sich neben ihn und legt den Arm um seine Schulter.

Er blickt zu Kitty auf. »Was waren ihre letzten Worte?« Er spricht mit vor Trauer gepresster Stimme.

»Es gab keine Worte, Graham. Sie hat nicht einmal mehr die Augen geöffnet.«

»Ich verstehe das nicht«, schreit er, und Tränen rollen seine Wangen hinunter. »Diese ganzen Jahre sitzen Sie in Ihrer Designerküche, essen Ihre Mahlzeiten, sehen fern, genießen die Aussicht und wissen, dass sie dort liegt. Wie konnten Sie das aushalten?«

»Aber ich lebe nicht hier!«, ruft Kitty in tiefster Verzweiflung aus. »Natürlich nicht! Ich lebe in Ridinghouse Bay, in der Dachstube. Ich hasse es hier! Ich würde das Anwesen liebend gern verkaufen, mein Leben leben. Aber ich kann es nicht. Wie soll ich ein Haus mit einer Toten im Garten verkaufen? Und heute bin ich nur wegen dieses Mädchens hier, mit dem Sie hergekommen sind.« Sie zeigt auf den Eingang des Hauses. »Sie hat mich angerufen. Gestern Morgen. Ich weiß nicht, warum ich überhaupt ans Telefon gegangen bin, ich weiß es wirklich nicht. Sie hat es stundenlang versucht. Ich hatte angenommen, es sei Mark, deshalb bin ich nicht rangegangen. Dann hörte es auf zu klingeln, und etwa eine halbe Stunde später erschien eine andere Nummer, eine Handynummer. Ich wusste, das war nicht Marks Nummer, und da ich einen Anruf von jemand anderem erwartete, bin ich instinktiv, ohne nachzudenken, rangegangen. Mein Gott. Und später begann es dann an der Tür zu klingeln, und ich dachte, das wäre sie! Also habe ich all meinen Kram in eine Tasche geworfen und bin weggelaufen.«

»Das waren wir«, sagt Alice. »Wir haben geklingelt. Aber wir haben Sie nicht wegfahren sehen. Da stand kein Auto vor der Tür.«

Kitty seufzt. »Ich habe den hinteren Weg genommen, die Treppen bei den Klippen hinunter. Ich lasse mein Auto immer unten auf dem Parkplatz am Strand. Ich möchte nicht, dass die Leute wissen, dass ich da bin. Ich möchte ... unsichtbar sein. Und das ist der Grund, weshalb ich hier bin, Graham, in diesem schrecklichen Haus, das mir verleidet ist. Nicht, weil ich herzlos bin. Denn ich kann Ihnen versichern, dass mein Herz nicht aufgehört hat, zu schmerzen seit jener Nacht, in der Ihre Schwester gestorben ist. Nicht für einen Augenblick.«

Das Gespräch verstummt, aber die drei verharren in ihrer Position, Kitty und Alice aufrecht, Frank immer noch auf den Knien neben dem Rosenbusch, ein furchtbares Abbild von Trauer und Schuld, von Grauen und Lüge.

Für einen Moment ist es totenstill. Dann dreht sich Alice langsam zum Haus um und sagt: »Wir müssen die anderen suchen. Wir müssen telefonieren.«

59

Lily mustert prüfend, was vor ihr steht. Da gibt es ein großes Brötchen, das wie ein Stein klang, als die Kellnerin es mit einer Silberzange auf ihren Teller legte. In der Tischmitte ein Teller, der eigentlich aus zwei Tellern gemacht ist, einer über dem anderen, verbunden mit einer silbernen Stange. Darauf befinden sich viele kleine Kuchen, einige so schön, dass sie sich kaum vorstellen kann, sie zu essen. Es gibt auch noch äußerst kleine Sandwiches, die aussehen, als wären sie für Babys gemacht. Eins sieht aus, als wäre es mit nichts anderem als Gurke gefüllt.

Lesley gießt Tee in zarte Tassen und sieht Lily eindringlich an.

»Dann sagen Sie mir doch mal, was hatte Mark an sich, dass Sie sich in ihn verliebt haben?«

Lily zuckt die Achseln. Die Frage war nicht freundlich gemeint. Eigentlich will die Journalistin wissen: *Wie konnten Sie sich ein solches Monster als Ehemann aussuchen?* »Ich habe mich in ihn verliebt, weil er liebenswürdig war. Und gut aussehend. Und stark. Und weil er mich respektierte. Und meine Familie. Weil ich erkannte, dass er seelische Probleme hatte, und ich ihm helfen wollte. Ich habe mich in ihn verliebt, weil er all das war, was ich von einem Mann erwartete.«

»Aber haben Sie niemals etwas gespürt … eine Ahnung

vielleicht nur, dass er nicht ganz in Ordnung war? Dass er etwas verbarg?«

»Nein. Niemals. Wir waren glücklich.«

»Dann wundert es mich, dass er sie nicht geholt hat.«

»Wir wissen gar nicht, wann er entkommen ist«, antwortet Lily spröde. »Er kann letzte Nacht geflohen sein oder heute Morgen. Vielleicht war er in der Wohnung, hat mich dort aber nicht angetroffen.«

»Hat er angerufen?«

»Nein.«

Lesley hebt eine Augenbraue und sieht sie mitleidig an.

»Er versucht mich zu beschützen. Das ist alles.«

»Na gut«, sagt Lesley. »Das mag schon so sein.« Sie sucht sich eines der winzigen Sandwiches aus und isst es auf. Dann schaut sie Lily an und sagt: »Essen Sie doch.«

»Ich habe keinen Hunger.« Das ist eine Lüge. Sie ist am Verhungern.

»Na los. Das kann noch Stunden dauern. Und die Sandwiches sind köstlich. Versuchen Sie dieses hier.« Sie legt ein kleines Sandwich auf Lilys Teller. »Roastbeef mit Meerrettich, es ist sagenhaft.«

»Meer…rettich?«

»Meerrettich, ja. Es ist eine Wurzel, wie Ingwer, verstehen Sie? Mit Sahne gemischt, herrlich.«

Lily schubst mit ihren Fingern das Sandwich über den Teller und grinst verächtlich: »Nein danke.«

»Na, dann essen Sie wenigstens Ihren Scone.«

Lily fingert an dem steinernen Brötchen herum, bricht ein Stückchen ab und steckt es in den Mund. Es schmeckt wie Zement.

»Sie müssen etwas *clotted cream* drauftun und ein bisschen Marmelade.«

»*Clotted cream?*« Sie verzieht den Mund.

»Oh, Herrgott noch mal.« Lesley reicht ihr eine Schale mit krustiger gelber Masse. »Es ist nur Sahne. Um Himmels willen! In der Ukraine esst ihr mit Sicherheit alles Mögliche an grausigem Zeug. Das hier ist nur ein Scone mit Sahne. Er wird Sie nicht beißen.«

Lily gehorcht mit spitzen Fingern; sie nimmt einen Kratzer von dem krustigen gelben Rahm und einen Löffel Marmelade. Sie steckt es in den Mund und beschließt, es zu mögen. Das sagt sie allerdings nicht.

»Was werden Sie tun?«, fragt Lesley. »Wenn man ihn findet? Wenn er ins Gefängnis kommt? Wo werden Sie hingehen?«

Lily seufzt. »Ich habe noch nicht darüber nachgedacht. Wahrscheinlich muss ich nach Hause in die Ukraine. Auf alle Fälle ist meine Heiratsurkunde ungültig. Ich werde nicht bleiben dürfen.«

»Würden Sie denn gern bleiben?«

»Ja, ich glaube schon. Ich war bereit, Kiew für etwas Neues einzutauschen. Ich habe nicht das Gefühl, als hätte ich diese Erfahrung schon gemacht. Dass ich damit schon durch bin. Aber … das ist das Leben.«

»Was haben Sie für eine Ausbildung?«

»Ich will Steuerberaterin werden.«

Lesley hebt eine Augenbraue, dieses Mal überrascht und nicht skeptisch. Offenbar findet sie nicht, dass Lily wie eine Steuerberaterin aussieht. Vielleicht ist das ein gutes Zeichen.

Lesleys Telefon klingelt, und wieder gibt sie lauthals Anweisungen, was andere in der Zeitungsredaktion zu tun haben. Sie geht mit ihrem Telefon nach draußen, und Lily beobachtet, wie sie auf dem Bürgersteig gestikulierend auf und ab geht. Dabei kommt Lily der seltsame Gedanke, dass sie gern so sein würde wie die Journalistin, eines Tages, wenn sie alt ist.

Lily isst ihren Scone und untersucht dann die anderen Teile des *Cream Tea*. Als Lesley zurückkommt, hat Lily drei kleine Sandwiches und einen Kuchen mit winzigen kleinen Zuckerblumen darauf verspeist. Lesley betrachtet das geschrumpfte Angebot und lächelt wissend.

»Was mag bei Kitty wohl vor sich gehen?«, fragt Lily.

»Ja«, sagt Lesley unzufrieden. »Das frage ich mich auch.«

Während sie das sagt, klingelt die kleine Messingglocke über der Tür, und Frank und Alice treten ein. Sie sehen beide schockiert aus und als ob sie geweint hätten. Alice rückt Frank einen Stuhl zurecht und bestellt eine Kanne Tee.

»Was ist los?«, fragt Lily. »Haben Sie ihn gefunden?«

»Nein, nein. Im Haus ist er nicht, und Kitty weiß nicht, wo er ist. Aber er ist irgendwo da draußen, und er ist gefährlich. Höchst gefährlich.«

Lily sieht sie argwöhnisch an: »Gefährlich? Was soll das heißen?«

Und nun berichtet Alice eine Geschichte, die so traurig, so entsetzlich und so dunkel ist, aber auch so glaubwürdig, dass Lily vor Mitgefühl und Schmerz beinahe vergisst, dass hier über den Mann gesprochen wird, den sie geheiratet hat. Schon nach der Hälfte weiß sie, was sie als Nächstes zu tun hat. Als Alice zum Ende gekommen ist, hat Lily bereits ihr Telefon in der Hand. Es ist vorbei. Ihre Liebesaffäre. Ihre Ehe. Ihr Abenteuer. Ihre Liebe zu einem Mann, den sie niemals richtig gekannt hat. Was hatte ihre Mutter letzte Woche gesagt? Dass man erst die schlimmste

Seite eines Menschen kennen muss, bevor man sich entscheiden darf, das Leben mit ihm zu teilen. Sie hatte sich nicht genug Zeit gelassen, das Schlimmste in Carl Monrose zu erleben, aber jetzt ist es ihr gezeigt worden, und, nein, sie kann einen solchen Mann nicht lieben oder gar ihr Leben mit ihm teilen. Und sie kann einen solchen Mann auch nicht einfach davonkommen lassen.

Sie wählt eine Nummer und sagt: »Hallo, Mrs. Traviss. Hier ist Lily Monrose.«

Sie hört das vertraute, abwartende Einatmen. »Aha, Mrs. Monrose, guten Tag. Es tut mir wirklich leid, dass wir uns noch nicht gemeldet haben. Wir warten noch auf die …«

»Bitte, nehmen Sie sich etwas zum Notieren und schreiben Sie auf. Der richtige Name meines Mannes ist Mark Tate. Er wurde im August 1993, als er neunzehn Jahre alt war, in Ridinghouse Bay für ertrunken erklärt. Er ist verantwortlich für den Tod von mindestens zwei Menschen und die Verletzung einer weiteren Person. Er hat seinen Namen vor einigen Jahren in Carl Monrose geändert, und er wurde zuletzt gesehen am Dienstag, den 14. April, gegen 19 Uhr, in der Wohnung Nr. 1, Wolf's Hill Boulevard, London Road, Oxted. Er ist gefährlich. Ich und verschiedene andere Menschen werden Personenschutz benötigen, während Sie nach ihm suchen. Ich danke Ihnen.«

Sie achtet auf das Schweigen am anderen Ende der Leitung. Sie stellt sich vor, wie der Stift von Beverley Traviss über dem Notizblock schwebt und ihr Unterkiefer leicht herunterhängt.

»Wo sind Sie?«, fragt Polizistin Traviss, und Lily bemerkt einen ungewohnt besorgten Ton in ihrer Stimme.

Lily sagt es ihr.

»Gehen Sie nicht weg. Bleiben Sie, wo Sie sind. Ich werde mich mit der Polizei in Yorkshire in Verbindung setzen und veranlassen, dass die dort sofort einen Streifenwagen zu Ihnen schicken.«

Lily beendet das Gespräch und schaut die anderen an.

»Geschafft. Es ist vollbracht.«

Sie legt ihr Telefon auf den Tisch und spürt, wie ihr das Herz bricht.

VIERTER TEIL

Ridinghouse Gazette

Freitag, 24. April 2015

Einheimischer zwanzig Jahre nach »Ertrinken« verhaftet

von Lesley Wade

Mark Tate, 40, früher in Coxwold und Ridinghouse Bay wohnhaft, wurde am späten Mittwochabend wegen einer lange zurückliegenden Entführung und Körperverletzung festgenommen. Die intensive Personenfahndung in verschiedensten Gegenden des Königreichs endete nach einer Geiselnahme in einem Bed & Breakfast in den schottischen Highlands.

Zweiundzwanzig Jahre lang war man davon ausgegangen, dass Mark Tate in den frühen Morgenstunden des 2. August 1993 bei einem tragischen Unfall vor der Küste von Ridinghouse Bay ums Leben gekommen war. Den damaligen Berichten zufolge war eine Party im Haus von Mark Tates Tante entglitten, und er und ein Gast – Kirsty Ross, damals 15 Jahre alt – waren bei einem nächtlichen Bad im Meer ertrunken. Sowohl Tate als auch Ross hatten zu diesem Zeitpunkt unter Alkohol- und Drogeneinfluss gestanden.

In jener Nacht starb auch Kirstys Vater Anthony Ross an einem schweren Herzinfarkt, als er versuchte, die jungen Leute aus den Fluten zu retten. Kirstys Bruder Graham litt infolge der traumatischen Ereignisse an einem Langzeitgedächtnisverlust und konnte sich nie mehr daran erinnern, welche Ereignisse genau dem Ertrinken seiner Schwester vorausgingen.

Die Verquickung verschiedener außergewöhnlicher Ereignisse zu Beginn dieses Monats hatte nun zur Folge, dass Graham Ross, 39, sich wieder an die Nacht erinnern kann, in der seine Schwester und sein Vater starben. Seit er nämlich in London auf der Straße einen Mann sah, den er für Mark Tate hielt. Ross folgte dem Mann von der Arbeit nach Hause und sperrte ihn in einem noch leer stehenden Wohnhaus ganz in der Nähe der Wohnung des Angeklagten ein. Dort gab der Gefangene unter Anwendung von Gewalt zu, seinen Tod in der besagten Nacht vorgetäuscht zu haben.

Graham Ross nahm irrtümlicherweise an, Tate getötet zu haben, und floh daraufhin nach Ridinghouse Bay, wo er einen weiteren schweren Gedächtnisverlust erlitt. Die hier ansässige Künstlerin Alice Lake, 41, entdeckte Ross am Mittwoch, dem 15. April, am Strand vor ihrem Haus und rettete ihn. Seitdem hilft sie Ross, sein Gedächtnis wiederzuerlangen. Am Montagmorgen trafen Ms. Lake und Mr. Ross zufällig im Sugar Bowl Café in der High Street auf Mark Tates Ehefrau Liljana Monrose, 21, und suchten anschließend Mark Tates Tante, Mrs. Katherine Tate, 62, in ihrem Haus in Coxwold auf.

Im Laufe der nun folgenden Unterhaltung kamen alle Ereignisse vom 2. August 1993 ans Licht, Mrs. Monrose rief die Polizei, und eine landesweite polizeiliche Fahndung nach Mr. Tate wurde eingeleitet.

Mark Tate wurde von der Wirtin des Bed & Breakfast in Loch Hourn, Invergarry, wo er abgestiegen war, erkannt. Die Wirtin hatte ein Foto von Tate in der Zeitung gesehen. Tate selbst hatte wegen fehlendes Internetanschlusses nichts von der landesweiten Fahndung erfahren und konnte deshalb von der Polizei überrascht werden. Dennoch gelang es ihm der lokalen Berichterstattung zufolge, die Wirtin und deren Tochter in ihrem Haus als Geiseln zu nehmen. Es dauerte drei Stunden, bis die Polizei in das Zimmer vordringen und Tate entwaffnen konnte. Zurzeit wird Mark Tate in der Polizeiwache von Invergarry vernommen. Ihm werden Körperverletzung, sexuelle Nötigung, Entführung, rechtswidrige Beerdigung, Identitätsbetrug, Erpressung und Drogenhandel vorgeworfen.

Des Weiteren besteht die Möglichkeit, dass die Polizei nach Vorliegen der DNA-Testergebnisse Mark Tate auch bezüglich mehrerer Fälle von sexueller Nötigung von Frauen in den vergangenen zweiundzwanzig Jahren verhören wird.

Nächste Woche in der Ridinghouse Gazette:

Lesley Wade berichtet exklusiv von dem Tag, an dem Graham Ross Katherine Tate traf und endlich herausfand, was mit seiner Schwester vor zweiundzwanzig Jahren geschehen war.

60

Lily schließt die Wohnungstür auf. Seit letztem Sonntag hat sie die Wohnung nicht mehr betreten, aber sie weiß sofort, dass Carl hier gewesen ist. Er hat die Sofakissen neu arrangiert. Er hat einiges aus den Schränken im Schlafzimmer mitgenommen. Sein kleiner Koffer ist nicht mehr da. Er hat geduscht und sein Handtuch genau so aufgehängt, wie er es immer gemacht hat. Seine Zahnbürste ist weg; der Wasserhahn ist auf Hochglanz poliert. Er hat jede Menge von dem ungesunden Zeug gegessen, das sie letzte Woche gekauft hat, und die Verpackungen sorgsam in den Recyclingeimer getan. Er hat den Mülleimer geleert und eine neue Tüte in den Behälter getan. Er hat das Bargeld mitgenommen, das sie dagelassen hatte, ungefähr fünfhundert Pfund, und er hat das Ladekabel für sein Handy mitgenommen, seine Daunenjacke und seine Wanderstiefel.

In dem Rahmen des Spiegels über dem Dekokamin steckt ein Briefumschlag mit ihrem Namen drauf. Lily zieht ihren Mantel aus und hängt ihn im Flur auf. Dann geht sie zurück ins Wohnzimmer und nimmt den Briefumschlag aus dem Rahmen. Sie setzt sich aufs Sofa, öffnet den Umschlag und liest mit pochendem Herzen den Brief.

Liebste Lily,

ich musste mich an einen weit entfernten Ort begeben. Ich möchte, dass du weißt, dass ich nicht freiwillig so lange Zeit von dir fort war. Ein Mann hat mich gefangen gehalten, versucht mich zu töten, und mich dann in dem Glauben, ich sei tot, zurückgelassen. Ich wünschte, ich könnte dir genau erklären, was passiert ist, aber leider sind die Dinge sehr kompliziert, und sie reichen weit in die Vergangenheit zurück. Mir ist aufgefallen, dass mein Reisepass nicht mehr da ist. Ich nehme an, die Polizei brauchte ein Ausweisdokument, als du mich vermisst gemeldet hast? Möglicherweise haben sie dir seltsames Zeug über meinen Reisepass erzählt. Glaub ihnen nicht! Ich bin Carl Monrose. Schon mein ganzes Leben lang. Der Mann, in den du dich verliebt hast, der sich in dich verliebt hat. Wenn dir jemand etwas anderes erzählt – das bin nicht ich. Carl Monrose ist ein anständiger Mensch mit einem guten Job und einer guten Ehefrau. Alles andere ist unwichtig.

Ich werde dich anrufen – aber ich kann dir nicht sagen, wann. Es könnte noch eine Weile dauern. Bitte such nicht nach mir. Du wirst mich nicht finden. Sollte ein Mann namens Graham Ross mit dir in Kontakt treten wollen, bitte sprich nicht mit ihm. Er ist verrückt und sehr gefährlich – und er lügt.

Auf unserem Bankkonto sind einige hundert Pfund. Die Bankkarte lege ich für dich bei. Die PIN ist 6709. Tut mir leid, dass es nicht mehr ist. Leider muss ich das Bargeld mitnehmen. Außerdem – es fällt mir schwer, das zu sagen –, aber die Wohnung ist gemietet. In diesem Punkt war ich nicht vollkommen ehrlich zu dir; ich weiß, dass ich dir den Eindruck vermittelt habe, ich hätte die Woh-

nung gekauft. Wenn du also die nächste Miete, die am 13. Mai fällig wird, nicht überweisen kannst, musst du woanders unterkommen. Ein Missgeschick, für das ich mich entschuldigen möchte. Ich wollte dir Sicherheit geben. Aber sonst war ich immer ehrlich zu dir.

Jede Minute, die ich mit dir zusammen war, Lily, war absolut perfekt. Ich wünschte, ich hätte dich schon vor zwanzig Jahren getroffen. Vielleicht wäre dann nichts von alldem passiert. Ich liebe dich mehr als irgendeinen anderen Menschen in meinen ganzen blöden Leben.

Bleib so wunderbar, wie du bist, meine Liebe,
und vergib mir.
Carl

Lily faltet den Brief wieder zusammen und steckt ihn zurück in den Umschlag. Dann verstaut sie die Bankkarte in ihrer Handtasche und seufzt. *Ein Missgeschick.* Beinahe ist ihr nach Lachen zumute. In seinem Brief lügt Carl sie an – wie eh und je. Oder glaubt er ernsthaft, er wäre Carl Monrose, ein durch und durch anständiger Allerweltstyp. Vielleicht war er mit ihr ein guter Menschen geworden, wenn auch nur vorübergehend. Lily muss an die arme Wirtin und deren Tochter in Schottland denken, die stundenlang mit Carl in einem Zimmer eingesperrt waren. Aber dann begreift sie, dass die beiden Frauen nicht von Carl Monrose gefangen gehalten wurden, sondern von Mark Tate. Der Gedanke tröstet sie ein wenig.

Lily lässt den Umschlag in die Außentasche ihrer Handtasche gleiten. Sie wird den Brief Beverly Traviss geben. Sie will ihn nicht behalten, nicht einmal als Andenken. Dann packt sie schnell so viele ihrer Sachen in einen Koffer, wie hineinpassen. Den Rest kann sie ein andermal holen. Sie schaut aus dem Wohnzimmerfenster und winkt Russ zu, der am Steuer seines Minivans sitzt und die Samstagszeitung liest. Er winkt zurück, und sie hebt beide Daumen in die Höhe.

Sie wird als Au-pair-Mädchen bei Russ und Jo bleiben. Russ hatte die Idee auf dem Rückweg von Ridinghouse Bay nach London. Er hat darüber mit Jo diskutiert, die dann in einem Moment der Verzweiflung aufgrund von Schlafentzug eingewilligt hat, es ein paar Tage mit Lily zu probieren. Seit sie aus Yorkshire zurück sind, wohnt Lily schon bei Russ und Jo. Eine recht absurde Entwicklung der Ereignisse. Sie mag Babys eigentlich gar nicht. Aber Darcy ist ein liebes Baby. Die Kleine hat nicht einmal geweint, als Lily sie zum ersten Mal auf den Arm nahm, sie schien zu denken: *Du bist echt in Ordnung.* Jo sagte: »Sie mag dich!«, und dann noch: »Wusstest du, dass Babys genetisch darauf programmiert sind, hübsche Menschen zu bevorzugen? Weil die mehr Ähnlichkeit mit Babys haben.« Lily fasste das als Kompliment auf. Aber vielleicht hat Jo es gar nicht so gemeint. Jo ist sehr nett, aber ein bisschen schwierig. Doch vor allem ist sie Lily furchtbar dankbar, denn jetzt kann sie ab und zu ins Fitnessstudio gehen oder tagsüber ein Nickerchen machen oder eine Freundin zum Mittagessen treffen. Russ und Jo wollen Lily fünfzig Pfund pro Woche geben. Das ist in Ordnung. Außerdem hat Russ ihr seinen alten Laptop überlassen, so kann sie ihr Fernstudium weiterführen. Und Putney, wo die beiden wohnen, gefällt ihr sehr. Hier ist es viel schöner als in Oxted. Wenn sie ihr Studium irgendwann abgeschlossen hat, möchte sie sich hier im Viertel eine Wohnung nehmen. Und dann vielleicht irgendwann – jetzt noch nicht – einen netten Engländer heiraten. Lily mag Engländer. Bei den Frauen ist sie sich nicht so sicher, aber sie gewöhnt sich an ihre Art. Vielleicht ist es auch genau andersherum.

Eine Sache muss sie noch erledigen, bevor sie diese Wohnung verlässt. Sie öffnet ihre Schmuckschatulle, die im Schlafzimmer steht. Vor ihr liegt ein Wirrwarr von billigem Modeschmuck, den sie aus der Ukraine mitgebracht hat, weil sie in ihrer Naivität geglaubt hatte, rauschende Abende in schicken Nachtclubs und Promirestaurants zu verbringen. Sie wühlt sich durch den Haufen, zieht einen kleinen Kunstlederbeutel hervor und schaut hinein. In dem Beutel sind die Eheringe, die sie in Carls Aktenschrank gefunden hat. Inzwischen weiß sie, wem diese Ringe gehören. Einer Frau mit Namen Amanda Jones, die in Wales lebt. Sie hat Mark Tate nach einer stürmischen vierwöchigen Affäre im Jahr 2006 geheiratet. Damals gab er vor, Charles Moore zu heißen. Als Amanda begann, ihn nach seiner Vergangenheit und seiner Herkunft zu fragen, und seine persönlichen Sachen durchstöberte, auf der Suche nach Hinweisen, wer der Mann war, den sie geheiratet hatte, zog er ihr die Ringe vom Finger, nannte sie eine Hure und ließ sie sitzen.

Amanda Jones hat Mark Tate auf dem Foto in der Zeitung erkannt und sich auf der Polizeiwache ihres Wohnorts gemeldet. Sie ist wieder verheiratet und hat ein kleines Kind. Lily will ihr die Ringe schicken. Sie ist sicher, dass Amanda das Geld gut gebrauchen kann.

Ein letztes Mal schaut Lily sich in der Wohnung um, in der sie zehn Tage ihres Lebens verbracht hat, verheiratet mit einem Mann namens Carl Monrose. Dann zieht sie die Wohnungstür hinter sich ins Schloss.

Nachdem Russ den Wagen gestartet und vom Parkplatz gefahren ist, kommen sie am Wolf's Hill Boulevard vorbei. Lily schaut zu der Wohnung im ersten Stock hoch. Das Licht dort flackert immer noch. Wieder fragt sie sich, warum dieses Licht sie so beunruhigt hat, als sie allein in Carls und ihrer Wohnung war. Dann fällt ihr ein, wie sie auf dem Sofa saß, hektisch und panisch Carl immer wieder auf dem Handy anrief, bis sie irgendwann das Brüllen eines Tieres hörte, das sie an die Wölfe erinnerte, die sie in Kiew manchmal aus dem Schlaf gerissen hatten. Dann … herrschte Schweigen. Ihre Anrufe gingen nicht mehr durch. Noch einmal so ein Brüllen, das, wie sie jetzt weiß, nicht von einem Wolf stammte, sondern von Graham Ross, der das Telefon ihres Mannes gegen die Abzugshaube geschmettert hatte, kurz bevor er versuchte, ihn zu erdrosseln. So klingt eine gequälte Seele, wenn sie endlich ihren Schmerz herauslässt.

Sie hat Graham gehört, und sie hat diesen Klang tief in ihrem Inneren vergraben.

Ein Straßenschild kündigt an, dass es noch zwölf Kilometer bis in die Londoner Innenstadt sind.

Lily wendet sich Russ zu, diesem freundlichen Menschen, und lächelt.

61

Alice schaltet das Deckenlicht in ihrem Schlafzimmer aus, sodass nur noch das sanfte Licht der Tischlampe mit dem dunklen Schirm ihr Gesicht erhellt. Sie stellt ein volles Weinglas auf ihrem Schreibtisch ab, dann stellt sie sich vor den Spiegel und fährt sich mit ihren kurzen Fingernägeln durch die Haare. Es ist eine Minute vor acht. In den nächsten zwei Minuten geht sie unruhig im Zimmer umher und überprüft alle paar Sekunden nervös ihr Aussehen im Spiegel. Endlich kündigt eine einlullende Tonfolge einen Skype-Anruf an. Alice rast zum Schreibtisch, holt tief Luft, räuspert sich und drückt auf »Gespräch annehmen«.

Dann sieht sie ihn: »Hallo, Alice.«

»Hi!«

Er sieht müde aus. »Wie geht es dir?«, fragt sie.

»Mir geht's … Ach, na ja, was soll ich sagen? Mir geht's nicht so gut.«

»Nein?«

»Nein. Anscheinend bin ich nicht sehr gut darin, Gray Ross zu sein. Fakt ist, ich bin eine Vollkatastrophe.«

»Oh, Frank …«

Er lächelt. »Es gefällt mir, wenn man mich Frank nennt«, sagt er versonnen. »Das fehlt mir.«

»Für mich wirst du immer Frank bleiben«, sagt sie.

»Ich weiß. Das macht mich …«

»Was?«

»Irgendwie traurig.«

»Warum?«

»Weil ich nicht gern Gray bin. In der Schule nennen sie mich ›Fifty Shades‹.« Er seufzt, und Alice lacht laut auf.

»Das ist wahnsinnig komisch!«

»Wahrscheinlich. Aber es ist nicht nur das. Es ist einfach alles. Ich meine …« Das Bild beginnt sich zu bewegen, als er den Laptop in die Hand nimmt und damit herumschwenkt. »Sieh dir meine Wohnung an, Alice. Im Ernst. Sieh dir das an.«

Der Laptop zeigt einen quadratischen Raum mit gelben Wänden. Überall liegen hohe Papierstapel, in der Mitte steht ein gammeliges cremefarbenes Sofa, daneben eine billige Keramiktischlampe. Dann führt Frank Alice in ein veraltetes Badezimmer. Eine schäbige Badematte hängt schlampig über dem Wannenrand, und auf dem Fensterbrett steht eine vertrocknete Topfpflanze. In der Küche stapelt sich das dreckige Geschirr, im Schlafzimmer ist das Bett nicht gemacht, und vor dem Fenster hängen kaputte Jalousien.

»Alles war noch genau so, wie ich es zurückgelassen habe. Ob du's glaubst oder nicht, so lebe ich.«

»Ich habe schon viel Schlimmeres gesehen«, sagt Alice. »Wo ist Brenda?«

»Warte einen Moment …« Die Bilder wechseln sehr ruckartig, als er durch die Wohnung geht. »Hallo, Süße, da bist du ja.« Die Kamera zoomt eine rot-braun gestreifte Katze heran, die es sich auf einem Haufen Dreckwäsche gemütlich gemacht hat.

»Oh«, sagt Alice. »Sie ist reizend!«

»Sie hasst mich«, erwidert er. »Seit ich wieder da bin, schmollt sie die ganze Zeit.«

Alice lacht; sie kann nicht anders.

»Das ist nicht lustig«, protestiert er. »Soweit ich weiß, war sie der einzige Freund, den ich auf der Welt hatte. Ehrlich, Alice. Du hättest mich nicht gemocht.«

Wieder lacht sie.

»Ich meine das ernst. Ich bin mehr oder weniger Alkoholiker. Zumindest war ich das. Als ich weglief, habe ich das anscheinend, wie alles andere, auch vergessen. Aber im Recyclingbehälter sind nur Bierdosen und Wodkaflaschen. Ich weiß wirklich nicht, wie ich so lange meinen Job behalten konnte. Ein paarmal bin ich wohl schon verwarnt worden, weil ich zu spät war und den Unterricht nicht vorbereitet hatte. Ich hatte den Ruf, nach Alkohol zu riechen. Und meine Mutter behauptet, ich sei abweisend und rufe sie nur selten an. Also.« Er zuckt die Achseln, formt mit Daumen und Zeigefinger den Buchstaben L. »Loser.«

Alice lächelt. »Na ja«, sagt sie. »Dann sind wird quitt.«

Er seufzt, und sein Gesichtsausdruck wird ernst. »Alice«, sagt er. »Ich habe eine wichtige Entscheidung getroffen. Ich bin in wirklich schlechter Verfassung. Mich plagen Schuldgefühle, ich bin wütend, und ich hasse mein Leben. So kann ich nicht weitermachen. Ich bin wieder zu meinem Therapeuten gegangen, aber anscheinend hilft mir das nicht. Jetzt hat er mir eine Auszeit vorgeschlagen.« Er legt eine Pause ein und senkt den Blick. »Er hat mir einen Aufenthalt in einer psychiatrischen Klinik empfohlen. Nur für eine Weile. Ich muss diesem Gedächtnisverlust auf den Grund gehen. Ich muss mir selbst auf den Grund gehen. Ich glaube, der Therapeut hat recht.«

»Wie lange wirst du da bleiben?« Alice fühlt Panik in sich aufsteigen. Sie wollte Frank fürs Wochenende zu sich einladen.

»Keine Ahnung. Mindestens vier Wochen. Vielleicht auch länger. Ich …« Er stößt einen lauten Seufzer aus. »Im Augenblick kann niemand es mit mir aushalten. So kann ich nicht in deiner Nähe sein. Und ich wäre wirklich gern mit dir zusammen.«

Alice lächelt. »Ich möchte auch gern mit dir zusammen sein.«

Sein Gesicht hellt sich auf, und er streckt sich. »Zeig mir die Hunde«, sagt er. »Ich möchte gern die Hunde sehen.«

»Okay!« Sie hebt ihren Laptop und geht damit zum Bett, wo Griff der Länge nach liegt und gähnt. Der Hund wedelt träge mit dem Schwanz, als er Franks Stimme über den Lautsprecher hört. »Ach, sieh an!«, sagt Alice. »Er erinnert sich an dich!« Sie schwenkt den Laptop zum Treppenabsatz, wo Hero hockt und murrt, weil Griff sie nicht in Alices Zimmer lässt. Im Erdgeschoss liegt Sadie zitternd vor dem Kamin, eingehüllt in einen Wollpullover. Kai und Jasmine winken ihm vom Sofa aus zu. Romaine kommt mit einer Zahnbürste im Mund aus der Küche. Sie küsst den Bildschirm, der danach vollkommen mit Zahnpasta verschmiert ist.

Frank seufzt. »Ich liebe dein Haus«, sagt er. »Ich vermisse dein Haus. Ich vermisse dich. Ich …« Die Stimme versagt ihm. »Kirsty wird beerdigt«, sagt er dann. »Aber erst in ein paar Wochen. Kommst du?«

»Natürlich komme ich zu ihrer Beerdigung.«

»Schön«, sagt er. »Sehr schön. Dann haben wir eine Verabredung. Sicherlich geht es mir bis dahin auch besser, Alice. Ich … also, ich weiß natürlich nicht, wie das alles wird, aber ich verspreche dir, dass es mir dann besser geht.«

»Mach mir bloß keine Versprechungen«, sagt sie. »Tu,

was du tun kannst. Sei der, der du bist. Es ist egal, wie viele Fehler du hast. Ich habe keine hohen Ansprüche«, scherzt sie. »Ich schwöre, ich nehme jeden.«

Endlich lacht auch Frank einmal, und die Anspannung löst sich.

»Alles Gute, Frank«, sagt Alice. »Ich sehe dich, wenn du das hinter dir hast.«

Frank hebt seine Fingerspitzen an die Lippen und legt sie dann auf den Bildschirm. Alice tut es ihm gleich. Einen Moment lang verharren ihre Hände in der Berührung über den Äther, und ihre Augen füllen sich mit Tränen.

»Ich sehe dich, wenn ich das hinter mir habe«, sagt Frank.

»Ich werde auf dich warten«, sagt Alice.

Danach wird der Bildschirm schwarz.

62

Zwei Monate später

Kirsty wird in Croydon beerdigt. Es gibt keinen anderen Ort, der infrage käme. Auf keinen Fall soll ihr Grab in Ridinghouse Bay sein, wo ihr kurzes, unschuldiges Leben ein solch schreckliches Ende fand. Und auch nicht in Bude, wo ihre Großeltern lebten und ihre Mutter aufwuchs, denn es hat sich herausgestellt, dass ihr Mörder dort Ende der Neunziger wohnte, in dieser Zeit zwei Frauen vergewaltigte und eine andere stalkte, bis sie kurz davor war, sich umzubringen.

Es blieb nur Croydon. Zumindest ist es ein schöner Tag.

Alice hat das Gefühl, nach Hause zu kommen, als sie in London in den Zug nach East Croydon steigt. Ihr Dasein als dreifache Mutter an der Nordseeküste rückt in die Ferne, und sie träumt davon, in angesagten Szenestraßencafés oder auf graffitiverschmierten Spielplätzen zu sitzen und in kleinen Läden einzukaufen, deren Besitzer mit fremdländischem Akzent sprechen. Sie liebt Ridinghouse Bay, aber sie vermisst London.

Frank holt sie am Zug ab. Er sieht gut aus. Er hat sich einen Bart wachsen lassen, wie schon in Ridinghouse Bay, aber jetzt ist es ein dicker, kupferbrauner Vollbart. Sein Deckhaar ist kurz, er trägt einen gut geschnittenen schwarzen Anzug mit einem dunkel karierten Hemd und schwarze Schnürschuhe. Er sieht genauso aus, wie man sich einen hippen Mathelehrer aus der Stadt vorstellt. Nur dass er kein Mathelehrer mehr ist. Er ist auf unbestimmte Zeit krankgeschrieben, seit er nach Croydon zurückgekehrt ist, war er nicht mehr in der Schule. Während seiner Zeit in der Psychiatrie hat er entschieden, den Beruf aufzugeben. Jetzt ist er arbeitslos und kann Alice und ihre Familie nicht ins Ritz einladen. Aber das Ganze hat auch eine gute Seite: Er und Alice haben jetzt mehr Möglichkeiten, wenn sie zusammen sein wollen.

»Hallo«, begrüßt er sie schüchtern, küsst sie auf die Wange und nimmt sie leicht in den Arm. »Du siehst toll aus.«

Verlegen berührt sie ihr Haar. Sie hat sich wirklich große Mühe mit ihrem Aussehen gegeben. Die hässlichen Strähnchen sind dank eines nicht ganz billigen Friseurbesuchs verschwunden, und sie trägt Unterwäsche, die ihren Bauch flach aussehen lässt. Sie hat sogar Make-up aufgelegt. Jasmine, die als Mitglied der YouTube-Generation sehr gut schminken kann, hat sie für den heutigen Tag schön gemacht. Und Alice trägt ein Kleid.

»Danke«, erwidert sie.

Frank geht mit ihr zu seinem Auto, einem schäbigen Vauxhall mit schäbigen Polstern. Er entschuldigt sich für den schmutzigen Innenraum, und sie beruhigt ihn, er solle sich deswegen keine Gedanken machen. Schließlich habe er ihr Haus gesehen und wisse, dass Staub für sie kein Thema sei. Eine Zeit lang herrscht eine seltsam betretene Stimmung. Alice hat ihn so lange nicht gesehen, und sie ist zwischen dem Wunsch, sich ihm an den Hals zu werfen oder sich ganz cool zu geben, hin- und hergerissen.

»Wie fühlst du dich?«, fragt sie.

»Furchtbar.«

»Na ja. Du hast zweiundzwanzig Jahre auf diesen Augenblick gewartet.«

»Genau«, erwidert er, die Augen auf den Seitenspiegel geheftet, während er den Wagen an einem parkenden Auto vorbeifährt. »Ganz genau.«

»Wie geht es deiner Mutter?«

»Sie ist total neben der Spur«, antwortet er. »Kein Wunder, dass ich so auf den Hund gekommen war. Ich hoffe, dass sie jetzt etwas ruhiger wird. Heute kann sie endlich ihr Kind begraben und etwas Frieden finden.«

»Ja«, sagt Alice. »Das muss …« Sie denkt an ihre drei eigenen Kinder. »Ich kann mir das gar nicht vorstellen. Absolut nicht.«

Die Aussicht, Franks Mutter zu treffen, macht sie nervös. Das Begräbnis macht sie nervös. Die Tanten und anderen Senioren, der Kummer und das Leid – und der Sarg mit den Überresten eines zarten Mädchenkörpers.

»Ich habe deiner Mutter etwas mitgebracht«, sagt sie unsicher und berührt die Plastiktasche zu ihren Füßen. »Ich hoffe … Es ist riskant. Ich bin nicht sicher, ob ihr mein Geschenk gefällt. Vielleicht hasst sie es auch. Ich würde es gern zuerst dir zeigen.«

»Sicher«, sagt er, während seine Augen zu der Tasche wandern. »Ist es eins von deinen Bildern?«

»Ja«, antwortet sie. »Wie bist du darauf gekommen?«

Er lächelt. »Weil du nur etwas verschenken würdest, was von Herzen kommt. Und deine Bilder kommen von Herzen. Außerdem schaut der Rahmen aus der Tüte.«

Sie stupst ihn in die Seite und lacht.

»Ich mache dir einen Vorschlag«, sagt er. »Ich habe noch nicht gefrühstückt, und ich glaube, es wird einige

Zeit dauern, bis es etwas zu essen gibt.« Er reibt sich den Bauch. »Sollen wir irgendwo anhalten und einen Happen essen? Wir haben eh noch viel Zeit.«

Alice nickt. Sie ist froh, dass sie die Begegnung mit Franks Familie hinausschieben kann.

Er biegt in eine Seitenstraße und hält vor einem alten Café, das ausschließlich mit rot gebeizten Pinienmöbeln eingerichtet ist. »Nimm dein Bild mit«, sagt Frank. »Ich kann dir sagen, ob es meiner Mutter gefällt.«

Frank und Alice bestellen Sandwiches und Ofenkartoffeln, Cola light und schwarzen Tee. Dann unterhalten sie sich über das Gerichtsverfahren von Mark Tate, ob er verurteilt wird angesichts so weniger schlagkräftiger Beweise. Sie sprechen auch über die Frauen, die seit seiner Verhaftung ausgesagt haben, von ihm sexuell genötigt worden zu sein, und über die »andere Ehefrau«, die plötzlich aufgetaucht war. Es freut sie beide, dass der Exklusivbericht von Lesley Wade in der *Ridinghouse Gazette* von den überregionalen Blättern aufgegriffen wurde und darüber hinaus ein zehnseitiges Feature im *Sunday Times Magazine* erscheinen wird, sobald ein Urteil über Mark Tate gefällt wurde. Und sie reden über Kitty Tate, die kurz nach Mark ebenfalls verhaftet und wegen Mittäterschaft angeklagt wurde. Zurzeit ist sie auf Kaution frei und wartet auf ihre Gerichtsverhandlung. Kitty hatte nur wenige Tage, nachdem Kirstys Leiche ausgegraben wurde, ihre beiden Häuser zu einem Spottpreis an einen Bauunternehmer verkauft und lebt derzeit in einer Mietwohnung in Ripon. Alice erzählt von ihren Kindern und den Hunden und den Lehrern an Romaines Schule, die, seit Alice eine Woche lang täglich in der Zeitung war, sie nun fast wie einen Promi behandeln. Frank berichtet von seiner

Zeit im Krankenhaus und von seinen Zukunftsplänen. Sie unterhalten sich wie alte Freunde, die früher einmal zusammen eine außergewöhnliche Reise unternommen haben und sonst niemanden kennen, mit dem sie ihre Erinnerungen austauschen können. Immer wieder treffen sich ihre Blicke, und darin ist nichts als Wärme und Herzlichkeit. Alice möchte gern seine Hand nehmen, aber sie wartet, bis er die Initiative ergreift. Schließlich war er vor ein paar Wochen noch innerlich vollkommen zerbrochen und musste in der Therapie langsam wieder aufgebaut werden. Er muss heute die Überreste seiner Schwester begraben. Er soll das Tempo vorgeben.

»Geht es dir inzwischen besser?«, fragt sie.

Er lächelt. »Ich denke, ja. Ich fühle ... ich fühle mich nicht wie Gray. Aber auch nicht wie Frank. Ich glaube ...«, sagt er, »ich fühle mich wie Graham.«

»Und wer ist Graham?«

»Graham ist der Mann, der ich eigentlich die ganzen Jahre über hätte sein sollen. Du weißt schon ... Graham.« Er reißt die Augen weit auf, damit sie versteht, was er meint.

Sie lacht.

»Graham«, wiederholt er. »Er ist zuverlässig, aber auch ehrgeizig. Er ist liebevoll und familienorientiert. Er hat einen Hund ...«

»Du hast einen Hund?«

»Nein! Nein. Nur bildlich gesprochen. Aber Graham hat Freunde, und er hat Interessen. Graham kann gut zeichnen und auch ganz gut Fußball spielen. Graham ist ein anständiger Mann. Kein aufregender Typ, aber ein guter. Graham gibt einen Superehemann ab.«

Alice lacht noch einmal. »Ich mag diesen Graham«, sagt

sie. »Ich mag ihn wirklich. Aber darf ich ihn weiter Frank nennen?«

»Du«, beginnt er und fährt mit seinen Fingerspitzen den Rand des Teebechers ab. »Du kannst ihn nennen, wie du willst.«

»Kommst du uns mal besuchen?«, platzt es aus ihr heraus, und im selben Moment verflucht sie sich schon. Sie wollte ihm doch Zeit lassen.

Aber sie muss sich keine Gedanken machen. Er nickt und lächelt. »Ich komme gern. Wirklich. Ich möchte dich gern besuchen. Wann kann ich kommen?«

Alice verspürt tiefe Erleichterung. »Wann du möchtest!« Sie lacht. »Komm jetzt gleich mit.«

»Vielleicht nicht jetzt gleich.«

»Nein«, sagt sie. »Natürlich nicht. Mensch, ich bin vielleicht ein Wrack, nicht wahr? Und so verzweifelt.«

»Du bist kein Wrack. Und mit Verzweiflung habe ich kein Problem. Überhaupt keins.« Lächelnd streckt er endlich die Hand nach ihrer aus.

»Na dann«, sagt er, als er ihre Hand wieder loslässt. »Lass uns mal einen Blick auf das Bild werfen.«

Sie ist nervös, als sie ihr Werk aus der Tasche hervorholt. Sie hat nächtelang nicht geschlafen, weil sie sich über jedes Detail den Kopf zerbrochen hat, damit es am Ende gefühlvoll wird, aber nicht kitschig. »Hier ist es.« Sie schiebt es ihm über den Tisch hinweg zu und kaut vor Aufregung an ihren Fingernägeln. »Wie findest du es?«

Das Bild zeigt einen Pfau mit weit aufgefächerten Schwanzfedern, den Kopf neckisch zur Seite gedreht, einen Fuß in der Luft.

»Er tanzt«, sagt Frank leise.

»Ja!«, sagt sie. »Ich bin so froh, dass du das erkannt hast.

Ich war nicht sicher, ob es nicht so aussieht, als hätte er Zuckungen. Jasmine hat gemeint, er würde gleich losfliegen wollen. Sie hat gesagt, er tut ihr leid.«

»Nein«, sagt Frank und streicht mit einem Finger über das Glas. »Er tanzt. Das ist zweifellos ein tanzender Pfau.«

»Und schau mal«, sie dreht das Bild etwas zu sich hin. »Schau dir die Karten an. Das hier«, sie deutet auf einen Kartenausschnitt, »das ist Croydon. Aus erklärlichen Gründen. Aber bei dem hier«, sie zeigt auf einen anderen Ausschnitt, »da bin ich nicht ganz sicher. Ich habe darüber nachgedacht, was sie vielleicht getan hätte, wenn diese Nacht nicht passiert wäre. Ich habe versucht, mir vorzustellen, wie sich Kirstys Leben entwickelt hätte. Ich dachte … hier, dieses Stück zeigt Sussex: Vielleicht wäre sie dort zur Uni gegangen? Und das hier ist Kreta, wo sie eventuell ihren ersten Urlaub allein mit Freunden verbracht hätte. Dann noch ein Ausschnitt von Thailand – du weißt schon, nach dem Schulabschluss monatelang mit dem Rucksack herumreisen. Hier habe ich Clapham eingefügt – vielleicht hätte sie dort in einer WG gewohnt. Später hätte sie dann geheiratet und ein Haus in der Nähe von Mum und Dad gekauft. Das könnte hier sein …« Ihre Finger gleiten über das Bild. »Norbury. Das ist nicht schick, ich weiß. Aber nach allem, was du mir über Kirsty erzählt hast, hatte ich den Eindruck, sie war eher bodenständig. Sie wäre im Rahmen geblieben. Sie hätte ein behagliches Leben gewollt.« Alice zuckt die Achseln, Franks Schweigen verunsichert sie. »Das war nur so eine verrückte Idee. Ich hatte die Vorstellung, dass ich ihr verlorenes Leben auf irgendeine Weise wiedererschaffen könnte. Ich wollte ihr eine eigene Geschichte geben, die sie nie hatte. Ich wollte ihr Leben erfahrbar machen.«

Frank sieht sie an, dann blickt er auf das Bild. Er holt tief Luft, und Alice bemerkt, dass er Mühe hat, die Tränen zurückzuhalten.

»Das ist perfekt«, sagt er. »Wirklich, das ist unglaublich. Und wunderschön. Und genau passend.«

»Glaubst du, deiner Mutter gefällt das Bild?«

»Mum wird es lieben«, sagt er und nimmt wieder ihre Hände. »Mum wird dich lieben. Ich …« Er bricht ab und schüttelt den Kopf. »Komm.« Er holt eine Zwanzigpfundnote aus seiner Jackentasche und legt sie auf den Tisch. Dann reicht er ihr die Hand.

Die Sonne scheint an diesem Tag freundlich auf die grauen Straßen von Croydon herab. Vor dem Bestattungsinstitut wird Kirstys Sarg in einen weißen Leichenwagen gebracht, auf dem mit rosa Rosen ihr Name steht. Nicht weit entfernt steckt Kirstys Mutter eine rosa Rose in das Revers ihrer schwarzen Jacke, während Kirstys Großeltern Käsestücke und Cracker auspacken, Weingläser auf den Esstisch stellen, Erdnüsse in Schälchen füllen und immer wieder nervös auf die Uhr schauen.

Die Presse hat sich schon versammelt und stellt Kameras in diskreter Entfernung auf, aus der sich aber noch gut übertragen lässt. Die Bestattung des Mädchens, dessen Leiche über zwanzig Jahre lang unter einer Eiche viele Hundert Kilometer von zu Hause entfernt vergraben war, ist eine Riesenstory. Schließlich geht es um das Mädchen, das von dem Mann ermordet wurde, den man jetzt als den niederträchtigsten Menschen von ganz Großbritannien brandmarkt. Es geht um das Mädchen, das letztlich von ihrem verschwundenen Bruder gefunden wurde, als er sich nicht einmal mehr an seinen eigenen Namen erinnern konnte. Im ganzen Land wollen die Menschen Nahaufnahmen von den Gesichtern der Familie sehen, wenn sie die Überreste des lange verschwundenen Mädchens der Erde übergeben.

In einer großen, eleganten Wohnung in Ripon mit Blick auf die Kathedrale packt Kitty Tate eine weitere Kiste mit ihren Sachen aus. Sie hält einen Moment inne, als die Glocken der Kathedrale zur halben Stunde schlagen. In eineinhalb Stunden wird Kirsty Ross von ihrer Mutter beerdigt werden, und sie selbst wird endlich, nach zweiundzwanzig Jahren, wieder frei atmen können. Kitty denkt an den bevorstehenden Prozess, daran, dass sie vielleicht ins Gefängnis muss, und sie fühlt sich benommen. Ihre Gedanken wandern zu ihrem Neffen, der im Brixton Prison im Süden von London auf seinen Prozess wartet. Mark ist fest von seiner Unschuld überzeugt und macht den Rest der Welt für seine Missetaten verantwortlich. Zu echter Liebe ist er nicht fähig, seine Seele ist so krank, dass er sich nicht in einen anderen Menschen einfühlen kann – wieder stockt Kitty der Atem.

In Putney sitzt Liljana Mazur mit einem zehn Monate alten Baby auf ihrem Schoß neben einer Freundin im Café. Auch Dasha kümmert sich als Kindermädchen um ein Baby, sie ist, genau wie Lily, einundzwanzig, und sie stammt aus der Ukraine. Lily erzählt ihrer neuen Freundin, dass heute ein Mädchen namens Kirsty Ross beerdigt wird, zweiundzwanzig Jahre, nachdem sie starb. Sie erwähnt auch, dass sie zur Bestattung eingeladen war, aber sie wusste, dass sie den Menschen dort nicht gegenübertreten kann, denn die hassen sie, weil sie mit Kirstys Mörder verheiratet war. Lily gesteht Dasha, dass sie sich manchmal selbst dafür hasst, einen Mann geheiratet zu haben, der einer Frau so etwas antun konnte. Dann wendet sie sich ab, damit Dasha nicht sieht, wie sie weint. Das Baby sieht sie an und legt seine kleine Hand auf ihre Wange. Lily nimmt die Hand in ihre und küsst sie.

In Croydon sitzen Frank und Alice in dem dreckigen Vauxhall vor dem Haus von Pam Ross, wenden sich einander zu und lächeln.

»Bist du okay?«, fragt Frank.

»Sicher«, antwortet Alice. »Und du?«

Frank nickt. »Ich bin froh, dass du hier bist«, sagt er. »Sehr froh sogar.«

»Ich freue mich auch, dass ich hier bin.«

»In der Therapie habe ich viel von dir geredet.«

»Ach wirklich«, erwidert Alice. »Und wie ist das so angekommen?«

»Die übereinstimmende Meinung der Ärzte war, ich solle noch warten. Sie sagten, ich sei noch nicht stark genug, um mein Leben mit einem anderen Menschen zu teilen.« Er legt eine Pause ein, und Alice hält die Luft an. »Aber das ist nicht der Punkt. Ich habe mein Leben ja schon mit dir geteilt, und ich weiß, dass mir das guttut. Die Frage ist doch: Ist es auch für dich gut, dein Leben mit mir zu teilen?«

»Möchtest du das denn?«, fragt sie so schnell, dass sie die letzten Worte fast verschluckt.

»Ja.« Er dreht sich weg und blickt nach links auf die kleine Doppelhaushälfte. »Aber es geht nicht mehr nur um mich, richtig?«

Alice lehnt sich vor und blickt auf das Haus. Ein unscheinbarer Ort. Gut gepflegt. Ein glänzender grüner Peugeot 107 steht in der Einfahrt, vor den Fenstern hängen gemusterte Vorhänge, im Garten blühen lila Hortensien.

»Ich kann gut mit Familie umgehen«, sagt sie.

»Auch mit einer Familie, die einigen Ballast mit sich rumschleppt?«

»Ich kann fast alles.«

Er lächelt. »Ich weiß«, sagt er. »Ich weiß.«

»Was hast du gedacht«, fragt sie plötzlich, denn sie möchte den entscheidenden Augenblick noch etwas hinauszögern, sie möchte etwas Leichtes, Hoffnungsvolles hören, »als du mich zum ersten Mal gesehen hast? Am Strand, im Regen. Was ist dir als Erstes durch den Kopf geschossen? Sei ehrlich.«

Er lächelt und nimmt ihre Hand. »Ich habe gedacht, dass du sehr nass aussiehst. Und ein wenig angsteinflößend.«

Sie schlägt ihm sanft auf den Arm und schüttelt leicht empört den Kopf. Seit vielen Jahren spielt sie die angsteinflößende Frau, denn tief im Inneren ist sie selbst verängstigt. Sie hat Angst, allein zu sein. Angst, eine Außenseiterin zu sein. Angst, dass sie alle Chancen auf Glück unwiederbringlich vertan hat.

Frank legt seinen Arm um ihre Schulter, zieht ihren Kopf sanft zu sich herüber und sagt: »Ich habe gedacht, dass du wunderbar bist.«

»Das ist nett«, sagt sie. »Wenn du mich fragst, ich habe gedacht, dass du gut aussiehst. Und auch sehr nass.«

Er lacht und küsst sie auf die frischen Haarsträhnchen. »Ich bin froh, dass du mich gefunden hast. Und nicht jemand anderes.«

»Geht mir genauso.«

»Sollen wir hineingehen?«

»Ja«, antwortet Alice. »Ich bin bereit.«

Danksagung

Ich danke meiner Lektorin Selina Walker für Dutzende Büro- und Flügelklammern, Klebepfeile und Post-it-Notizen. Ich danke Selina für das ihr eigene Lektorat, das wie immer gründlich, liebevoll und überhaupt nicht ärgerlich war. Dank Selina ist mein Roman so viel besser geworden.

Mein Dank gilt auch meinem Agenten Jonny Geller. Ich schätze seine Ehrlichkeit und Achtsamkeit; seine lange E-Mail hat mir gezeigt, wie sehr ihm mein Schreiben am Herzen liegt. Zuerst das Schreiben, dann die Karriere, genau so soll es sein.

Und ich danke dem gesamten Team bei Arrow: Beth, Najma, Georgina, Celeste, Gemma, Cassandra, Aslan – sowie Melissa Four für das umwerfende Cover.

Des Weiteren danke ich dem Team bei Curtis Brown; ganz besonders Catherine, Melissa und Luke.

Von ganzem Herzen bedanke ich mich bei Richenda Todd für ihr Lektorat. Es ist immer eine große Freude, mit ihr zu arbeiten.

In Amerika gilt mein Dank meiner früheren Lektorin und meiner neuen Lektorin, beide bei Atria, beide mit Namen Sarah. Und ich möchte mich bei Ariele, meiner herausragenden Pressereferentin in den USA, bedanken. Zu guter Letzt danke ich natürlich auch meiner Verlegerin, der unnachahmlichen Judith Curr, für ihr Vertrauen, ihre Leidenschaft und die wunderbaren Abendessen.

Mein Dank geht auch an meine wunderbaren Leser und Leserinnen, alle Buchhändler, Buchkäufer und Bibliothekare, die die Welt der Bücher am Laufen halten und mir somit die Möglichkeit geben, im Café zu sitzen und mir Geschichten auszudenken. Selbstverständlich bedanke ich mich auch bei meiner Familie, meinen Freunden, meinen Nachbarn und all den Menschen, die mein Leben ausmachen und ohne die ich … und so weiter und so fort.

Nicht zu vergessen meine vielen Schriftstellerfreunde, im Verband und überall sonst. Schriftsteller sind wirklich die besten Freunde.

Es ist dein Zuhause.
Pass auf,
wen du hineinlässt …

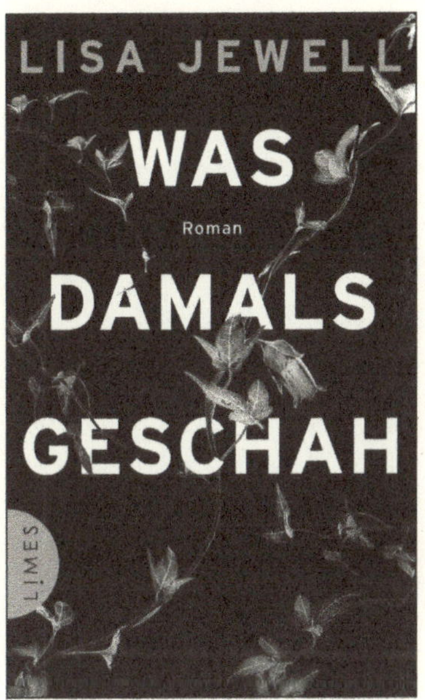

432 Seiten. ISBN 978-3-8090-2732-4

In einem großen herrschaftlichen Haus in Londons elegantem Stadtteil Chelsea liegt ein Baby in seinem Bettchen. Das kleine Mädchen ist satt und zufrieden, es fehlt ihm an nichts. In der Küche des Hauses liegen drei verwesende Leichen. Neben ihnen eine hastig hingekritzelte Nachricht. Die drei sind seit Tagen tot. Doch wer hat sich dann um das Kind gekümmert? Und wo ist diese Person jetzt? Fünfundzwanzig Jahre später erhält eine junge Frau namens Libby einen Brief, der sie überraschend zur Erbin des Anwesens erklärt. Die Fragen von damals wurden nie beantwortet. Und schon bald beschleicht Libby das Gefühl, dass sie nicht allein im Haus ist …

Lesen Sie mehr unter: **www.limes-verlag.de**

Ein verschwundenes Mädchen und eine tief vergrabene, schreckliche Wahrheit …

384 Seiten. ISBN 978-3-7341-0729-0

Ellie Mack war fünfzehn. Klug, gewitzt, der Liebling ihrer Mutter. Sie hatte ihr ganzes Leben noch vor sich. Bis sie von einem Tag auf den anderen spurlos verschwand. Zehn Jahre sind seitdem vergangen, doch insgeheim hat Laurel nie die Hoffnung aufgegeben, ihre Tochter irgendwann wiederzufinden. Ihr eigenes Glück ist nebensächlich geworden. Dann lernt sie einen Mann kennen, in den sie sich Hals über Kopf verliebt. Was ihr jedoch wirklich den Atem raubt, ist die Begegnung mit seiner neunjährigen Tochter – denn diese ist Ellie wie aus dem Gesicht geschnitten. Was geschah damals mit Ellie? Und gibt es jemanden, der endlich Licht ins Dunkel bringen kann?